韶光慢

著 冬天的柳叶

〈上〉

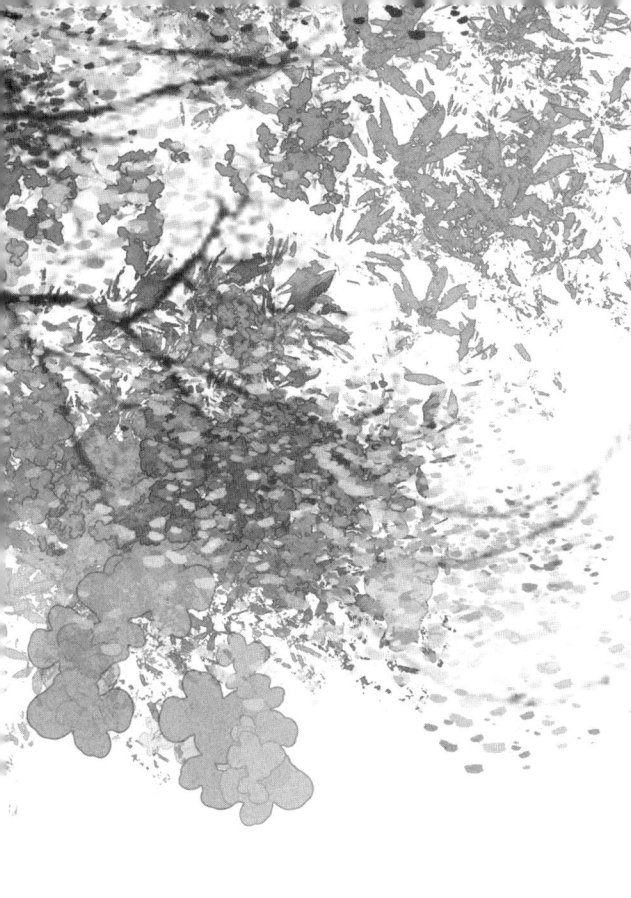

图书在版编目（CIP）数据

韶光慢 / 冬天的柳叶著． — 重庆：重庆出版社，2023.3
 ISBN 978-7-229-16171-2

Ⅰ．①韶… Ⅱ．①冬… Ⅲ．①长篇小说－中国－当代 Ⅳ．① I247.5

中国版本图书馆 CIP 数据核字（2021）第 235796 号

韶光慢
SHAOGUANG MAN
冬天的柳叶　著

选题策划：李　子
责任编辑：李　子　李　雯
责任校对：何建云　刘　艳
封面设计：冰糖珠子

重庆出版集团　出版
重庆出版社

重庆市南岸区南滨路 162 号 1 幢　邮政编码：400061　http://www.cqph.com
重庆天旭印务有限责任公司印刷
重庆出版集团图书发行有限公司发行
E-MAIL:fxchu@cqph.com　邮购电话：023-61520646
全国新华书店经销

开本：710mm×1000mm　1/16　印张：33　字数：700 千
2023 年 3 月第 1 版　2023 年 3 月第 1 次印刷
ISBN 978-7-229-16171-2
定价：69.80 元

如有印装质量问题，请向本集团图书发行有限公司调换：023-61520678

版权所有　侵权必究

目 录

001……第一章　脱困

028……第二章　神医

051……第三章　黎家

076……第四章　佛经

100……第五章　猫腻

124……第六章　不悔

148……第七章　登门

172……第八章　伤心

197……第九章　兄长

222……第十章　相处

第一章 脱困

乌云低垂,旌旗摇曳。

矗立在冰天雪地中的燕城好似成了与世隔绝的孤岛,被大梁的将士们团团包围。

为首的年轻将军银甲裹身,猩红披风招展于身后,手一抬,吐出比冰雪还要冷的两个字:"攻城!"

随着这两个字吐出,顿时就是一片杀声震天。

早已摇摇欲坠的城墙上一阵骚动,紧接着传来北齐将领的冷喝声:"邵将军,你瞧瞧这是谁,再下令攻城不迟!"

话音落,一个女子被人押着立于城墙之上。

那女子鸦黑长发拢在耳后,露出一张光洁素净的面庞。北风如刀割着她柔嫩的脸,使唇更红,脸更白,犹如一朵封存于寒冰中的玉芙蓉,虽素净,却格外灼人眼。

场面顿时一静。

年轻俊美的银甲将军神情没有一丝动容,手再次抬起——

城下大军又上前一步,那压抑却势在必得的气势迫得城墙上的人心惊胆战。

北齐将领一把扯过女子,推到身前,气急败坏喊道:"邵将军,你看清楚,这可是你婆娘。只要你退兵,我保她安然无恙,如若不然,你婆娘可就要没命了!"

年轻将军一愣。

身侧一位下属低声道:"将军,那确实是您夫人。"

年轻将军勒着缰绳,深深看了城墙上的女子一眼。原来,这就是他的妻。

似是感受到男子的目光,城墙上的女子眸光微转,与他遥遥对视。

北地屡被齐人肆虐抢夺,而今竟还被夺了城池,不知洒下多少将士的血才有了今日的收复之战,又怎会因她一人而停下脚步?

她虽是女子，这点民族气节还是有的。

而那个令齐人闻风丧胆的年轻将军，今日她才第一次看清模样的夫君，亦不可能因她放弃收复山河的机会。

女子嘴张了张。

天太冷，又许久不曾开口，一时间竟吐不出一个字来。

念头才闪过，她的视线中一支利箭由远及近放大，紧接着就是剧痛袭来。

她下意识垂头，就见胸前鲜血喷薄而出，热血带来的暖意在寒风中很快凝结消散。

"将军——"

年轻将军身侧的下属忍不住喊了一声。

年轻将军神色平静收回弓，垂眸遮去眼底的歉疚，冷冷吐出先前说过的两个字："攻城！"

明康二十五年初春，大梁燕城收复。靖安侯次子、北征将军邵明渊受封冠军侯，奏凯归京。

而他的妻子乔氏，一腔热血永远留在了燕城城墙上。

……

春风似剪，裁出了一片片浅绿娇红，越是往南，那春意便越发地浓。

官道旁茶棚简陋，临近晌午的时候却坐了不少人，年迈的茶博士持着长嘴铜壶穿梭其间，及时给客人们添茶倒水。

此处离宝陵城十多里，出城的人随意谈论着城中近来发生的趣事，那将要往宝陵城去的客人则饶有兴致地听着。

此时就有一人提到，宝陵城今日来了几位年轻公子，听口音像是京城来的，个个风流俊秀，其中一人更是潘安宋玉般的人物。

就有人不信道："难道能比得上嘉丰乔家玉郎？"

嘉丰位于宝陵以南，乘船而下也要花上两三日工夫，那乔家玉郎的名声能传到这边来，足以说明是如何出众的人物了。

先前说话的人灌了几口凉茶，一笑露出东倒西歪的一口牙："乔家玉郎我没见过，不过要说能赶上我在城中遇见的那位公子，我是不信的。"

这话一出，立刻就有不少人跳出来反驳，又有同样见过城中几位公子的数人与之争辩。

"老伯，来一壶茶，再上两碟甜糕。"一个声音打断了双方的争论。

众人循声望去，就见一个三十多岁的男子在茶棚不远处停住，转身从毛驴背上扶下一位少女来。

男子见众人都看过来，把毛驴在路边树上拴了，身子一挡，遮住少女大半身形，略带不耐地喊道："快点上，我闺女不大舒服，赶着进城呢。"

"好嘞——"茶博士忙端上一壶茶并两碟子甜糕。

男子把一碟子甜糕推到少女面前，声音不大不小道："吃吧。"

他说完，抓起茶碗猛灌了几口。

寻常人家不讲究，女孩子骑驴赶路很平常，众人便收回了目光。只有几个眼尖的惊讶于少女的秀美，忍不住多瞄了几眼。

男子显然不高兴别人瞧他闺女，重重地哼了几声。

他生得人高马大，瞧着就是不好招惹的，坐在这简陋茶棚里喝茶的都是寻常人，不欲惹事，就都不再关注这边，重拾刚才的话题。

"要我说，城里来的那位公子肯定比不上乔家玉郎！京城虽好，哪及得上咱们这边山清水秀，特别是嘉丰县，远近闻名出美人的地方。"

自从在茶棚中坐下就很规矩老实的少女忍不住抬头，看了说话的人一眼。

"什么啊，我怎么听说那乔家玉郎也是京城来的？"

"乔家玉郎是京城来的不假，可人家是地道的嘉丰人。大前年乔先生过世，随着家人回乡给祖父守制的。"

"啊，原来乔家玉郎是乔先生的孙子……"

提起乔家玉郎，当地人要加一个前缀：嘉丰县的。

可若说到乔先生，那全天下人都会想到同一人——前国子监祭酒，名满天下的大儒，早年有天下才子第一人之称的乔拙先生。

只可惜，乔先生已于两年前过世了。

茶肆里纷纷响起惋惜声。

少女垂眸遮去眼底的异样，耳边已经听不进那些声音。

邵明渊那一箭，她本来必死无疑，好在她被推上城墙时提前把李神医赠给她的灵药含在了口中。

李爷爷告诉她，这是能起死回生，让人脱胎换骨的灵药。

她果然活下来了，也真的脱胎换骨变了模样。

她昼夜兼程赶回京城，竟因为容貌身形的变化被错认成黎修撰之女黎昭。她还没来得及适应新身份就落入了人贩之手，兜兜转转，居然快要回到自己的家乡了。

祖父……

乔昭在心底喃喃念着。

嫁去京城后，她从没想到会以另一个身份，以这样的方式，如此靠近她无数个午夜梦回的心心念念的地方。

嘉丰，那里葬着她最敬爱的祖父，还生活着从京城回来的至亲。算起来，现在父兄他们已经除孝了。

乔昭悄悄地握了握拳，不动声色地扫了牛饮的男子一眼。

"走吧。"男子在桌子上留下几枚铜板，站起身来。

乔昭忙站起来，目不斜视地跟着男子往外走。

因着这番动静，那些目光又落在她身上。

少女款款而行，不经意间流露出来的优雅让男子忍不住皱眉。

这次的货物是他这些年得手最好的一个，可未免太好了些，光这么随意走着就如此惹眼。

男子叹了口气，暗暗下定决心，等进城后还是换辆马车好了。

一个时辰后。乔昭骑在驴背上，仰头望着城门上"宝陵"两个字有些出神。

宝陵她是来过的。

祖父乔拙洒脱不羁，早早就不耐烦做官，辞官后带着祖母与她纵情山水，后来身体不行了，就回了嘉丰隐居。

她曾为了祖父的病，跑过两趟宝陵。

城还是那个城，她却变得太彻底了。

男子带着乔昭进了城，寻地方卖了那头杂毛驴，走在熙熙攘攘的街道上，担心小丫头不安分，就低声安抚道："你且乖乖听话，我带你去上好的酒楼吃饭，回头再雇一辆马车，就免得你风吹日晒了。"

"还要去哪里？"一直沉默寡言的乔昭忽然开口。

少女与男子对视，双目清湛，如春日里最轻柔的水波被微风吹皱。

鬼使神差下，男子回道："扬州。"

回过神来，男子有些懊恼，旋即又安慰自己：小丫头知道了又何妨？过了这宝陵，扬州城很快便到了。

扬州啊。乔昭面上没有变化，心中却咯噔一声，暗道不好。

从这里到扬州将走另一条路，离她的家乡嘉丰却是越来越远了，等到了全然陌生的地方，即便逃脱，恐怕会才出狼窝，又落虎口。

乔昭没有想好以现在这副模样如何与亲人相认，但至少知道父兄皆是端方君子，面对落难的小姑娘，不会生出歹意来。

她无论如何都要回家，这样的话必须在宝陵城脱身！

城中街道不算宽，乔昭低眉顺眼，跟着男子走，眼角余光时刻留意着周围动静。

有那么一两次，男子似乎放松了盯防，她还是硬生生忍下了逃跑的诱惑。

不经意间看到男子微微挑起的眉，乔昭心中泛凉。

果然不出所料，在这人来人往的地方，男子只会对她看得更严，表面放松不过是看她是真老实还是假老实罢了。

男子忽然停下来，指着路边一家酒肆道："咱们就在这儿吃。"

乔昭没有动。

男子拧起眉，心道小丫头莫非还不死心？

"快点进去，等会儿还要赶路呢！"男子一边催，一边伸手去拽乔昭。

小姑娘手一抬，指向前方不远处一栋三层酒楼，声音娇柔如糯米甜酒在人心头一点点发酵："你说带我去上好的酒楼用饭的，这里不好。"

男子脸一黑。那可是宝陵最好的酒楼，吃一顿可不便宜。

他这一迟疑，小姑娘一双清澈眸子立刻蕴满了泪水，倔强道："你骗人，说带我去上好的酒楼，这家酒肆根本不上台面！"

眼下正是饭点，进出的人颇多，小姑娘声音微扬，立刻就有不少人看过来，站在酒肆门口的伙计显然听见了那番话，已然变了脸色，抬脚过来赶人。

男子脸色微变。他想起在京城花朝节上拐走这小丫头时她身上的好衣料，心知小丫头出身非富即贵，看不上这路边酒肆也是正常。

"你答应过的，我就要在那家酒楼吃。谁知道这酒肆干不干净呀，万一吃出苍蝇来——"

酒肆伙计已经三两步来到近前，气呼呼道："去去去，不吃别挡在门口！"说着狠狠瞪男子一眼："怎么管孩子的！"

乔昭才不理伙计怎么说，惊呼一声道："哎呀，你看，这小二哥手指缝里还有油渍呢，脖子上搭的汗巾也发黑……"

她声音婉转动听，语速虽快，进出酒肆的人依然听得分明，立刻就有两人迟疑一下，本想进去吃饭的，抬脚转去了旁家。

酒肆不大，出来一探究竟的老板娘听到这话，抽出别在腰间的擀面杖就冲过来了。

乔昭年纪小，老板娘不跟她计较，擀面杖直接奔着男子去了。

男子见状不好，拽着喋喋不休的乔昭撒腿就跑。

二人一口气跑到酒楼前才停下来，男子指着乔昭，气得说不出话来。

乔昭一脸无辜："我饿了。"

男子吐出一口气。罢了罢了，醉仙居的酒菜虽贵，把这丫头一卖什么都赚回来了，眼看已快成事，还是少节外生枝。

"进去吧！"男子狠狠瞪乔昭一眼。

二人衣着普通，伙计没有往楼上领，就在大厅空出的位置坐下来：

"客官吃什么？"

男子还未开口，一道娇柔的声音响起："江米酿鸭子。"

伙计一愣，不由看向男子。

"我要吃江米酿鸭子。"乔昭同样看向男子，目光执着。

男子头皮发麻，问伙计："这道菜有吗？"

"有是有，就是等的工夫长些。"

赶在乔昭开口前，男子挥手道："就要这个，再随意上两样小菜并酒水。"

不多时男子点的酒菜端上来，他拿起筷子开吃，乔昭则坐得笔直等着。

约莫两刻钟后，桌上只剩下杯盘狼藉，那道江米酿鸭子才终于端上来。

"祖宗，吃吧！"男子压低声音，咬牙切齿。

乔昭从袖中抽出帕子，找伙计要了一杯白水，打湿帕子净手。

男子忍不住嘀咕："瞎讲究什么，之前风餐露宿不是也没事儿？"

乔昭抬眸，嫣然一笑："有条件时，当然要让自己舒服些。"

男子被那忽然绽放的笑容晃得眼花，暗暗咂舌：乖乖不得了，小丫头才多大，这一笑竟让他险些失神。

他冷眼看乔昭不疾不徐用饭，越看越是心喜。小丫头这股穷讲究劲儿，那些人就吃这一套，他自然能卖个好价钱。这样一想，等待似乎没那么枯燥了。

男子的反应不出乔昭意料，她求的，就是能缓缓吃这顿饭。男子觉得她有价值，又因为快要成事不愿多生波折，自然会对她多些耐心。

乔昭小口小口吃得极慢，偶尔目光会从大厅里掠过，不经意间在通往二楼的楼梯处停驻瞬息，如蜻蜓点水。

不知等了多久，男子很是不耐时，脚步声从楼梯拐角处响起，很快便有三人踩着木质楼梯往下走来。

三人仿佛磁石，瞬间吸引住大厅里的目光。厅内陡然一静，就连一直对乔昭严防死守的男子这一瞬间都忘了眨眼，盯着其中一位紫衣男子猛瞧。

那男子身材颀长，肤白如玉，五官精致如极品瓷器，眉梢眼角的笑意仿若掬了一捧清辉，眼光流转间少了雕琢的匠气，自成风流。

"拾曦，看来以后真不能和你一起出门了。"紫衣男子身侧的蓝衣男子低声道。

"就是，只要你一出现，男女老少便只盯着你一个人瞧，衬得我们成了歪瓜裂枣。"另一青衣男子跟着道。

紫衣男子眼睛弯起，笑眯眯道："我以为，你们早就习惯了。"

另两人齐齐翻了个白眼。

三人说笑间已经来到大厅，步履悠闲往外走，厅内人目光追逐着三人。

乔昭唇角弯起。她等的人终于下来了，不枉她特意坐在靠近过道这边。在酒肆外面时，她一眼就看到这三人进了这家酒楼，便知道她一直等待的机会来了。

那紫衣男子她恰好认识，乃是长容长公主的独子，姓池名灿，字拾曦，人品还过得去。

眼见三人已经走到门口，乔昭不再迟疑，把手中筷子一丢，快速站起来就往门口冲去。

她动作突然，人们还未从池灿卓然风姿带来的震撼中回过神来，就见到一个小娘子追过去，都不约而同在想：果然有小娘子追过去啊，真是一点都不意外。

男子跟着点头，忽然一愣。等等，那追上去的是——

他面色大变，起身就追，没到门口就被伙计拦下来："客官，还没给钱呢，想吃霸王餐啊？也不打听打听醉仙居是谁开的！"

男子被酒楼伙计这么一拦，乔昭很顺利就追了上去。

"等一等——"

三人驻足转身，见是一个少女追过来，那两人同时向池灿挤眉弄眼。

池灿冲跑到近前的乔昭挑眉一笑："小妹妹，有事么？"

咳咳，他虽然魅力无限，可这么小的女孩子若是对他表白，他是坚决要拒绝的。

乔昭片刻不敢耽搁。她谋划这么久，就是为了争取人贩子被伙计拦下的那么一会儿工夫，好让她有机会把被拐的事情简单说出来。

乔昭上前一步，死死抓住了池灿衣袖，仰头哀求："大叔，救我！"

包括池灿在内的三人瞬间石化。

乔昭早就想过了，像池灿这样的男子，平日里对他暗送秋波的女子定然不在少数，她若不管不顾把人拦住，说不定就被当成别有心思的女子了。

嗯，叫"大叔"应该能让人家放心了吧？

自以为体贴的乔昭语速飞快，说起事情的来龙去脉："我是京城黎修撰之女，花朝节上被人贩子拐到这里来，求大叔救救我——"

大叔……

这两个字让池灿嘴角直抽，扑哧几声笑传来，不用想就知道是两位好友，更是让他想伸手堵住这小姑娘的嘴。他明明比这小姑娘大不了几岁，怎么就成大叔了？叫大哥才对！不过……若是光天化日之下冲出个姑娘叫他大哥，他恐怕第一反应就是把人甩开吧？

思及此处，池灿眸光一深，这才认真打量了乔昭一眼。小姑娘身材纤细，形容娇弱，像是一朵含苞欲放却禁不住风吹雨打的白玉兰，格外惹人怜惜。这是个聪明的小姑娘，池灿想。

"妮妮，快回来，别冲撞了贵人！"终于摆脱酒楼伙计的男子冲过来，伸手就拽乔昭。

乔昭身形一晃，像只灵巧的鱼，躲到了池灿身后。

男子抓了个空，又急又怒，解释道："公子，这是我闺女，因为不听话和我怄气呢，您可别听小孩子胡言乱语——"

"你是他女儿？"池灿侧过身来，笑看着乔昭。

不同于容貌的娇弱，少女语气格外坚定，冷静吐出两个字："不是。"

"这位大哥，她说不是呢。"池灿看向男子。

男子见情况有些不对，立刻摆出一副忠厚老实的模样，叹气道："公子有所不知，前两日我这闺女被个臭小子哄着私奔，我好容易把她追回来，谁知她和我怄气，就不认我这个爹了，非和别人说我是人贩子，就是为了找那臭小子去！"

"小姑娘，你真的和人私奔了？"池灿身子微倾，似笑非笑，分明是在看乔昭笑话。

乔昭一脸认真地问："大叔，若是您女儿和人私奔了，您会这样嚷嚷出来，丝毫不顾及她的名声脸面吗？"

那当然不会！池灿下意识想回答，忙死死忍住。开什么玩笑，他哪来这么大的女儿？一定是听这小姑娘叫大叔听多了。池灿默默站远一步，眼角余光一扫渐渐围过来的人群，不欲与男子纠缠下去，淡淡道："二位说的都有道理——"

"公子怎么能听小孩子乱说呢？再说了，这是我们父女的家事——"

池灿对男子一笑。他生得太好，这一笑真真是让初春都失了颜色："这位大哥放心，我当然不是多管闲事的人。"

男子暗暗松了一口气，就听那俊逸无双的男子慢悠悠道："所以还是去见官吧，让宝陵知县来断断孰是孰非。"

面对目瞪口呆的男子，他温声安慰道："我们兄弟三人就把你们送到衙门口，绝对不会多管闲事的。"

"你，你——"遇着这样不按套路出牌的人，男子一时之间竟无言以对。

池灿忽地一皱眉，扭头对蓝衣男子道："子哲，我记得这宝陵县令三年前曾在嘉丰县任职吧？"

乔昭趁机悄悄打量蓝衣男子一眼。

祖父有一至交好友，乃当世神医。她八岁那年祖父患病，在李神医的建议下，祖父带着祖母与她回嘉丰居住。

前些年，李神医每年都会来嘉丰小住一段日子，替祖父调理身体。她平日广读医书，每当李神医来时便趁机向他请教医术，一晃十来年下来，也算是李神医的半个弟子了，后来祖父的身体便一直靠她调理。

她拖到十八岁才被病重的祖父逼着回了京城，与靖安侯次子成了亲。

新婚丈夫在大婚之日连喜帕都没来得及挑开便奉命出征，不久后祖父亦过世，于是在靖安侯府的那段日子她一直鲜少见外人。眼下这三人，她只认识池灿一人。

蓝衣男子没有察觉乔昭的打量，开口道："这里又不是京城，我哪里晓得知县是哪个。拾曦，我要没记错，三年前你到过嘉丰吧？"

池灿点头："嗯，当时还与嘉丰县令喝过茶，这次前来，我隐约听说他调任到宝陵来了。"

男子一听池灿居然与县老爷认识，哪里还敢歪缠，趁人说话的工夫拔腿就跑。

一直不曾开口的青衣男子一脚把男子踹翻在地，冷声道："看来这人真是个人贩子！"

乔昭高声道："不能饶了他！这人贩子顶着一张忠厚老实的面孔不知道拐了多少人家的好女儿。我是运气好，才被大叔相救，别的女孩儿恐怕早就——"

听了她的话，围观众人顿时气怒不已，纷纷道："拐子最可恶，打死他！"

池灿三人带着乔昭非常机灵地往旁边一躲，给愤怒的人们让开地方，很快就听到人贩子杀猪般的惨叫声传来。

转到另一条行人稀少的街上，池灿三人看着亦步亦趋跟在身后的小姑娘，面面相觑。

这怎么办？蓝衣男子与青衣男子交换一个眼神，齐齐看向池灿。谁惹的麻烦，谁解决。

池灿挑了挑眉，开口道："小——"

他想喊小妹子，可一想人家一直管他喊大叔，舌头顿时打了个结。

乔昭格外善解人意，忙道："大叔可以叫我黎三。"

"黎三啊——"池灿嘴角抽了又抽，终于忍不住道，"其实，你可以叫我池大哥。"

"池大哥。"乔昭从善如流。只要带她回京城，叫池大爷也是可以的。

池灿终于不牙疼了，笑眯眯问："你家住京城？"

见乔昭点头，他摇摇头道："那就不巧了，我们还要去嘉丰，不方便带着你。不如这样吧，我去雇一辆马车，送你回京。"

嘉丰？乔昭心狠狠跳了几下。黎昭的家在京城，而她乔昭的家，一直在嘉丰。她还未曾去祖父坟前磕几个头，亦不知祖母他们现今如何了。

"大叔，呃，不，池大哥，我想与你们一起。"没等三人开口，乔昭就飞快解释道，"池大哥心好，雇车送我回京，可知人知面难知心，那车夫万一半路上对我起了歹心该怎么办？"

见他还在犹豫，乔昭眨眨眼道："池大哥对我的救命之恩，我无以为报——"

池灿立刻警惕起来。这小姑娘接下来该不会说唯有以身相许吧？他就说救人有风险！

"但池大哥送我回家，我父母一定会重谢的。"

重谢？池灿一口气险些没上来。这和想的不一样，忽然觉得也很不是滋味啊。

蓝衣男子与青衣男子同时大笑起来。

两岸绿柳婆娑，一艘轻舟行于春花江上，一路南行。

甲板上池灿与蓝衣男子相对而坐，正在下棋，青衣男子则斜靠着船上栏杆，百无聊赖地望着被抛到身后面的滔滔江水出神。

不知船行多久，从船舱里转出个青衣少年，手捧托盘，其上放着四盏茶。

他把两盏茶放在对弈的二人手边，又端了一盏茶走向船栏，递给青衣男子。

青衣男子接过茶盏啜了一口，笑道："还是黎三好啊，不像他们两个，下起棋来就没完没了，经常害我饿肚子陪着。"

原来这少年打扮的人，正是乔昭。

她软语相求，呃，也可以解释为死缠烂打，终于磨得池灿点头把她带上，条件是要女扮男装，方便同行。

此时，船已经行了两日。

"杨大哥，嘉丰还要多久能到啊？"

同行两日，乔昭已经知道蓝衣男子叫朱五，青衣男子叫杨二，三人显然不愿告诉她真实身份，她亦不在意。

"过了晌午大概就到了。不过我们并不进城，到时候直接换马去一个庄子拜访主人。"杨二道。

乔昭心里一动。三年前，池灿跑到祖父隐居的庄子上，求祖父指点他画技。祖父婉拒。池灿不死心，死皮赖脸住了三日，祖父无奈之下把早年一幅画作赠给他，才算把人打发了。她便是那时候认识的池灿，当然，二人只是打过两个照面而已。池灿三人要去嘉丰附近的一个庄子拜访主人，莫非——想到这里，乔昭呼吸有几分急促。莫非池灿要去的，正是她家？这是冥冥中自有天意？

乔昭转回去坐下，捧着茶盏默默想着心事。

"拾曦，子哲，你们要下到什么时候？不吃饭了？"

乔昭抬头，才发现船上厨子已经把饭菜端了过来，那香气直往人腹中钻。

朱五捏着黑子一脸无奈："不是我不想结束，拾曦已经想了一刻钟了，迟迟不落子。"

杨二扫了棋盘一眼，摇头道："拾曦，你这已经是死局，赶紧认输吧，就别浪费大家时间了。"

池灿修长手指间夹了一颗晶莹白子，一脸不悦道："怎么能认输？我下棋还没输过呢！"

杨二扑哧地一笑，当着乔昭的面毫不客气拆穿："你当然没输过。你落一个子的工夫够别人下一盘棋了，最后都急得人家不跟你下了。"

池灿冷哼一声："你懂什么，我这是深思熟虑！"

今日厨子做的是铁锅焖鱼，那香味勾得人挠心挠肺，朱五终于受不住举手道："我认输还不行么，吃饭吧。"

池灿按住他："不带这样的啊，咱一向是凭实力说话。"

朱五与杨二齐齐扶额。

杨二小声嘀咕道："真想让京城那些迷恋你的大姑娘小媳妇瞧瞧你的真面目！"

"咳咳！"池灿重重咳嗽一声，扫了乔昭一眼。

当着小姑娘的面说这话确实不妥，杨二自知失言，讪讪笑了笑。

"观棋不语！子哲，咱们继续下棋。白子一定还有出路，我只是暂时想不起来而已。"

"看来一时半会儿是吃不上饭了。"杨二对乔昭道。

乔昭摸了摸肚子。

"对弈结束，就能用饭了吗？"

"当然——"杨二话音未落，就见乔昭从棋罐里捡了一枚白子，落到棋盘上。

他赶忙去拦却没拦住，暗道糟了，池灿平日里性子不错，却有几点忌讳，其中之一就是讨厌旁人干扰他下棋。

池灿已是冷了脸："黎三，棋子可不是拿来玩的。"

一直看着棋盘的朱五声音变了调："拾曦，你看看。"

池灿并不理会朱五的话，斜睨着乔昭，粲然一笑："黎三啊，你弄乱了我的棋，该怎么办呢？"

"拾曦——"

池灿打断朱五的话："我知道你们两个都想替这丫头说好话，可依我看小丫头机灵着呢，雇辆马车一个人回京不成问题。"

哼，打扰他下棋，被人救了没有以身相许的自觉，最重要的是管他叫大叔！这种小姑娘太不可爱了！

"拾曦，我是说……白子赢了。"语气涩然吐出这句话时，朱五觉得很离奇。

他的黑子明明已经占据优势，胜券在握，可黎三随意落了一个子，竟然扭转乾坤，反把黑子逼入了绝境，再无翻身的机会。

池灿一怔，忙去看棋盘。

杨二凑过来看，不可思议地看向乔昭。

"你怎么做到的？"池灿愕然。

少女抿了抿唇，轻声细语道："胡乱下的，大概是不小心蒙对了吧。"

"我要听真话。"池灿手指屈起，敲了敲棋盘。

胡乱下就能胜过他冥思苦想这么久？更何况朱彦的水平他了解，京城年轻人中能胜过的可不多。小丫头这话骗鬼还差不多。

"哦，那大概是我的水平要高一点。"

池灿与朱彦对视一眼，忽然同时伸手拂乱棋盘，异口同声道："来，咱们手谈一局。"

"我饿了。"乔昭格外实诚。

饭后。

朱彦盯着棋盘良久，把棋子往棋罐中一丢，叹道："技不如人，我输了。"

他起身让开，换池灿坐下。

日头渐渐西移，嘉丰码头已经依稀可见，池灿依然捏着棋子冥思苦想。

对面的少女垂眸不语，安安静静等着。

"居然能忍得住不催促拾曦，单论这份养气功夫，这小姑娘就不简单呀。"朱彦低声对杨二说着，自叹弗如。

对能胜得过朱彦又忍得了池灿的少女，杨二大为佩服，深深看了乔昭一眼，不由一顿，语气奇异道："我怎么觉得，她好像睡着了？"

"你和我下棋，居然睡着了？"池灿淡淡问。

乔昭一个激灵清醒过来，手起棋落，发出一声清脆响声。

"你看错啦。"少女声音娇软甜美。她只是打个盹而已。

"我看着，你刚刚是闭着眼呢。"池灿笑眯眯说着，语气却让人头皮发麻。

"不信你看，我可有下错？"少女手指白嫩如玉，轻轻点着楸木棋盘。

隐居时光漫漫，下棋正适合打发闲暇时间，能与祖父对弈的她对上眼前这人，确实是闭着眼都不会走错的。

这样一想，好像有些欺负人。

池灿目光下意识追随着少女手指落处，看到对方落下那一子后他又损失惨重，头一次对自己的判断产生了怀疑。

"别下了，快收拾东西，马上就要靠岸了。"杨二忍笑打断二人交谈。

不多时船靠了岸，果然如杨二所说并没有进城，池灿轻车熟路地找到城外一处马圈，挑选出三匹健马来。

他拍了拍马背，对乔昭道："我们三人谁都不方便与你同乘一骑，等会儿我先带你进城寻一家客栈住下。"

"我会骑马。"乔昭道。

池灿怔了一下，居高临下打量着身高还不到自己腋下的小姑娘，牵了牵嘴角，又挑出一匹马来："既然会骑，那就带你去。"

"谢谢。"乔昭松了一口气，露出大大的笑容，走向那匹枣红马。

杨二忍不住低声对朱彦道："拾曦怎么突然变得好说话了？"

朱彦瞄着乔昭的身量，不厚道地猜测道："大概是觉得小姑娘骑不上去，想看她笑话吧。"

"我觉得拾曦恐怕要失望了。那丫头挺玄的，才这个年纪下棋就能赢了你，说不定马术比我还要精湛呢。"

朱彦直直望着前方，表情奇异。

杨二顺着方向望去，正看到那匹枣红大马把小姑娘甩到一旁，施施然跑了。小姑娘吃了一鼻子土，猛烈咳嗽着。

"果然是骑术精湛。"朱彦大笑起来。

"你在客栈等我们吧。"池灿微笑着,毫不掩饰眉梢眼角的愉悦。

这人就是恨不得甩下她吧?乔昭垂眸想。她倒是不会抱怨什么。她与他们三人,本就是萍水相逢,人家愿意伸手救她一把已经该感恩。可这一次,她只能"恩将仇报"了。

"我想和你们一起。池大哥载我——"

"不成,男女授受不亲!"池灿断然拒绝。这丫头,脸皮怎么能这么厚呢?

"我不在意。"

池灿翻了个白眼,不客气道:"我当然知道你不在意,可我在意!"

不要怪他说话无情,他要是性子再温柔点,在京城恐怕都不敢出门了。

听到池灿如此直白的话,乔昭反而轻笑起来。

那一年,这人在她祖父面前就是这般厚着脸皮纠缠的,而今换她缠上他,真有点因果轮回的意味。

"你笑什么?"池灿蹙眉。

这丫头有些邪门,他无法把她当成寻常小姑娘看。

"我是笑,你们这一趟若不带上我,恐怕难得偿所愿呢。"

池灿眼神陡然凌厉起来,迎上对面少女似笑非笑的眼,呵地一笑,嘲道:"小丫头就喜欢故弄玄虚,以为这样我就会带你去?呵呵,要带你去也无妨,除非你说出我们要去的是什么地方。"

"拾曦,你就别逗黎三了。"杨二有些不忍。

朱彦跟着道:"是呀,不然我带着她吧。"

池灿挑了挑眉。

朱彦乃泰宁侯世子,身份尊贵不说,还才华出众,年纪轻轻就中了举人。他平日里瞧着性情温和,实则很有几分自傲,如今居然愿意带一个小姑娘,真是稀奇了。

朱彦被池灿看得不好意思,轻咳一声道:"别多想,我只是觉得带上她也无妨。"

棋品如人品,会大刀阔斧赢过他的女子,应该做不出攀附权贵的事来。

"杏子林乔家。"乔昭启唇,吐出五个字来。

三双眼睛猛然看向她。

"你怎么知道?"杨二脱口而出。

乔昭心下微松。

赌对了!

池灿三年前来拜访过她祖父,而今祖父虽已不在,父兄他们却回了嘉丰。她实在不认为,堂堂长公主之子不畏奔波之苦来到嘉丰会是单纯游玩。

他们很可能是来拜访父亲的。

她若猜对了,池灿无论出于好奇还是防备,定然会带上她。

若是猜错了——

如果池灿三人去的不是她家，她当然就没必要非跟着去了。

说到底，语出惊人之后，她没有任何损失。

那三人的眼神却变了。

池灿甚至忘了什么"男女授受不亲"，一把抓住乔昭手腕："你怎么知道的？你是谁？"

"我猜的。"乔昭微笑，"我是京城黎修撰之女，住在西大街杏子胡同。"

"别说这些没用的，你知道，我问的不是这个。"池灿再一次认真打量乔昭。

第一次这样打量，他只是感慨这个小姑娘有几分小聪明。

而这一次，他觉得这丫头……真他娘邪行！

乔昭眨眨眼，把小姑娘的纯真无邪展现得淋漓尽致："没有池大哥想的那么复杂。我只是——"

她顿了一下，接着道："我只是万分敬仰乔先生，所以才猜测三位大哥来嘉丰，是去乔先生家。"

文无第一，武无第二。数十年前就能让天下读书人公认是第一才子的乔拙先生，当然当得起所有读书人的敬仰。

"乔先生……已经仙去了。"池灿语气莫名。

乔昭心中一痛，抬眸与他对视："是，但乔大人还在。"

乔大人，便是她的父亲，前左佥都御史，祖父过世后携家人回到嘉丰丁忧。与祖父的潇洒不羁不同，父亲性情严肃，论琴棋书画，真正说起来，是不及她的，但天下人不知道。

"你真是因此猜出来的？"

"嘉丰没有名山乐水，三位大哥从京城来这里，缘由没有那么难猜。"

池灿直直盯着乔昭，良久，再问道："你又怎么笃定，不带上你，我难得偿所愿？"

他来嘉丰，当然有所求。

乔昭嫣然一笑，侧头俏皮道："等到了杏子林，池大哥不就知道啦。"

池灿翻身上马，向乔昭伸出一只手："上来。"

乔昭把手递给他，只觉一股大力传来，整个人瞬间腾空而起，落到了马背上。

风驰电掣行驶中，耳畔尽是呼呼风声，男子低沉慵懒的声音从头顶上方传来："他们两个明明比我好说话，先前你怎么不求他们带？"

咳咳，虽然他长得俊是最重要原因，但还是希望能听到一点新意。

乔昭笑盈盈回道："自然是一事不烦二主。"

她是知恩图报的人，欠池灿的恩情已经记下，总不能再欠另一个吧。

池灿脸一黑。敢情是尽着他一个人使唤啊！他就说，这丫头一点都不可爱！

杏子林不是什么村庄的名字，而是因为那片杏子林后就是乔家大院，住着名满天下的大儒，久而久之，才被周围村落的人以"杏子林"代指乔家。

想去杏子林，就要经过白云村。

正值黄昏将至之际，马蹄声打破了村庄的宁静。

村人三三两两聚在一起，注视着来人。

他们很安静，四人却从这种令人压抑的安静中感受到一种异样的气氛。

没有高声谈笑的村民，没有见到陌生人好奇围观的幼童，这里的人竟是人人穿白，在漫天云霞的衬托下，明明春已来，却让人心生寒意。

"拾曦，我怎么觉得这些村人有些奇怪，要不要下马去打听一下？"杨二驱马凑到池灿身边问道。

坐在池灿身前的乔昭望着眼前熟悉又陌生的一切，目光从村民那一张张木然悲哀的面庞上掠过，心忽地一沉，呼吸困难起来。

她说不清是为什么，心好像陡然间被巨石压住，那马蹄声仿佛不是踩在地上，而是踏在她心头。

"快走……"乔昭竭力不让人察觉她的异样，艰难吐出两个字。

池灿同样察觉出不对劲，对杨二道："不用耽误时间，我认识路。"

他双腿用力一夹马腹，那马就跑得快起来，朱彦与杨二忙跟上。

三匹健马扬长而去，留下一路烟尘，村民们互看一眼，摇头叹息，默默散了。

绕过村子，遥遥就望到了那片杏子林。

这个时候杏花已开，远远望去，犹如大片绚丽云霞，与天际晚霞相映成辉，美不胜收。

乔昭不自觉红了眼圈。祖父曾说过，杏花耐寒，天气越冷花开越早，且花期远比桃花长。祖父是欣赏杏花的。而今杏花犹在，她最敬爱的人却已经长眠。

"驾——"池灿显然无心欣赏美景，转瞬来到杏子林前，翻身下马，把马拴在一棵树上，领着众人从杏林中的一条小路穿梭而过。

乔昭悄悄握了拳，手心全是汗水。她居然会紧张成这个样子，就是当初大婚，都不曾如此。这就是近乡情怯吧，人之常情。乔昭这样安慰自己。

走在她前面的池灿忽然停了下来。

乔昭心头一跳："怎么了——"

后面的话戛然而止，眼前的断壁残垣让她瞬间白了脸，身形摇摇欲坠，要死死抓住身旁之物才能勉强稳住身子。

池灿目光下移，看着少女抓住自己衣袖的手。

那只手小巧纤细，柔白如玉，其上的青筋清晰可见。

池灿沉默了片刻，看杨二一眼。

杨二会意点头，前去查探。

片刻后他回转，语气沉重："是火灾，看样子就是前不久的事。"

三人面面相觑，忽然就明白了那些村民的异样。以乔家在此地的声望善行，家中遭此惨变，村民为其穿白并不奇怪。风起杏花落，如簌簌而下的白雪一般清冷。一时之间无人言语。

乔昭的心比燕城城墙上那一箭穿心还要痛。她做错了什么，要面对这样的惨景？乔昭下意识攥紧了拳。

"你抓痛我了。"池灿淡淡道。

杨二与朱彦对视一眼。别人不知道，身为好友的他们却清楚，池灿此刻心情很糟糕。奔波千里而来，却是这么一个结果，换作谁心情都不会好的；更何况，除却所求落空，眼见乔家如此遭遇，没有人能心里好受。乔昭回过神来，慢慢松了手。

祖父教她自尊、自立，她的心情当然不能麻烦别人收拾。

"走吧，去问问那些村民，到底发生了什么事。"池灿转身走进杏林。

乔昭深一脚浅一脚地跟着，双腿如灌了铅，慢慢落到最后。

朱彦回了头，停住脚步等她。小姑娘虽然没有哭，可给他的感觉，哀恸极了。她为何如此？"你还好吧？"

乔昭看着他，牵了牵嘴角："显而易见，我很不好。"

朱彦犹豫一下，从袖中掏出一方折叠整齐的洁白手帕递过去："若是难受，哭出来更好。"

尽管他不知道小姑娘为何伤心成这个样子，心中却生出几分不忍。原来，有的时候女孩子不哭比哭起来，更让人觉得心酸。这样的好意，在这个特殊的时刻，乔昭无法拒绝，也不想拒绝。

她伸手接过手帕，擦了擦眼，又擦了擦鼻子，真心实意谢道："朱大哥，你真是个好人。"

好人朱大哥："……"

好一会儿，他才回了句："你好些了就好。"

穿过杏花林，朱彦看了看情绪明显低沉的池灿，迟疑了一下，问乔昭："要不我载你？"

乔昭顿了顿。

池灿目光冷淡淡扫过来，不耐道："磨蹭什么，还不上马！"

他伸手把乔昭提上马背，向前奔去。

四人重新回到白云村，用一块碎银子让一个半大少年把他们带到了村长那里。

"几位客人是来拜访乔大人的吧？"村长开门见山地问。

池灿情绪不佳，朱彦便替他开了口："不错，我们远道而来，正是拜访乔大人的，不料过了杏子林,却看到——"

村长长叹一声:"几位有所不知,乔家前几日遭了大火,乔大人一家都葬身火海了……"

乔昭浑身一颤,所幸她坐在角落里,无人留意。

"好端端怎么会失火?"池灿忽然开口。

村长一脸悲痛,叹道:"那谁知道呢?火是傍晚起的,等我们发现时火势已经很大了,根本进不去人。乔家玉郎不顾众人阻拦冲进火海,冒死救出了他小妹子,然后屋子就塌了——"

"乔家玉郎?"乔昭听得心神俱碎,直到听到这四个字,心猛然跳起来。

她大哥还活着?

"乔公子还活着?"朱彦把乔昭最想问的问了出来。

"乔家不是除服了吗,那日乔公子恰好出门访友,这才躲过一劫。乔公子回来时正赶上家里起火,于是冲进火海把他幼妹救了出来。"村长解释道。

"这么说,乔公子与乔姑娘都没事?"乔昭尽量收敛情绪,轻声问道。

村长口中的乔姑娘,是她的庶妹,乔晚。

村长看了乔昭一眼,道:"乔姑娘貌似没什么事,乔公子——"

"怎么样?"几人异口同声问。

"乔公子那张脸毁了。"村长长叹道。

脸毁了?池灿三人都是见过乔墨的,脑海中不由闪过他风华绝代的模样。乔墨在京城时,美名与池灿不相上下,难以想象那样一张脸毁了是什么样子。

"真是可惜啊。"村长说出众人心声。

乔昭嘴唇翕动。不可惜,她的兄长,只要活着就好!

"那乔公子现在何处呢?"

"这我就不知道了。乔家的后事还是村上人帮着乔公子一道处理的,等处理完,乔公子就带着妹妹不辞而别了。他脸上还受了伤,也不知能去哪里。"

"京城。"乔昭脱口而出。

众人诧异望来。

乔昭自知失言,迎着众人诧异的目光,抬眸望向池灿,定定问道:"什么时候回京城?"

"原来几位贵客是从京城来的,失礼了,失礼了。"村长亲自给四人添了茶水。

乔昭沉浸在自己的思绪中。按时间推算,自己的"死讯"还未传到这边来,她的婆家在京城,他们外祖一家也在京城。大哥离开这里,最可能去的地方无疑是那里。可家里遭了这样的横祸,大哥为什么没有留在杏子林守孝,而是急匆匆离开呢?乔昭隐隐觉得奇怪,可巨大的悲痛压在心头令她难以深思,便只剩下一个念头:回京城去,一定要找到大哥!

　　旁人又说了些什么,乔昭全然没有听进去,直到池灿站起来淡淡道:"我们还要赶回嘉丰城里去,就不用饭了。"

　　她浑浑噩噩跟着三人往外走。

　　池灿牵着马,眼风不悦扫过来:"磨蹭什么,再不快点,你就留在这里好了。"

　　留下?

　　乔昭睫毛轻轻颤了颤。

　　若是可以,她比谁都想留下来,这里是她的家啊!

　　"真的想留下?"池灿扬眉,越发不耐烦。

　　乔昭摇摇头,上前一步,冲池灿伸出了手。

　　池灿毫不客气地抓住她的手腕,直接将她提上马。

　　风声猎猎,如刀割在乔昭脸上,同时割在她心里。春日的风,原来也这么冷。乔昭这样想着,最后一次回头,深深看了被抛在身后的村庄一眼。彼时晚霞满天,与那片隔绝了一切丑陋与美好的杏子林连成了一片,只剩下村庄的静谧安宁。袅袅炊烟升起,一切都仿若往昔,只有那骑马远去的少女才知道,她失去了什么。

　　当马蹄溅起的烟尘全然消散时,一道人影从杏子林一隅闪过,同样离开了这里。

　　乔昭一行人赶在城门关闭前进了城,挑了城中上好的一家客栈住下来。

　　当城门缓缓合拢后,有人匆匆赶来。

　　"已经关城门了,想进城明日赶早!"守卫不耐烦道。

　　那人从怀中掏出一面令牌,在守卫面前一晃。

　　守卫立刻变了色,结巴道:"原来是……是……"

　　"啰唆什么,还不快把门打开!"

　　"是!"守卫慌忙打开城门,待那人走远,才敢抬手擦了一把额头冷汗。

　　"头儿,那是什么人啊?"属下凑过来。

　　守卫左右环顾一眼,才低声吐出三个令人闻风丧胆的字来:"锦鳞卫!"

　　那眉眼普通的锦鳞卫在城中极为熟悉地走走绕绕,进了一处院子。

　　院中海棠树下有一黑衣男子,独坐在石桌前,正自饮自酌,不远处数名男子默默站着。

　　那锦鳞卫一进来,数名男子立刻神情戒备看过去,一见是他,这才松懈下来。

　　那人很快来到黑衣男子面前,行礼道:"大人。"

　　黑衣男子把酒杯放下,看他一眼,问道:"杏子林有什么异常?"

　　"回禀大人,今日有三男一女去了杏子林,女子作男装打扮,然后四人去见了白云村村长。"男子说到这里顿了顿,接着道,"他们是京城来的,现在已经进了城。"

　　黑衣男子点点头,转头扫众人一眼。

几名男子立刻一脸肃然。

"你们都去查一查，那几人是什么来路。"

"是。"

翌日，天还未大亮，乔昭四人就悄悄出了城，弃马换船，一路往北而去。

他们的情况很快便报到了黑衣男子那里。

"长容长公主之子池灿，泰宁侯世子朱彦，留兴侯世子杨厚承——"黑衣男子念着三人姓名，语气一顿，波澜不惊的面上带了几分困惑，"黎修撰之女黎三？"

他沉思片刻，喃喃道："一个小姑娘与那三人，是怎么凑在一起的？"

几名手下皆束手而立，显然是不敢打断上峰思索。

黑衣男子吩咐下去："从京城到嘉丰定要经过宝陵，联络驻守宝陵城的锦鳞卫，看他们那边有没有什么信息。"

"大人，杏子林那边呢？"一个眉眼普通的属下问。

"继续盯着吧，乔家这场火有些不寻常。"

正说着，一位属下进来："大人，京城的信。"

黑衣男子伸手接过，把信打开，只扫了一眼，便愣了。

"大人？"众属下忍不住开口。

黑衣男子把信捏紧，语气淡淡："替我收拾行李，大都督命我尽快进京。"

众属下大惊，黑衣男子却没解释，负手踱出屋子，仰望着刚刚结出花苞的海棠树，牵了牵唇角。来到嘉丰这么久，他也该回去了，只是不知江五犯了什么错，大都督要把他替换回去。

黑衣男子很快把这点疑惑压在心底，想到将要和那有点意思的四人同程，不由笑起来。

乔昭四人回程的船上，气氛却不怎么好。

朱彦捏着棋子，一贯温和的他已经到了崩溃边缘，无奈道："拾曦，你心情不好就发泄出来啊，这样闷头下棋岂不是折磨人？"

池灿掀了掀眼皮，凉凉道："我这就是在发泄！"

朱彦被噎得一窒。敢情他就是那个受折磨的！他不由向杨厚承投去求救目光。杨厚承摊摊手，示意爱莫能助，冲乔昭的方向努了努嘴。朱彦眼睛一亮，随后摇了摇头。罢了，他受折磨就算了，何必再把人家小姑娘拖进来。

池灿把二人的眉眼官司看进眼里，见朱彦拒绝了杨厚承的提议，眼风扫过静坐一隅的乔昭，淡淡道："黎三，过来陪我下棋！"

乔昭闻言眉毛动了动，随后默默站起来，来到池灿对面。

朱彦抱歉地看她一眼，起身让开位置。

乔昭坐下，接着二人的残局下起来。

靠着栏杆，朱彦低声埋怨杨厚承："拾曦憋着火气，何必牵连别人？"

杨厚承看背对他而坐的乔昭一眼。

少女坐姿优雅，如一株幽静绽放的梅。

他低声笑了，打趣道："子哲，你这是怜香惜玉了？"

"休得胡说，那还是个没及笄的小姑娘呢——"

"这么说，等人家及笄就可以了？"

"杨厚承！"朱彦沉了脸。

见好友真的恼了，杨厚承这才收起玩笑，低声道："拾曦那个阴晴不定的臭脾气你还不知道吗，要是不把火气发出来，这一路咱们都别想好受。"

"我这不是一直陪他下棋么。"朱彦叹口气。

谁让这趟嘉丰之行是他造成的呢，有什么倒霉事他先顶上，只能认了。

"那有什么用，难道你没看出来拾曦正看那小姑娘不痛快吗？谁让小姑娘说话太满，偏要说带上她去拜访乔家才能得偿所愿，结果——"

二人正说着，就听清脆的撞击声传来，齐齐望去。

池灿把棋子掷于棋罐中，冷冷道："不下了。"

乔昭捏着棋子，不疾不徐看他一眼。

这人，定力太差，难怪当初祖父不教他呢——

想到祖父，再想到那场大火，乔昭心中一痛，表情麻木如木偶。

池灿瞧着更是气闷，嗤笑道："黎三，你不是说不带你去我难以如愿吗？那带上你的结果又如何？"

这话如一柄利刃，狠狠扎在乔昭心上。

她忍着疼，轻声问池灿："不知池大哥去乔家，所求何事？"

少女轻咬贝齿，面色苍白，无端惹人怜惜。

偏偏池灿这个人最缺的就是怜香惜玉的情绪，他斜睨着乔昭，没好气道："现在问这个还有什么用？"

"池大哥不方便说？"

这人来拜访父亲，以他的身份、年纪推断，定然不是公事，那么十有八九还与他三年前来访的目的有关。若是那样，她或许能替他达成心愿。并非逞能，只为报答对方的搭救之恩。至于这人阴晴不定的脾气……她和一个变态计较什么。

乔昭说池灿是变态，真算不上骂人。她对京城中人了解有限，池灿却是个例外，一方面是因为池灿来拜访过祖父，更重要的原因是他父母的事迹太出名了。

长容长公主是当今圣上胞妹，年少时颇受太后与皇上喜爱。到了可以婚嫁的年纪，长公主千挑万选，亲自挑了个俊朗无双的寒门士子。

用长公主当年的话说，寒门士子比之勋贵子弟少了几分浮夸，为人更踏实可靠。

许是验证了长公主的话,婚后二人举案齐眉,一晃十来年下来别说吵架,连拌嘴都很少。公主尊贵,这其中当然少不得驸马的包容忍让。

一时间,这对神仙眷侣不知惹来多少人艳羡,那些当初不解长容长公主选择的公主,更是不止一次佩服她的明智。

谁知生活总是比戏本还要精彩,驸马意外过世,长容长公主正悲痛得死去活来之际,一个女人带着一双子女找上门来了,居然是驸马的外室。更让长公主接受不了的是,外室那双子女竟比独子池灿小不了多少。

十来年的幸福与得意,越是甜蜜羡人,那耳光越是响亮,狠狠抽在了长容长公主的脸上。啪啪啪,脸肿得让长公主连悲痛都剩不下多少了,偏偏那人已死,让她连发泄都没个地方。

不久后,长容长公主公然养起了面首,长公主府夜夜笙歌。

年纪尚幼的池灿面对这一连串变故和那些掩饰得虽好却饱含着各种恶意的人,性情越来越乖戾。加之他相貌随了父亲,越是长大风华越盛,长公主对这个儿子时冷时热,京城的小娘子们却疯狂追逐,让他脾气更加古怪。

这些都是乔昭嫁进靖安侯府后偶然听来的闲话,她收回思绪,看向池灿的眼神不免带了一点同情。比起他来,她的父母是多么正常啊!

池灿格外敏感,被少女莫名的眼神刺了一下,冷冷道:"有什么不方便!"他从上到下扫了乔昭一眼,轻视从上翘的嘴角都能溢出来,"和你说了有什么用!"

乔昭性情疏朗开阔,换作往常或许会随意说笑几句缓解尴尬的气氛,可她家人才遭大难,再怎么豁达此刻也没有闲谈的心思,见他没有说的意思,便不再坚持,淡淡"哦"了一声,捡起池灿丢回去的棋子,接着残局自己与自己下起来。

池灿本来还等着她接话的,结果只等来一声"哦"小姑娘就自娱自乐起来了,当下一口气憋在了嗓子眼里,上不来下不去,一张俊脸都黑了。

朱彦看不过去,以拳抵唇轻咳一声:"拾曦,抱歉,若不是我想看乔先生的画,那画就不会被毁了,也不会害你千里迢迢白跑一趟——"

对好友池灿倒是格外宽容,摆摆手道:"现在说这个没意思,我再想别的法子就是了。"

"我父亲手里还有一幅韩大家的'五牛图'——"

池灿打断朱彦的话:"我母亲对那些前朝大家的画都没兴趣,她只稀罕乔先生的画。"

乔昭眸光闪了闪。长容长公主稀罕祖父的画?她心思玲珑,很快便想到池灿三年前找上门来求祖父指点他画技的事。世人都知道,祖父晚年身体弱,早就没精力教人了,莫非此人求祖父指点画技是假,讨要祖父的画才是真正的目的?以祖父在文坛的名望地位,当年池灿若直接求画,很可能被一口回绝。可这人打着求教的名头死死纠缠祖父，最终缠得祖父拿一幅画把人打发了。乔昭不由深深看了池灿一眼。那一年，这人不过十五六岁吧，果然不是个简单的人物。再想到那些传闻，乔昭更是疑惑。不是说池灿与长容长公主母子关系僵硬吗，他又怎么会因为长公主稀罕一幅画费这么多心思？

乔昭不自觉琢磨着，就见杨厚承一拍脑袋，喊了一声："我想起来了，我父亲那里收藏着乔先生一幅画，是早年太后赏赐的。"

杨厚承乃留兴侯世子，而留兴侯府则是杨太后的娘家。算起来，杨厚承该称太后一声姑祖母。

池灿斜了杨厚承一眼，似笑非笑道："才想起来？"

杨厚承挠挠头："这不是想着能求乔大人临摹一幅，就不用打我父亲的主意了嘛。那可是太后赏赐的，又是乔先生的画，我父亲宝贝着呢，要是知道被我偷了去，非打断我的腿——"

"可是乔大人不善作画。"乔昭终于忍不住插口，惹得三人目光立刻扫来。

"你怎么知道？"池灿嫌她插口，不耐烦问道。

少女眼睛微微睁大，语气很是一本正经："我仰慕乔先生啊，一直临摹他的画，还留意着乔先生的事迹，并没有一星半点乔大人擅长作画的事迹传出来。"

话音落，三人不由面面相觑。

好像是这么回事，乔大人在京城做官多年，从没有画作流传出来。他们只想着乔大人是乔先生之子，就一定擅长绘画，却是当局者迷了。

"我能看看那幅被毁的画吗？"乔昭问。

池灿看了朱彦一眼。

那幅画是他三年前为母亲求的，好友想看他便取了出来。画毁了，自然也就没了价值。

朱彦苦笑一声，转回船舱，不久后转回来，手中多了一个长匣子。

一看他就是惜画之人，打开匣子后用洁白帕子垫着把画取出，小心翼翼在乔昭面前展开来。

一池碧水晚霞铺展了半面，小桥矗立与倒影相伴，七八只鸭子活灵活现，仿佛一挥动翅膀就能从画中游出来，只可惜一团墨迹污染了画作。

乔昭眸光一深。果然是祖父送给池灿的那幅画。祖父早年以画鸭成名，因为画鸭有童趣，她最开始学且画得最好的，也是这个。

乔昭心里有了底，便道："这个我可以画。"

"你可以画？"池灿盯着乔昭，他眼尾狭长微翘，哪怕是丝丝嘲弄之意从中流泻，都难掩容光之盛，"然后呢？你莫非要替我画一幅，让我回去交差？"

杨厚承站在乔昭身后，轻轻咳嗽了一声，提醒小姑娘别乱说话。

真惹恼了那家伙，他可不管男女老幼，照样赶下船去的，到时候小姑娘岂不可怜。

朱彦温声提醒道："学过画的人都会画鸭，可这'会'和'会'是不同的——"

乔昭弯了弯唇："朱大哥，我懂。"

她说完，又看向池灿，语气平静但满是诚意："我给池大哥画一幅鸭戏图，就当答谢池大哥的援手之恩。"

池灿本就心烦，乔昭的诚意落在他眼里，就成了不知天高地厚的狂妄。他紧紧盯着她，不怒反笑，语气却是冷冰冰的："那好，你画吧。"他顿了顿，接着说了一句，"若是让我交不了差，等船中途靠岸你就给我下船去！"

朱彦轻轻拍了拍他："这是不是有些——"

不近人情？

朱彦到底没把这四个字说出口。

三人是自小玩到大的，他当然明白好友的脾气。

长公主与驸马的事让池灿性情改变不少，但那时还不至于如此偏激。随着池灿年龄渐长，风姿越发出众，麻烦就越来越多了。

他还清楚记得，有一次池灿好心救了一位被恶霸调戏的姑娘，那姑娘死活要跟池灿回府，池灿自是拒绝。没想到转天那姑娘就在长公主府门外的树上上了吊，还留言生是池灿的人，死是池灿的鬼。

好事不出门，坏事传千里，此事瞬间传遍了京城大街小巷，到后来谁还记得池灿救人，都在议论定是他勾了人家姑娘，结果不认账，才害那姑娘寻死的。

那年池灿才十三岁，人言可畏，如一座大山压得少年喘不过气来。而他的母亲长容长公主则拿起鞭子，赏了儿子一身鞭痕。

自此之后，池灿性情就日渐乖戾起来。说实话，那日黎三向好友求救竟没被拒绝，他都觉得惊讶。

朱彦轻叹一声。罢了，黎姑娘若真被赶下船去，大不了他暗中关照一下，总不能让小姑娘真的没法回家。

"你们都别掺和，这是她自找的，现在后悔也晚了。"池灿冷冰冰道。

乔昭淡定问道："船上可有笔墨颜料等物？"

"都有，我带你去吧。"朱彦怕气氛太僵，主动领着乔昭进了船舱客房。

这艘客船本来能载客十数人，三人财大气粗，出手包了下来，便腾出一间客房专门充作书房。

乔昭随着朱彦进入，环视一眼，屋内布置虽简单，该有的书案、矮榻等物却一样不少。

"这些笔墨纸砚你都可以随意用。"朱彦一边领着她往内走一边道，"只是这些书不要乱翻，不然又要惹得拾曦生气。"

"多谢朱大哥，我知道了。"乔昭冲他福了福，表示谢意。

"那我就先出去了。"

作画之人一般不喜人在旁干扰，此外，毕竟男女有别，独处一室不大合适。

乔昭微微颔首："朱大哥请自便。"

见少女已经端坐于书案前，铺开宣纸，素手轻抬开始研墨，朱彦脚步一顿，轻声道："不要担心，拾曦他嘴硬心软。"

乔昭抬头与朱彦对视，有些错愕，转而牵了牵唇角："多谢朱大哥，我不担心。"

池灿嘴硬心软是假，这位朱大哥心挺软倒是真的。她没有什么可担心的，等还了欠人家的恩惠，以后与这三人应该不会有任何交集。

少女语气太平静，神情太镇定，朱彦一时有些讪讪，冲她点点头，抬脚出去了。

听到脚步声，池灿回头，似笑非笑道："怎么出来了？"

朱彦走至他身旁，抬手轻轻捶了他一下："这是什么话？"

池灿垂眸一笑，望向江面。

春光大好，两岸垂柳把曼妙的姿态映照在水面上，宛如对镜梳妆的少女尽情展露着柔美婉约，只是船经过带起的涟漪把那份静美破坏。

"没什么，只是怕你无端惹麻烦而已。"容颜比春光还盛的男子慢悠悠道。

朱彦一怔，随后哑然失笑："拾曦，你想多了。"

他脑海中掠过那个身姿挺得比白杨还要直的小姑娘，笑意更深。

那丫头，恐怕巴不得双方两不相欠呢。

船徐徐而行，日渐西斜。

杨厚承目光频频望向船舱。

"小丫头已经在里面待了大半日，连午饭都没出来吃。该不会画不出来，又怕被拾曦赶下船去，不敢出来了吧？"

池灿与朱彦对视一眼。似乎很有可能！

"我去看看吧。"朱彦轻声道。

池灿拦住他，冷笑道："我去。看她要躲到什么时候！"

细微的脚步声传来，三人闻声望去，就见乔昭走了过来。

池灿目光下移，见她两手空空，不由扬眉："画呢？被你吃了？"

乔昭摊开手，左右四顾。

杨厚承是个急性子，忍不住问她："找什么呢？莫非画被你弄丢了？"

这个借口可实在不怎么样啊。

小姑娘眼皮也不抬，淡淡道："画没丢，我在找'风度'。"

风度？三人一怔。

"'风度'是什么玩意？"以为有谐音，杨厚承再问道。

小姑娘一双秋水般的眸子扫过池灿，耐心解释道："风采的风，大度的度，是为风度。"

这下子三人都明白了，朱彦与杨厚承对视一眼，齐齐看向池灿，忍不住放声大笑起来。

池灿一张白玉般的冷脸迅速转黑。自从遇到这丫头，他被两个好友联合嘲笑的次数陡然增多了。他大步流星走到乔昭面前，伸手捏住她尖尖的下巴："大胆，你可知道我是谁？"

小姑娘眨了眨眼，试探道："救命恩人？"

池公子的怒火好像急剧膨胀的气球，被针一下子戳破了，他瞪着眼前还不及他腋下的小姑娘，嘴角抽了抽，默默放手。这丫头一定是专门来克他的吧？耳边传来两个好友的闷笑声，池灿深深吸了一口气，甩袖便走。

待他身影消失在船舱门口，杨厚承险些笑弯了腰，冲乔昭道："丫头，以后哥哥罩着你了。"能让池公子频频吃瘪的人，实在太难得了。

乔昭屈膝行礼："多谢杨大哥抬爱。"

朱彦嘴唇翕动，想说些什么，最后看了杨厚承一眼，没再吭声。

甲板上才得片刻宁静，池灿便如一阵旋风从船舱冲了出来，把熟悉他性子的朱彦二人吓了一跳。

"有贼吗？还是遇到倭寇了？"杨厚承右手按在腰间刀鞘上，一脸紧张。

"什么倭寇，你们快随我进来！"池灿喊了一声，转身便往回走。

杨厚承一边往里走一边喃喃道："咱这里离福城那边远着呢，我就说不可能遇到倭寇呀。"

当今大梁并不是国泰民安，北有鞑虏频频掠夺进犯，南边沿海的倭寇则是心腹大患。近年来倭寇带来的祸患愈演愈烈，成了令朝廷大为头疼的事。

乔昭望着三人依次消失在门口的身影，不动声色地跟上。

"这，这是怎么回事？"朱彦一贯沉稳，此刻看着书房桌案上那幅鸭戏图却失态了。

杨厚承更是喊起来："见鬼了不成？我明明记得这里有一团墨迹的！"

他说着，就伸出手要去触摸。

"别动！"朱彦喊了一声，顾不得语气太过严厉紧绷，掏出帕子裹在手指上，小心翼翼往画上小桥倒影处轻轻按了按。

他收回手，看到雪白帕子上淡淡墨迹，眼神倏地一缩，猛然看向乔昭。

好友的举动让池灿隐隐猜到了什么，可他实在难以相信，目光牢牢锁在乔昭面上，张了张嘴："你——"

答案太过惊人，反而问不出了。

乔昭缓缓走过去，捧起书案上的长匣，递给朱彦。

朱彦怔怔接过，随后像是想起来什么，动作迅速打开长匣，从中取出一幅画。

画卷展开，赫然是一幅鸭戏图！

三人同时死死盯着鸭戏图上那团墨迹，而后齐齐低头，看着书案上铺着的那幅画。除了那团墨迹，两幅画竟然毫厘不差！

"简直一模一样，这，这是怎么做到的？"朱彦喃喃道。

他于此道颇有研究，自然看得出来眼前两幅画不只是表面相似，而是连其中风骨都如出一辙。

"这不是临摹，绝对不是临摹！"朱彦连连摇头，神情奇异望向乔昭，"黎姑娘，莫非你也有乔先生的鸭戏图？"

鸭戏图是乔先生早年成名作，流传出去的不止一幅。

乔昭指了指快被朱彦攥烂了的手帕。

朱彦低头。手帕上那道淡淡的墨痕提醒着他，刚刚的疑问是多么可笑。

他一下子泄了气，问道："你是怎么做到的？"

一个小姑娘能画出乔先生的成名作，达到以假乱真的地步，平日对画技颇为自得的他岂不可笑？

"临摹啊，我不是说过，我很仰慕乔先生吗？我一直在临摹他的画。"乔昭老老实实道。

她并没有撒谎。

刚开始学画时，祖父随手画了一只鸭，让她足足临摹了三年，而后又用半年让她对着杏子林后池塘里的鸭作画。这之后她闭着眼睛就能画出鸭来，且画出的鸭无论什么姿态，别人一看，都与祖父的难以分辨。

用祖父的话说，她画的鸭已经有了与他笔下鸭一样的画魂。魂一样了，哪怕形不一样，旁人也会认为出自一人之手。

祖父告诉她，当她能给笔下的鸭注入自己理解的画魂时，画技才算大成。

可惜她绘画一道天分不高，此生恐怕是无望了。

"临摹？"朱彦喃喃念着这两个字，失魂落魄。

他当然不信只是临摹这么简单，这或许就是天赋吧。

"太像了，这也太像了！丫头……不，黎姑娘，这真是你画的？"杨厚承眼睛眨也不眨地盯着乔昭。

乔昭冲他笑笑，看向池灿："池大哥，这样可以让你交差了吗？"

池灿神情颇为复杂，沉默好一会儿才点点头，转身匆匆走了出去。

杨厚承干笑着解释："别在意，那家伙大概是觉得下不来台呢。"

想着那幅惊为天人的画，他忽然不好意思再"小姑娘小姑娘"地叫，扭头对朱彦道：

"里面怪气闷的，咱们出去吧。"

朱彦深深看乔昭一眼，胡乱点头："嗯。"

重新回到甲板上，朱彦凭栏而立，沉默不语。

杨厚承拍拍他的肩："怎么，受打击了？"

朱彦苦笑。

倚着栏杆的池灿忽然低声道："她真是一个小修撰的女儿？"

不是一个圈子的人，他并不知道翰林院是否有这么一位黎修撰，却觉得那样的门第养不出这般灵慧的女儿。

"这有什么好怀疑的，她难道还会在这方面说谎？"杨厚承不以为然。

池灿看了朱彦一眼，才道："我就是觉得太离奇，子哲自幼请名师教导，尚且作不出那样的画呢。"

朱彦抽抽嘴角。

已经够郁闷了，还被牵出来比较，有没有人性啊？

杨厚承同样看朱彦一眼，大大咧咧地道："这更不奇怪了，人与人天赋不同嘛。比如那位名满天下的乔先生，世人也没听闻他父亲才名如何啊。"

被另一位好友成功补刀的朱公子默默咽下一口血。

第二章 神医

船行水云间,风吹行人面。

江上船只来往如梭,池灿三人靠着栏杆闲谈,天渐渐暗下来,晚霞堆满天,一艘客船从不远处倏然而过,三人的谈话声顿时一停。

池灿目光直直追着隔壁客船上凭栏而立的黑衣男子,那人似有所感,回望过来,冲他轻轻颔首。

黑衣男子还很年轻,不过二十出头的模样,一身紧身玄衣勾勒出他修长健美的身材,俊美的脸上挂着笑,那笑意却不及眼底。

如果说池灿是那种精致到极致,一旦笑起来带着妖异的美,那么这黑衣男子的笑就如一缕春风,暖了旁人,笑的人却没有一丝一毫的痕迹留下。

等到隔壁船只交错而过,杨厚承问眉头紧锁的池灿:"拾曦,那人是谁啊?你认识?"

"说不上认识——"池灿顿了顿,这才收回目光,懒懒道,"那不是什么好人。"

"怎么说?"朱彦也来了兴趣。

那人眼生得很,好友能认识他们却没见过,才是奇怪了。

池灿冷哼一声,才道:"知道江堂吧?"

"别说笑,谁不知道江堂啊,堂堂的锦鳞卫大都督。"杨厚承神情已经严肃起来。

锦鳞卫直接听命于皇上,是帝王的耳目,天下人无不避让而敬之。而江堂便是锦鳞卫都指挥使,他还有另一个身份,当今天子的奶兄。

可想而知江堂是多么威风八面的人物了,无论是皇亲贵胄,还是文武百官,对上此人都要礼让三分。

见二人神情认真起来,池灿才解释道:"江堂有十三个得力的手下,人称十三太保,刚刚过去的那个乃是江堂的义子江十三。他早几年就被派到南边驻守，所以京城中人对此人都不熟悉，我也是上次来嘉丰才与他打过交道。"

说到这里，池灿牵了牵唇角，冷冷道："那就是个笑面虎，好端端的碰上，真是晦气！"

朱彦与杨厚承对令人闻风丧胆的锦鳞卫显然也没好感，遂不再问。

杨厚承岔开话题道："天这么晚了，咱们回屋用饭吧。"

这船是被三人包下来的，给的银钱丰厚，服务自然到位。三人在饭厅里落座，很快热气腾腾的饭菜就端了上来。

杨厚承看了看门口，纳闷道："黎姑娘怎么还没出来？"

"许是不饿吧。"池灿凉凉道。

"怎么会？她午饭都没吃呢。要不咱们去看看？"杨厚承提议道。

三人嫌麻烦，这次出门没有带仆从，这船上清一色的男人，要说起来一个小姑娘住着是不大方便。

三位公子哥这才后知后觉想到，一位官宦之女，身边连个伺候的小丫鬟都没有，居然事事亲为，不声不响地跟了他们这么多天，也算是不容易了。

"真是麻烦，走吧，去看看。"池灿站了起来。

三人来到乔昭房门外，杨厚承喊道："黎姑娘，该用晚饭了。"

里面悄无声息。

三人互视一眼。

"进去看看？"杨厚承询问二人。

池灿双手环抱胸前，淡淡道："万一人家在里面更衣呢？万一在沐浴呢？被咱们三个看到了，算谁的？"

"我来吧。"朱彦深深看池灿一眼，道，"黎姑娘不是这种人。"

他越过二人上前，敲了敲门："黎姑娘，你在吗？"

里面还是无人应答。

"黎姑娘，唐突了。"朱彦伸手把门推开。

船内客房布置简洁，并无屏风等物遮挡，三人一眼就看到了躺在床榻上的乔昭。

少女青丝垂散，衬得一张脸雪白，双目却是紧闭的。

三人面色同时一变，再顾不得其他，大步走了进去。

行至近前，三人这才看到小姑娘一张脸苍白得吓人，额头渗出细细密密的汗珠，显然是病了。

"这，这先前不是好好的吗？"杨厚承大惊。

朱彦皱眉，语气有些迟疑："黎姑娘这几日好像都没怎么吃东西。"

他们三个大男人当然不会过于关注一个小姑娘的日常，可听朱彦这么一提醒，立刻回过味来。

朱彦看向池灿："拾曦，你看该怎么办？"

"还能怎么办，到了下一个码头船靠岸，请大夫给她看看。"池灿看了乔昭一眼，淡淡道，"总不能让她死在船上。"

"什么死不死的，我看小丫头一准儿没事。"杨厚承宽慰道。

好友就是嘴硬心软，明明关心得很嘛。

池灿恨恨地移开眼。姓杨的那是什么语气啊，他才不关心呢！

三人站在乔昭屋内，一时之间有些静默。

床上的少女却有了动静。

她忽然轻轻喊了一声："爹，娘——"

室内更静。

好一会儿杨厚承笑道："原来是想家了。"

朱彦摇摇头："不止想家那么简单。她一个姑娘家被拐来南边，等回到家中恐怕不好过。"

"行了，这些不是我们该操心的。"池灿抬脚往外走，走到门口又折返回来，一屁股坐在椅子上，迎上两位好友诧异的眼神，哼哼道，"谁留下都不合适，一起守着吧。女人果然是麻烦，不管年纪多大！"

朱彦轻笑出声，看乔昭一眼，又有些忧心。

小姑娘这样子，似乎病得不轻啊。

"黎姑娘——"他轻声喊。

床上少女睫毛颤了颤，没有睁开眼。

三人都是男子，谁都不好摸摸人是不是发烧，只能干等着。

船总算靠了岸。

池灿打发一个船工去城里请大夫，被杨厚承拦住："算了，还是我去吧，我腿脚快。"

朱彦跟着往外走："我进城买个小丫头回来，照顾人方便。拾曦，黎姑娘这种情况不能没有人看着，你就照应一下吧。"

等二人一走，室内只剩下池灿一个清醒的，他居高临下地打量着昏睡不醒的乔昭，自言自语道："小丫头能耐不小啊，能让他们两个鞍前马后替你奔走。"

床上的少女没有回应，脸色却开始转红，那是一种不正常的潮红。

池灿抿了抿唇，扭头看一眼门口，确定没有人来，飞快伸出手放在了乔昭额头上。

很烫，灼人的烫。

池灿缩回手，眉毛拧了起来。

他目不转睛地盯着乔昭，一双眸子黑如墨石，让人看不出情绪来，好一会儿，仿佛是施舍般，伸出修长手指，用指腹轻轻戳了戳她滚烫发红的脸蛋。

昏迷中的少女一把握住了他的手。

池灿吓了一跳，条件反射地往外一抽，手却被抓得更紧。少女闭着眼，泪水簌簌而下。

昏迷中的少女哭得无声无息，明明闭着眼，可面部每一个线条都显示出她的伤心，这种伤心在压抑无声中格外被放大。

池灿说不清是心软还是如何，最终没有动。

他任由少女握着他的手无声哭泣，直到走廊里急乱的脚步声响起才抽出手，转过头去。

见是杨厚承扛着个须发皆白的老头进来，池灿有些诧异："这么快？"

杨厚承一脸喜色，把肩膀上扛着的老头往椅子上一放，兴奋地道："小丫头运气忒好，我还没到城门口，就遇到这么大一个神医！"

什么叫这么大一个神医？

池灿用眼神表示了疑惑，然后看向椅子上的老者。

老者靠着椅背，竟然是昏迷的。

池灿再次向杨厚承望去。

杨厚承挠挠头，解释道："你不知道，这位李神医脾气古怪得很，当初太后请他进宫问诊还推三阻四呢。我这不是怕他不来嘛，就一个手刀劈晕了。"

池灿眉毛动了动，似是想起了什么，猛然看向昏迷不醒的老者，拔高了声音："李神医？难道是那位传说中可以活死人肉白骨的李神医？"

"就是他呀，那年李神医进宫给太后看诊，我见过的。真没想到我进城给小丫头找大夫，居然就碰上了他。呵呵呵，这就是人品吧。"

杨厚承一想到自己与这位神医擦肩而过时毫不犹豫一个手刀劈下去，然后扛起人就跑，就为自己的当机立断感到骄傲。

池灿脸色变了，叹口气问道："你的功夫没落下吧？"

"嗯？"

"你有没有人品我不知道，有麻烦是肯定的。等下要是被人追杀，自己擦屁股。"

"不会吧——"杨厚承看了李神医一眼。

"这么大个神医就像馅饼一样掉在你头上？没有惹到什么麻烦，我是不信的。"池灿凉凉道。

"这位小友还算有自知之明！"恼怒的声音响起，李神医睁开眼，从椅子上站了起来，晃了晃身子才站稳，抬脚就往外走。

杨厚承忙把他拦住："李神医，您还记得我不？那年您进宫——"

"原来你认得我啊？"李神医打断杨厚承的话。

"啊，认得。"杨厚承点头。

"认得你还把我劈晕了？"李神医大怒，半点传说中高人仙风道骨的样子都没有，掏出一把小银针就天女散花般撒了过去。

他就是出城采一味药，这混蛋小子从他身边走过，连个眉毛都没抬，忽然伸手把他劈晕了，真是气死他了！

"神医息怒，神医息怒，我们有个小妹子病了，这不是着急嘛，才出此下策的。"杨厚承抱头乱窜。

"就是天皇老子，老夫也不给你看！"李神医掸掸衣袖，抬脚就往外走，走到一半转头，轻描淡写道，"哦，我那银针上有毒。"

话音落，杨厚承就晕了过去。

池灿脸色一变，站起来追过去："神医请留步！"

他这么一起身，转过头来的李神医一眼就看到了躺在床榻上的乔昭。

李神医脚步一顿，对走到近前的池灿熟视无睹，急匆匆走到乔昭面前，一屁股坐了下来。

他紧紧盯着乔昭，又是把脉又是望诊，全然沉浸在自己的世界里。

池灿俯身把杨厚承拽起来，忽然猛一转身，抽出腰间佩剑就迎了上去。

从门口冲进来的三人把他团团包围，本就不大的屋子一下子变得狭窄逼人。

才一交手，池灿就知道坏了。这三人明显是死士之流，身手高明不说，拼起来完全不要命。他身手虽不差，以一对三还是不成的。这三人与李神医是什么关系？念头才闪过，肩头就是一痛，池灿不由闷哼一声。

这时，李神医不耐烦的声音传来："要打架都滚出去打，别影响我看病人！"

这话一出，仿佛给屋里人下了定身咒，冲进来的三人顿时住手，其中一人开口道："您没事真是太好了！"

那人说着，目光落在椅子上昏迷不醒的杨厚承身上，眼中杀机一闪。真是想不到，有他们几个护着李神医进京，这人在出其不意之下，居然在他们眼皮子底下把人给劫走了！这样的错误被主子知道了，足够他们死好几次了。

"滚出去！"李神医中气十足地吼道。

三人对李神医极为恭敬，立刻道一声"是"，转身就往外走，还不忘把池灿与昏迷不醒的杨厚承带走了。

等到了外面，面对杀气腾腾的三人，池灿拿出帕子按在肩头伤口上，淡淡笑道："三位不必如此，等神医看过了病人，你们自便就是。"

他打量了三人一眼，接着道："我猜三位也是请神医去看诊的，想来不愿节外生枝吧？我们没有别的意思，只是机缘巧合遇到神医，请他给一位病人看病。目前看来，神医对我们的病人甚有兴趣呢。再者说，咱们惊动了锦鳞卫的大人们多不好。"

这番话含了三个意思：一是点明他们认识李神医，身份并不简单，如果三人动手杀人，麻烦不小。二是指出李神医对他们的病人有兴趣，要是继续动手惹恼了神医，麻烦更不小。三是附近有锦鳞卫的人出没，被他们盯上，那就不只是麻烦的问题了。

总而言之就是传达给对方一个意思，好聚好散，谁都别节外生枝。

池灿的话果然起了作用，三人对视一眼，默默收回刀剑。

城里还来了锦鳞卫，要是真杀了这几人被那些疯狗盯上，说不准会给主子惹麻烦。他们的任务就是把神医顺利带回京城，别的都可以妥协。

外头的双方达成了某种默契，各自安静等候。

而室内，当李神医收针后，乔昭终于缓缓睁开了眼。

熟悉的面孔映入眼帘，她一时不知今夕何夕，脱口而出道："李……爷爷？"

李神医瞳孔蓦地一缩。

这个称呼……

"你是谁？"他抓了乔昭的手，喝问。

粗糙干瘦的手搭在手腕上，乔昭猛然清醒，垂眸盯着那只手一动不动。

这只手她是熟悉的，曾经手把手教她针灸推拿，曾经笑着刮她鼻子说她学得快。

他是乔昭的李爷爷，却不能是黎昭的。

"小丫头到底是谁？"李神医并不是脾气好的人，声音更冷了一分。

乔昭抬眸与他对视，因为发烧音色没了平时的轻柔，沙哑如低低刮过青草地的风："我是京中黎修撰之女，您是谁？"

李神医明显不信："小丫头刚刚喊我什么？"

这小丫头有古怪，刚刚分明喊他李爷爷，而这个称呼，只有一个丫头这样喊过。

乔昭露出疑惑的神色，一双漆黑明亮的眸子微眯，似在回忆："我刚刚想说，咦……爷爷您是谁？"

她无辜笑了笑："不过还没说完，您就打断我啦。"

李神医愣了愣。李……爷爷？咦……爷爷……原来是听错了。他松开乔昭手腕，可不知为何，心中还是有几分怪异。总觉得这机灵古怪的丫头和记忆里那个聪慧的丫头有些相似。

李神医扬声道："进来吧。"

脚步声响起，初春的风随着门开涌进来，让人头脑一清。

池灿目光直接落到乔昭那里，见她已经醒来，一直紧绷的唇角微不可察地松懈几分，这才看向李神医。

李神医一改先前的乖僻，温和问道："小姑娘是你什么人呐？"

池灿下意识后退半步。总感觉面前站了一只大尾巴狼，还是上了年纪老奸巨猾那种。

"萍水相逢而已……"池灿飞快把自己撇清。

"萍水相逢啊——"李神医拉长了声音。

池灿摸不清他的用意，解释道："小姑娘被拐了，凑巧被我们碰到，我们顺路送她回家。"

"原来是这样。"李神医松了一口气，笑眯眯道，"小姑娘病得不轻，不是一天两天能好的。不如这样，就让这小姑娘跟着我吧，我医好了她，送她回家就是。"

"她要回京城。"池灿也不明白自己怎么回得这么快。

"那就更好了。"李神医摸摸胡子，"我也是去京城，路上可以行慢点，方便医治这小丫头。"

池灿不说话了，沉默片刻道："这要问问她自己的意思。"

这老头莫不是拐子吧，那丫头只是发热，哪里就病得不轻了？

李神医便回过头去，笑问："丫头，我是天下数一数二的神医，要不要跟我走？"

乔昭毫不犹豫："跟。"

她原先所图的是平平安安回到京城，而半路上遇到李神医，就算不提前缘，有一位神医送她回家比起三位年轻公子送她回家，她将来的处境绝对是不同的。

乔昭不傻，自然知道怎么选择。

池灿眉头一挑，冷着脸一字一顿道："你可想好了。"

乔昭乖巧点头："想好了。"

池灿气结，转身拂袖欲走，又忽然转过身来，问她："就不怕再被拐了？"

李神医翻了个白眼道："臭小子说什么呢？"

乔昭轻柔地笑："不会的，他是神医。"

"人家说什么，你就信啊？"池灿恨铁不成钢。

死丫头面对他们时的机灵劲呢？

乔昭眨眨眼："若不是真的大夫，池大哥这么聪慧绝顶、小心谨慎的人，怎么会让他替我看诊呢？"

池灿嘴角动了动。说得可真他娘的……有道理！

池灿没了话说，看着小丫头又莫名气闷，摸了摸鼻子，转身便走。

跟进来的三人却不干了，其中一人忙道："神医，这……不大方便吧？"

主子可是千叮万嘱，万万不能节外生枝，务必把李神医悄悄请回去的。

李神医眼一瞪："有什么不方便的？你们若是觉得不方便就自己走人！这小姑娘生了重病，医者仁心，我能见死不救吗？"

三人同时默默牵了牵嘴角。说得好像您多有仁心似的。他们寻到这位神医可没少吃苦头，千求万求他都不愿意随他们进京，最后没办法使出了杀手锏，用主子手里一株稀世灵草才让这位神医松了口。遇到这小丫头就医者仁心了？三人目光在乔昭脸上转了一圈，默默想，原来神医也是看脸的。

"你们还有什么意见？"李神医不紧不慢地问。

三人一脸憨厚："小的不敢。"

"不敢就好，带上这丫头，走吧。"

"等等。"池灿去而复返，拖着依然昏迷不醒的杨厚承，看也不看乔昭一眼，只盯着李神医道，"还请神医医者仁心，把我这朋友救醒。"

李神医撇嘴冷笑："医者仁心和烂好心可不是一回事儿。"

三人同时点头。看吧，这才是这位神医的真面目！

乔昭冷眼旁观，心中亦很困惑。印象里，李神医对她虽可亲，那是因为他和爷爷是至交，自己又勉强算是他半个弟子，对旁人李神医可是一直很有性格的。为什么现在初次见面，李神医想把她带在身边？那声"李爷爷"，到底是让他老人家起了疑心吗？

气氛凝重中，乔昭开了口："神医，池大哥三人都是我的救命恩人，我想等朱大哥回来，杨大哥清醒后，与他们都告过别再随您走。"

她昏迷后虽不知发生了什么事，却能猜到杨大哥这样子应该是为了她。李神医很明显对她有兴趣，想来对她提出的这个小小要求是不会拒绝的。

果然不出乔昭所料，李神医听她说完，抬脚走到杨厚承身边，把一颗晶莹剔透的药丸直接拍进了他嘴里。

"咳咳咳。"杨厚承猛烈咳嗽几声，清醒过来。

他茫然四顾，看到屋里多出的三人脸色大变，拔剑冲过去。

池灿拽住他后背的衣裳，凉凉道："别玩命了，没咱们什么事了。"

杨厚承收住身形，更加茫然："什么意思？"

池灿冲乔昭的方向抬抬下巴："人家要和神医走。"

杨厚承一见乔昭醒了，眉宇间尽是真诚的喜悦，拔腿走过去道："太好了，丫头终于醒了。"

骤然而来的欢喜中，他忘了客气称她黎姑娘。

乔昭当然不介意，望着他微笑："醒啦。"

她声音低哑，让杨厚承皱了眉："嗓子都哑了，还不舒服吧？"

"嗯，还有些头晕。神医说我病有些重，让我和他一起走，方便医治。"

杨厚承愣了愣，随后露出笑容："原来是这样，有神医照顾你，确实比跟着我们好。"

池灿紧紧抿了抿唇，没吭声。

门口传来男子温和的声音："黎姑娘要随谁走？"

众人望去，就见一位温润如玉的年轻男子走进来，身后亦步亦趋跟着个丫头，十五六岁的模样。

杨厚承飞快给朱彦解释起来。

听他解释完，朱彦看乔昭一眼，意味深长道："你说得对，黎姑娘和神医一起走更好。"

他说完冲李神医深深一揖，朗声道："那就拜托神医了。"

见两位好友都如此说，再看小姑娘没心没肺的模样，池灿心里气闷更甚，有种自己路上随手捡的白菜被猪拱走的感觉。

虽说那棵白菜他不稀罕，可白菜宁可跟着猪走也不在乎他，这滋味还真酸爽。

"那就赶紧收拾东西吧，好走不送。"池灿冷冷道。

他生得好，这样冷着脸依然漂亮得惊心动魄。

朱彦深深看了好友一眼，总觉得某人在赌气。他忍笑把紧跟在身旁的丫头推过去："黎姑娘，回京路途遥远，你一个人多有不便，买了个丫鬟给你。"

乔昭有些意外，看那丫鬟一眼，见她眉清目秀，众目睽睽之下虽然有些紧张却不瑟缩，可见是精心挑选的，不由心中一暖，诚心感激道："朱大哥费心了。"

等众人都出去，只留下乔昭与新买的丫鬟二人，她便温和道："麻烦你了。"

"姑娘折杀婢子了。"丫鬟利落收拾起东西，心中纳罕新主子容貌娇柔却是个冷淡寡言的性子。

她却不知乔昭此刻身心俱痛，当紧绷的弦松弛，哪里还有开口的欲望？

乔昭的东西很有限，丫鬟收拾完连一盏茶的工夫都没用，拎着个小包袱对斜倚在床榻上假寐的乔昭道："姑娘，收拾好了。"

乔昭睁开眼，一双漆黑的眸子一点点映照进光彩，强撑着起来："扶我出去吧。"

她烧得浑身没有一点力气，靠自己是走不动的。

丫鬟上前一步，扶住乔昭的胳膊。

主仆二人走出去，就见朱彦与杨厚承二人等在外面，却不见池灿的身影。

不等他们开口，乔昭便松开丫鬟的手，屈膝一礼："朱大哥，杨大哥，这些日子多谢你们照顾，将来若是有机会，我必当回报。"

杨厚承忙摆摆手："不用不用，你能平安回家就好。"

朱彦目光下移，落在少女光洁的额头上，上面是细细密密的汗珠，可她冲二人行礼的身姿优雅又端正。

朱彦心中一叹，开口道："黎姑娘，在下……朱彦，若是回京后遇到难处，可以托人去泰宁侯府寻我……"

乔昭微怔。

告诉了她身份和名字，这是真的把她当朋友看了。

杨厚承诧异地看了好友一眼，跟着道："杨厚承，留兴侯府的，小姑娘别忘了你杨大哥啊。"

他以为，朱彦那样的性子是不会轻易把真实身份告诉一位姑娘的，没想到却抢在了他前面。

"自然不会的。"乔昭嘴角一直挂着笑,可冷汗早已顺着面颊往下流,她却不以为意,大大方方问,"池大哥呢?"

池大哥……朱彦与杨厚承默默对视。那家伙最近好像有点抽风。

杨厚承打哈哈道:"他啊,见你要走肯定是伤心欲绝,躲起来哭鼻子去了。"

自然没有人把这话当真,乔昭便道:"那就麻烦两位大哥替我向池大哥道别了。"

她再次屈膝,随后扶着丫鬟的手,转身往等在码头旁的马车行去。

朱彦二人默默看着她上了马车,一直没有回头。

"这丫头还真是说走就走啊。"忽然少了一个人,杨厚承觉得有些不是滋味。

"是啊,以后我日子可难过了。"

"嗯?"

"又要被拾曦拖着下棋了。"

二人说笑着正要转回船舱,就见停在不远处的马车帘子忽然掀起,丫鬟从车上跳下来。

二人脚步一顿。

丫鬟转眼已经跑到近前,先行一礼,随后把一个白瓷瓶递过去,匆匆道:"这是姑娘从神医那里求来的金疮药,给池公子的。"

她把白瓷瓶交到朱彦手里,再次冲二人行礼,然后一溜烟儿走了。

"那丫头还真有心。"眼看着马车缓缓启动,杨厚承嘀咕道。

朱彦笑了笑,握紧了手中瓷瓶,转身就见池灿正站在门口,一言不发。

他新换过衣裳,已经看不到肩头的斑斑血迹。

朱彦扬手把瓷瓶抛了过去。白皙的瓷瓶在空中划过一条漂亮的弧线,准确落在池灿手中。

池灿捏紧了瓷瓶没说话,转身进去了。

马车不紧不慢在官道上行驶,乔昭侧躺在车厢里端的矮榻上,听丫鬟向她回禀:"姑娘,已经把金疮药交给朱公子了。"

乔昭颔首,声音嘶哑:"那就好。"

李神医凑过来把丫鬟赶到一旁,道:"丫头可以啊,拿着我的药做人情。"

他伸手递过一枚药丸:"把这个吃了。"

乔昭接过,毫不犹豫地服下。

李神医颇满意她这个举动,却口不对心道:"给你什么都敢吃,就不怕是毒药?"

"李爷爷医者仁心。"才服下药乔昭就觉得舒坦多了,遂笑道。

"你叫我什么?"李神医一怔,那种异样的感觉更强烈了。

乔昭歪着头:"李爷爷呀,要不叫您李神医?"

从小到大，她和这位李神医相处的时间比父母兄妹还要长。李神医性情乖僻，对一个才见面的小姑娘如此热心，让她不得不往深处想：李神医是不是察觉了什么？他会觉得自己像曾被耐心教导过的那个人吗？

李神医笑起来："就叫李爷爷吧。丫头叫什么？"

女孩子的闺名不便与外人道，但面对这样一位长者自然不必避讳，乔昭坦然道："我姓黎，单名一个'昭'字。"

"哪个'昭'？"李神医眉毛一动。

乔昭神情无波："'贤者以其昭昭，使人昭昭'的'昭'。"

李神医怔住，脑海中忽然闪过一幅画面：

小小的女孩端坐在石凳上，替祖父捶腿，听到他询问，仰起头来，一脸平静告诉他："我叫乔昭，'贤者以其昭昭，使人昭昭'的'昭'。"

李神医长长久久地看着乔昭，轻叹道："这种解释并不多见。"

更多的人会说，是"日月昭昭"的"昭"。

"好好歇着吧，吃了药你会发汗，把郁结之气发出来就好了。"

小小的年纪竟好像遇到什么大悲之事，才生生把身体熬垮了，这丫头心思挺深啊。

李神医想到这里，又看了看小脸煞白的乔昭，这才移到一旁闭目假寐。

一艘船上，男子独坐于窗前，一口接一口地啜茶。

一只白鸽扑簌簌落于甲板上，跳进一人手心里。

那人很快取下白鸽脚上的信息，大步走进来："大人，台水那边传来的信儿。"

男子把纸条接过，扫过上面的内容，把纸条撕碎从窗口撒出去，喃喃道："在台水码头，那个小姑娘上了另外一批人的马车，与那几人分开了？"

明明只是个普通的小姑娘，事情怎么越来越有意思了？

久居锦鳞卫而养成的细致敏锐让他习惯性轻轻敲了敲桌面，吩咐道："分出人手跟着那小姑娘，看后来那几人是什么人。"

原来这男子正是被池灿三人议论过的江十三，江大都督的义子，江远朝。

锦鳞卫在全国各地都有驻地，形成庞大的情报网把所有重要消息汇集到京城去。

他驻守嘉丰，当然不可能监控所有人，而是盯住那些职位特殊的官员。如杏子林乔家那样虽已不在朝却依然有影响力的人家，亦会定期去打探情况。

只是没想到乔家会被一场大火烧个干净，他虽觉蹊跷却不明内情，只能派人密切监视着，好几日才等来了那几人，当然是把他们纳入监控里。

有心算无心，转日江远朝就知道了老者的身份。

"竟然是行踪缥缈的李神医！"饶是江远朝一贯镇定，此刻亦不由动容。

李神医是谁，那是连当今圣上见了都以礼相待的名医，他说不入太医院，圣上也不强迫，任由他飘然离去。

他记得义父说过，李神医握有一块免死金牌。

"另外几人是什么身份？"

属下恭恭敬敬回道："查不出来，看样子都是高手，应该是护卫之流。"

江远朝修长的手指弯曲，轻轻叩着桌面，清脆的敲击声一声接一声传来。

"看来是京中哪位贵人寻到了这位神医的踪影，请回去看病了。"他做出这个猜测，把茶杯往桌面上一放，站起身来。

他身姿挺拔，个子又高，迈着大长腿走出门去，迎着江风深深吸了一口气，吩咐下去："等靠了岸给我安排一辆马车。"

比起京城的公子哥儿，显然是那位李神医更值得跟着。

一个人从事一项工作久了，言行自然深受影响，江远朝明知此去京城与神医八竿子打不着，还是决定亲自跟上。若是有什么意外收获，想必义父会高兴的。

初春时节万物复苏，连官道上的车马行人都比冬日多了起来，放眼望去正是一派繁荣景象，载有乔昭的那辆马车混入其中，毫不惹眼。

等到春意愈浓，京城便渐渐近了。乔昭的身体一日日好了起来。

马车忽地停下来，扮作车夫的护卫恭敬对李神医道："路边有个茶棚，除了茶水还有热气腾腾的包子卖，您要不要尝尝？"

旅途最是辛苦，一听有热气腾腾的包子，一直假寐的李神医立刻睁开眼："要。"

"好嘞，小的这就去买。"

李神医把他拦住："不用，我们下去吃。"

他们扮成一对出行的祖孙，由侍卫与丫鬟护着在一个空桌坐下来，很快老板娘就端上来一大盘热气腾腾的包子并一壶茶水。

李神医拿起包子咬了一口，点头："不错。"

虽然他不喜欢来京城，却不得不承认，这靠近京城的官道更干净不说，就连路边摊的包子都比别处好吃。

乔昭拿起一个包子默默吃。

李神医不愿很快回到马车上，捧着一杯茶听旁边几桌的客人闲聊。

就有人疑惑道："春日风沙大，怎么这官道比我以前来瞧着干净多了？"

旁边人立刻笑道："朋友一定是远道来的有所不知，咱们的北征将军马上要进京了，这官道啊每日都要扫洒一次。"

北征将军邵明渊显然是近来京城乃至周边的热门话题，一经人提起气氛立刻热烈起来。

"啧啧，邵将军真是了不得，才二十出头就受封冠军侯了。"

"这有什么稀奇，邵将军是将星下凡，才十四岁时就替邵老将军南征北战。如今替咱大梁收复燕城，立下天大功劳，受封冠军侯那是实至名归！"

一阵七嘴八舌的议论声中，忽有一人长叹道："邵将军为国为民真是不容易，你们听说了没，当时北地鞑子们抓住了邵将军的夫人，威胁邵将军退兵呢！"

权当消磨时间的李神医忽然捏紧了茶杯。

乔昭却不为所动，抽出帕子拭了拭嘴角，端起茶杯浅浅啜了一口。

"啊，退了没？"那些从南而来的人显然尚未听说此事，不由紧张起来。

邵将军的事迹早已被人们提起无数次，可此时能给这些人再讲一遍，说话的人显然很自豪："当然不能退啊。当年齐人夺走咱们燕城，那是丧尽天良啊，把全城人都给屠了，连襁褓中的娃娃都不放过！后来仗着燕城的地理位置，更是打得咱大梁军没话说。这么多年下来，北地边境的百姓们多苦啊，好不容易有了收复燕城的机会，你们说邵将军能退吗？"

"不能，不能，绝对不能！"听者齐齐摇头。

大梁一向以天朝上国自居，百姓皆以大梁子民的身份为荣，失去燕城就好似一个重重的耳光甩在所有大梁人脸上，日积月累就成了心头上的伤，一想起来无不是又痛又恼，脸面无光。

"那邵将军可怎么办啊？"

那人一仰头把茶水饮尽，眼中是狂热的敬仰："邵将军没等那些鞑子说完，弯弓射箭就射杀了自己的夫人，让他们再没有什么可威胁的，士气大振！"

"嘶——"冷抽声此起彼伏。

一只茶杯跌落在地，摔得粉碎，顿时把众人目光吸引过来。

李神医面色阴沉，抖着雪白胡须问道："邵将军杀了他夫人？"

"是呀，您老也觉得邵将军不容易吧？唉，邵将军为了咱大梁，牺牲太大了——"

"不容易个屁！"李神医猛然站起来，破口大骂。

乔昭差点被茶水呛到，用手帕捂着嘴轻轻咳嗽起来。

"哎，老汉你怎么说话呢？"一听这老头子居然敢骂邵将军，众人大为不满。

李神医根本不在意这些人的态度，愤愤道："你们都说他不容易，那他夫人呢？死得这么惨谁想过？哼，我看就是那小子无能，才害自己夫人被齐人抓去——"

没等他说完，肉包子、茶杯之物纷纷向李神医袭来，其中竟还夹杂着一只破草鞋！

早就想到后果的乔昭拽着李神医就跑，几名护卫怕引人注意不敢对这些普通百姓怎样，只得挺身替老神医挡住了这一大波攻击。

直到一行人狼狈跑回马车上，茶棚里的人才渐渐息了怒火，继续说起先前的话题。

站在茶棚不远处白杨树下的江远朝目光追随着离去的马车，薄唇紧抿，眸光深深。

原来，她死了。江远朝仰头，望着北边天际的云，轻轻叹了口气。他以为，她那样的姑娘无论是嫁人还是不嫁人，一定会把生活过得如意，却没想到是这样的结局。早知如此——

江远朝没有再想下去，却有一种钝痛渐渐在心底发酵。那痛并不尖锐，却好似有了重量，压得他连呼吸都跟着痛起来。浅浅的，淡淡的，却任他平时如何谈笑自若、心思深深，依然挥之不去。

"大人——"站在江远朝身侧的年轻男子忍不住喊了一声。

是他的错觉吗，竟然觉得大人很哀伤，这简直是惊悚。

江远朝回过神来，嘴角挂着浅淡的笑容："走吧。"

马车上，李神医甩开乔昭的手，一脸愤怒："死丫头拉我干什么，我还没来得及下药呢！"

把那帮不开眼的药翻了，让他们天天拉肚子！

"李爷爷何必和他们计较。"马车布置得很舒适，乔昭靠着一只弹墨靠枕淡淡笑着，浑然没有她就是邵将军那个倒霉的夫人的自觉。

"谁让他们嘴贱的！"李神医越想越怒，"不但嘴贱，还蠢！俗话说得好，升官发财死老婆！姓邵的小混蛋怎么不容易了？你看着吧，等他回京，说不定摇身一变就成驸马爷了，到时候谁还记得——"

说到这里，李神医再也说不下去，靠着车厢壁气喘吁吁，眼角渐渐湿润。怎么能不计较呢，那是他从小看到大的孩子啊。他是大夫，这把年纪早已见惯了生老病死，可那个丫头不同。她那样聪慧，学什么都是一点就通。有了这样的聪慧，偏偏还能沉得下心来尽心尽意侍奉祖父；而当祖父过世后，又能哀而不伤，甚至反过来宽慰他。这样好的丫头，那混小子怎么能、怎么舍得一箭射死她？

乔昭也陷入了回忆。

那日情景历历在目，她还记得城墙上的寒风，背后人劲道十足的粗糙大手，还有鞑子们的狞笑。

可当坐在马车里缓缓北行，听人们再次提起那个男子，她竟真的生不出怨恨来。

卫队护送着她前往北地仿佛就在昨日，路上遇到了溃败而逃的鞑子散兵。就那么三五人，面上还带着逃亡的狼狈，见到出行女子依然如饿狼扑食，眼里泛着骇人的绿光。

将士们把鞑子消灭，救下被祸害的两名女子，其中一人没多久就咽了气，另一人遍体鳞伤，亦是进气多出气少。

她当时真是怒啊，才知道繁花锦簇只在京城，再往北或者南边沿海之地，眼前所见才是百姓的真实生活。

天朝上国的华美外衣早已脆弱不堪，遮蔽着大梁的千疮百孔。

于是，她就听将士们讲起了邵将军的故事。

他们说，邵将军第一次来北地，只有十四岁。那时邵老将军病重，大梁军节节败退的战报一个接一个传到京中，呈到御案前，天子震怒，靖安侯府岌岌可危。

就是在那时，才十四岁的靖安侯次子邵明渊站了出来，主动请命前往北地替父征战。

邵将军的第一战，就是与正在屠村的北齐军打的。

那一战是邵将军的成名战，事后无数人歌功颂德，赞他年少有为，却只有三五个从那一战中活下来的将士记得邵将军是如何领着数十人对上一百多北齐军的。

大梁军的身体素质本就与马背上的北齐军相差甚远，这些年无论哪位名将坐镇北地都处于被动挨打的地位。那次战到最后，邵将军几乎成了血人。亲信劝他先逃，他只说了一句话："我不会把转身而逃的背影留给鞑子，让鞑子以为大梁男儿皆是软骨头，能肆意凌辱我大梁百姓。"

后来，"豺狼不死，鞑子不灭，绝不归家"成了邵将军的信条，他大婚还是邵老将军跪求天子传了圣旨，才把人召回去的。

乔昭犹记得那位副将小心翼翼劝她的话："夫人您别生将军的气，将军大婚之日就领兵出征虽然对不住您，可您不知道，他晚来一步就有不知道多少百姓无辜惨死，像今日这两名女子一样的女子更是不知道要多出多少。我们将军啊，其实心比谁都要软……"

一路上，乔昭听了那人更多的事。

副将含着泪哽咽说："天下人只记得将军的无限风光，可我们却记得将军的一身伤痛。将军曾说，他拼尽全力，不负家国百姓，只对不住您一人。待北地安定……"

后面的话副将没有说下去，乔昭却懂了。这样一个为北地百姓流尽最后一滴血泪的男子，她如何去恨呢？她就是……有些恼。她听了他一路的故事，他的箭怎么就那么快呢？

少女托腮望着窗外，暖阳把她的面庞映照得半透明，显得白净而娇弱，可她的气质却很纯净，让凝望她的人心情都跟着宁静起来。

李神医这么望着她，就觉得那种熟悉感越发强烈了。

好一会儿，他开了口："黎丫头想什么呢？"

乔昭回神，很老实地回道："就是在发呆而已。"

李神医嘴角一抽。能把"发呆"说得这么理直气壮的人，真是不多见。也越发……像了……

李神医清了清喉咙，试探地开口："黎丫头啊，你家里都有什么人？"

乔昭有些诧异，李神医可不是对家长里短有兴趣的人。

她答道："祖父早已仙逝，家中有祖母、父母和兄弟姐妹。"

李神医摸了摸鼻子。这说了不等于没说？谁家里没有这些人啊，又不是从石头缝里蹦出来的。瞧着小姑娘冷静的小模样，李神医更不能确定了，不死心再次试探道："黎丫头以前听说过邵将军么？"

乔昭一怔，站在小姑娘黎昭的角度想了想，道："已久闻盛名。"

从邵明渊第一次出征开始，他就成了一颗最耀眼的将星，在大梁的空中闪耀了七八年之久，又有谁没听说过呢？

李神医心中轻叹。或许是自己多心了？也或许，是他太希望那个聪慧豁达的孩子还活着。

翌日，春光大好。

一辆装扮低调的马车拐了一个弯，驶上京城外最宽阔的一条官道，可很快那辆马车就不能前行。

望着前方的人山人海，护卫向李神医请示道："老先生，正赶上邵将军进城，马车走不了了，要不咱们先退回去？"

一听是邵明渊率军进城，李神医火气腾地就上来了，胡子一吹眼一瞪："退什么退，不是还长着腿吗，下车走！"

甩下这句话，李神医利落跳下了马车，推开欲要扶他的护卫，喊乔昭："黎丫头快下来，趁着还能挤得动早点进城，这样你还能赶上回家吃饭。"

乔昭从窗口往外探头，看到前方人群挤得密不透风，从善如流，下了马车。

"姑娘小心点儿。"阿珠忙把她扶住。

几名护卫一看这情形，只得把马车弃置路旁，护着李神医与乔昭进了城。

城中万人空巷，临街的茶楼酒肆早已没有座位，街道两旁挤满了人，全都翘首以待，夹道欢迎凯旋的英雄们。

有那头脑灵光的小贩挑着担子见缝插针地在人群中游走，箩筐里的鲜花转瞬就被抢购一空。

乔昭被挤得脚步踉跄，好不容易松口气，人群中忽然爆发出一阵欢呼。

"来了，来了！"

"往后退，往后退！"维持秩序的官差抽出棍棒，把看热闹的人们往两边路旁赶。

马蹄声渐渐近了，整齐有力的脚步声犹如鼓点，一下下踩在人们的心头。

有那么一瞬，人山人海的街上忽地寂静下来，紧接着就是更热烈的欢呼："邵将军，邵将军！"

"北征军万岁！北征军好样的！"

乔昭就是在这样的喧闹中看到了那支队伍。

前面是举着旗帜的亲卫，迎风招展的旗帜上一个斗大的"邵"字格外夺目，后面高头大马上端坐着一名年轻男子。

那人二十出头的模样，身着只有高级将领才有资格穿的银色山文甲。铠甲很贴身，狮吞口的腰带紧紧束在腰间，愈发显得他身姿修长挺拔，肩披的斗篷不是最常见的大红色，反而如雪一样纯白。当他侧头望向欢呼最热烈的方向时，纯银头盔上的红缨随之飒飒而动，给那张雪玉般的面庞镀上一抹绯色。

那是他浑身上下唯一一抹艳色，反而让人觉得更加清冷和……孤寂。

人群忽地一滞，紧接着就爆发出无数女子的尖叫声："邵将军，邵将军！"

年轻的将军别过头去，那个方向的人们却还处在狂热之中，特别是女子们纷纷把手中鲜花向着他掷去，落花如雨，沾在他的盔甲上又匆匆滑落，然后便有更多的鲜花、香囊、手帕等物扔来。

人们对邵将军的事迹早已耳熟能详，在这京城里连三岁小儿都知道有这样一位厉害的将军。

可他鲜少回京，今日一见，人们才发觉，原来这位将军还如此年轻且俊美。

那种热烈的气氛更加浓郁，靠后的人群开始拼命往前挤。乔昭虽有护卫们护着依然被挤得东倒西歪，耳畔尽是女子们忘却矜持的尖叫声还有铺天盖地掷去的鲜花手绢。

乔昭强撑着站稳，抿了抿唇。原来，她这位夫君大人还是个万人迷呢。呃，错了，乔昭已死，活下来的是黎昭，他们已经没有任何关系了。想到那一箭，乔昭虽无怨恨，可眼前男子的无限风光灼着她的眼，到底是有几分……意难平。

"哎哟！"一个第二次挑着花担奔来的小贩不小心被挤倒，箩筐里的鲜花撒了一地，也不知鲜花堆里怎么混进去一只仙人球，正巧滚到乔昭脚旁。

无数只白嫩的手伸出，把鲜花一抢而空，铜板叮叮当当落入箩筐里，紧接着又是一阵花雨撒向路中央缓缓而行的将士们，伴随着女子们兴奋的喊声。

乔昭顿了顿，摸出两枚铜板丢进箩筐，用帕子垫着手把那只乱入的仙人球小心翼翼地捡起来，默默扔了出去。

嗯，这下舒坦了。

邵明渊端坐在马上，人们投掷到他身上的鲜花芳香四溢，死死忍下几个喷嚏后鼻子已经开始麻木了，正松一口气之际忽觉侧方有一物飞来，凭着常年征战的敏锐立刻察觉这不是鲜花、香囊等物。

难道是暗器？邵明渊反手一抓，精准把那物抓在手里，掌心传来的刺痛让他眉头一皱。什么暗器遍布利刺？看来躲在人群中的敌人很狡诈！他低头，看清了暗器的模样，表情不由一呆：仙人球？

邵明渊目光如电，向着"暗器"飞来的方向望去。

那目光有如实质向人群笼罩过去，乔昭忙躲在李神医身后，好一会儿悄悄探出头去，见那人已经骑马走远，只看到紧握长枪的亲卫们穿着洗得笔挺的甲袄排列整齐紧随其后，这才轻轻呼出一口气。

乔昭抬眸，迎上李神医似笑非笑的眼，一脸淡定道："太挤了，李爷爷咱们快走吧。"

李神医点点头，抬脚走了两步忽然回头，笑眯眯道："干得漂亮！"

离开了主干道，街道上陡然清静下来。

李神医停下脚步，整理一下被挤得皱巴巴的衣袍，道："黎丫头家住何处？我送你回去。"

"老先生，这万万不可！"护卫们大惊。

他们此番去请李神医可是秘密，一旦被旁人知道这位神医进京了，那可是大大的麻烦。

李神医眯了眼，面上虽带着笑，给人的感觉却很危险："怎么，连我去何处你们主子都要管着？"

护卫们被问得说不出话来。

他们固然可以用强把这位神医带回去，可这世上最不能惹怒的就是医者。别的不说，人家要是豁出去了给病人开个有问题的方子，到时候找谁说理去？

"老先生，您看不如先随我们回去，这位姑娘我们负责送回家？"

李神医打量着说话的人，一声冷笑："我和你们商量了吗？我只是让你们知道这个事而已，至于你们主子愿不愿意，干我何事？"

若不是为了那株灵草，别说什么侍郎大人府上，就是当今天子他也躲得远远的，不掺和进京城这个烂摊子。

"黎丫头，走了。"李神医看也不看几人一眼，拂袖便走。

乔昭忙把人喊住："李爷爷，我家在那边。"

几名护卫互视一眼，领头的冲其中一人点点头，那人会意，悄悄落后几步，先去找主子报信去了。

待几人拐进一条小道，一身黑衣的江远朝这才现出身来。

"大人，去向大都督报到吗？"

江远朝收回目光，淡淡一笑："嗯。"

一想到那小姑娘用仙人球扔姓邵的小子，他这心里可真舒畅啊。

西大街杏子胡同口，停下一辆青帷马车。

一个常随模样打扮的年轻人快步走到挂着"黎府"二字门匾的大门前，叩了叩门上的兽形铜环。

不大一会儿出来一个门子，目光飞快把年轻人扫了个遍，客气问道："什么事？"

当门子的都有一双毒辣的眼，眼前的年轻人虽是下人打扮，可那气势比他见过的不少公子都强，由此可知马车里的人物定然非同一般。

年轻人不卑不亢，朗声道："我们先生送贵府三姑娘回家。"

"三姑娘？"门子一愣，下意识反问，"哪个三姑娘？"

年轻人同样一愣："这不是黎府？"

"是黎府啊。"

"你们府上的三姑娘没有走丢吗？"

门子像是被施了定身咒，好一会儿猛然跳了起来："啊，你等等！"

他砰的一声把门关上，一阵风般冲了进去，边跑边喊："三姑娘回来了！"

消息如插了翅膀，很快传遍黎府。

青松堂里，邓老夫人吃了一惊："三丫头回来了？"

她沉下脸，问前来禀告的人："在哪儿呢？"

进来报信的婆子欲言又止："还在大门口……门子说是由一位先生送回来的……"

"先生？"邓老夫人勃然变色，腾地站了起来，"那还不让人进来！杵在外面丢人现眼呢！"

三丫头竟然是被男人送回来的，以后——

邓老夫人胸中气血翻腾，深深吸了一口气才保持着不失态，吩咐道："快去翰林院把大老爷叫回来！"

黎府上下一阵兵荒马乱，门子得到吩咐，把侧门打开："请进来吧。"

青帷马车没有动静。

门子一脸疑惑。

站在马车一侧请示过的年轻常随走过来，清清喉咙开口道："先生说，请府上老爷来接人。"

"大哥不是开玩笑吧？我们老爷上衙去了。再者说，就算大老爷在府上，哪有来门口接人的道理？请你家先生随小的进去就是了。"

年轻常随冷笑一声："贵府书香门第，我们先生千里迢迢送贵府姑娘回来，这就是贵府的待客之道？"

门子翻了个白眼，小声嘀咕道："谁知道是不是来骗钱的啊。"再者说，三姑娘失踪多日，主子们想不想她回来还难说呢，三姑娘本身又是个猫嫌狗厌的……他这样想着，忽觉头皮发麻，就见那年轻常随冷着脸，目光仿佛能把人穿透了。门子腿发软，忙道："小的再去禀告一下。"

"来人真这么说？"等在客厅里的邓老夫人沉着脸，让人瞧不出喜怒，站起来道，"去大门口。"

她并不是看不起人，无论三丫头怎么样，人家能把人送回来，该有的谢意是不会少的。只是她原想着让来人低调进府，省得引起四邻八方的注意，不然三丫头被男人送回来的消息传扬开来，那名声就更臭了。

对方这样大张旗鼓，是什么意思？

邓老夫人抬脚匆匆往外走，才到门口迎面撞上一个妇人。

妇人二十八九岁的模样，穿了件豆绿色提花褙子，下着浅咖色马面裙，显得身姿窈窕，美丽动人。

"老夫人，是不是我的昭昭回来了？"妇人显然是急匆匆赶来的，气息急促，满脸是泪，一把就揪住了邓老夫人的衣袖不放。

邓老夫人目光沉沉从妇人揪着自己衣袖的那只手上扫过。

粗俗！

老太太不动声色抽回手："何氏，你且莫急，三丫头就在大门外，你随我——"

话未说完，何氏已经一溜烟跑了。

邓老夫人嘴角抽了抽，又在心里添了"无礼"二字。

何氏提着裙子一口气跑到大门口，惹得一路上遇到的仆从侧目亦不在意，刚刚站稳就问："姑娘在哪儿呢？"

察觉四邻八方躲在不远处看热闹，门子擦了把冷汗，小声道："三姑娘在车上呢，大太太您——"

何氏绕过挡路的门子，奔到马车前。

"夫人请留步！"两名护卫跨步上前，挡住何氏不让她靠近马车。

两名护卫面容普通，可眉眼间的煞气能把人逼退三丈。

何氏大惊："你们是谁？不是说把我女儿送回来了吗？嘶——莫非是强盗，找上门来要赎金的？"

门子扶额。

马车里，李神医眼神复杂地问乔昭："那真的是你娘？"

他这摆着架子想替小丫头撑场子呢，好昭告世人小丫头是白胡子神医送回来的，这位当娘的居然嚷嚷强盗上门要赎金？

这是生怕黎丫头名声太好吧？

乔昭淡定颔首："是亲娘没错。"何氏对女儿是真心疼爱的，就是……才智方面有些着急。乔昭不由想到了自己的母亲。她的母亲是真正的大家贵女，幼时她感受最多的是母亲的严厉，偶尔才流露出些许温情，等她随着祖父母常住后，那就更淡了。

"娘，我在呢。"李神医拦着不让乔昭掀起窗帘，她就在马车里说了一声。

何氏一愣，哽咽道："昭昭，我的昭昭啊——"

她再也顾不得护卫们散发的寒气，就要去掀车门帘。

乔昭听了，心中轻叹。

她的母亲啊，从来没有像何氏这样，喊"我的昭昭"。

"何氏，你过来！"一个老妇人的声音传进马车里，"老身听说先生送我孙女回来，万分感激，还请先生入府一叙。"

四周静了静，就连四邻八舍都探头踮脚盯着那辆青帷马车。

一名年轻常随上前挑开车帘，从中走出一位老者。

老者瞧着有六七十岁了，须发皆白，腿脚却很利落，下车后以审视的目光打量着邓老夫人。

看清老者模样的瞬间，邓老夫人大大松了口气。

太好了，这位先生够老，老得足以堵住四邻八舍的嘴！

很快又是人影一闪，从车里跳出一个十四五岁的粉衣丫鬟来，不卑不亢向邓老夫人行礼："婢子阿珠，给老夫人请安，给大夫人请安。"

阿珠行完礼，转身伸出手："姑娘，请下车。"

马车里先伸出一只手，纤细白皙，犹如最水灵的青葱把人的目光吸引过去。

那只手沉稳有力搭上阿珠的手，少女起身、迈步、下车，每一个姿态都从容优雅。

有些习惯是融入骨子里的，乔昭跟着名满天下的乔拙先生学会了洒脱从容，可同时也受到了祖母与母亲最严格的淑女教导。

她理了一下衣裙，疾走几步，屈膝便要冲邓老夫人行礼，何氏从旁边冲过来，一把把她抱住了。

"昭昭，我的好囡囡，娘还以为再也见不到你了，呜呜呜呜——"何氏紧紧抱着乔昭，放声大哭。

乔昭被何氏搂得死紧，勉强抬头，冲目瞪口呆的邓老夫人露出个歉然的笑容。

邓老夫人心头生出一抹异样。

这个丫头自小刁蛮任性，还学了很不好的攀高踩低的习气，连自己亲娘都看不起，曾几何时有过这般娴雅适度的姿态？

她出身虽一般，可毕竟活了这么大岁数，刚刚三丫头下车疾走数步，别看步伐快，可行不露足，连垂下的珍珠耳坠都只是轻轻晃动，这样的仪容她只在东府那位挑剔苛刻的老妯娌身上看到过，就连那位老妯娌精心教导的孙女都做不到这般自然，仿佛是把教养融到了骨子里。

眼看何氏抱着乔昭大哭，很不像样子，邓老夫人把这些想法压下，沉着脸冷声道："还杵在大门口干什么？还不快带三丫头进去。"说完又冲李神医见礼："让老先生看笑话了，请老先生移步寒舍，老身已经命人薄备酒水，答谢老先生对那孽障的救命之恩。"

李神医暗暗点头。

没想到黎丫头有个不着调的娘，当祖母的还算靠谱。

"不必了，我还有事，不便久留。"李神医冲乔昭招手，"丫头过来。"

"娘——"乔昭提醒了一句。

何氏万分不舍松开手，哭得满眼是泪。

乔昭看不过去，抽出帕子递给她："娘先擦擦脸吧。"

何氏接过手帕，怔怔望着乔昭，忽然掩面大哭："嘤嘤嘤——"女儿居然拿帕子给她擦脸，不行了，女儿这么懂事，一定是因为在外面遭了大罪！何氏越想越心疼，揪着帕子哭得更惨。

乔昭："……"

不敢再刺激何氏，乔昭赶忙走向李神医。

李神医抬手，拍了拍乔昭的头，转而对邓老夫人道："老夫从人贩子手中救下这丫头，瞧着她很投眼缘，已经认了她当干孙女，老夫人不介意吧？"

邓老夫人一怔，忙道："怎么会，这是三丫头的福气。"

这老者气势不一般，连跟着的下人都不同寻常，可见是个有身份的，他能认三丫头当干孙女，三丫头以后总算还有条活路。想到才回来的孙女，邓老夫人一阵糟心。再怎么不待见这个孙女，她也盼着家中子孙好好的。

乔昭同样是头一次听李神医这样说，把诧异遮掩在眸底，心中一暖。

她没想到，李神医会这般为她打算。

是因为老人家在小姑娘黎昭的身上看到了乔昭的影子吗？

只是这样一想，长久以来把所有情绪都压抑在心底的乔昭忽觉眼眶一热，无声落泪。无论如何，"乔昭"没有彻底消失在这世上，总会有些人记得她。

见她落泪，李神医有些意外，很快就用笑容把诧异遮掩，抬手慈爱地拍拍她："丫头，等李爷爷忙完这阵子，就来看你。到时候谁若欺负了你，告诉爷爷！"

乔昭恢复平静，冲李神医一福，一字一顿道："昭昭知道了。"

李神医眼睛一眯。是他的错觉吗？黎丫头与乔丫头越发像了。

"那就这样，爷爷先走了。"李神医说着冲邓老夫人点头道别。

邓老夫人忙道："老先生，您有事要走老身不敢拦，只是还请老先生留下姓名，也好让我们知晓恩人身份。"

李神医抬了抬下巴，傲然道："老夫姓李，号珍鹤，贵府老爷既然是朝廷中人，应该知道老夫是谁。"

李神医留下这句话，转身大步上了马车，早就等得心焦的护卫们立刻催动马车，眨眼就消失在杏子胡同口。

马车一路往西，忽地又往北，这样来回兜了几个大圈子才终于直接从一处巍峨府邸的角门悄悄驶入，一路驶到一个雅致幽静的小院，这才停下来，请李神医下车。

李神医黑着脸走出来，左右四顾一番，盯着小院门口不动弹。

"先生——"

李神医目光凌厉瞪那护卫一眼，怒问："这是哪里？"没等人回答，自顾冷笑道："别告诉我是什么侍郎府，老夫计算着呢，从角门进来到这里足足用了两刻钟，可没哪个侍郎府能有这么大！"

护卫们面面相觑，一时谁都不敢言语。

主子以侍郎府的名义把老神医诓来，这下是瞒不过去了。

"神医果然慧眼！小王未能远迎，还请神医勿怪。"小院里走出一位三十左右的男子，冲李神医一揖。

男子衣袖上的四爪团龙纹让李神医觉得格外刺眼，他抖了抖眉毛："睿亲王？"

他好久没与这些皇亲贵胄打交道，不过对当今天子硕果仅存的两位皇子还是有印象的。

皇五子封睿王，皇六子封沐王，两位皇子年龄仿佛，不过皇五子睿王体弱，身形比沐王单薄许多。

"不知王爷请老夫来，所为何事？"

李神医心生不妙的预感，做人果然不能贪心，他这是为了一株灵草把自己搭进去了。

他就说一个小小的侍郎府怎么会弄到那样珍稀的灵草，奈何他急需此草，这才上了钩。

李神医的古怪脾气睿王早就有所耳闻，自己虽是堂堂亲王身份亦不敢托大，忙道："是小王身体不适，想请神医调理一番。请神医随小王进屋再谈。"

二人进了小院屋内，只留下睿王心腹，在李神医不耐烦的眼神催促下，睿王吭吭哧哧开口："小王多年来只生了两子，陆续夭折，想请神医替小王看看身体有无不妥……"

睿王一开口，李神医头就大了。

明康帝是个狂热的道教信徒，整天想着长生不老永享江山，宫里专门养了一群天师炼长寿丹。他站在医者的角度只能冷笑，那些丹药吃了别说长寿，不闹出人命就是好的。

也因此，明康帝身体并不好，生出的皇子底子差，十来个皇子活到成年的只有两个，便是睿王和沐王。

明康帝一直未立太子，睿王和沐王年纪相仿，自然是暗中较着劲。睿王居长，按理说占据着优势，可惜他身体孱弱，子嗣上如明康帝一样艰难，到如今三十来岁的年纪，一儿半女都没站住。

所有人都清楚，明康帝不可能立一个没有子嗣的皇子当太子。

李神医一张脸黑如锅底。这何止是卷入皇子夺嫡的旋涡，他是站在正中央接受暴风雨的洗礼啊！李神医转身就走。

"神医留步！"睿王深深一揖，"看在小王诚心相请的分儿上，请神医替小王看一看吧。"

见李神医不为所动，睿王跟了一句："再者神医进京没有避人，此刻恐怕许多有心人已经知道您进了小王府邸。神医若是这样离去，安全上——"

李神医脚步一顿，沉默好一会儿转身，没好气道："老夫就住这儿？"

睿王大喜，亲自去搀扶李神医："神医看中了哪里，小王立刻命人收拾出来！"

李神医长长叹了口气。掉进坑里，想爬出来就难了。

第三章 黎家

满城的百姓都去看凯旋的北征军,其他的街道上冷冷清清,坐落在皇城附近的锦鳞卫衙门更是门可罗雀。

江远朝在衙门前站定,整理了一下玄色衣袍,抬脚往里走。

"站住,锦鳞卫重地,闲杂人等不得乱闯!"门口锦鳞卫把他拦住。

江远朝挑着嘴角轻笑:"闲杂人等?"

站在身后的属下立刻上前一步,喝道:"小兔崽子吃了熊心豹子胆,连你们十三爷都不认识了!"

"什么十三爷?"

年轻的锦鳞卫还在嘀咕,另一个锦鳞卫跳起来:"哎哟,十三爷回来了,您快请进!"

江远朝嘴角还挂着笑,眼底却一片冰冷,边往里走边问:"大都督在吗?"

认出江远朝的锦鳞卫恭敬弯着腰:"他老人家不在,今天来转了一圈就回府了。"

回府?江远朝琢磨了一下,问他:"今天是江大姑娘生辰?"

锦衣卫连连点头:"十三爷您记性真好,大都督就是回府给大姑娘过生去了。"

江大姑娘江诗冉是锦鳞卫指挥使江堂的独生女儿,锦鳞卫上下无人不知江大姑娘是江堂的掌上明珠。

江远朝停下脚步,微微颔首:"你们自顾去忙,我先去江府拜见义父。"

等他带着属下转身走了,年轻的锦鳞卫还伸着脖子去看,另一个锦鳞卫拍了他一巴掌:"还看什么呢?"

年轻的锦鳞卫才加入不久,一脸感叹:"那就是十三太保之一的十三爷啊?真年轻!"

"以后眼睛放亮点,大都督最看重的就是十三爷!"

年轻的锦鳞卫心中犯嘀咕:大都督最看重十三爷怎么会把他打发出去好几年?啧啧,大人们的心思真难懂。

江堂深得帝宠,府邸就坐落在皇城不远处,江远朝吩咐属下去珍宝阁买了一套玩偶,拎着上门去。

"十三爷回来了!您稍等,小的这就进去通禀。"

看着门子转进去报信,江远朝勾了勾嘴角。以往他在京城,来江府从来不用等人通禀的。

不多时门子飞奔而来:"十三爷,老爷请您进去!"

江远朝点点头,抬脚往内走,远远看到江堂站在台阶上等候,快走几步,到了近前单膝跪下:"不孝子十三回来了,给义父磕头。"

若不是眼前的男人,幼年沦落街头的他就算能活到现在恐怕也如蝼蚁一般艰难。对这位义父,他是真心敬爱的。

台阶上的男子五十出头年纪,因为发福挺着个将军肚,走过去亲手把江远朝扶起来,面容冷肃,眼底却带着笑:"回来了就好。"

二人相携往里走,从屋子里飞奔出一位粉衣少女,脸上挂着明媚的笑冲向江远朝:"十三哥,你可终于回来了!"

江远朝不着痕迹侧侧身子,避免与少女身体接触,把提在手中的精美匣子举到她面前:"还好赶得及冉冉生辰。"

江诗冉欢呼一声把礼物接过,当着二人的面打开,看到里面是一套做工精致的玩偶,心中虽欢喜又忍不住抱怨:"十三哥,我已经十六岁了,又不是小女孩,你怎么还送我这个?"

江远朝莞尔一笑:"在十三哥心里,自然是一直把冉冉当小姑娘疼的。"

说到这里,不知为何,他脑海中蓦地闪过一道人影。

那明明才是一个真正的小姑娘,可他却总是忘了这一点,大概是因为舍得拿仙人球扔冠军侯的女子太稀有了吧。

江远朝的话引起了江诗冉的不快,她跺跺脚,甩下一句"我才不是小姑娘"扭身跑了。

江堂无奈又尴尬,摇摇头道:"十三莫和那丫头计较,她就是这个脾气。"

"怎么会。"江远朝淡淡地笑,江诗冉的言行仿佛落入大海的雨滴,连一丝痕迹都没留下。

江堂眼底有些失望,吩咐道:"随我来书房。"

二人一前一后进了书房,江堂收起笑容,一脸严肃:"十三,你驻守嘉丰,乔家怎么在你眼皮子底下遭了大火?那场火究竟是天灾还是人祸?"

"是十三没有做好，请义父责罚！"

江堂摆摆手，不耐烦地道："别废话，说正事！"

江堂毫不见外的态度让江远朝默默松了口气。

看来他离开几年，人走茶凉虽然难免，义父对他却没怎么变。

"义父，我认为乔家大火一定是人祸！"

"怎么说？"

"乔家大火太过突然，我们没有监控到可疑人物，不过幸存的乔公子行踪颇为古怪。他没有留下守孝，也没有养伤，而是带着幼妹去拜访了几家世交后离开了嘉丰。我认为他一定是知道些什么。"

父母家人皆丧生于大火中，幸存下来的乔公子还有心思拜访世交，这显然不正常。

"十三接到属下消息，乔公子三日前已经进了京，在外家寇尚书府上住下来，目前他来京城的事儿还没传开。"

江堂点点头，对江远朝道："继续派人盯着。咱们打探的消息不一定事事向圣上禀报，但要做到心里有数，以防什么时候被人打个措手不及。"

"义父放心，十三知道。"

江堂一笑："你做事我一贯放心。乔家的事不能再压着了，也该向皇上禀告了。"

迎上江远朝询问的目光，他解释道："冠军侯回来了，他现在威名远播，妻子又为国捐躯，圣上要是对乔家的事一无所知，以后会发脾气的。再者说，寇行则那老家伙一直没动静，恐怕也是在等这个时候。"

江远朝脸上挂着温和的笑，却只听到了"为国捐躯"几个字。这几个字像是一把小刀子，戳得他心口又疼又闷。

"怎么了？"江堂察觉到义子的异样，开口询问。

江远朝回神，笑容极淡："头一次听闻女子为国捐躯！"

江堂心生几分古怪，可江远朝已经恢复如常，起身恭敬道："义父，十三连日赶路，身上脏污，想回去沐浴更衣再来听您教诲。"

"回去什么，我早已经给你把院子收拾了出来，先住着。你那里久不住人，好好修葺一番再去住。"

江远朝从善如流应下来。

江堂笑道："这下子冉冉该高兴坏了。"

江远朝牵了牵唇角，没有接话。

临街的茶楼上，池灿仰靠在椅背上，懒洋洋地喝着茶。

"真没想到，邵明渊那家伙如此受欢迎。"

杨厚承扑哧一乐："难得看到池公子吃味啊！"

池灿抬脚踹过去："瞎说什么，以后那些头疼事被他分走大半，该谢谢他才是。"

一旁朱彦笑着提议:"说起来咱们好几年没和庭泉聚聚了。"

邵明渊,字庭泉。

四人是少时就结成的好友,情分自然不同一般,不过邵明渊自从十四岁穿上战袍与这三人就鲜少相聚,天长日久,另三人的情谊自然更深厚些。

饶是如此,多年的好友回京,他们还是兴奋的。

杨厚承回忆了一下,道:"还是他大婚时聚过,咱们连闹洞房都没捞着,那家伙就又跑去打仗了。哎,你们说庭泉他心里好受吗?他妻子——"

说到这里,三人都有些沉默。

最终还是池灿先开口:"怎么不好受?你们没见他今天多受人欢迎?以后公主贵女还不由着他挑!得了,别说这些扫兴事,回头叫他出来喝酒。"

朱彦与杨厚承对视一眼,俱是一脸无奈。

这家伙又口不对心了,四人里明明他与庭泉关系最好,今天一大早就巴巴赶过来,茶水灌了好几壶。

池灿起身,慢悠悠往楼下走,走到半途转身,扬着唇角问:"漫天花雨中我好像看到一只仙人球飞了过去,你们瞧见没?"

"瞧见了,瞧见了,是黎丫头扔过去的!"杨厚承眉飞色舞。

池灿与朱彦都盯着他看。这小子在兴奋什么?

"看来她病好了,准头不错。"池灿伸手向后摆了摆,"散了吧,各回各家。"

长容长公主府坐落于京城最繁华处,占地颇广,园子里更是遍植奇花异草。

花团锦簇中,一名艳光照人的妇人斜倚在竹榻上,一手枕腮,一手执着团扇有一下没一下地摇着。

脚边一名黛衣男子半跪,替她轻轻捏腿,身前还有一名锦衣男子仔细剥着葡萄。

长容长公主吃了几粒就摆摆手,对身侧立着的一名面容清秀的女官道:"冬瑜,去叫那个谁过来。"

冬瑜会意,道一声是,转身走了,不多会儿领来一位妇人。

妇人穿着一袭浅金缎的褙子,头梳云髻,插了四对明晃晃的金钗,还有一支黄金步摇,端的是富丽堂皇,可她的脸色却比金钗还黄,衰老得让人估不准年纪。

妇人来到长容长公主面前直直跪下:"奴婢拜见殿下。"

长容长公主懒洋洋把团扇丢到一旁,抬着下巴慢悠悠道:"不是说过很多次,不用在我面前自称奴婢。"

"来。"长公主冲妇人招招手,等妇人跪着靠近,伸出白嫩赤足抬了抬她的下巴,明明语气轻柔,但那股不屑却从骨子里流露出来,"呵,我可没有这样的奴婢。"

脚步声响起,女官冬瑜在长容长公主耳边低声道:"殿下,公子回来了。"

长容长公主遥遥看了走过来的池灿一眼,收回注意力,用赤足蹭了蹭妇人面颊:

"擦干净了给我把鞋子穿好。"

妇人捧着长容长公主的玉足小心翼翼擦拭，仿佛对待稀世珍宝，环绕长公主的美男与婢女皆习以为常。

池灿已经走到近前，行礼："母亲。"

他看了妇人一眼，心中说不清是什么滋味。

那一年初见这个女人，他恨不得挥剑杀了她，却被母亲拦下了，而今他却已经没有任何感觉，甚至替她悲哀。

绫罗绸缎，金银珠宝，母亲从没在这些东西上亏待过她，可她生生比同龄女子老了不止十岁。

长容长公主随意点点头，并不理会池灿，用穿好鞋子的脚踢了踢妇人面颊，笑吟吟道："怎么样，跟在我身边，你和你那一双儿女富贵荣华享之不尽，比跟着那个只能偷偷攒私房钱的短命鬼强多了吧？"

"是，是。"妇人不敢躲，连连点头。

"所以说，女人眼皮子别那么浅，不是每个人都有你的好运气。"长容长公主逗弄够了，摆摆手。

冬瑜立刻把妇人带了下去。

长容长公主没有命伺候她的美男退下，就那么不以为意地看着池灿，开口道："我收藏的乔先生的画，你是不是动了？"

"没有，我累了，回房去了。"池灿一脸木然。

"站住！"长容长公主推开替她捶腿的美男，长长的大红裙摆曳地而过，来到池灿面前。

"说吧，是从谁那里弄来的乔先生的画？别以为都是乔先生的画作，我便察觉不出了。"

池灿就这么看着长容长公主。

他的母亲，自从父亲过世之后，看向他的目光永远是挑剔比慈爱要多。

池灿忽然间有些心灰意冷，一双精致的眸子弯起，笑嘻嘻道："既然被母亲发现了，那儿子就不瞒着了。您收藏的那幅画被我弄坏了，所以又弄来一幅。对了，那其实不是乔先生的画作，是我随便找人画的赝品。"

他脸上挂着漫不经心的笑，抬脚往前走，走了数步停下转头："母亲原来没认出来啊，可见有些东西，远没有自己认为的那么重要！"

等池灿的身影被玉兰树挡住，长容长公主收回目光，抬脚向书房走去。

偌大的花园，转瞬空荡荡没了一丝人气。

乔昭进了黎府青松堂，邓老夫人在太师椅上坐下，脸一沉喝道："孽障，还不给我跪下！"

乔昭还没来得及反应，何氏就一把把她抱住，冲邓老夫人哭道："老夫人，昭昭走失这么多天，不知道吃了多少苦，春日地凉，可禁不住跪啊——"

邓老夫人额角青筋直跳，面对这个愚钝的儿媳，终于忍不住怒道："三丫头那惹祸的性子还不是由你惯出来的，如今还有脸在我面前哭！三丫头——"

老太太话没说完，乔昭已经推开何氏跪了下来。

她跪姿挺拔，虽然跪着却一点不显卑微，扬脸含笑："祖母教训得对，都是孙女任性，才给家里惹来这样大的麻烦。这些天孙女沦落在外，一直以为再也见不到您和母亲了。祖母对晚辈慈爱，惹您伤心就是孙女的不孝了……"

邓老夫人诧异挑了挑眉，瞧着跪在地上的小孙女，忽觉没这么心塞了。

她沉默片刻，开口道："三丫头遭了这番大难，反而懂事多了。何氏，你不要连个孩子都不如！"

"媳妇就是心疼昭昭。"何氏讪讪道，满心欢喜地看了一眼跪在地上的女儿，又开始心疼她跪在冰凉的地板上。

"说说吧，今天送你来的那位老者是什么身份？"

何氏不由看向邓老夫人。

她以为老夫人最想问的是昭昭如何失踪的，这些日子的遭遇又是如何，没想到老夫人最先问这个。

乔昭却暗自点头。

老夫人是个明白人，她如何失踪、遭遇如何，这些都是已定的事实，而送她回来的人的身份，才会影响她之后的处境。

乔昭简洁明了回道："那位珍鹤先生姓李，是多年前当今圣上御口亲封的神医。"

"什么？就是那位见百官免跪，圣上亲口赞'神医再世'的李神医？"

珍鹤先生的名号她没印象，可说起李神医，那真是如雷贯耳。

可以说，京城中他们这个圈子的人无人不知李神医的事迹，那是一针把太后从鬼门关拉回来的神仙中人！

"那人真是那位李神医？"邓老夫人难以淡定，忍不住再问一遍。

乔昭语气平静道："他应该没必要哄骗孙女。"

"说得是。"邓老夫人点头，这才细问起乔昭被拐的事。

乔昭自是隐去与池灿三人的相遇不提，以李神医代之。

她口齿清晰，语速轻缓，这样把连日来的遭遇娓娓道来，屋内众人听得格外入神。

等她讲完，安静了好一会儿邓老夫人才反应过来，端起茶盏啜了一口，掩饰尴尬。

刚刚居然有种听话本子的心态，她一定是年纪太大了！

这时穿着玫红色比甲的大丫鬟青筠站在门口禀告道："老夫人，东府来人了，请您带着三姑娘过去。"

何氏立刻骇白了脸，连声音都不敢出，祈求地看着邓老夫人。

黎氏一族人丁兴旺，不过在朝中做官的子弟很少，如今留在京城的恰好是亲兄弟两家。

大老太爷一家住东府，大老太爷已经致仕，老夫人姓姜，乃是宗室女，有乡君的封号，长子黎光砚现任刑部侍郎。

二老太爷年轻时就过世，留下两个儿子是邓老夫人一手拉扯大的，两个儿子读书厉害，先后中了进士，长子黎光文高中探花那一年一家子就进了京，在大老太爷的帮衬下安置在西府。

他们本就是一个家族出来的亲兄弟，这么些年西府一直得东府帮衬，由此可知，姜氏对西府的话语权是很大的。

偏偏，姜氏又是最重名声规矩的人。

何氏只要这么一想，腿就忍不住发软，暗暗想要是东府的老太婆处置她女儿，她就豁出去和她拼了！

在何氏强烈的哀求眼神下，邓老夫人一脸淡定，抬抬眼皮冲大丫鬟青筠伸出手："扶我去东府。"

眼看着邓老夫人由大丫鬟扶着不急不缓往外走，宝贝女儿仍跪在地上，何氏大急，喊道："老夫人——"

邓老夫人回头，撇了撇嘴角，看也不看跪在地上的乔昭，淡淡道："三丫头身子骨弱，被我罚了跪不是晕过去了吗？何氏你还不快把这孽障带走，留在这里装盆景养眼啊？"

"啊？"何氏愣了愣，随后才反应过来，大喜道，"是，是，儿媳这就带昭昭回房去！"

东府与西府就隔着一个胡同，邓老夫人很快到了那里，不多时便被请进去。

姜老夫人一见邓老夫人进来就皱了眉："三丫头呢？弟妹怎么没带她一起来？"

邓老夫人沉着脸，恨声道："那孽障不争气，我才罚她跪了一个时辰，她居然受不住晕过去了。我原本是要带那孽障来向乡君请罪的，现在只能自己来了。唉，乡君可不要见怪。"

"晕过去了？"姜老夫人盯着邓老夫人，她右眼瞳仁上蒙了一层白翳，这样盯着人看，就让人忍不住心里发毛。

邓老夫人年轻守寡，见过不少风浪，当然不受影响，肯定点头："是啊，晕过去了。"

姜老夫人冷笑一声："呵，我不管她是晕过去了还是死了，黎府是不能留她了！"

她再次用那只蒙了白翳的眼睛盯着邓老夫人，嘴角紧绷，法令纹格外深刻："弟妹，我知道你心软，可这种事姑息不得。三丫头失踪，要是没传扬出去，编一个病死的理由遮掩过去也就罢了，可偏偏当时没瞒住，这段日子黎府名声已经受了影响。弟妹，她是你孙女不假，可你的孙女不止她一个！她活着回来，还当黎府的姑娘，以后别的姑娘怎么嫁人？"

见邓老夫人默不作声，姜老夫人冷冷道："只要她待在府上一天，别人就要非议一天，咱们黎府就会一直抬不起头来！"

邓老夫人还是不吭声。

姜老夫人有些诧异，挑了挑眉，用那只正常的眼睛瞄着她："弟妹，你那么多孙女，平日里不是最不待见三丫头，怎么还舍不得了？你若是狠不下心，我来出头做这个恶人。无论如何三丫头不能留！"

姜老夫人坚决的态度不出邓老夫人所料，等她发完了火，邓老夫人这才解释道："乡君的苦心我明白，那孽障确实是给黎府丢脸了。不过事情也不像大家想的那么糟，她虽被人贩子拐了，半路上却是被李神医救回来的——"

"李神医？"

"对，就是当今天子曾亲口盛赞过的那位神医。"

"这怎么可能！"姜老夫人难以置信。

邓老夫人笑了："今天就是李神医亲自送三丫头回来的，街坊们都看见了。"

"莫不是什么人冒充的吧？"姜老夫人依然不信。

"要是冒充别人还有可能，乡君您想，李神医是什么人物，要是敢冒充，还不立刻被那些无所不知的锦鳞卫大人拿了去！"

人的名树的影，明目张胆冒充名人，那是有风险的。

姜老夫人显然明白这个道理，满脸的狠厉缓了缓。

邓老夫人心下略松，语气恳切："您想啊，李神医亲自送三丫头回来，咱们再把三丫头送走，那不是让神医不快嘛。"

这是明摆着怀疑神医的人品，得罪一位神医，极为不智。

姜老夫人身为宗室女，与那些皇亲贵胄的交集远比邓老夫人要多，对李神医当年在那些贵人心中的地位认识更深刻。

她终于松了口："既是这样，先等等再说。以后三丫头不必去学堂了，你拘着她在院子里少出来招人眼！"

就算三丫头被神医救回来，碍于神医面子不能立刻处置，可世人眼睛是雪亮的，将来三丫头是不能嫁人了。

一个注定嫁不出去的姑娘，在姜老夫人眼里无异于废棋一枚。

邓老夫人暂时稳住了姜老夫人，暗暗叹了口气，回到青松堂还没喝上一口热茶，就听丫鬟来报："老夫人，二太太求见。"

邓老夫人皱了皱眉，才道："请二太太进来。"

不多时，珠帘挑起，一位三十出头的妇人走了进来。

二太太刘氏是邓老夫人的次媳，三年前二老爷黎光书外放，她带着一双女儿留在了府中，素来是个嘴皮子利落的妇人。

她进来见过礼，亲自倒了一杯茶递给邓老夫人，开口道："老夫人，儿媳听说三姑娘回来了，真是吃了一惊。"

"你没去雅和苑？"

"去了，大嫂说三姑娘不舒服，不方便见人呢。"说到"大嫂"两个字，刘氏撇了撇嘴角。

西府的长媳何氏是填房，年纪比她轻，脑子更是拎不清，刘氏心里一直是看不上的。

邓老夫人知道刘氏的心态，不过续弦难当，何氏本人又不争气，她当婆母的不可能因为这个就替何氏出头。

咳咳，就何氏那性子，她没跟着踩一脚真的是太宽容了。

"老夫人，您刚从东府回来吧？乡君怎么说？"刘氏过来显然是打探消息的。

邓老夫人一副听不懂的样子："乡君啊？她觉得三丫头能遇到贵人真是运气好。"

"就这样？"

邓老夫人笑眯眯道："呃，我知道你当婶子的关心三丫头，心疼她受了罪。不过也不能太惯着那孽障了，送什么人参燕窝啊，要是实在放心不下，回头送点银耳蜂乳之类的也就是了。"

刘氏一口气差点没喘上来。谁想送人参燕窝了？那贱丫头清白、名声都没了居然还敢回来，要是个有志气且识趣的，就该悄悄投了河才干净！平日里邓老夫人很看不惯三姑娘，刘氏万万没想到黎三发生了这样的事，老太太居然是这种态度。老太太该不会中邪了吧？

刘氏气不过道："老夫人，我心疼三姑娘不假，可我更心疼皎儿她们几个啊。咱们府上的姑娘可一个都没出嫁呢，三姑娘碰到那种事咱们府上还没个说法，世人该怎么看？"

刘氏说完，不见邓老夫人回应，抬眼去看，就见邓老夫人老神在在地眯着眼，喝完手中茶才看着她意味深长道："刘氏啊，你还年轻，不懂。世人的看法啊，变得太快了。"

世人的看法说重要也重要，说不重要，有的时候狗屁不如。邓老夫人拉扯两个儿子长大，比谁都明白，要是什么都按照世人眼光来活，她早就活不下去了。她是不喜欢三丫头，可三丫头还是个孩子，连萍水相逢的神医都愿意给三丫头一条活路，难道她当亲祖母的为了世人的看法就要置三丫头于死地吗？今日她能为了世人的看法要三丫头的命，明日因为世人的看法又会要谁的命？

"可是——"刘氏哪里听得进去，想要再说，却听到邓老夫人那里传来清浅的呼吸声。

老太太居然迅速睡着了！

刘氏铁青着脸，拂袖而去。

二太太刘氏才走，大老爷黎光文就回来了。他一脸费解地进了青松堂：

"母亲，把儿子从翰林院叫回来有何事？"

黎光文三十多岁，长身而立，人清如玉，一点瞧不出在官场上打滚过的痕迹。

邓老夫人每次见了长子这个模样，又是欢喜又是叹息。

长子在读书上天赋惊人，年纪轻轻就高中探花，进了前途无量的翰林院，加之相貌好，当年家中生计虽艰难还是有不少富贵人家相中了他，这才有了伯府贵女杜氏的下嫁。

谁知长子根本不是当官的料，报到第一天就把上峰得罪了，有东府堂兄护着虽不至于丢官罢职，冷板凳却坐穿，后来杜氏生儿子黎辉时难产而亡，若不是阴差阳错娶了何氏当续弦，说不定找媳妇都困难。

但是在一位母亲的眼里，儿子没有染上蝇营狗苟的习性，又觉宽慰。

大丫鬟青筠给黎光文上了茶，见他端起来喝了，邓老夫人才道："三丫头回来了。"

黎光文一口茶就喷了出去。

邓老夫人扫一眼抿着嘴偷笑的青筠，瞪他："这么激动像什么样子？"

黎光文依然一脸呆滞。

邓老夫人使了个眼色给青筠，青筠领着屋子里伺候的丫鬟们退下。

"三丫头是被大名鼎鼎的李神医送回来的，我把你大伯娘想送她去家庙的心思挡了回去。不过呢，三丫头闺誉是没了，将来恐怕不好嫁人，你这当父亲的有什么想法？"

黎光文终于从震惊中回神，喃喃道："养着呗。"

他怕老太太不放心，想了想补充道："她娘有钱。"

邓老夫人："……"这儿子真实在！

听长子这么说，邓老夫人知道发生不了什么人伦惨剧，懒得瞧儿子那张没用的俊脸，摆了摆手把人赶了。

等终于清净了，邓老夫人交代青筠："去雅和苑对三姑娘说，这两日不必来请安了，也不用去学堂，在屋子里没事抄抄佛经吧。"

青筠心知三姑娘这辈子就这样了，想着她以往飞扬跋扈的性子，心中竟生不出怜悯，应了声是就去了雅和苑传话。

京城居大不易，西府住处紧张，除了唯一的孙辈男丁三公子黎辉满了十二岁后另辟了住处，姑娘们都随父母住。

黎光文从青松堂离开回了雅和苑，往常惯例是直接去书房歇着的，这次却直奔

· 060 ·

主屋去了。

东次间里，何氏正搂着乔昭抹眼泪，一见黎光文来了眼中喜色一闪，迎过去道："老爷，昭昭回来了！"

黎光文目不斜视，径直从她身边走过去，来到乔昭面前。

乔昭冷眼旁观，见何氏面上难过之情一闪而逝，很快就恢复如常，心底就生了叹息。

"父亲——"她起身给黎光文见礼。

黎光文颇有些意外，立在那里静了静，命她起来，打量几眼开口道："回来就好。以后安分守己，莫再惹祸生事。"

"女儿省得。"这种场面话最好应对，乔昭自然不惧。

她看得出来，黎光文对这个女儿仅限于基本的父女天性，而没有多出一分的喜爱。

黎光文显然不习惯在这间屋子久留，略坐了坐，见妻女也不说话，就冲何氏微微颔首："那我回房了。"

黎光文长住书房。

何氏有些慌："老爷这就走了？"

她本以为女儿回来了老爷会有很多话说，正绞尽脑汁组织语言呢，没想到人就要走了。

不过是一愣神的工夫，黎光文已经走出门去。

何氏怔怔望着他的背影，有些发呆。

乔昭见过的夫妻，或是如祖父祖母琴瑟和鸣，或是如父亲母亲相敬如宾，从不知道夫妻间还有这般冷淡如陌生人的。

她转而想到自己，她嫁到靖安侯府两年，说起来，与邵明渊才是真正的陌生人。不过这些已是前尘往事，连那一点点的恼怒都随着那个长满刺的仙人球丢出去消散大半。她所图的，只是尽快见到长兄，如果那场大火有问题，便拼尽全力为父母家人报仇。

"昭昭，你怎么了？"何氏见女儿表情呆呆的，有些心慌。总觉得一个不留神，女儿就会不见了。

乔昭转了转清亮漆黑的眸子，笑得温柔："娘，我就是饿了。"

何氏怔了怔，眼睛忽然就湿了，她难以控制忙别过眼去，转身道："娘这就吩咐小厨房给你准备好吃的去！"

她匆匆走出屋，站在院子里深深吸了一口气，抽出帕子悄悄拭泪。

这么多年，女儿从未对她这般温和说过话。

"太太——"一位仆妇打扮的妇人轻轻喊了她一句。

何氏泪中带笑："方妈妈，我记得红烧狮子头是你最拿手的一道菜，今儿下厨给昭昭做一次吧。"

方妈妈暗叹一句可怜天下父母心。三姑娘自幼牛心左性，瞧不起母亲的出身，更因着那些闲言碎语恼恨生母使了手段嫁进来当填房，从未对何氏有过好脸色。而何氏就这么一个女儿，依然当明珠般捧着，可心里哪有不难过的。如今她冷眼瞧着，三姑娘出去遭了一次罪，倒是长进了。可这长进未免太迟了啊，三姑娘这么大被拐了，这辈子已经完了。

"太太可别这么说，只要三姑娘不嫌弃，老奴日日做给她吃才乐意。"

何氏心里激动，亲自去了小厨房盯着，不一会儿丫鬟来主屋禀告："三姑娘，青松堂的青筠姐姐过来了。"

青筠是邓老夫人身边的大丫鬟，在整个西府的主子面前都有几分脸面。

"青筠姐姐请坐。"乔昭并没起身，言语却很客气。

青筠有些意外，多看了乔昭一眼，行礼道："婢子不敢当，婢子是来替老夫人传话的。"

乔昭面色平静，听着青筠传话。不请安，不去学堂，这是以后不许她出门了？乔昭性情沉静，对参加各种宴会以及上街闲逛兴趣不大，可她不能不出门。被圈养在家里，又该如何与长兄相见？

"劳烦青筠姐姐向老夫人说一声，我知道了，回头把抄好的经书给她老人家送去。"

事在人为，被圈养的状态必须要改变，那么，就先从抄佛经开始吧，佛诞日就要到了呢。

天渐渐暗下来，晚霞堆满天，邵明渊出了宫门，只觉一身疲惫。

亲卫牵着马过来，他翻身上马，一路沉默到了青雀巷。

靖安侯府就坐落在青雀巷，曾经只是众多勋贵府邸中普通的一座，而今因着邵明渊的存在，那琉璃瓦屋顶仿佛都比别处青翠些。

靖安侯府的大门早已打开，靖安侯世子邵景渊领着府中上下站在台阶上，远远瞧见来人，忙下了台阶迎上去。

邵明渊翻身下马，邵景渊已经走到近前。

"大哥。"

邵景渊拍拍邵明渊的肩膀："二弟终于回来了，父亲和母亲都在里面等着。"

他扫了邵明渊雪白的披风一眼，没有多言。

兄弟二人由侯府众人簇拥着进去，直奔正堂。

遥遥看见一名中年男子立在门口，形销骨立，邵明渊快步上前，单膝跪地："父亲，不肖子回来了。"

靖安侯的面色有种过分的苍白，他弯腰亲自把邵明渊扶起，笑道："回来就好，快进来——"话未说完，便剧烈咳嗽起来。

邵明渊眼底划过一抹担忧。

父亲多年前在北地重病，回京休养这些年依然不见起色，这次回来一看，寒毒竟越发重了。

众人进了屋。

邵明渊一眼就看到靖安侯夫人沈氏静坐在太师椅上，听到这番动静眼皮也未抬。

大嫂王氏立在她身侧。

邵明渊走过去，跪下，纯白披风如素白的雪，铺了一地："明渊见过母亲。"

沈氏目光从那纯白披风上缓缓扫过，冷冷道："多年不回，一回来就给我添晦气！"

邵明渊保持着下跪的姿势，亲生母亲苛刻的言语并没有令他改变神色，半低着头道："是儿子不好。"

沈氏最见不得他这副模样，把茶杯往一侧高几上重重一放，冷声道："还不快去换了衣裳再来见我！"

"是。"邵明渊起身，平静离去。

靖安侯面色微沉，当着长子夫妇的面不愿落沈氏面子，可又心疼次子被如此对待，重重咳嗽一声，问长媳王氏："饭菜都准备好了？"

王氏忙道："公爹放心，儿媳早已经吩咐下去了，是按着年节的例儿。"

沈氏冷哼一声："非年非节，按什么年节的例儿？他再怎么能耐，也只是府上二公子，还能翻天不成？"

这话王氏没法接，只得默默不语。

靖安侯终于忍不住出声："沈氏，你够了，二郎好不容易回来，非要这样说话？"

沈氏声音立刻高了起来："哪样说话？侯爷说说我哪样说话了？怎么，二郎如今封了侯，这靖安侯府容不下他了，我连话都不能说了？"

靖安侯想发怒，可不知道想到什么，又把火气压了下去，瞪靖安侯世子邵景渊一眼："还不快去看看你三弟跑哪儿去了，不知道他二哥回来了吗？"

邵景渊垂眸："儿子这就去。"

王氏见此，心疼又不悦。

公爹总是这样，明明是婆母不喜二郎，公爹拿婆母没法子，就把火气撒到大郎身上去。

一时之间，室内一片安静。

邵明渊的回归明明是件大喜事，可屋子内靖安侯府的主子们却各有心思，气氛微妙。

脚步声响起，换上家常衣衫的邵明渊走进来。

他穿了一件白袍，除了腰间系着一块墨玉别无装饰，衬得眉眼越发冷凝。

沈氏大怒，一只茶杯砸在邵明渊脚边，摔得粉碎：

"逆子，你穿成这个样子，是盼着我早死吗？"

邵明渊望着发火的母亲，心中叹了一声，解释道："母亲忘了，儿子在守妻孝。"

此话一出，室内就是一静。

在大梁建国初，虽有妻子过世丈夫守孝一年的规矩，可这么多年下来这条规矩早已名存实亡，真正做到为妻守孝的男子寥寥无几。相反，升官发财死老婆成了不少男人心照不宣的金科玉律。

忽然一阵凌乱的脚步声响起，紧接着从门口冲进来一位少年。

少年十四五岁的模样，唇红齿白，此时却怒容满面，一眼看到立在中间的邵明渊就冲了上去，对准他就是一拳，口中骂道："混蛋，你杀了二嫂，你还好意思回来——"

原来冲进来的少年正是邵明渊的幼弟——邵惜渊。

邵惜渊的攻击在邵明渊看来如幼儿学步，毫无威胁。

他伸手抓住邵惜渊手腕，黑湛湛的眸子让人看不出情绪，淡淡道："我是不是混蛋，还轮不到你来教训！"

他使了一点力气把邵惜渊推开，邵惜渊一个踉跄扶住立柱，沈氏立刻变了颜色："邵明渊，你敢对你弟弟动手？"

她忙起身扶住邵惜渊，上上下下打量过，满眼关切："没磕碰着吧？"

"没有！"邵惜渊依然瞪着邵明渊，一脸倔强。

邵明渊没有看他，对靖安侯说道："父亲，儿子今天面圣，已经向皇上请了一年长假。"

"一年长假？"靖安侯有些意外。

靖安侯世子邵景渊更是不可思议地望向邵明渊。谁不知道二弟如今风头正劲，趁着大胜的热度在皇上面前多晃几次，定然会更上一层。他居然请一年长假，就为了替妻子守孝？邵景渊看着邵明渊，只觉越发难以理解他了。

"这样也好。"靖安侯反而很快接受了这个消息。

"乔氏……"邵明渊开口，平静的神情头一次有了变化，"乔氏的棺椁随战亡将士的棺椁一起，再过几日便会入京，儿子明日出城去接她……等她出殡下葬，我想去嘉丰一趟，向岳丈岳母请罪。"

"人都死了，请罪还有什么用？他们还敢杀了你不成？"邵惜渊反唇相讥，声势却弱了下去。二嫂那样好的人，二哥居然忍心杀了她，实在是不可原谅！对，他不能动摇，坚决不原谅！

邵明渊淡淡看了邵惜渊一眼，声音沉沉："若他们想要，我绝不吝惜。"

他说完，向靖安侯与沈氏请罪："父亲、母亲，我想先回去休息一下。"

邵明渊出了门，等候在外的两个亲卫迎上来："将军——"

"邵知，明日去问一下，冠军侯府什么时候可以入住。"邵明渊对其中一人道。

邵知一愣,立刻道:"是。"

"邵良,那叛逆的情况尽快查明回禀。"

邵良肃容:"遵命!"

面对出生入死的属下,邵明渊神情柔和许多,微微颔首道:"你们下去喝酒吧,不用跟着我。"

他转了身,大步离去。

邵知与邵良一直注视着邵明渊背影消失在花木间,才并肩往外走。

他们两个是自小陪着邵明渊长大的,征战这么多年,皆已是五品武将,行走在外也能被人称一声将军了。

二人往外走了一段距离,邵良忍不住道:"你说侯夫人怎么就如此不待见咱们将军呢?我记得小时候明明是世子调皮犯了错,侯夫人却把将军的后背都打青了,还是我娘给将军涂的药。"

"谁知道呢。"邵知摇摇头,叹口气道,"十个指头伸出来还不一般齐呢,父母偏心也很正常,侯爷不是对将军最好吗?"

"反正我是想不通,咱们将军无论各方面都是最出众的,侯夫人那般对他,他从没流露出一点怨言。"邵良忽然压低了声音,"咳咳,侯夫人该不会是眼瞎吧?"

邵知捶他一拳:"乱说什么,被人听见让将军难做。"

"是呢,不过还好,等冠军侯府修葺好咱们就能搬过去,将军就不必这般受气了。"

二人相携着走远。邵明渊回到自己的住处,推门而入,站在院子里环顾,一切都很陌生。

他以往住在前院,后来常年征战,连侯府都鲜少回来,这院子还是为了大婚收拾出来的,算起来,这是第二次踏入。

院中整洁依旧,显然一直有人打理着,只是因为少了主人,没有半点人气。

邵明渊抬脚走到墙角,看到了一丛绿油油的薄荷。

细嫩的薄荷叶散发出淡淡的清凉气味,这样一丛,若是到了夏日便能驱逐蚊虫。

他又移步,便看到了一挂金银花搭在花架上,此时已经开花,金黄雪白,一蒂双花,形影不离。

金银花,又名鸳鸯藤。

邵明渊仿佛看到了那个素芙蓉般的女子。她在这寂静的院子里住了两年,素手纤纤,亲手种下清凉驱蚊的薄荷,又栽下清热解毒的鸳鸯藤。她驻足凝望这挂鸳鸯藤时,可曾寂寞?她是个什么样的人呢?

邵明渊抬手,手指轻轻拂过花瓣。

他的手常年握刀枪,老茧又厚又硬,很是粗糙,洁白的花瓣就落了下来。

邵明渊忙收回手,垂眸看着落地的花瓣,嘴角牵起一抹苦笑。

他这样的人，本就不该娶妻的，害人害己，自作自受！

邵明渊靠着花架，抬头望天。

彼时夕阳刚刚落下去，灿烂的晚霞黯淡无光，无声无息与人间告别。

四周一片寂静，只有幼虫的低鸣声，风吹过，便送来了薄荷清香。

邵明渊直起身，抬手拂去掉落肩头的花瓣，抬脚往外走去。

这个时间，西府的几位姑娘都下了学，回到府里第一件事便是去青松堂给邓老夫人请安，青松堂里顿时热闹起来。

"今日是书法课吧？"邓老夫人笑看着三个孙女。

三位姑娘中年纪最长的是大姑娘黎皎，刚满了十六岁，鸭蛋脸柳叶眉，很是端庄秀气，也是邓老夫人最喜欢的孙女。

另外两个姑娘都是二太太刘氏所出，穿黄衣的是四姑娘黎嫣，与黎昭同岁，穿粉衣的只有十岁出头，是六姑娘黎婵。

邓老夫人一问，年纪最小的黎婵就开了口："是呢，刚刚换的书法先生，可严格呢，今天还打了我手心。"

她伸出白白嫩嫩的手给邓老夫人看，手心处果然有红痕。

邓老夫人笑眯眯道："证明六丫头还不够努力。新来的书法先生是乡君亲自请回来的，你们好好跟着学，今年的佛诞日争取也露一次脸。"

当今天子信道，太后却信佛，是以京中无论道观还是寺庙都很兴盛。

每年佛诞日，各府女眷都会带足了香油钱以及抄好的佛经前往大福寺参与浴佛等活动。

那些佛经大多是由女眷们亲自抄录，不知从什么时候起，抄佛经就成了各家展示姑娘家书法的机会。

原因无他，与大福寺同处一个山头的还有一家疏影庵，里面住着一位了却红尘的大长公主，论辈分当今天子还要称其一声姑姑。因此每年佛诞日大福寺的僧人会选出书法出众的佛经，送到疏影庵去。

每一年，哪家姑娘抄写的佛经入了大福寺僧人的眼并被送到那位大长公主面前，那可是大大的长脸。

"佛诞日马上就要到了，临时抱佛脚都晚了。"黎婵撇撇嘴。

四姑娘黎嫣伸手拧了她脸蛋一下："谁让你平时偷懒的！"

黎婵笑嘻嘻往旁边躲："反正多我一个不多，少我一个不少，不是还有大姐与二姐么？"

黎婵口中的"大姐"是指黎皎，"二姐"则是指东府的姑娘黎娇。

东府有两位姑娘，二姑娘黎娇是嫡出，最得乡君姜老夫人喜爱，可以说西府几位姑娘去东府开设的女学，都是陪太子读书。

至于五姑娘黎姝，乃是庶出，不必多提。

"六妹又拿我说笑了。"黎皎温婉笑道。

邓老夫人就在一片和乐融融中开了口："三丫头回来了。"

室内一静，针落可闻。四姑娘黎嫣与六姑娘黎婵不由去看黎皎。最初的震惊过后，黎皎一脸惊喜："三妹回来了？"她的手缩在淡紫色的衣袖里，紧紧攥起。

"今天被人送回来的。"

"太好了，我还以为——"黎皎说到一半咬住唇，声音哽咽。

黎嫣与黎婵对视一眼，皆不作声。

"好了，你们三个都回去歇着吧。"

出了青松堂，黎皎问黎嫣姐妹："四妹、六妹和我一起去看看三妹吗？"

黎嫣下巴紧绷："我们先回锦容苑给母亲请安。"

"是呢，谁想去看她呀，被拐了居然还回来，丢死人了——"

"六妹！"黎嫣警告地瞪了黎婵一眼。

姐妹二人走至路口，与黎皎道别。

望着她们离去的背影，黎皎牵起嘴角，回到雅和苑先去给何氏请安，提出去看黎昭。

何氏自是把人拦下了："不必了，昭昭已经歇下了。"

"那女儿明日再去看她。"

黎皎回到东跨院，进屋后脸色才沉下来。

"我的姑娘，怎么不高兴了？"一位三十多岁的妇人把黎皎一把搂住。

妇人梳着光滑的发髻，用一根碧玉钗别着，清爽又利落。

"奶娘，我刚从祖母那里过来，听她说三姑娘回来了。你把今天发生的事仔细给我说说。"

这样的大事奶娘自然关注着，立刻事无巨细讲给黎皎听。

黎皎听完，垂眸不语。

奶娘咬牙切齿："那个害人精，怎么不死在外面呢！她这么一回来，坑害的还不是姑娘！"

黎皎忽然笑了："奶娘，没事儿，她回来也好。"

翌日晨曦微露，邵明渊领着一队亲卫悄悄出了城。

当暖阳为整个京城尽情挥洒时，一件骇人的事传得沸沸扬扬。

回老家守孝的前左金都御史乔大人一家竟然遭了大火，只有出门访友的乔公子侥幸活了下来，为了救幼妹还毁了容，而今正寄居在外家寇尚书府上。

乔大人虽因丁忧暂时告别了京都这个圈子，可他毕竟是堂堂正二品大员，更别提还是名满天下的乔先生之子，一家人落得这样的下场，京中不知多少人感叹。

更令人唏嘘的是，乔大人唯一的嫡女、冠军侯之妻的棺椁随着为国捐躯的将士们的棺椁一起，还在进京的路上。

乔家可真够倒霉的。

无数人这样想着。

刑部尚书寇大人请旨彻查乔家大火一事，明康帝允诺，命钦差前往嘉丰查探。

就在乔家之事吸引了所有人视线时，长春伯府的人悄悄登了黎家的门，退了长春伯幼子与黎大姑娘的亲事。

长春伯幼子与大姑娘黎皎的亲事还是黎皎的母亲杜氏在世时定下来的，如今黎皎已经十六岁，眼看着就要嫁过去了，亲事一退，顿时引起了轩然大波。

在国子监读书的三公子黎辉得到信儿立刻请假回府，顾不得给邓老夫人请安，直奔雅和苑东跨院。

东跨院里，丫鬟们走路小心翼翼，墙角桃花悄然绽放。

黎辉冲了进去："大姐，你没事吧？"

黎皎端坐着，眼圈泛红，面色却一派平静，蹙眉问黎辉："不是在读书么，怎么回来了？"

黎辉冷笑："我就知道那祸害回来没好事儿，一直让青吉盯着呢，没想到竟是这么大的事儿！"

他说着忍不住抓住黎皎的手，恨声道："大姐，那祸害真是害死你了！"

黎皎抬手拍拍黎辉手背："别这样，是我运气不好，怪不了别人。"

"什么怪不了别人，要不是她被拐走，咱们府上怎么会成了京中的笑话。她要是不回来，大姐又怎么会被退亲？"黎辉越说越气，跺跺脚撂下一句话，"我去找她！"

"三弟——"

等黎辉跑远了，黎皎弯了弯嘴角，起身理理衣裙，吩咐丫鬟："走吧，过去看看。"

西跨院里，乔昭抄完一叠佛经，命阿珠取来棋盘，正自己与自己下棋。

祖父说过，当你深陷困顿，那么就下棋吧，下棋可以使人平心静气，头脑清明，不会稀里糊涂走错了路。

她左手与右手下，正到厮杀激烈之时，门忽然就被踹开了。

乔昭捏着棋子的手一停，抬眸看向来人。是一个很清秀的少年，满面怒火烧得他眉眼秾丽起来。

乔昭还没来得及起身，怒火中烧的少年就冲了过来。

阿珠一时被这突如其来闯进来的人吓得反应不过来，冰绿却驾轻就熟地蹿进他与乔昭之间，尖声道："干什么，干什么，哪有当哥哥的这么闯进妹妹房间的！"

"贱婢，你给我让开！"黎辉怒喝。

"就不让，让开了让你欺负我家姑娘啊！"冰绿挺了挺胸脯。

黎辉伸手就把她推到了一边去。

冰绿愣了愣，随后尖叫："啊，不得了啦，三公子要杀人啦——"

"闭嘴！"黎辉厉喝。

冰绿捂着胸脯不理会黎辉的威胁，拿眼睛瞄着乔昭。

主子看到了吧，人家才是忠心护主的贴心大丫鬟，被三公子袭胸都毫不退缩，您半道带回来的阿珠是什么鬼呀！

乔昭居然瞬间懂了小丫鬟的心思，抿着唇笑道："冰绿，去给三公子端茶。"

"嗳！"冰绿响亮应了一声，得意扫了呆若木鸡的阿珠一眼，扭身出去了。

被这么一打岔，黎辉气势一缓，看向乔昭，就见她依然一手捏着棋子，唇角含笑，仿佛是毫无关系的陌生人旁观着这场闹剧。

黎辉大怒，大步走过去手一拂，把棋盘上黑白相间的棋子扫得七零八落。

棋子连续落地发出叮叮当当的清脆响声。

脾气可真大。乔昭默默想。

"黎昭，大姐被退亲了，这下你满意了？"

乔昭初来乍到，消息不灵通，听到这个消息愣了愣。

"你少装傻充愣！你难道想不到吗，你这个样子还回来一定会连累大姐她们。你为什么还要回来，怎么不——"

迎上乔昭平静的目光，黎辉后面的话卡在了喉咙里。你怎么不死在外面呢？有那么一瞬间，少年这样想。可他抓着的人手腕很纤细，仿佛脆弱的玉兰花，只要稍微用力便会折断了。她的脸上少了以往逢迎或蛮横的表情，显得干干净净，精致漂亮。他后面的话，忽然就说不出口了。

"三弟，快放手！"黎皎追了过来，拉开黎辉，冲乔昭露出歉然的笑意，"三妹，你不要怪他，他就是关心则乱——"

乔昭淡淡道："我当然不怪，我知道他是关心大姐。"

黎皎深深看了乔昭一眼。少女眉目清晰，眼神清澈如一汪潭水，仿佛能把一切看通透。她莫名有些不安，勉强笑道："三妹不怪就好，不然母亲该怪罪了。"

"什么母亲？咱们的母亲牌位供在祠堂里呢！大姐，你就是性子太好，才任由她们母女这般欺负。现在你退了亲，最满意这个结果的就是她们母女了，谁还心疼你将来怎么办啊！"黎辉听了黎皎的话，火气更大。

乔昭把手指捏着的那枚棋子丢入棋罐，发出啪的一声脆响。

室内一静，黎皎姐弟都看向她。

乔昭波澜不惊笑道："三哥说得不对，最满意这个结果的不是我和母亲，而是大姐。"

黎辉怒极："黎昭，你还要不要脸，居然说出这种幸灾乐祸的话！"

乔昭一双漂亮的眼睛微微睁大。

她的兄长温润如玉，庶妹活泼可爱，还真的没有见过这一款，她分明在一本正经说话，却被硬说是幸灾乐祸。

"大姑娘，三公子，请喝茶。"冰绿端着托盘进来上茶。

黎辉冷哼一声不理会，黎皎接过茶杯，点头致谢。

"我记得长春伯幼子是京城有名的纨绔子弟，十三岁时就整天上街调戏良家妇女了吧？对了，我想起来，有一次大姐还躲在假山旁哭鼻子呢。"

黎皎下意识握紧了杯子。

乔昭继续道："年初长春伯幼子去逛青楼，失手打死了不听话的女校书。长春伯府虽然想压下去这件事，最终还是被御史弹劾了治家不严。"

她笑了笑，看着黎皎："这样的人与大姐退了亲，大姐不满意吗？"

"你，你怎么知道？"黎皎羞得满面通红。

"你这是什么歪理，大姐被退了亲，反而要敲锣打鼓庆贺吗？"

乔昭理所当然反问："摆脱那样一位人渣，难道不该敲锣打鼓吗？"

她移开目光，与黎皎对视，黑白分明的眸子有种让人无所遁形的通透。

黎皎不自在地移开眼，拉了拉黎辉："三弟，咱们走吧。"

"大姐，你总是这般好性子！"

"三弟，不要再闹了。三妹你好好歇着，我先回了——"黎皎转身快步离去，黎辉忙追了上去。

黎皎出了西跨院疾步往外走，心中惊涛骇浪。

是她的错觉吗？为什么有种盘算的一切都被那丫头看穿的感觉？

她压根没有想到一个被拐的女孩子还能完好无损地回来，当然，就算回来她也不怕，能趁机摆脱了与长春伯府的亲事同样值得庆贺。

长春伯幼子明明是那样的混账，就因为是母亲在世时定下的亲事，父亲想要退亲，外祖家不愿，父亲就妥协了。

这个一石二鸟的计划她在心里盘算了许久，明明天衣无缝，为何黎三会有那样的眼神，好像看穿了一切？

这不可能，黎三那样的蠢货，怎么可能想得到这些？

黎皎想着心事往前走，不顾黎辉在后面追，险些与黎光文撞在一起。

黎光文伸手扶住她，一脸诧异："皎儿，怎么了？"

黎皎回神，迎上黎光文关切的目光，声音不自觉哽咽："父亲——"

"这是怎么回事儿？"

"我，我没事。女儿先回去了。"黎皎匆匆一礼，疾步而去。

黎辉追了过来，被黎光文拦下："你们从西跨院过来？你大姐怎么了？"

黎辉脸色阴沉："还不是黎昭，又欺负大姐！"

这样的场景显然已经发生过太多次了，黎光文下意识就蹙了眉，不悦道："她又胡闹了？"

黎辉冷哼一声。

黎光文回过味来，打量着儿子："你不是在国子监读书么，怎么会在家里？"

西府两房，孙辈统共就黎辉这一个孙子，养得性情自然有些骄纵，他气呼呼道："还不是听说黎昭害大姐被退亲，儿子不放心大姐，这才赶回来的。"

"呃……"黎光文顿了顿，嘱咐道，"你们姐弟自小要好，你去劝劝你大姐，要她不必太伤心，塞翁失马焉知非福。"

长女那门亲事实在让人不满，如今退了，名声虽然受些损失，可长远来看未尝不是一件好事。若不是固昌伯府拦着，他早就想退了。许是这样想，明明次女惹了这么大的祸事，黎光文意外发觉竟然没那么生气。

黎辉显然也察觉了这一点，不满道："父亲，三妹那里就这么算了？她再不收敛性子，以后还不一定连累多少人！"

黎光文脸一板："嗯，为父是要去好好教导她一番！"

指望何氏，那纯粹是说笑。

黎辉这才气顺了些，行礼道："父亲，那儿子去劝大姐了。"

"嗯，去吧。"黎光文点点头，抬脚走进了西跨院。

院子里石榴树上的绿芽更加繁盛，窗前芭蕉青翠欲滴，整个小院宁和雅致，只闻清脆的落子声。

黎光文板着脸进去，就看到少女盘膝，一手执白，一手执黑，正在下棋。

自己与自己下棋？

黎光文心中一动，一时忘了来意，冲两个丫鬟摇摇头示意不得出声，抬脚走了过去。

乔昭正下到妙处，沉吟良久落下一子，就听一声低喝："好！"

她抬眸，便看到父亲大人站在一旁，双目闪着异彩紧盯棋盘，明明是三十多岁的人了，可眉宇间依然有种少年的清新。

人清如玉。

"父亲——"

她欲起身见礼，被黎光文拦住："来，继续！"

他一屁股坐在乔昭对面，捡起白子沉吟起来。

时间一点点流逝，一局终了，黎光文起身，开怀大笑："痛快，真是痛快！"

他浑身舒畅，含笑施施然离去，留下乔昭一脸莫名其妙。父亲过来究竟是干什么的？

黎光文快要走到书房才猛然停下脚步，懊恼拍了拍脑袋。总觉得忘了一件很重要的事，终于想起来了！他还没教训成天惹祸的闺女呢！黎光文颇有些纠结。现在返回去教训吧，实在不像样子。刚刚还下棋呢，他这么正直的人怎么能做出秋后算账这么没品的事来？不回去教训吧，那丫头以后岂不更胡作非为了？

他犹豫了又犹豫，伸手推开了书房门。罢了，等下次再去吧，正好问问那丫头棋艺怎么如此高超。

黎光文的继室何氏手中有大把银子，因为总被人奚落出身，自觉连累女儿，漫天撒银子请了先生来给黎昭开小灶，就盼着女儿琴棋书画骑射都能压过东西两府的姑娘们。

只可惜黎昭一直以来表现平平，尤其是骑射上更是一塌糊涂。用府中人私底下的话说，三姑娘是生了一副飞扬跋扈的脾气，却没有可以飞扬跋扈的强壮身子。

黎光文印象里，这个女儿一直很平庸，今天实在令人大吃一惊。

黎辉追到了东跨院，安慰胞姐："大姐，你别往心里去，黎昭就是那个样子，她说话什么时候好听过。"

黎皎亲手倒了一杯茶递给弟弟，温声道："我不会在意，若是在意，日子早就过不下去了。"

黎辉听着心里难受，伸手握住黎皎的手："大姐，委屈你了。我现在整日在国子监读书，你被人欺负了都不能及时帮你。"

黎皎抽回手，正色道："三弟，你如今读书才是最要紧的事，别总惦记着我。你记着，只有你争气读出书来，我以后才能不委屈。"

黎辉听着又是心疼又是热血沸腾，郑重许诺道："大姐你放心，我一定会比父亲还要早考中进士，将来谁都不能欺负了你去！"

黎皎弯唇笑了，抬手替黎辉理理衣领，意味深长地道："和父亲比什么，要比啊，就和大堂伯比。"

大堂伯就是东府的大老爷，乡君姜老夫人的儿子，四十来岁已经爬到侍郎的位置，正三品高官，在讲究熬资历的大梁文官体系中，算得上年轻有为了。

而姐弟二人的父亲黎光文，金榜题名后进了翰林院，成为一名有储相之称的清贵翰林，十几年过去，咳咳，还在翰林院蹲着编史书呢。

黎皎想起这些就心烦。

她父亲高中探花，迎娶贵女，偏偏是个棒槌性子，一手好牌打得稀烂，还不如外放知府的二叔。

"行了，你快回去读书吧，耗在我这里久了别人要说闲话的。"黎皎推了推黎辉。

黎辉颇不快："咱们是一母同胞的姐弟，别人说什么闲话！"

他这样说着，还是听话地站起身来，告辞离去。

等黎辉一走，黎皎才彻底放松，斜靠着床栏露出淡淡的笑意来。无论如何，黎昭害她被退亲，将来在府中更加惹人厌了。而她虽然有了退亲的名声，可毕竟不是自己犯了错，将来耐心图谋未必没有好亲事。退一万步说，就算真的当一辈子老姑娘，也比嫁给那样一个混账强。就是黎昭这次回来，好像有些不一样了。

黎皎正想着，一个丫鬟轻手轻脚走进来禀告："姑娘，老爷已经从西跨院出来，回了书房。"

"哦，父亲有什么反应？"黎皎含笑问。

丫鬟一脸纠结，欲言又止。

"你这是什么表情？有话便说，还给我卖关子不成？"黎皎坐直身子，沉下脸，心中莫名生出几分不妙预感。

"婢子不敢！老爷……老爷他是笑着出来的……"

"笑着？你可看清了？是冷笑，苦笑，还是——"

"不是啊，老爷一脸傻笑，好像饿肚子的人见到了鸡腿，受冻的人见到了棉衣。"丫鬟想了想，总算想出来合适的比喻。

"当真？"黎皎脸上笑意退尽，忍不住扭头望向窗外。

窗外桃花吐蕊，春意盎然。她就说，自从那死丫头回来，处处透着邪行！

"姑娘——"

黎皎回神，松开死死攥着的手帕，面无表情道："下去吧。"

过了几日，黎光文又忍不住来找乔昭下棋。

乔昭把人哄好了，趁机道："女儿不能出门，好生无聊，父亲给我讲讲外面的趣事吧。"

"外面的趣事？"黎光文皱眉想了想，叹气，"趣事没有，倒是有一桩惨事。"

"什么惨事？"乔昭一脸好奇，心却揪紧了。

"乔先生你知道吧？我记得以前你娘还曾专门买来乔先生的字帖让你临摹的。"乔先生书画双绝，就有书坊拓下他的字印成字帖售卖。

"嗯。"

"乔先生一家遭了大火，只有乔公子兄妹活了下来，如今正住在寇尚书府上呢。"

乔昭眼睛骤然湿润。

忧心多日，她终于得到了家人一星半点的消息！

"住在寇尚书府上啊——"乔昭喃喃道。

她果然没有猜错，大哥若是进京，定然会去找外祖父，也不知此时大哥是否已经得到了她身故的消息。

"今天寇尚书请旨彻查乔家大火究竟是天灾还是人祸，圣上已经任命了钦差前去嘉丰查探。"见女儿听得认真，黎光文乐得多讲一些。

"任命了哪位大人当钦差？"乔昭脱口问。

黎光文含笑道："正是你东府的大伯父啊。"

乔昭手臂上瞬间泛起一层鸡皮疙瘩。

皇上任命刑部官员为钦差大臣前去探查乔家失火一事乃在情理之中，而东府的大伯父黎光砚现任刑部侍郎，正是外祖父的下属。这样的巧合，只能说冥冥之中自有天意。

"昭昭，你怎么哭了？"黎光文讲完，愕然发觉次女眼中隐有泪光闪动。

乔昭无法说出缘由，只得道："父亲讲得好，我感动的。"

黎光文心肝一颤。居然这样就被感动了，原来次女的要求这么低！他忽然有些惭愧这些年来对次女的冷眼相待，就差拍着胸脯保证："昭昭以后还想听故事，就来找为父。"

乔昭眼睛一亮，声音是天生的娇软："太好了，多谢父亲！"

黎光文飘飘然往外走时忍不住琢磨：真没想到，他还有讲故事的天赋！

待屋内清静下来，乔昭抬脚去了西次间。

西次间布置成了书房，文房四宝一应俱全，临窗还摆着一架古琴，已是落了灰尘。

她拿起摆放在书案上的一叠纸，纸上字迹清秀挺拔，格外干净漂亮，正是才抄写一部分的佛经。

乔昭看了一眼，吩咐阿珠："去取一个火盆来。"

冰绿快言快语："姑娘，阿珠才来，哪里知道火盆收在什么地方，还是婢子去取吧。"

见主子点头，冰绿瞟阿珠一眼，欢欢喜喜出去了。

乔昭并不在意。有人的地方就有纷争，只要守住必要的底线，便无伤大雅。

不多时冰绿拿了个火盆过来，阿珠默不作声地去了东梢间捧了烛台回来。

冰绿撇嘴："大白天的你拿这个做什么？"

阿珠一副老实巴交的模样："姑娘需要。"

"姑娘——"冰绿扭头去看乔昭。

乔昭颇意外阿珠的细心，笑道："我确实需要。"此时是春日，她用到火盆，那么必然是需要烛火的。

冰绿一听，警惕地瞪了阿珠一眼。

这外来的心眼忒多，真是讨厌！

阿珠淡定地移开眼。

乔昭点燃蜡烛，把那叠纸凑到火舌上。

冰绿骇了一跳，扑过去抢救："哎呀，姑娘，您这是做什么呀？"

奈何火舌太厉害，一叠纸转瞬烧起来，乔昭随手丢进火盆里，很快就燃成了灰。

冰绿心疼不已："姑娘，您怎么把好不容易抄写的佛经烧啦？"

"写得不满意。"乔昭温和解释。

冰绿不可思议睁大了眼睛："这还不满意？姑娘，婢子觉得您写得好极了。"

她想了想道："比老爷的字还好看！"

"光好看是不成的。"乔昭冷眼瞧着火盆里连火星都没了，只剩下一堆灰烬，这才吩咐两个丫鬟，"你们收拾一下就出去吧，我在这里抄几篇佛经。"

"是。"

两个丫鬟把书房收拾干净退出去，乔昭铺纸研墨，出了一会儿神，提笔写起来。

一个个潇洒飘逸的字如耀眼的花，依次在她笔下款款绽放，是与先前被烧掉的佛经全然不同的字体。

不知过了多久，乔昭放下笔，目光落在纸上，神情怔然。

这是极像祖父的字呢，这样一来，无论中途有什么阻碍，她一定会如愿见到那位大长公主的。

第四章 佛经

京郊官道上,一位白衣青年纵马驰骋,路两旁的繁茂花木飞快向后退着,仿佛再美的景物都无法在他心头稍作停留。

行至拐角,他忽然从马背上纵身而起,抽出腰间长刀挥向某处。

伴随着白马长嘶声与刀剑相击的清脆碰撞声,树旁转出一位玄衣男子。

白袍青年一双眸子黑湛湛如被高山雪水浸润过的黑宝石,明亮干净,落在忽然冒出来的玄衣男子面上,问:"阁下是什么人,从出了城门似乎就一直跟着在下?"

玄衣男子收回长剑,笑道:"阁下误会了,在下只是路过,碰巧而已。"

白袍青年目光落在玄衣男子收回剑的手上,薄唇抿起,挑眉问道:"锦鳞卫?"

玄衣男子颇为意外,见白袍青年神色平静,自知扯谎会落了下乘,干脆地笑了:"将军好眼神,不知是如何认出在下身份的?"

"握刀的姿势。"邵明渊目光平静扫了玄衣男子腰间长剑一眼,"阁下虽然拿的是剑,但拔剑的角度和位置,最合适的武器只有一种——绣春刀。"

邵明渊说完,深深看玄衣男子一眼:"现在阁下能说明跟着在下的目的了吧?"

玄衣男子轻笑出声:"在下江远朝,江大都督手下排名十三。既然将军认出了我的身份,怎么还问这个问题?"

江远朝刚刚回京,目前还没去衙门,不过以后同在京城与邵明渊打照面在所难免,此刻再隐瞒身份没有任何必要。

邵明渊微怔,随后点头:"是,在下多此一问了,告辞!"

他说完纵身上马,冲江远朝抱拳,竟是浑不在意的态度。

江远朝同样心中一动。他一直以为这位大梁赫赫有名的将星凶狠有余机智不足,如今看来倒是错了。仅仅通过拔剑的姿势就能猜出他的身份,且对令人闻风丧胆的锦鳞卫的跟随无动于衷，这足以说明此人的智慧、心胸都非常人可比。这样的人，居然没能保住自己的妻子，这其中是否有什么内情？

江远朝想到那个生命之花已然凋零的女孩子，心头酸涩，只恨北地是多年战乱之处，锦鳞卫鞭长莫及，对她落入敌人手中的真相无法一探究竟了。

"将军多虑了，在下其实是去郊游。"见邵明渊策马欲走，江远朝笑着道。

"呃，春光正好，江大人好雅兴。"邵明渊淡淡道。

众所周知，锦鳞卫指挥使江堂手下的十三太保都随他姓江。

江远朝眉眼含笑，衬得他温润如玉："春光正好，将军也去郊游吗？"

从邵明渊的眼神他就可以看出来，这样的人没有被权力完全熏染，所以，面对杀妻一事是不可能不愧疚的吧？

他就是想看他愧疚难受的样子，谁让他护不住让他心动过的姑娘！

邵明渊的神色果然有了变化，仿佛是一颗小石子投入湖里，打破了波澜不惊的平静，微皱的湖面显出几分柔软与落寞："在下去接妻子的棺椁回家。"

"呃，邵将军的妻子是随着阵亡将士的棺椁一同回来的吧？将军真是情深义重。"江远朝嘴角一直含着笑，了解的人知道这是十三爷惯常挂着的面具，不了解的人只会认为他语出真心，谁要是当了真，那就是自取其辱了。

邵明渊以往并没有和江远朝打过交道，就是此刻，这人出现在他面前，说着这些奇奇怪怪的话，依然让他想不明白缘由，但"情深义重"四个字仿佛一柄利刃，直直插在他心口上，疼痛，又耻辱。他邵明渊救过千万人，可从那一箭射出的那刻起，他这一生注定活在地狱里。

他轻轻牵起嘴角，露出极浅的笑容，望向对面含笑的江远朝："江大人说笑了，在下告辞。"

邵明渊一夹马腹，早已不耐烦的白马如离弦的箭，飞驰而去。

耳畔的风呼呼作响，打在他的白袍上透骨冰凉，马上的人却浑然不觉，纵马越奔越快。

他与乔氏，第一次见面便是兵临城下，无路可选。他对她没有男女之情，却有夫妻之义。可他却没保护好她，甚至要亲手取她性命。

邵明渊闭了闭眼，只觉呼吸艰难。

骏马踩在路面一处低洼处，颠簸一下，触动了他肋下的新伤，疼痛蔓延开来，连多年征战留下的无数旧伤都跟着痛起来。

邵明渊握着缰绳的手指关节隐隐发白，克制着没有一丝一毫颤抖。

他睁开眼，仰头望了望天上如峰峦般接连起伏的云，心道，要变天了。每当变天，他的旧伤就会痛起来，精准无误。有时邵明渊难免自嘲地想，能预料天气变化，这也算受伤后的一个好处了，至少对敌时容易占据天时。

很快春雷惊醒，瓢泼的雨如瀑布倾洒下来，官道上来往的行人车马纷纷寻地方躲避，只有一名白袍青年骑着白马融入了雨幕中。

一辆精致宽大的马车停在路旁，由侍卫团团围护。一只纤纤玉手掀起车窗帘，如花面庞凑到窗口观望雨势，正好白马掠过，踩起的积水飞溅到她面上。

少女惊呼一声，含怒望去，只看到一道白影一闪而逝。

"公主，您没事吧？"车厢中的宫婢骇了一跳，忙拿起软帕替少女擦拭。

少女生了一双波光潋滟的眸子，下颌弧度精致，双颊带着淡淡的粉红，端的是一位绝色美人。她此刻脸上沾着污水，别说是男子，就连替她擦拭的宫婢见了都忍不住要骂刚刚骑马飞驰而过的人是个混账。

此女正是明康帝的第九女，以美貌著称的真真公主。

"龙影，刚刚过去的是什么人？"真真公主长这么大还没遇到过这么恶心的事儿，气怒不已。

那么脏的泥水居然溅到她脸上，那人真是该死！

龙影是真真公主亲卫，身手极好，刚刚那道白影在雨幕中一掠而过，他依然把其人的面容看了个大概。

站在马车旁的年轻男子走过来，低声道："回禀公主，属下瞧着，似乎是刚刚奏凯回京的冠军侯。"

"冠军侯？"真真公主蹙眉，对这位如雷贯耳的将军却没什么印象。

她坐正身子，不悦道："回来本宫倒是要瞧一瞧，这位冠军侯是个什么样的人物，对本宫竟敢如此无礼！"

一旁的宫婢附和道："就是，那人太过分了！"

公主这么美的人居然被他溅了一脸泥，是可忍孰不可忍！

"走吧。"真真公主冷声道。

"殿下，是不是等雨势小一些——"

真真公主抬了抬下巴："不等了，本宫这个样子，如何等得下去！"

精致的马车在雨幕中缓缓而动，艰难前行。

江远朝躲在路旁茶棚里避雨。

茶棚简陋，有些地方漏雨，雨水就串成一串串珠帘，叮咚而落。

江远朝要了一壶热茶不紧不慢喝着，凝望着越发大的雨幕出神。已经被发现了踪迹，他自然不必悄悄紧跟了。说起来，他并没有完全骗那位邵将军，这次出城确实只是私事。他就是想亲眼看一看，她回来时是什么样子。嗯，这场雨来得极好，冻死那个家伙好了。

江远朝无声笑起来，目光落到渐渐驶近的一辆华盖马车上，眼神闪了闪。

这又是什么人物？马车后跟着的侍卫可不简单。

他正寻思着，那辆马车忽然在茶棚前停了下来。

"要一壶热水。"马车旁的侍卫冒雨走过来，把一块碎银子递给茶博士，强调道，"要热水，不要热茶。"

茶博士一愣，接过碎银子连连点头："好嘞，客官稍等。"

常年守着官道旁的茶棚，茶博士早已见惯了形形色色的贵人们，这样的要求不算过分，以前还有人想在他这茶摊上买酱牛肉呢。

江远朝不动声色地喝着茶，就见那年轻侍卫接过茶博士递过的一只大肚白瓷壶转回了马车那里，很快车窗里伸出一只纤细的手，把白瓷壶接了过去。

锦布窗帘落下，遮住了内里的风景。

江远朝收回了目光。

年轻侍卫目光如电地看了江远朝一眼，随即站在车窗旁低语几句，因被雨声阻隔，完全听不真切。

很快锦布窗帘掀起，一盆水从内泼出来，与大雨融在一起，那辆车再次缓缓启动。

眼尾余光扫到马车不起眼处的一个标志，江远朝握着茶杯的手一顿，猜到了车内人的身份。

原来是那位美名在外的九公主，这位公主的一应用具上皆有鸢尾花做标记，还是数年前他从义妹江诗冉那里得知的。

江诗冉是义父的掌上明珠，而义父是当今圣上最信任的奶兄，是以江诗冉与这位九公主算是手帕交。

果然在京城周边，随便遇到个人物都不简单。

江远朝喝完最后一口茶，放下几枚铜板步入了雨幕中。

看来是离开京城太久，许多人、事都已生疏。

雨中，江远朝想了想，掉头沿着来时的方向而去。

这场春雨声势不小，之后一连阴了十数日，佛诞节前一日，终于雨后初晴。

西跨院里的那丛芭蕉青翠欲滴，迎着风慵懒地舒展着枝叶。

乔昭放下笔，起身踱步到窗前休息片刻，转回去见书案上放着的佛经墨迹干了，就吩咐冰绿道："把这些装好，给老夫人送过去。"

这些日子不用去请安，东西两府的姑娘们亦无人前来挑衅，乔姑娘的日子过得颇为平静，很快就抄好了一部经文。

"嗳。"冰绿瞧着抄好的经文满心欢喜，抿嘴笑道，"姑娘，婢子敢说，京城里所有姑娘的字加起来都没您的字漂亮。这一回啊，您的经书一定能入了高僧们的法眼，被送到疏影庵去。"

"嗯，我也这么觉得。"乔昭微笑。

冰绿张了张嘴。

姑娘这种信心十足的语气，真是让人意外又爽！

"想什么呢？"乔昭问。

冰绿回神，眉飞色舞道："婢子想起以前的事了。那年姑娘临摹了乔先生的字送给东府的大老爷当贺寿礼，结果被二姑娘笑。大姑娘嘴上不说，心里肯定在得意。还有四姑娘、六姑娘，她们一个个都看姑娘笑话呢。这下好了，姑娘如今终于练出来了，看谁还能笑话姑娘！"

"是，以后不会了。"乔昭感慨道，伸手捏了捏冰绿的脸，"快去吧，话真多。"

冰绿眨眨眼，脸颊腾地红了。姑娘总是口不对心，明明喜欢她说话来着。小丫鬟收拾好抄好的佛经，一扭身跑了。

她快步跑到青松堂，跟在青筠身后进去时，邓老夫人正歪在美人榻上，一个眉清目秀的小丫鬟跪在脚边给她捶腿。

"婢子见过老夫人。"在西府辈分最高的主子面前，冰绿老老实实地见礼。

邓老夫人睁开眼问："三姑娘有什么事儿？"

冰绿把盛放经文的匣子高举，脆生生道："老夫人，我家姑娘抄好了经书，命婢子送来，请您过目。"

邓老夫人颇为意外。她虽罚三丫头闭门抄经书，可实在没指望那丫头能老老实实做到，没想到三丫头竟不声不响抄好了？

老夫人给青筠使了个眼色。

青筠从冰绿手中接过匣子，交给老夫人。

"嗯，回去跟三姑娘说，她这次做得不错，我很高兴。"

不管抄得怎么样，态度值得鼓励。

"老夫人，您不看看吗？"冰绿眼巴巴问道。

青筠不由瞪了冰绿一眼。

没规矩的小蹄子，竟敢如此与老夫人说话！

见小丫鬟一脸渴盼，邓老夫人不由好笑，伸手打开匣子把抄好的经文取出来，随手翻阅道："我看看——"

老太太后面的话卡在嗓子眼里，一双平日里经常半眯的眼睛瞪得滚圆，好似见了鬼般。

青筠骇了一跳："老夫人，您怎么了？"

上了年纪的人说不准就因为某个由头犯病了，到时候她这样的贴身大丫鬟哪有好下场！

青筠狠狠剜了冰绿一眼，又气又怒："你给老夫人看的什么——"

莫非三姑娘的字已经丑到把人吓失魂的地步了？

青筠目光落在邓老夫人手中的经文上，同样失声。

好一会儿，邓老夫人才回过神来，望着冰绿的眼神颇为复杂："冰绿，你是不是装错了？"

怎么把名满天下的乔先生的字帖拿来了？

冰绿被问得一脸迷糊："没装错啊，姑娘写好后婢子就直接装起来了。"

邓老夫人听冰绿这么一说，再看手中经文一眼，忍不住抬手揉揉眼。

莫非是她年事已高，老眼昏花？

"这么说，这就是你们姑娘写的？"

冰绿点头如小鸡啄米："是的，是的。"只是老夫人语气怎么有些不对劲儿？说好的表扬呢？

小丫鬟正寻思着，邓老夫人已经起身："去雅和苑！"

冰绿愣了愣。

青筠瞥了她一眼，面带讥笑。三姑娘为了讨好老夫人真是豁出去了，可也别把人当傻子哄啊，就连她一个丫鬟都能看出来这字漂亮得过分了，老夫人能看不出来？这样明目张胆地弄虚作假，老夫人不恼才怪！

冰绿稀里糊涂地随着邓老夫人回了雅和苑西跨院。

邓老夫人走进院子时，正见到乔昭手握花铲蹲在石榴树下挖草。

老太太顿时忘了来意，走过去问乔昭："三丫头，你这是在干什么？"

她倒是觉得这举动没什么，要是被东府那位乡君知道，该声嘶力竭地批判这丫头举止粗俗了。

乔昭仰起脸，笑着解释："我给它挪个地方，它被石榴树挡着长不好。"

邓老夫人不由乐了："一株野草挪什么地方，生在石榴树下还委屈了它不成？"

乔昭已经把野植完整挖了出来，认真解释道："石榴好吃，它也很有用处。"

"那你说说，它有什么用处？"

"这是血山草，能止血镇痛的。祖母您说，用处大不大？"

邓老夫人颇为惊奇看了乔昭手中不起眼的野植一眼，更惊奇的是小孙女的见识，不由问道："你如何知道这个能止血镇痛？"

"来京城的路上，李爷爷教我的。"乔昭平静回答。

邓老夫人心中惊奇，却没多想，感叹道："那位李神医居然还教了你这些。"

乔昭寻了向阳处重新把血山草种下，交代阿珠几句，净过手冲邓老夫人重新见礼："祖母，您来这里，是有什么事要问我吗？"

邓老夫人想起来意，一时有些尴尬。

祖孙二人刚刚还就一株野植愉快沟通过，现在就翻脸是不是不大好？

"咳咳。"邓老夫人清了清喉咙，伸手从青筠那里拿过乔昭抄写的经书问她，"三丫头啊，你真爱和祖母开玩笑，怎么把乔先生的字帖送过去了？"

"祖母，乔先生不曾抄过佛经。"

"所以？"这次换邓老夫人眨眼。

"所以，这是孙女抄写的啊。祖母您闻，墨香犹在呢。"

邓老夫人真的低头嗅了嗅，淡淡的墨香令她不得不信了孙女的话，看向乔昭的眼神格外震惊："三丫头，你什么时候练出如此好字来？"

乔昭一脸无辜道："母亲多年前就买来许多乔先生的字帖让我临摹。"

邓老夫人嘴角抽了抽。这个她当然知道，可这丫头的字一直不怎么样啊，不然那年为何因为这个遭了东府耻笑？难道三丫头一直深藏不露？

"三丫头，你既然能写这样一手好字，以前为何没有显露出来？"邓老夫人试探问道。

"不是怕二姐生气嘛，就和大姐一样。"乔昭笑眯眯道。

这话邓老夫人立时信了大半。

多年来东府一直强势，邓老夫人虽不是绵软脾气，可碍于两个儿子的前程，加之唯一的孙子年纪尚小，自然不会与姜老夫人针尖对麦芒。

两府姑娘中二丫头是独一份，被所有人捧着哄着，大丫头琴棋书画分明比二丫头高明，可只要是露脸的时候定然比二丫头稍逊一筹。

邓老夫人这些年瞧在心里，对自幼丧母的大姑娘更是多了几分怜惜。

真没想到啊，原来三丫头也是如此！

老太太伸手拍了拍乔昭肩膀："以后不必如此了，祖母愿意看着你们都长能耐！"反正她的大儿子要蹲在翰林院编史书到老了，爱咋地咋地吧。

确定了孙女写得一手好字，邓老夫人心情大好："昭昭，你的佛经抄得极好，明天祖母会带去大福寺的，想来佛祖定会感到你的诚心。"

邓老夫人离去后，冰绿皱眉："姑娘，婢子怎么觉得，老夫人的意思是明天要把您留下呢？"

乔昭坐在阿珠搬来的小杌子上晒着太阳，闻言淡淡道："你没感觉错。"

冰绿肩膀垮了下来。

每逢佛诞日，京中富贵人家的女眷都会去大福寺观礼，随夫人们前去的姑娘们就能在寺中游玩，那可是顶有意思的事，姑娘不能去多可惜啊。

"姑娘，您去年就因为生病没去成，今年又不能去，多可惜啊。"

乔昭半抬着头，阳光透过石榴叶的间隙洒落在她莹白的面庞上，温暖宁静。

她目光落在小院子的围墙上，稍微上移看着远方，悠悠道："会去的。"

冰绿一脸疑惑。

阿珠见主子神情安静，忍不住解释道："姑娘的字好，抄写的佛经一定会入了高僧们的眼。高僧把姑娘抄写的佛经送去疏影庵，说不准那位师太就想见咱们姑娘了。"

冰绿一听，轻哼一声："别以为你听别人说几句闲话就以为什么都知道了！我跟你说，疏影庵那位师太多年来从未见过外人，顶多就是谁家姑娘的佛经抄得好传出几句赞许的话罢了。"

"她会见的。"

"怎么可能——啊，姑娘！"冰绿一脸尴尬，颇为无措。

乔昭不以为意笑笑，肯定道："她会见的。"

就算有人字比她写得好，那位大长公主只要见到她抄写的佛经，就会见她。

小丫鬟冰绿有两个原则：第一条，姑娘说的话一定是对的。第二条，如果觉得姑娘说的话不对，那一定是她理解不到位！

于是小丫鬟开始憧憬起来："那太好了，到时候那些太太姑娘都会对姑娘刮目相看的。哎呀，姑娘，您说到时候婢子是穿那件葱绿色的衫子随您出门呢，还是穿那件绣迎春花的桃红色马甲？"

见小丫鬟眉飞色舞的样子，乔昭居然认真想了想，建议道："你皮肤白，穿那件葱绿色的衫子挺好。"

冰绿不由捧住脸。

姑娘说她白！哎呀，以前姑娘从没这么直白夸过她！

阿珠默默扭过脸，不忍直视。

冰绿忽然又担心起来，踢了踢掉落在地的树叶："可是姑娘抄写佛经又不能署上名字，到时候咱们府上所有姑娘抄写的经书都会放在一个匣子里送过去——啊，万一有人抢了姑娘的名头怎么办？"

大姑娘绵里藏针，二姑娘见不得别人比她厉害，其他几位姑娘也不见得是好人！

冰绿越想越不放心。

"抢了名头？"乔昭微怔，显然没想到有长辈们在场还会发生这样离谱的事。

冰绿狠狠点头："是呀，明日姑娘又不能跟着去，万一有人欺负姑娘不在场，冒名顶替呢？"

顺着冰绿的思路想下去，乔昭嫣然一笑："去把你的葱绿色衫子翻出来吧，别人抢不去的。"

总有人不明白，这世上有些东西是抢不走的，谁若强抢，那便要倒霉了。

翌日一早，天还未大亮，整个黎府就处在一片热闹兴奋中。

"大嫂，今天昭昭还不用过来请安啊？老夫人可真是疼她，不像嫣儿与婵儿两个天没亮就被我拉起来，到现在她们眼睛还睁不开呢。"

路上遇到同去青松堂请安的二太太刘氏，听她一开口，何氏就险些被气个半死。

真当她是傻子听不出来呢，不就是笑话她闺女被罚闭门思过出不了门嘛！

何氏目光落在刘氏身边的四姑娘黎嫣与六姑娘黎婵身上，笑笑："嫣儿和婵儿真能睡,跟我未出阁时养的猫似的。弟妹是没见过,那只猫从早睡到晚,一身膘老肥啦。"

无辜被波及战火的黎嫣与黎婵:"……"

四姑娘黎嫣腹诽:早就提醒过亲娘,别跟棒槌似的大伯娘一般见识。

六姑娘黎婵则直接噘起嘴,跺脚道:"娘——"

几人进了堂屋,给邓老夫人请安。

何氏一眼就看到了坐在邓老夫人手边的大姑娘黎皎,忍不住翻了个白眼,心道死丫头来得倒早!

邓老夫人环视一眼,见刘氏母女穿戴妥帖,而何氏还是一副家常打扮,不由蹙眉:"何氏,怎么还没换衣裳?"

"老夫人,今年昭昭不去,儿媳就留下陪她吧。"何氏解释道。

刘氏忍不住开口:"大嫂,去年您因为昭昭生病没去这没什么好说,今年怎么还不去呢?唉,昭昭被罚不能出门,其实老夫人也不忍心的。"

所以你这样光明正大怪罪老夫人,赌气不去,真的好吗?

没想到邓老夫人居然点点头,露出深以为然的表情。

三丫头写得那样一手好字,不能带着去炫耀真是遗憾啊。

刘氏:"……"老太太今天中邪了吧?

见时辰已经不早,邓老夫人开了口:"既然如此你就留下吧,正好家中要留一个主事的。"

邓老夫人说完顿了一下,改口:"不用你操心什么事,就好好陪着昭昭吧,她前些日子吃苦了。"

让何氏主事,她这一天都要提心吊胆。

邓老夫人领着西府一行人在杏子胡同口与东府的姜老夫人等人会合,各自上了马车往大福寺而去。

大福寺坐落在西城终端的落霞山。落霞山遍植枫树,每到秋季枫叶如霞,一望无尽,落霞山由此得名。晨曦中的大福寺被悠长的钟声唤醒,准备迎接即将蜂拥而至的香客们。

今日来的善男信女,是京城最尊贵的一群人。

四月初八这一日,大福寺只接待官宦人家与宗室勋贵,再然后将会有长达半个月的庙会,才会向所有人开放。

黎府众人赶到时,落霞山脚下已经停满了马车,姜老夫人下了车,率众徒步爬台阶上山。

正是一年中花开最热闹的时节,山路两旁树绿花红,缤纷绮丽,三三两两的香客从山脚一直蜿蜒到山顶,绵绵不绝。

置身其中，节日的浓郁气氛扑面而来，黎府几位姑娘兴奋且矜持地悄悄打量着四周，如同此时上山的所有大家闺秀一样。

这时后面传来女孩子轻快的声音："皎表姐——"

黎皎与黎娇同时回头。

一个穿绿衫的少女遥遥向黎皎招手。

黎皎停住了脚步。

"固昌伯府的杜姑娘？"黎娇不冷不热地问。

"是她。"黎皎已经拾级而下迎过去，与绿衫少女握住手，"飞雪表妹，我还想着咱们会不会在寺中碰到呢，没想到在这里就遇见了。"

穿绿衫的少女是黎皎的舅家表妹，杜飞雪。

杜飞扬与杜飞雪是固昌伯的一对嫡出儿女，乃是龙凤双胞胎，自幼与黎皎关系极好，而杜飞扬是黎昭的心上人。

"飞扬表弟呢？"

"哥哥去泰宁侯府寻朱表哥去了。"

"是朱世子吧？"黎皎心中不由艳羡。

泰宁侯府是比她的外祖家固昌伯府更高贵的门第，那位朱世子她曾见过一面，端的是温润如玉。

"当然是朱世子呀，不然还能有谁？"提起表哥朱彦，杜飞雪眼睛都是亮的，微黑的肤色亦增了光彩。

她不愿与别的年轻姑娘多提心上人，哪怕是表姐也不行，遂转了话题："皎表姐，我听说你们府上那位三姑娘回来了？"

"飞雪表妹也知道了？"

杜飞雪嗤笑一声："满京城还有谁不知道呢？皎表姐你不知道，那日祖母得知你被退了亲气得饭都没吃，祖父更是摔了筷子，连我父亲都好几天沉着脸呢。"

"是么？都是我不好，让长辈们操心了。"

外祖父他们不高兴，是因为失了与长春伯府拐着弯的姻亲关系吧？黎皎冷淡地想。

"那也不怪你，还不是黎三害的！"杜飞雪环顾一眼，冷笑，"她今天没来？是了，遇到那样的事，怎么还有脸出门！"

杜飞雪挽住黎皎的手，笑盈盈道："皎表姐，一想到以后再也见不到那种恶心人我就高兴，等下咱们一道去舍豆结缘吧。"

台阶上方的黎娇终于不耐烦了，喊道："大姐，杜姐姐，再不走长辈们该催了。"

"嗯，走了。"

姑娘们对每年举行一次的浴佛仪式兴趣寥寥，更吸引她们的是在这天高地阔的落霞山上自由赏景谈笑，而能令她们心甘情愿回到长辈们身边的则是各家捐出去的佛经了。

当着这么多贵妇人的面，哪几家佛经若是能得到疏影庵那位大长公主的称赞，那几家的姑娘可就长脸了。

用过素斋，各府的太太姑娘们便在各个厅里心照不宣地等待着。

"有些日子没给乡君请安，您瞧着越发精神了。"与乡君姜老夫人说话的是李夫人，她的夫君同在刑部，是姜老夫人的儿子黎光砚的下属。

"老了。"

"您可不老，我看二姑娘在您的教导下越发得体了，今年黎府几位姑娘定会给您长脸的。"

"可不是，我记得去年乡君府上姑娘抄写的佛经就入了高僧的眼呢。"有人附和道。

姜老夫人矜持地笑笑，心道只可惜去年娇娇抄写的佛经被送到疏影庵后就没了下文，反而是泰宁侯府上的朱七姑娘与礼部侍郎家的卢四姑娘得了疏影庵那位大长公主的几句称赞。那两位姑娘传出美名后，求亲的门槛险些被踏破，朱七姑娘因为年纪尚小未定下来，卢四姑娘则被定给了当朝次辅许家的长孙。

坐在角落里与几位素日相熟的姑娘们低声谈笑的黎皎闻言暗暗握了握拳。

去年她若是全力以赴，黎府送去疏影庵的佛经又怎么会没有激起一点水花？说到底还是黎娇不争气！今年便好了，有祖母的支持，她不必再避黎娇的风头，她的字一定能入了那位大长公主的眼。

黎皎没有见过那位看破红尘的大长公主，却从小就听闻那位公主曾有天下第一才女的美誉，令人心驰神往。

黎娇听了却得意地抬了抬下巴。

去年只有七八家府上的佛经被送去疏影庵，其中就有一份是她的，就算没得到那位大长公主的夸赞也是值得称道的。这一年来她埋头苦练，不敢懈怠，今日定会更进一步的。

别的府上的姑娘们听了，同样是心情各异。

这时却传来不和谐的声音："乡君，怎么不见府上三姑娘呢？我记得去年那孩子就没来。"

姜老夫人所在的小厅里有七八位夫人，家中在外当官的男人都属文官系统，素日在朝廷上的摩擦难免延续到后院来。

说话的乃是大理寺卿之妻王氏，因夫君与刑部侍郎黎光砚有些过节，两家的女眷在各种场合上难免针锋相对。

姜老夫人一听脸就沉了下来，心中暗恨黎三带坏了黎府名声，嘴上则不示弱："这也是没法子的事,送三丫头回家的李神医关照了,她身体弱,要多休养。"

李神医进京的事已经传遍了朝野,不知多少府上跃跃欲试想要把这位神仙似的神医请回家中看病,经过大家齐心协力,终于把李神医的落脚点查探出来。

居然是睿王府!

得到这个消息时沐王正在用饭,当时就把饭桌给掀了。

那些蠢蠢欲动的人家更是偃旗息鼓。都不是什么立刻就死的病,还是老实等等再说吧。

李神医虽没有官职,亦无显赫的背景,可他出神入化的医术深入人心,谁都不愿得罪这样一位神医。听姜老夫人这么一说,王夫人识趣地不再多提黎三姑娘被拐一事,可她又不甘心就此作罢,眉眼一转落在黎皎身上,抿唇笑道:"我还以为贵府大姑娘会留在府中与三姑娘做伴呢。"

姜老夫人一听,险些气歪了嘴。

黎皎坐在角落里半低着头,只觉无数目光都落在她身上,只得死死咬住银牙才不流露出异样来。

眉眼灵活的李夫人打圆场道:"咦,真是奇怪,今年知客僧比往年来得晚许多呢。"

她这样一说,厅内夫人们都觉得有些奇怪了,不由议论纷纷起来,姜老夫人与王夫人的过招就此揭过。

之后各府太太们闲聊着,终于有守在门外的下人进来禀告说已经看见知客僧往这边走了。

夫人们面上不动声色,心中顿时紧张起来。

这边大大小小有十数个待客厅,也不知道知客僧会进哪几间。

不只是姜老夫人所在的小厅,其他厅中的太太们同样派了下人在门外观望。

脚步声近了,又远了,知客僧每走过一个厅门,厅内之人的脸色就不怎么好看。

眼看着知客僧已经快走到尽头了,各个厅中的夫人们有了同样的疑问:奇怪,难不成今年入了高僧眼的人家正巧在一个厅里?

"快去看看师父进了哪个厅!"

马上有下人回禀道:"进了明心厅了!"

其中一间待客厅里坐着泰宁侯府与固昌伯府的女眷,杜飞雪忍不住开口:"怎么可能没有颜表姐?"

被提到名字的少女十四五岁模样,生得雪肤花貌,气质娴雅,闻言淡淡道:"飞雪表妹别乱说,文无第一、武无第二,比我字写得好的大有人在。"

杜飞雪听了不服气:"颜表姐就是谦虚,去年明明只有卢楚楚与你不分上下,一同得了疏影庵的师太称赞的。今年卢楚楚定了亲没来,颜表姐的字就是咱们这些人中的头一份,那明心厅——"

说到这里杜飞雪一愣，叫道："哎呀，我想起来了，皎表姐就在那里呢。"

她说着扭了头，央求固昌伯夫人朱氏："娘，我想去那边瞧瞧，说不准就是皎表姐拔了头筹呢！"

这厅里的人俱是好奇不已，朱氏想着两家是姻亲，女儿过去也不算什么，便点头应了。

杜飞雪大喜，拉住朱颜的手道："颜表姐，咱们走吧！"

"我就不去啦——"

"颜表姐，你就不好奇有谁的字比你还好吗？"

朱颜一听，不由去看泰宁侯夫人，见母亲冲她点头，这才随杜飞雪去了。

明心厅里，已是人心浮动。按着惯例，每年会有五到十家的佛经被挑选出来送去疏影庵，而今这厅里总共七八家，难不成全入了高僧们的眼？哎呀，到底是自家姑娘厚积薄发还是高僧们老眼昏花啊？几个颇有自知之明的夫人默默想道。

她们不由把目光投向姜老夫人。

是了，黎府的二姑娘去年就被选上了，据说大姑娘的字也不错。

知客僧向众人见过礼，走到姜老夫人面前，语出惊人："不知这册经书是贵府哪位姑娘抄的，疏影庵的师太想见一见。"

知客僧走到姜老夫人面前的一瞬间，就把屋里屋外的所有目光都吸引到姜老夫人身上，她顿时生出一种飘然微醺的感觉，是以当目光落到知客僧手捧的经文时，一时没有任何反应。

而后，当她从那短暂的美妙感觉中清醒，看清了佛经上的字体时，心中陡然一沉。

这字体，既不是大姑娘黎皎的，亦不是娇娇的。

按着往年惯例，西府姑娘们的手抄经文会被装在一个匣子里送过来。

她近来右眼几近失明，只靠左眼视物，哪里有耐心一一翻阅？不过是重点看了大姑娘的，随后草草扫了一眼放在黎皎下面的那本，依着经验可以断定是四丫头的。

姜老夫人心念急转：这手抄佛经出自黎府，大丫头和二丫头的她仔细看过，五丫头的翻了一下，四丫头的扫了一眼，那么就只剩下三丫头和六丫头。六丫头年幼，绝无可能写出这样的字，不，就是满京城又有谁能写出这样的字来？这分明是乔先生再世啊！

姜老夫人用眼角余光迅速扫了坐在身侧的邓老夫人一眼，捕捉到她嘴角的笑意，心中一顿。原来老妯娌对此心知肚明，那么，就算再不可思议，只剩下了唯一的可能：三丫头！

姜老夫人的沉默引起了知客僧的疑惑："老夫人？"

姜老夫人迅速回神，面带微笑道："是我们二姑娘的。"

邓老夫人剧烈咳嗽起来，强忍住震惊盯着姜老夫人。她真没想到，这位素来讲规矩重礼仪的乡君会当着她的面做出李代桃僵的事来。她先前只担心佛经送到东府时姜老夫人见了三丫头的那本经文会动歪脑筋，特意把三丫头的佛经压在了最底下。姜老夫人眼神不好，除了一直和二丫头不相上下的大丫头，其他人的她是没有耐心看的。万万没想到啊，姜氏居然公然夺了三丫头的风头安在二丫头头上！

邓老夫人险些气炸了肺，刚要开口，就收到姜老夫人警告的眼神。

姜老夫人再次开口："娇娇，还不过来。"

黎娇迎着众人欣羡赞许的目光施施然来到姜老夫人身边，心中高兴极了，又有种本该如此的感觉，直到她下意识扫了知客僧小心翼翼捧着的佛经一眼，这才愣住。

不对，这根本不是她写的！

黎娇半低着头，旁人无法窥见她的惊骇，已是有人夸赞道："乡君，府上二姑娘真是沉稳，不愧是您亲自教导出来的。"

姜老夫人一听，就好似三伏天饮下了一盏冰镇的酸梅汤那么舒爽，一开始的那点犹豫早就抛到了九霄云外去。

她劳心劳力地教养二丫头，等的不就是这个吗？

担心黎娇失态露出端倪，姜老夫人悄悄掐了她一下。

黎娇一个激灵回神，心中虽困惑不已，面上却恢复了平静。

"请女施主随贫僧走吧，疏影庵的无梅师太想见你。"

室内的惊叹声此起彼伏，室外则响起凌乱的脚步声。

这一刻，黎娇激动得险些晕了。

无梅师太便是那位大长公主，这么多年从未见过外人，每年这时候对各府姑娘们最大的荣耀不过是得到那位师太一两句称赞罢了，而今天，无梅师太居然要见她！

黎娇早已忘了追寻手抄经文的真正主人是谁，抬头挺胸跟着知客僧出了门，沐浴着无数赞叹目光往疏影庵去了。

明心厅里顿时炸了锅，其他厅中的夫人们按捺不住赶了过来，把小小的明心厅挤得密不透风。

姜老夫人享受着众人的追捧，神清气爽。

邓老夫人则脸色沉沉，一言不发。

趁着姜老夫人去净手的工夫，邓老夫人跟过去，低声责问："乡君，那本经文可不是二丫头抄的吧？"

姜老夫人立刻左右四顾一眼，见无旁人才松了口气，不慌不忙道："是又如何，不是又如何？怎么，弟妹要当众说出来？"

邓老夫人气得手抖。原来这就是所谓的皇亲贵胄，扯下那层高贵的皮，最是丑陋！事已至此，她又如何揭穿？那样整个黎府的名声都会毁于一旦。

姜老夫人瞧着邓老夫人神色，了然一笑。她就知道，只要先下手为强，邓氏就只能认了。想着以后低头不见抬头见，姜老夫人叹了口气："弟妹啊，你想想，三丫头名声已经完了，就算佛诞日上大出风头又有什么用？"

"所以就该把三丫头应得的风光让给别人？"

姜老夫人笑笑："怎么是别人呢？都是黎府的姑娘，二丫头争气了别的姐妹也会跟着沾光的。就说大丫头吧，被人退了亲以后想说门当户对的不容易，但今日之后，谁不会赞一声黎府好教养？长春伯府的幼子本就是个混账，将来大丫头再说亲也顺当些。"

邓老夫人听得目瞪口呆，喃喃道："这么说，我还该说声谢谢了？"

这样的厚颜无耻，她今日领教了。

"一笔写不出两个'黎'字，弟妹应该也很清楚。"说到这里，姜老夫人就语带警告了。

邓老夫人冷笑一声，扭头就走。

二人先后回到厅中，姜老夫人立刻被夫人们团团围住，就连邓老夫人都得了几声称赞，听在耳里，只觉讽刺。

待客厅外的长廊上站满了年轻姑娘们。

杜飞雪拉着黎皎咬耳朵："皎表姐，你们府上那位二姑娘写的字真有那么好？"

她手一转，指向朱颜："比颜表姐的字还好？"

泰宁侯府的姑娘黎皎是不愿得罪的，可当着外人的面说自家姐妹不好亦不合适，便委婉道："这我就不知了，平日里瞧着二妹的字和我差不太多，想来是二妹藏拙了吧。"

藏拙？哼，就黎娇那样明明只有五分恨不得表现出十分来的货色还知道藏拙？

今日之事实在离奇，她可真是糊涂了。

大福寺里，黎府的二姑娘手抄的佛经得到了无梅师太青眼的消息迅速传遍了每个角落。

往年这时人们就该散去的，可无梅师太破天荒见人把所有人的心都勾了起来，夫人们杯中的茶水续了一次又一次，谁都不提"走"这个字。

没有了大福寺的热闹，通往疏影庵的小径清幽宁静，黎娇跟着知客僧往前走，忽地有些紧张。

知客僧的脚步声很轻，连带着黎娇的呼吸声也跟着轻起来。有那么一瞬间，她有些后悔。会不会被发现呢？黎娇心情有些沉重。

大福寺的知客僧长年累月接待富贵人家的女眷，很有几分眼色，见状宽慰道："小施主不必紧张，师太很和善的。"

"师父见过无梅师太？"

知客僧笑着摇头："贫僧没有机缘得见，曾听师叔提起过。这么多年师太从不见外人，小施主能见到师太实是难得。"

听知客僧这么一说，黎娇那点后悔顿时无影无踪。

怕什么？是祖母把她推出来的，看到手抄佛经的只有黎府与大福寺的人，只要她咬死了不说，那位师太如何会知道是冒名顶替的？她还没听说过因为书画出众就让人当场提笔的，只要撑过这一刻，以后京城贵女中就无人能越过她的风头。

黎娇想着这些，暗暗给自己打气。

知客僧在疏影庵门口住了脚，一位中年尼僧接过手抄佛经，领着黎娇进了门。

黎娇难掩好奇，眼角余光暗暗打量四周景色，心道疏影庵一行，以后她会有许多谈资了，至少庵内景物外人就没有见过。

一路上黎娇思绪纷纷，等她回过神来时，已经被尼僧带到了无梅师太面前。

"这就是那位姑娘吗？"无梅师太开口，声音清冷，不沾一丝烟火气。

"师伯，这就是抄写这本佛经的黎二姑娘。"尼僧把那本手抄佛经恭恭敬敬呈给无梅师太。

无梅师太伸手接过，爱惜地摩挲着佛经，随后冲黎娇笑笑："小施主上前来。"

黎娇一下子紧张起来，忙给无梅师太见礼。

无梅师太笑笑："不必多礼，贫尼没有想到，你这样小。"

她忽地指了指手中佛经，问黎娇："这是小施主手抄的？"

黎娇心跳急促，鼓足勇气吐出一个字："是。"

无梅师太望着她，目中有她看不懂的情绪在流淌。

室内无声，黎娇甚至有一种错觉，面前这位师太，曾经的大长公主，会这样长长久久看下去。

她悄悄攥紧了拳，手心全是湿漉漉的汗水。

"虽是正书，却难掩其疏放妍妙。"无梅师太喃喃道。

世间能做到如此的，她只识得一人。

黎娇在这样的赞美下忍不住抬头，大着胆子端详无梅师太的样貌。无梅师太眉眼冷凝，丰姿出众，眼角细细的纹路给她平添了岁月的静美，让人瞧不出年龄来。无梅师太年轻时一定是万里挑一的美人。黎娇忍不住感慨。公主之尊，风华绝代，这样的人怎么会落发出家呢？

在这样的感慨中，黎娇听无梅师太问："小施主，会背青莲居士的《将进酒》吗？"

"会的。"黎娇忍不住微笑。

这样流传千古的佳作，但凡读书之人谁不会背？

"来。"无梅师太起身。

黎娇随之进了里室。

室内雪洞一般，只有一榻一案并数把椅子。

无梅师太指了指桌案："小施主，贫尼想请你给贫尼写一篇《将进酒》，不知可否？"

黎娇顿时愣住。

无梅师太目光淡淡地望着她，平淡如水的目光下，却有暗流淌过。

黎娇脸上的血色褪得干干净净，一张娇美的脸比雪洞还白。

"我——"她张了口，可喉咙中好似塞了棉花，后面的话一个字都说不出来。

无梅师太没有出声催促，可她的眼神太悠长，让黎娇深深意识到，她是不可能找理由推托的。

无梅师太之所以见她，就是想看她写字，而不是见她后忽然生出让她写字的兴趣！

在那样的眼神下，黎娇硬着头皮提笔，笔尖迟迟不落，终于一滴墨把铺在桌案上的白纸晕染成一团黑。随着墨落下的，还有她的冷汗。

无梅师太轻轻拧眉，忽地就明白了。

从黎娇进来到现在，她一直平和的神情终于有了变化，冰雪迫人。

黎娇执笔的手开始抖，到最后浑身抖若筛糠，再无书香贵女的半点气度。

无梅师太失望地叹口气，吩咐侍立在外的尼僧："静翕，把这位小施主领出去吧，告诉大福寺的师侄，他们领错了人。"

"是。"中年尼僧看一眼呆若木鸡的黎娇，暗暗摇头，"女施主，走吧。"

黎娇仿佛失了魂，浑浑噩噩跟着尼僧往外走，身后忽地传来无梅师太的声音："静翕，把对的人领来见我。"

静翕浑身一震，恭声道："是。"

疏影庵的路很快就走到了尽头，等候在外的知客僧迎上来。

静翕皱眉："师弟，这不是写那本佛经的女施主，你们领错人了。"

知客僧一脸震惊地看了黎娇一眼，那一眼让她无地自容，忍不住往后退了一步。

"这……这真是想不到……"好一会儿，知客僧才挤出一句话来。

"师弟快些回去吧，师伯还等着呢。"

"等着？"极度震惊之下，知客僧反应慢了许多。

静翕无奈解释："自然是等着师弟把真正抄写佛经的女施主领过来。"

师伯这么多年才见一次外人，结果出了这种纰漏，还真是让人不快。

知客僧肃容保证："师兄放心，这一次绝不会再领错了。"

静翕点点头，转身进了庵里。

黎娇心里好似破了一个大洞，呼呼漏风，深一脚浅一脚仿佛走在冰天雪地里。

回去的路上，再无人出言宽慰，就连幽静的山风似乎都停止了。

"黎二姑娘回来了——"寺内传来阵阵骚动。

触及黎娇异样的神态，众人更是好奇，方便的直接去了姜老夫人所在的待客厅，不方便的亦派出下人去打探消息。

知客僧领着黎娇一进厅门，厅内顿时一静，随后欢声笑语再次响起。

"哎哟，我们的二姑娘回来了，快过来，快过来。"李夫人笑着喊道。

旁边的太太笑着打断："就你嘴快，二姑娘就是来也该来乡君身边啊，咱们今天有福气听二姑娘讲讲庵里的见识就该偷笑了。"

姜老夫人听了难掩笑意，直到知客僧到了近前才察觉出不对劲来。

知客僧向姜老夫人见礼，念了一声佛号："老夫人，这其中恐怕出了什么差错，疏影庵的师太要见的并不是这位姑娘。"

此话一出，厅里厅外，针落可闻。

姜老夫人一张脸慢慢变了颜色。厅内最初的静默过后，陡然响起窃窃私语声，好似无数只蚊虫在姜老夫人耳畔盘旋飞舞。她努力睁了睁眼，右眼迷雾重重，更生烦躁。

姜老夫人用那只清明的左眼看向黎娇。

黎娇头皮一炸，强自抑制住恐慌，磕磕巴巴解释："师太让我……写诗……"

她一双漂亮的凤眼睁得很大，满是祈求与不安。

是祖母让她站出来的，祖母一定有办法吧？

黎娇的话让室内一静，随后私语声更大，已经能清晰听到嗤笑声。

姜老夫人太阳穴突突直跳，头痛欲裂。

这个蠢货，这样一说岂不坐实了冒名顶替被当场拆穿的名声！

她咳嗽一声，一脸严厉："娇娇，祖母眼神不好，当时见那册佛经放在最上面，就以为是你的。你这孩子，先前高僧问起，怎么不留意一下就冒失跟着去了，竟闹出这般笑话来！"

黎娇脑袋嗡了一声。祖母在说什么？她怎么一点都听不明白？什么叫她没留意？明明是祖母——黎娇下意识看向姜老夫人，就见一向慈爱的祖母眼中没有一点温度，冷得能结冰。她打了个哆嗦，恍惚明白了什么。

"娇娇，你可知错了？"姜老夫人重重拍了拍桌子。

桌面上的茶杯震了震，发出不小的声响。

黎娇目光游移，看到了邓老夫人唏嘘的神情，又撞见了西府二太太刘氏幸灾乐祸的眼神。

周围的议论声嘈杂无比，黎娇再也抵抗不住这种无形的沉重，膝盖一软跪了下来："祖母，我……我错了……"

姜老夫人心下一松。

知道把事情揽下来，这丫头总算懂事。

一直冷眼旁观的邓老夫人心中长叹一声：姜氏这样一说，二丫头的名声以后就完了！在场的太太姑娘们又不是傻子，仔细一琢磨，谁相信二丫头当时没有留意啊，都会明白是二丫头为了才名起了冒名顶替的心思。她看向姜老夫人的目光更冷了。对一直当作掌上明珠的孙女都能如此，可想而知这人有多么无情，以后且要小心些。

"阿弥陀佛——"当面闹出这么一出戏，知客僧颇为尴尬，打断了正准备教训孙女的姜老夫人，"老夫人，不知那册佛经是府上哪位姑娘写的，疏影庵的师太还等着见她。"

厅内顿时安静了，夫人们悄悄交换眼神。原来还真是某位黎姑娘写的？到底是谁呢？她们不由看向角落里的黎皎。

黎皎眉眼低垂，一颗心急跳起来。难道说被无梅师太看中的佛经是她写的，被伯祖母李代桃僵安在了黎娇头上？一定是这样，她就奇怪今年她明明全力以赴，写的字绝对比黎娇漂亮，被选中的人怎么就成了黎娇呢！

"皎表姐——"杜飞雪低声喊，捏了捏黎皎的手。

比起交情淡淡的黎府二姑娘，她当然盼着好事落到自己表姐头上。

姜老夫人有些尴尬："这个老身还真说不好。老身近来老眼昏花，一只眼睛已经看不见了。丫头们的手抄经文收起来后只是匆匆扫了一眼，并没细瞧，这才弄错，让各位见笑了。"

"哎呀，这也是难免的，乡君就别往心里去了。"李夫人忙打着圆场。

其他人虽没多说，目光却在黎娇身上打转。

黎娇跪坐在地上，冰凉如水的地板刺得她透骨寒，泪水瞬间湿润了眼眶。

那些嘲笑的、轻蔑的眼神化作无数飞刀落在她身上，让这个一直被捧在手心里长大的女孩瞬间体无完肤。

邓老夫人暗暗叹了口气，开口道："师父可否把佛经给老身瞧一瞧？"

知客僧忙把佛经递过去。

邓老夫人早就心中有数，此刻不过是做个样子，扫了一眼便道："果然是弄混了，这是我们三姑娘的，当时我见她写得好，特意放在了最上面送去东府，谁知乡君却误会了。刚刚乡君说是二姑娘的，她一个小姑娘紧张之下哪里能留意到呢？"

这话算是稍微挽救了一下黎娇的名声。就算在场的夫人们心知肚明黎娇当时起了不该有的心思，也不能由黎府坐实此事。姜老夫人心性薄凉，第一时间想的是撇清自己，邓老夫人偏偏不想让她如意。她有四个孙女呢，二姑娘的名声坏了，其他女孩又能得什么好？

姜老夫人愣了愣，碍于场面已经够尴尬，遂不再言语，算是默认了她的说法。

黎娇低着头，眼泪落了下来。

"原来是贵府三姑娘写的，不知这位小施主现在何处？"知客僧高声问道。

厅内一片静默，厅外却响起阵阵议论，因为声音太大，传进里面来。

"黎府三姑娘？那不是前些日子被拐走的那个吗？"

"没错，后来不是被送回来了。对了，我听说还是被李神医送回来的呢。"

"不对啊，这位姑娘我曾见过，瞧着不像是能写出好字的样子。"

"呵呵，能不能写出好字又不是可以瞧出来的。"

杜飞雪沉着脸道："皎表姐，那年你东府伯父生辰，黎三不是送过一幅字，我记得那字一点都上不了台面呢！"

她特意抬高了声音，顿时把人们的注意力吸引过来。

黎皎站姿挺拔，温和笑道："或许是后来三妹刻苦练字，水平提高了吧。"

杜飞雪撇撇嘴："才过去两年就一下子提高这么多？满京城姑娘的字都不及她，还让疏影庵的师太破例召见？"

在众人的注视下，黎皎嘴角一直挂着温和的笑："许是三妹天资卓绝，近来懂事知道勤勉了，所以水平一日千里。"

黎昭若是天资卓绝，那才是见鬼了，不过在外人面前她是决计不说自家姐妹不是的。也不知那册佛经是从哪里来的，伯祖母忍不住揽在黎娇头上，祖母又想替黎昭揽过来。

杜飞雪见黎皎处处替黎三辩白，不由冷笑道："她要是天资卓绝一日千里，那除非太阳打西边出来！"

不少人暗暗点头。

知客僧听在耳里，心中直打鼓。

这要是再弄错了可就没法交代了。

"老夫人？"

邓老夫人丝毫不受众人议论影响，老神在在道："我们三丫头今天没来，不过既然是疏影庵的师太想见，那是她的造化，老身这就派人去接她。"

一旁的姜老夫人心中冷笑：她倒是要看看，三丫头是有哪路神仙相助，能鼓捣出那样一册佛经来！

西府雅和苑。

青筠急匆匆而来，对迎上来的冰绿道："快让三姑娘收拾一下，老夫人命我来接她去大福寺！"

"啊？"

"啊什么，快去啊！"青筠颇为无奈。

冰绿尖叫一声，扭头就跑，边跑边喊："姑娘，咱们要去大福寺了！"

她可以穿着漂亮衣服去显摆了！

青筠："……"

冰绿跑进屋内，直接扑过来，激动得不能自已："姑娘，您，您真是神了！青筠姐姐来了，说老夫人命她接您去大福寺！"

乔昭绾着双丫髻，穿了一件青色绣白色忍冬花的对襟衫儿，下面是白色挑线裙，正是一副出门的打扮。

她站了起来，冲冰绿颔首："走吧。"然后侧头交代阿珠："照看好家里。"

冰绿身上穿的是翻出来的那件水葱衫儿，闻言喜滋滋扶住乔昭手臂，斜睨阿珠一眼，往外去了。

青筠一看乔昭主仆出来得这么快颇为惊讶，不由细细打量着乔昭，见她一身素净无比，虽觉不妥，可确实是外出打扮，便压下心中诧异迎上来道："三姑娘，老夫人命婢子来接您。"

乔昭点点头，不露半点异色，由青筠领着往外走去。走出黎府门口的一瞬间，她脚步微顿，仰头望着碧青如洗的天空，微笑起来。今天她走出了这一步，以后还会更努力的。乔昭，你要加油啊。

马车终于停下来，乔昭在走进大福寺的瞬间就察觉无数目光落在她身上。

她没有理会，面不改色地走进了待客厅，进去的一瞬间时间好像有那么一刻停滞，厅内无人言语。

片刻后，邓老夫人的声音才响起："昭昭，来祖母这里。"

黎皎一双眼从乔昭进门到走到邓老夫人身旁就没眨过，一旁的杜飞雪更是瞪大了眼，喃喃道："皎表姐，以往我怎么没觉着黎三这么好看？"

她扭头问一直安安静静的朱颜："颜表姐，你说是不是？"

出身泰宁侯府的朱颜与黎府姑娘不是一个圈子的，因着杜飞雪与黎皎的关系，倒是与黎昭见过几次。

她目光追随着乔昭，想了想道："相由心生。"

黎三姑娘遭逢大难，许是心境有了变化，气质变了，所以瞧着与以往不大一样了。

杜飞雪闻言，不屑地哼了一声。

"祖母，伯祖母。"

姜老夫人不悦地抿紧了唇。好好的小姑娘穿成这样子，真是晦气！奈何东府刚刚丢了那么大的脸，她不便多言，遂没出声。

邓老夫人同样愣了愣，但她对这些细枝末节向来看得透，就没有多想，温和对乔昭道："想来路上青筠已经和你说了，你这就随着师父去吧。"再多叮嘱的话，当着屋里屋外这么多人的面却不便说了。

乔昭却好似明白邓老夫人的担忧，冲她露出柔和的笑容："祖母放心，孙女晓得的。"

那一瞬间，邓老夫人居然真的心下一松，过后连自己都觉得奇怪。她望着随知客僧离去的小孙女背影，暗暗叹了口气。但愿这丫头别出什么差错。

疏影庵里，无梅师太一直待在里室没有动弹，直到伺候她起居的静翕禀报道："师伯，黎三姑娘来了。"

无梅师太抬起头，淡淡问向她见礼的少女："你是那册手抄佛经真正的主人？"

漫长的修行岁月没有让无梅师太变得柔和无争，她发问的这一刻，昔日公主的威严充斥着小小的静室。

面对这样一位身份特殊的人，乔昭从容依旧，平静回答道："经书是供奉给佛祖的，小女不敢当佛经的主人。如果师太问手抄佛经上的字谁能写出，那么正是小女无疑。"

她面带微笑，自信无比："请师太放心，这一次，不会错了。"

无梅师太目光深深看着乔昭，良久，忽地笑了："来，把这首诗写给贫尼看。"

乔昭看着铺在桌面上墨迹未干的一幅字，心中默道：果然是青莲居士那首《将进酒》，这位大长公主数十年如一日对这首诗情有独钟啊。

她把纸张移开，平铺上新的，就着新磨的墨提笔落字，挥洒自如，一气呵成。

一旁的无梅师太目光牢牢黏在乔昭写的字上，已是痴了，喃喃念道："君不见高堂明镜悲白发，朝如青丝暮成雪……朝如青丝暮成雪……"

乔昭收笔，看向无梅师太。

室内静谧无声，只闻窗外不知名的鸟叫声，伴着初夏的风传进来。

无梅师太回过神来，眼神复杂，盯着乔昭。

乔昭神色平静，任由她打量。

许久后，无梅师太终于开口："你的字，师承何人？"

乔昭心中叹了口气。

她早就料到，只要那册佛经被送到这位师太面前来，她一定会想见一见能写出这手字的人。谁让她用的是祖父的笔迹呢，虽然她的字比起祖父还欠些火候，风骨更是远远不及，可放眼天下，在"形"之一字上，应该没有人比她的字更接近祖父了。而无梅师太，曾经的公主殿下，正是因为当年苦恋祖父无果，才愤而出家的。

皇家公主多年前的秘事世人不得而知，乔昭作为一个后辈之所以知道，却是那一年来京城，因为调皮，仿冒祖父的笔迹戏弄兄长，诓兄长前去大福寺与京城贵女们相亲。兄长无意中丢失了信笺，不知怎么到了无梅师太那里。

那一年的佛诞日，整个大福寺都在寻觅信笺的主人。

无梅师太对信笺的执着让她感到奇怪，回嘉丰后偶然对祖母提及，祖母才告知了她这段往事。

长辈的情事不便多提，概括地说，就是一对堂姐妹同时爱上一位男子的故事罢了，有人终成眷属，有人黯然销魂。

这些年过去，乔昭的字比之当年的稚嫩更进一步，所以她才笃定这位大长公主一定会见她。

其实乔昭是有些歉意的，她利用了别人的心结，不怎么光彩，可如今她只得如此。

"小女并无师承，只是一直练习乔先生的字帖。"

无梅师太的目光依然落在纸张上，缓缓摇头："风神洒落，天质自然，这样的字岂是临摹字帖就能练出来的。"

她猛然抬头，盯着乔昭："你与乔拙是什么关系？"

在无梅师太猛然爆发的气势下，乔昭面不改色，恳切道："视为天人，心向往之，能有幸习练乔先生的字帖，是小女最大的荣幸。"

无梅师太渐渐冷静下来。

她再次看了乔昭写的字一眼，抬脚走到窗前。

窗外是一棵菩提树，高大繁茂，把整个院落都遮蔽得阴凉幽静。

"你真是自己练出来的？"

"师太可否相信，有些人天生就惊才绝艳？"乔昭含笑问。

咳咳，她可没有说自己，不过是小小误导一下罢了。

"天生就惊才绝艳？"无梅师太脑海中忽然就闪过一道男子身影。

那人穿青衣，饮烈酒，能写出天下最潇洒的字，亦能作出最绚烂的画，洒脱如风，仿佛没有什么能被他放在心上。

偏偏，他对公主之尊的自己视而不见，却钟情于平庸无所长的堂妹。

这世上的事，可真是不公平。

她恨过，怨过，质问过，哀求过，最终斩却三千青丝隐居于疏影庵，数十年过去，心头便只剩下淡淡的一点疼痛和长久的一点惦念。

听闻他的死讯，她也不过是枯坐了一夜，转日便如常做早课了。

只是，她以为此生再也不得见那人的一点痕迹，今天却见到了这样一幅字。

可以说，这手字已经得他八分真传了。

她刚刚就那么看着这个小女孩写字，仿佛就看到了那人在写字一样。

无梅师太转过身，目光平静看向乔昭，微微点头："小施主说得对，是有一些人生来便得天独厚，资质远超常人，是贫尼狭隘了。"

无梅师太说着走过来，声音温和问乔昭："小施主可愿每隔七日前来庵里陪伴贫尼抄写佛经？"

乔昭展颜一笑："愿意的。"

无梅师太笑起来，再问："小施主叫什么名字？"

"小女姓黎，单名一个'昭'字。"

"黎昭？可是'贤者以其昭昭，使人昭昭'的'昭'？"

乔昭垂眸："正是'贤者以其昭昭，使人昭昭'的'昭'。"

无梅师太神情越发温和，点点头道："去吧，七日后记得过来。静翕，送黎姑娘出去。"

"是。"静翕进来，深深看了乔昭一眼，客气道，"黎三姑娘，请随贫尼出去吧。"

"小女告辞。"

乔昭随着尼僧静翕往外走，无梅师太忽然开口："静翕，你亲自送黎姑娘到大福寺里。"

静翕脚步一顿，应道："是。"

无梅师太这才合上眼，不再看她们。

最开始弄错了人？呵呵，这些魑魅魍魉的后宅小把戏她当公主时见得多了，看来这孩子的处境不怎么好。

既然那孩子愿意陪她抄写佛经，她给些方便也是应当。

静翕领着乔昭走到疏影庵门口，知客僧迎上来，见她面带微笑，心下松了口气："师兄，已经见过师伯了？"

"见过了，师伯命我送小施主出去。"

知客僧会错了意，对乔昭道："小施主，请随贫僧来吧。"

静翕打断道："师伯命我亲自送小施主回大福寺，师弟领路吧。"

知客僧面露惊讶，不由去看乔昭，见她一副平平静静的模样，心中更觉稀奇，只是嘴上不再多言，领着二人往大福寺去了。

第五章 猫腻

　　长廊上，杜飞雪踮脚眺望，望了一会儿拉着黎皎道："怎么还没回来呢？皎表姐，我可真想见黎三灰头土脸回来的样子，一定比你们二姑娘还难看！"

　　黎皎皱眉："飞雪表妹，快别这样说。"

　　今天这事一个闹不好，黎府的名声就彻底完了，覆巢之下焉有完卵？

　　杜飞雪却不管这些，撇撇嘴道："皎表姐，都什么时候了，你还向着黎三说话？"

　　二人正说着，忽然响起一阵骚动：

　　"黎三姑娘回来了！"

　　厅内夫人们竭力保持着优雅平静，可耳朵却竖了起来听外面的动静。

　　年轻的姑娘们早已按捺不住，悄悄溜了出去。

　　长廊上越发拥挤了。

　　众人看着知客僧不紧不慢走来，身旁还跟着一位中年女尼，更添好奇。

　　知客僧走进厅中，来到邓老夫人面前。

　　邓老夫人飞速扫了乔昭一眼，见她神色平静，一直悬着的心一下子放下去了。

　　"师父——"

　　她才开口，知客僧就往旁边侧了侧身子，介绍道："老夫人，这位师兄是在无梅师太身边的，师太特命师兄送黎三姑娘回来。"

　　静翕冲邓老夫人双手合十："贫尼静翕。"

　　邓老夫人忙见礼。

　　厅内众人目光惊疑，俱都落在静翕身上。

　　黎三姑娘竟然是由侍候无梅师太的尼僧送回来的，这说明了什么？

　　原来那册经文真是黎三姑娘抄的！

天，黎三姑娘的字到底有多好，能让无梅师太破格召见，还让身边人亲自送回来？

众人好奇得挠心挠肺，只恨没能看到那册经文。

静翕就在这样的气氛中开了口："老夫人，师太很喜欢小施主的字，请小施主以后每隔七日前来疏影庵抄写佛经，不知可否方便？"

大梁民风开放，女子出行不算什么难事，更何况是被疏影庵的无梅师太请来抄写佛经了。

邓老夫人几乎没有犹豫，便道："三丫头的字能入了师太的眼，是她的造化，自然没有什么不方便的。"

一旁的姜老夫人看向乔昭的眼神陡然变了。

她是宗室女，别人可能不知道，她却是清楚的，那位无梅师太，曾经的大长公主，是多么的目下无尘，清高自傲！

三丫头的字居然能入她的眼？

是，三丫头那册经文是抄得漂亮，放眼京城说不定都是顶尖的，可那位大长公主的字当初相当有名啊！

或许，人总是会变的吧，比如眼前这个冷静如常的丫头。

按理说，黎府出了这样一位才女是值得高兴的事，可姜老夫人一想到先前丢的脸便高兴不起来了。更何况黎三名节有损，就算闯出再大的才女名头又如何？规矩人家依然不会娶这样的人当媳妇！

这名头要是落在黎府其他任何一位女孩身上就好了。

姜老夫人再一次惋惜。

"贫尼告辞了。小施主，七日后见。"

随着静翕的离去，整个大福寺都热闹起来。

这可真是稀奇了，一个小姑娘的字居然能让曾经的天下第一才女，有着公主之尊的无梅师太稀罕成这种程度，特意请她来抄佛经。

要知道疏影庵从不会放外人进去的，这些年来去过疏影庵的都是天下最尊贵的几位女子。

太后信佛，这两年来疏影庵少了，可与疏影庵的来往就没有断过，据说前不久九公主还来庵里为太后祈福呢。

在场的人不是宗室勋贵就是官宦女眷，向权力中心的靠拢几乎是刻入骨子里的，不然若只是一个毫无根基的放弃了公主身份的出家人，又怎么会让她们如此在意？

"老夫人啊，不知三姑娘师承何人？"夫人们围着邓老夫人纷纷问道。

姜老夫人心中颇为恼火。

这还是在外的场合里头一次把她撇下，围着邓氏说话。

"师承？咳咳，我们三丫头没有请名师，就是跟着家中姐妹一道上学罢了。不过她母亲对她很上心，那些珍贵字帖书画买了不少供她临摹。"

众人一听暗暗翻了白眼。

要是临摹字帖就能有这般造化，那才是稀奇了。

见众人显然不信，邓老夫人笑眯眯道："想来是三丫头在书画上天赋异禀吧。"

天生的，别人羡慕不来。

众人："……"还有这么自夸的？

不知何时溜进厅里的杜飞雪实在忍不住了，脆生生道："老夫人，三妹妹的字我是见过的，好像比之我皎表姐还差了一些呢。"

黎皎忙拉了拉她。

杜飞雪是固昌伯府唯一的女孩儿，骄蛮的性子在这个圈子中也是有名的。

不过勋贵之女和书香门第的女孩不同，脾气骄纵者并不罕见，是以这些夫人皆不以为意，就连杜飞雪的母亲朱氏亦只是警告地瞪了女儿一眼，并没出口斥责。

比起小女孩的失礼，她们更好奇的是黎三姑娘的字。

一听外人怀疑孙女水平邓老夫人登时不高兴了，不过对方是个小姑娘，不好针锋相对，老太太微微一笑，道："杜姑娘没听说过'藏拙'吗？我们三丫头年纪还小，不愿抢了姐姐们的风头。"

这个"姐姐们"可就不单指黎府的姑娘们了。在场夫人们听了，齐齐抽动嘴角。

太可气了，太嚣张了，太不把她们这些严格教导女儿琴棋书画的人当盘菜了！黎三姑娘的字要是不能让她们心服口服，今天她们就住在大福寺不走了！

被挤到角落里去的知客僧一脸无辜，心底哀号：可不能住下啊，这里是和尚庙，住持会把他的腿打断的！

夫人们频频向固昌伯夫人朱氏使眼色。

这一刻，朱氏心情颇为微妙。她还从没因为女儿被外人这么重视过，而原因竟然是希望她这个当娘的暗示女儿往前冲。朱氏斗争了那么一小下，很快妥协了。罢了，谁让她也挠心挠肺地想看看黎三姑娘的字呢。

"飞雪，不要胡闹。你以前见过并不代表黎三姑娘如今的水平，怎么能因此怀疑人呢？还不向老夫人道歉！"

一听母亲这么说，杜飞雪登时不服气了，不过她还记得在夫人们面前不能表现得太娇蛮，冲邓老夫人一礼道："是飞雪心急了，请老夫人原谅。不过飞雪也是好奇黎三妹妹的字——"

她顿了顿，一拍手："老夫人，不如这样，您让黎三妹妹写一幅字啊，也让我们都开开眼界，瞧一瞧能被无梅师太看中的字究竟有多好。"

一直默不作声的乔昭瞥了朱氏一眼。

这位夫人，想来就是朱大哥的姑母了吧？

她目光微移，落到另一位夫人身边的女孩身上。那姑娘肌肤如雪，从内到外透出一股子宁静来。先前从长廊上走过时，她听杜飞雪喊她"朱颜"，便一下子从记忆里挖掘出一些信息。这便是朱大哥的嫡亲妹妹了。

朱颜似乎察觉到乔昭的目光，忽地抬眸，冲她微微一笑。

乔昭微怔。

"昭昭。"邓老夫人出声，拉回了乔昭的注意力。

"祖母。"

邓老夫人笑得一脸慈爱："昭昭啊，你可愿意写一幅字给在场的夫人姑娘们看看？"

乔昭平静回道："不愿。"

此话一出，邓老夫人有些意外，而在场众人更是表情精彩。

众目睽睽之下这样干脆利落回绝出风头的机会，这姑娘也是少见了。

"三丫头！"姜老夫人重重咳嗽一声，语带警告。

这丫头究竟是怎么想的？既然她真能写出一手好字来，这个时候拿什么乔？

"怎么呢？"邓老夫人却神情不改，依然态度和煦。

"佛门不是炫耀之地。"乔昭回道。

她的目的已经达到，如何能够再用祖父的字哗众取宠？

乔昭不是很明白这些人的想法。

她写的字好与坏，关她们何事？

乔昭一句话堵得诸位夫人说不出话来，杜飞雪不甘心，反驳道："黎三，你这是推托吧？你不写，如何能证明你能写出那样好的字来？"

乔昭看着这姑娘直想叹息，问她："疏影庵的师太不能证明？"

一句话瞬间让杜飞雪连声都不敢出了，只得恨恨咬紧了唇瞪着她不语。

朱氏一看，忙给杜飞雪使了个眼色，把女儿拉到身后不再出头。自家闺女远不是黎三姑娘对手，还是别冲上去徒增笑耳了。只是这黎三姑娘和以往给她的印象不大一样啊。朱氏下意识看了黎皎一眼。如此一来，她那位短命大姑子的女儿以后的日子恐怕就没那么顺遂了。黎皎之母生前对朱氏这位弟妹还是颇多照顾的，朱氏对黎皎自然有些真情实意，不过也仅如此罢了，各家的日子还是自己过。

无论厅里厅外的人们如何不甘心，到散场时依然没能见到黎三姑娘的字，而因此，几乎所有人都对这位黎府的三姑娘印象深刻起来。

回去的路上马车一辆接一辆，在路上拉起了长龙，缓缓向前移动着，到了进城时，那速度就更慢了，宛如蜗牛在爬。

马车里的主子们等得心焦，纷纷派了下人前去打探。

不一会儿打探消息的下人们就纷纷回转，擦一把被人群挤出来的汗道："回禀太太,是冠军侯领着将士们护送阵亡将士的棺椁进城,老百姓都在围观呢。"

夫人们一听,掀开车帘往前看,一望无际的车龙让人心生绝望。

她们在马车中尚且坐得住,带来的女儿孙女们却受不了了,加之对年轻俊朗的冠军侯格外向往,纷纷央求道:"母亲(祖母),反正在车子里也是干等着,不如咱们弃车步行吧,正好表达一下对阵亡将士们的崇敬。"

夫人们心有灵犀地腹诽:看咱闺女(孙女),为了看那冠军侯一眼,脑袋瓜都一下子活泛起来了,找的理由真好!

于是纷纷允了姑娘们由丫鬟婆子护着弃车步行。

乔昭本来打定主意留在马车里慢慢等着的,可无意中听到的一句话让她改了想法:"听说将军夫人的棺椁也在其中,将军亲自护着回来的。"

她的棺椁?

邵明渊出城,去接她的棺椁回靖安侯府?

这种感觉还真是一言难尽。

乔昭随着黎府姑娘们在路旁停住,随着百姓们一起等候。

远处白茫茫一片渐渐近了,人们才看清是将士们穿着白衣缓缓前进。

一辆辆无篷马车载着阵亡英魂的棺椁,乌压压一片,沉重得令人窒息。

道路两旁的百姓们都安静下来,谁也不说话,他们用最虔诚而哀恸的眼神,目送这些英雄进城。

渐渐地,有低泣声在人群中响起。

那些哭泣的人克制着,隐忍着,不愿号啕大哭破坏此刻凝重的气氛。

这些棺椁里,有哪位白发苍苍的母亲的儿郎?有哪位青春正艾的女子的夫婿?又有多少人的骸骨永远留在了遥远的北地?

他们是儿子,是丈夫,是父亲,可同时还是捍卫大梁百姓不受鞑子铁蹄践踏的战士。

多年前,凶残的北齐人攻陷山海关,满城百姓被北齐人肆意屠戮,女子的下场更是惨不忍睹。

时间能抚平很多东西,可还有一些东西是抚不去的。

若有齐人进犯,愿亲手为家中儿郎披上战袍,这是许多大梁百姓最朴素的想法。

路旁那么多的百姓,他们平时或许会为鸡毛蒜皮的事大吵一架,可此刻,他们不约而同地保持沉默,用沉默来送这些阵亡将士的英灵最后一程。

乔昭目光落在领头的年轻男子身上。

他没有骑马,而是走在一口黑漆棺椁旁。

没有了那日进城的意气风发,此刻的年轻将军嘴唇干裂,下颏冒出短短的青色胡楂,就连那身白袍都成了灰黄色,满身狼狈却依然无损其出众英姿。

无数年轻姑娘的视线或是含蓄或是毫无遮掩地黏在他身上。

乔昭却越过他，紧紧盯着那口黑漆棺椁。她就在这里，那棺材里躺的是谁？北征军收复城池后错认成她的无名女尸？

乔昭想得出神，就在邵明渊即将走过的那一瞬间，身后忽然一股大力传来，把她猛然推了出去。

乔昭措手不及，直接被推到路中央，眼看就要撞上去。

邵明渊脚步一停，侧身避开。

二人有那么一瞬间，视线相触。

邵明渊一双黑湛湛的眸子微闪。

这个小姑娘他那天见过，当时向他扔仙人球来着。

人群里，江远朝收起嘴角笑意。那个有趣的小姑娘怎么会和冠军侯对上了？

乔昭站稳身子，已经成为千万人视线的焦点。

这种局面，换作任何一位年轻姑娘都该羞愤难当，可乔昭并不在意这些。

她甚至趁机仔细看了邵明渊一眼。

那人眼眸很黑，很干净，就像高山上的雪水消融，清洌透彻，直达人心。

乔昭想，她之前想错了，手染鲜血的人不一定气势迫人，杀人不眨眼的大魔头面对他保护的人，依然可以温和似水。

"尸身不会坏吗？"对视之下，乔昭鬼使神差地问。

年轻的将军彻底愣住了。他比眼前才十三岁的小姑娘高很多，半低着头看她，眼中满是困惑。现在的小姑娘考虑问题都这么独特了吗？

乔昭问完，彻底清醒了，在对方的沉默下，咳嗽一声，一本正经道："我就是好奇，过来问一问——"

人群中无数年轻姑娘齐齐翻白眼。

不带这么无耻的啊，邵将军快把这小贱人骂下去！

邵明渊却轻轻一笑，回答了乔昭的话："不会，有千年寒冰镇着。"

说话时，他隐隐感到肋下又开始作痛了，那是战后为了去采千年寒冰失足挂在悬崖尖石上落下的伤，没想到被雪山寒毒所侵，竟是迟迟难好了。

乔昭趁机一个闪身钻进了人群里。

人群中的江远朝收回视线，落在乔昭身上。比起无趣的冠军侯，他发觉还是这个小姑娘有意思多了。神医的干孙女？也不知道那位神医是信口一说，还是当真的。

乔昭闪回人群里，有了刚刚被人暗算的经历，再不敢胡乱走神，保持着十二分警惕。她敏锐察觉有道视线一直落在她身上，猛然看过去，正好撞进江远朝不及收回的眼神。

那一瞬间，乔昭瞳孔一缩。是他？还真是巧了，又是嘉丰的故人。有一年她出门替祖父采药，无意间遇到此人受伤，随手相赠了药膏，后来又巧合碰到过几次。要说起来，她只知道他叫十三，还不知道他真正的名字呢。

江远朝同样心里一动。先不提这个小姑娘远比他想象的要敏锐，更有意思的是她刚刚看他的眼神。她认识他！作为一名出色的锦鳞卫，江远朝瞬间下了这个判断。他相信自己的直觉不会错。

刚刚小姑娘的瞳孔缩了一下，这是意外见到认识之人的微妙表情变化，哪怕之后再怎么掩饰，瞬间的自然流露是骗不了人的。这可真是稀奇了，一个小小翰林的女儿，唯一一次走出京城是因为被拐到南边，如何会认识他这个离开京城数年的锦鳞卫？还是说，他从嘉丰一路北上时无意间被这丫头看见了？一时之间，处事游刃有余的江十三亦有些困惑了。

乔昭收回目光，转身便走。

江远朝见乔昭扭头走了，抬脚跟了过去。

不过是个毫无威胁的小姑娘，勾起了他心中的疑惑，自然是要试探一番。

人们都站在道路两旁随着将士们往前移动，乔昭挤过那一段路便到了开阔之处，呼吸着新鲜的空气不由松了口气。

前方忽地笼罩下来阴影，她抬头，便见一名身材高大的男子站在面前，正是刚刚意外见到的那人。

"小姑娘，咱们见过？"江远朝双手环抱胸前，笑着问。

乔昭微一挑眉。

这人早就注意过她！

她穿戴虽素净却不寒酸，一名看似稳重的男子直截了当地问出这句话，不过是不在意罢了。

为何不在意？当然是知道她的出身不足以让他在意，所以可以如此随便。

她脸上没写着名也没写着姓，会知道她的出身当然不可能是因为她刚刚拦住了冠军侯，而是早就有所了解。

以黎昭的交际圈子，不可能与此人有交集，唯一的可能应该就是被拐后了。

难道说，这人也是刚刚北上进京，一路上留意到了他们一行人？那他岂不是知道了池灿等人的存在？

"小姑娘怎么不说话？"

"敢问大叔贵姓？"

江远朝嘴角笑意凝结，下意识抬手揉了揉鼻子。大叔？他有那么老吗？还是说远离了京城的富贵，一张脸太饱经风霜了？

"我姓江。"

"大叔姓江啊——"乔昭心思急转。

他自称十三，江十三……乔昭瞬间想到了此人身份。姓江，排十三，看这没事找事好奇心旺盛的样子，十有八九是那位江大都督手下的十三太保之一。原来是锦鳞卫啊。

乔昭颇有些自得。她这些日子一直骚扰父亲大人果然没白费功夫，凭着好记性已经对朝廷中比较重要的官员有了大致了解。用父亲大人的话来说，皇上养了一条指哪咬哪的疯狗，疯狗又养了十三条狗崽子，最喜欢趴人门口盯着。

咳咳，她当时都没敢听完，终于深刻认识到父亲大人以探花之才为何会蹲在翰林院编了十几年史书了。这要是被放出来，随时是抄家灭门的节奏啊。不知东府那位伯父是给了父亲上峰多少银子，才让那位上峰顶着给下属穿小鞋的恶名一直压着他没挪窝？

"对，我姓江。"

"哦，没见过，大叔再见。"乔昭扭头便走。

说是故人，仅仅是认识而已，招惹上一名锦鳞卫的麻烦足以让乔昭掉头就走。

盯着乔昭匆匆离去的背影，有那么一瞬间江远朝想翻出一面镜子，看看自己是不是生得面目可憎，能吓跑人。

他人高腿长，几步就追上去。

看着拦在面前的人，乔昭不动声色地问："大叔有事？"

江远朝一阵牙酸，实在忍不住抗议："小姑娘，若是你愿意，可以叫我江大哥。"对上少女淡然如水的表情，他补充："刚刚面对冠军侯，没听你叫他大叔啊。"

他和冠军侯明明年纪仿佛，这不是歧视吗？

叫邵明渊大叔？这个念头让乔昭颇不自在。无论是池灿还是面前的江十三，他们与曾经的她，不过是萍水相逢，可邵明渊不一样，他——乔昭想了想，哑然。她与邵明渊连萍水相逢都算不上，第一次见面就被人家射了一箭。可那个人到底是她名义上的夫君，她当了他两年多的媳妇，"大叔"两个字怎么叫得出口？

乔昭脑海中闪过那人的样子。一身疲惫，满面风尘，下巴上的青色胡楂冒了出来，却衬得脸更白，如雪玉一般清冷，可他眸子里是有温度的，让人撞进去，会激起心底的柔软来。一位手染无数鲜血的将军，却有这样矛盾的气质……

"你们不一样。"乔昭实话实说。

"如何不一样？"江远朝笑眯眯地问。

就算那小子生得比他白一点儿，俊一点儿，就能这么区别对待？现在的小姑娘未免太现实了。世风日下，人心不古！许是注意到这个小姑娘太久，终于与她面对面说话，连江远朝自己都没有察觉他比平时多了许多话。

乔昭眨了眨眼。

这人是在无理取闹吧，她怎么想的与他有什么关系？果然锦鳞卫都是不能招惹的。

她退了一步，回道："看他的姑娘太多，我喊他大叔，怕被绣花鞋砸死。"

江远朝愣了愣，轻笑出声。

他的声音很温和，笑声也柔和，连带着整个眉眼都是温润的，可只有这一刻才笑达眼底。就在刚才他对她说笑时，还如春夜的雨，细腻温柔却笼罩着春寒，大意的人便会在毫无防备中染上风寒。

乔昭本能地不喜欢这样性情的人。她欣赏祖父那样的男子。痛快地饮酒，高声地笑，活得潇潇洒洒，坦坦荡荡。

"所以大叔，我可以走了吗？"乔昭问。

"叫江大哥。"

"江大哥，我可以走了吗？"乔昭从善如流。

"咱们真的没见过？"江远朝似笑非笑。

乔姑娘一脸严肃："江大哥忒爱说笑，我这样大门不出二门不迈的大家闺秀，从哪里见过你呢？"

大门不出二门不迈？那先前被拐走的是谁啊？

这小姑娘很有当锦鳞卫的潜质，撒起谎来面不改色心不跳。

乔昭笑看着江远朝。有本事揭穿她啊，那她就要问问，他一路北上会留意到她一个小女孩是什么目的了。

思及此处，乔昭忽然心中一动。等等！池灿三人南下纯粹是贵公子们无聊之下的消遣，按理说不会引起锦鳞卫的注意。也就是说，江十三不是因为先注意到池灿他们才继而注意到她。那么，他们四人当时哪方面引起了江十三的注意？

乔昭再往深处想，便得到了一个答案——杏子林，乔家。难道说，锦鳞卫的人一直盯着她家？乔昭不由抬眸看向江远朝。那么此人是不是知道一些那场大火的内幕？

乔昭心跳急促起来，当察觉江远朝琢磨她的神色时，忽地展颜一笑："不过咱们还是可以认识一下的。"

说不定有机会探探情况？

江远朝："……"现在的小姑娘都这样不按常理出牌了吗？他已经完全摸不透她的心思！

江远朝错愕之际，乔昭已经大大方方道："我姓黎，乃是黎修撰之女，家里排行三，住在西大街的杏子胡同里。"

反正这些信息此人恐怕早已烂熟于胸，她没有任何遮掩的必要。

江远朝后退一步，心生警惕。

小姑娘对他说这么详细做什么？他又没打算去府上提亲！

"不知江大哥家住何处呢？"

江远朝脸色微变，咳嗽一声道："咳咳，我忽然想起还有急事，就先告辞了。"

说罢一个抱拳，迈开大长腿转身就走，三两下就不见了踪影。

留在原地的乔昭眼中浮现一抹笑意。

居然被吓跑了？

她摇摇头，转身走了。

江远朝回到树底下，一脸严肃地对两位等候的属下道："走吧。"

两位下属面色古怪。

"怎么了？"

"大人，刚才——"

"刚才的事不得对旁人提及！"江远朝脸色一冷。

回到京城不比在嘉丰时自由，有些事情还是谨慎为妙，那个小姑娘，他暂时不想让她进入那些人的视线。

她到底在哪儿见过他呢？

江远朝一边琢磨一边往前走。

两名下属对视一眼。

先前开口的人低声道："是不是我眼花了，我怎么觉着刚才大人是被那位姑娘吓跑的呢？"

另一人深以为然点点头。

江远朝忽地脚步一停，转头冷厉扫向说话的属下。

那人腿肚子一哆嗦，飞奔过去道："大人恕罪，我胡说的！"

另一人追过来，庆幸刚刚没有开口，急慌慌在上峰面前表现道："就是，说什么大实话呢！"

江远朝："……"他眼瞎，弄了这俩二货当心腹。

"滚！"

恼羞成怒的江大人拂袖而去。

乔昭回到马车上，邓老夫人笑容可掬地问："怎么回来了？"

"人太多，怕再丢了就见不到祖母了。"乔昭真心实意地道。

要是再被拐一次，她可不见得能这样顺利脱身了。

邓老夫人年轻守寡，硬挺了大半辈子，哪里听过这么暖心的话，当下就心一软。哎，她当祖母的居然还因为这孩子被拐而气闷过，嫌她惹祸连累家里，实在是不该啊！

邓老夫人一把搂过乔昭，拍她道："昭昭啊，别怕，都过去了。"

都过去了。乔昭靠在邓老夫人怀里，心中一暖。

"祖母，我不怕的。"她坐直身子，冲着邓老夫人笑。

邓老夫人就这么近距离看着孙女波澜不惊的笑容，那些蛮横的、粗俗的、刻薄的影子似乎一下子远去了。她从来没与这孩子认真计较过,却没有想过有一天,这孩子会变得这样好。真的是出乎她意料地好呢,哪怕那些高门贵妇因为被拐一事永远不会把这孩子当成媳妇人选,她依然这样认为。

"昭昭啊,以后你可以出门了,不过东府的女学还是不要去了。"

乔昭没有露出任何异色,平静地道:"祖母,我还是想去上学。"

邓老夫人以为她不明白,解释道:"今天你虽大大长了脸,可黎娇却毁了名声。以后你若是再去东府女学,怕会刺了别人的眼。"

乔昭笑道:"祖母说的我明白,不过我相信乡君宽宏大量,不会为难我一个小姑娘的。"

东府,她是不得不去的。

她的外祖父是刑部尚书,东府那位大老爷则是刑部侍郎,也就是说,黎府与寇尚书府是同一个社交圈子的。她想自然而然接近外祖父一家,将来能与兄长常见面,就不能断了与东府的往来。只要她与西府姐妹们一道去女学,日后东府要出席什么场合需要带着姑娘们,就不会独独撇下她。

更何况,那位堂伯前往嘉丰去查乔家失火一事,等他回来,她更是迫切想见上一见。

乔昭太明白乡君姜老夫人那种人了。死要面子活受罪!今天黎娇出了大丑,姜老夫人同样没脸,然而不管心中多么迁怒她,只要她不行差踏错,姜老夫人在面上就不会做得太难看。想想那些对她不厚道的人心里恨不得她滚得远远的却又无可奈何地只得忍受她天天在眼前晃的样子,乔昭觉得还是蛮开心的。

乡君宽宏大量?邓老夫人嘴角一抽。这孩子,说什么反话呢?

"昭昭,听祖母的话,我看你书法水平如此高超,想来其他方面亦不差,东府女学实不必去了。"

乔昭叹了口气。看来有一位真心为晚辈着想的祖母,有时候也很为难。

"可是孙女还是想与姐妹们一起,将来等姐妹们出阁了,再想有这样的日子却不能了。"

邓老夫人张了张嘴,最终点头:"罢了,你既然愿意,那就去吧。"

"多谢祖母。"乔昭抿唇笑了。

她算是摸清了,这位祖母吃软不吃硬。

又过了一会儿工夫,黎皎返回了马车。

因何氏没有来,西府一共用了两辆马车,一辆坐着二房刘氏母女,一辆坐着邓老夫人与大房的两位姑娘。

"皎儿怎么也回来了?"邓老夫人颇为意外。

"都是一口口棺材,瞧着怪瘆人的,还不如回来多陪陪祖母。"黎皎有些意外乔昭的存在，卖乖道。

乔昭垂着眸，微不可察翘了翘嘴角。这位大姐平日里一副长姐风范，表现得隐忍懂事，可有些事上实在是拎不清的。英魂回归故里，居然说瞧着瘆人？要是她这样说，她的祖母定会一记眼刀扫来，罚她头顶茶碗睡觉。现在的祖母，亦不是糊涂人。

乔昭想得不错，邓老夫人果然沉下脸，训道："不得胡说！"

老太太突如其来的变脸让黎皎大为震惊，一时间连疑问的话都忘了说。

"祖母年纪大了，喜欢清静，不用你急忙忙赶回来陪着。倒是那些阵亡的将士，便是祖母这把老骨头亲自去送，亦不为过。"

黎皎一张脸陡然涨红，恨不得找条地缝钻进去。她居然又一次在黎三面前丢了脸！更重要的是，面对祖母的责备她只能哑口无言。这口闷气黎皎实在难以下咽，忍了又忍才道："是孙女错了。"

祖母同样的问题，黎三是怎么回答的？她真想知道！

黎皎自小掩饰惯了，认起错来很是诚恳，邓老夫人便不忍多加斥责，点点头道："真的知道错在哪里就好。"

老太太看向窗外，叹道："没有那些保家卫国的将士，你们以为能有这般舒坦的日子过？"

邓老夫人扭头问黎皎："皎儿，你知道咱们老家在何处吧？"

"知道，在河渝县。"黎皎回道。

她是女孩，没机会跟着长辈们回老家祭祖，但老家在什么地方还是记得清清楚楚的。

"嗯。"邓老夫人点了点头，看了乔昭一眼，对姐妹二人道，"河渝县紧挨着山海关。几十年前，我也是你们这般年纪，正赶上山海关被鞑子攻破了……我有一位手帕交，外祖家在山海关城，那时正巧随着母亲去了外祖家，就赶上了那一场浩劫……后来，逃回河渝的只有她一个贴身丫鬟。我到现在还记得，那丫鬟叫小蝶。你们可知道我那位手帕交怎么样了吗？"

黎皎迟疑着，摇了摇头。

乔昭却挺直了脊背，沉默不语。

她知道的，她见过，甚至在明知她是邵明渊的妻子时，那些掳获她的齐人还想当即凌辱她。

贫瘠的北地养成了北齐人彪悍的性格，偏偏女人稀少。也因此，当他们面对年轻秀美的大梁女子时，脑海中那根名为理智的弦根本就失去了作用。

最后，是他们的头领亲手斩杀了两个管教不住的士兵才震住了其他人，暂且保住了她的清白。

她永远都忘不了，那个头领大笑着对手下们说，若是姓邵的杀神不退兵，他就在城墙上当场把她赏给他们，让大梁那些兔崽子亲眼瞧一瞧，他们北齐人是如何占有他们大梁的女人，被他们当做神一般崇拜的将军的女人的！

就算燕城被大梁人夺回，也要让这份耻辱永远刻在大梁人脸上！

邓老夫人收回目光，缓缓道：“当那些鞑子进了邻家肆虐时，她与表姐妹们一起吊死在了后院的树上！就像河渝每逢冬季家家户户腌腊鱼一样，一条条挂在上面。”

迎上邓老夫人沉沉的眼神，黎皎打了个寒战。

这些年来，大梁的礼教已经很松散了，鲜少再听说哪家的姑娘因为名节有失就丢了性命的，远的不提，就说她身边坐着的这个，被拐走好些日子才回家，不也好端端的嘛。

像一条条腌鱼一般挂在树上……

只要这么一想，黎皎就不寒而栗，甚至有种想吐的感觉。

她不由看了乔昭一眼。乔昭坐在邓老夫人另一侧，眉眼冷凝，神色重重。黎皎心中嗤笑。黎三为了讨好祖母可真是不遗余力啊，表现出这副感同身受的模样不觉得可笑吗？

邓老夫人显然很欣慰乔昭的理解，抬手拍了拍她，唏嘘道：“年纪大些的是自己吊上去的，年纪小些的是父兄挂上去的。花朵般的女孩子挂成一排，就这么没了！”

她扫了一眼面色发白的黎皎，叹息道：“你们不要觉得家人残忍，要知道一旦落入那些禽兽般的北齐人手里，那才是生不如死！"

"后来呢？"乔昭问。

"后来啊——后来幸亏咱大梁的将士们浴血奋战，才赶走了那些豺狼！如若不然，山海关之后便是河渝县，要是让那些北齐人打进河渝，现在恐怕就没有你们了。"

邓老夫人扫了两个孙女一眼，语气郑重："一寸河山一寸血，你们记着，没有那些马革裹尸还的将士，就没有咱们的好日子，以后决不许用那般轻浮的语气议论他们！"

"是，孙女知道了。"这一刻，黎皎与乔昭异口同声。

接下来是片刻的沉默。

黎皎不知道在这般的气氛下该说些什么，乔昭开口问："祖母，我听说北齐人作战骁勇，如狼似虎，当年大梁将士把他们赶出山海关很艰难吧？"

邓老夫人点头："何止是艰难，当年的惨况就不与你们小女孩细说了。不过幸好有天纵英才的镇远侯在，才力挽狂澜。"

"镇远侯？"

邓老夫人却一下子不说了，端起茶杯喝了一口，缓缓道："行了，都是些陈谷子烂芝麻的事，不提也罢。"

乔昭眸光微闪。

镇远侯的名字有些熟悉,她好像听祖父提起过。

"祖母,镇远侯如今还健在吗?孙女似乎没有听说过京城哪家勋贵有此封号。"

邓老夫人脸色微变。

黎皎今天处处落于下风,此时察言观色,语重心长道:"三妹,这些往事祖母不想再提,你就不要再问了。"

"哦。"乔昭平静应了,望着邓老夫人的眼神颇遗憾。

邓老夫人顿时心一软,忍不住说了句:"不在了,镇远侯一家早在二十年前就被满门抄斩了……"

黎皎脸色一白。

乔昭同样一惊。

满门抄斩?

她想起来了!

那时她还年幼,无意中听到了祖父与祖母的对话。

祖母问祖父:为何要给昭昭定下靖安侯府这门亲事?一个是清贵门第,一个是武将之家,两家成为姻亲根本就不合适。

祖父说:靖安侯为人端方,他的儿子错不了,昭昭嫁给他会幸福美满的。

祖母说:武将与文臣不同。文臣惹了君主厌恶,顶多是贬为平民,武将要是惹了君主猜忌,那就是抄家灭门的下场,比如那镇远侯……

乔昭微合双眸,脑海中梳理的信息越发清晰起来。

镇远侯啊,那是如现在的邵明渊一样的人物,他是如何招致灭门惨祸的呢?

不知为何,想想镇远侯的下场,再想想邵明渊的如日中天,乔昭心情有些沉重。无论如何,她不愿见到与齐人浴血奋战的人物落得那般下场。

见邓老夫人显然不愿多提,乔昭识趣地没有再问,决定等回府后问一问父亲大人好了。

这时,马车外响起二太太刘氏的声音:"老夫人,儿媳可以进来吗?有要紧事向您禀告。"

"进来吧。"提起往事的邓老夫人心情低落下去,淡淡道。

随后就是一阵响动,随着车门帘掀起涌进来一阵风,刘氏快言快语道:"老夫人,三姑娘——"

见到坐在邓老夫人身侧的乔昭,刘氏后面的话咽了下去,嘴张了张,挤出一抹笑容:"原来三姑娘回来了啊——"

跟着她一同进来的六姑娘黎婵嘟起了嘴,凑到邓老夫人身边把乔昭挤到一旁:"祖母,三姐太过分了,大庭广众之下冲到那位年轻英俊的冠军侯面前不说,离开后也不回去找我们,害得母亲带着我们一通好找呢!"

"婵儿，不得乱说！"刘氏喝止了黎婵，忙看了乔昭一眼。

乔昭冷眼旁观，意外发现这位向来与何氏针尖对麦芒的二婶看向她的眼神竟然有几分慌乱和忌惮。这可有些稀奇了。

乔昭挑了挑眉。

刘氏急忙收回目光，脸色更难看了，暗暗掐了黎婵一下。这个死丫头啊，真是让她操碎了心！一路上她千叮咛万嘱咐她们姐妹俩，以后不得和三姑娘再过不去，婵儿竟一个字都没听进去！黎三自从回了府，就跟有神仙保佑似的，谁招惹她谁倒霉。

"三姑娘啊，别和你六妹计较，她年纪小，不懂事。"刘氏满脸堆笑道。

黎皎一双眼睛都快瞪出来了。

二婶今天怎么了？

刘氏看也不看黎皎一眼，转而对邓老夫人道："当时人太多，挤得厉害，三姑娘是被挤出去了。我还担心再走散了，既然人回来了就好，我这当婶婶的也可以放心了。"

黎皎："……"她确定，二婶中邪了！

真是该死，黎三当街勾搭冠军侯的丑事，她本来还想寻机会对祖母说说的！

乔昭勾了勾唇角。当时把她推出去的人，是哪个呢？这种小把戏乔昭其实不怎么在意。把她推出去又如何？出丑吗？她不以为意，旁人怎么想又有什么影响？有被拐的事在前面顶着，这对乔姑娘来说根本不算事儿。只是，谁下的黑手，乔昭还是要搞清楚的。乔姑娘向来不喜欢不明不白。

乔昭心中琢磨着。

当时六姑娘黎婵挤在她左前侧，四姑娘黎嫣紧紧拉着她。

二姑娘黎娇因为在大福寺丢了脸被乡君拘着没有下马车，身为庶女的五姑娘黎姝自然不敢独自出来晃。

那么在她后面的就只剩下黎皎、固昌伯府的杜飞雪、泰宁侯府的七姑娘朱颜以及一些几乎没有交集的闺秀。

当时那股推力来自右后方——

人群拥挤混乱，既然是被推出来的，那么就不可能是与小姑娘黎昭毫不相干的人。

当时，乔昭失神之下并没有留意到黎皎几人的站位，不过那股推力的方向是由下自上的，这说明了一个问题：推她的人身量应该不高。

乔昭心中自然而然想到一个人——杜飞雪！

泰宁侯府的七姑娘朱颜个子高挑，黎皎也比黎昭高，只有杜飞雪生得小巧玲珑。

等等——

以往黎昭倾慕杜飞雪的胞兄杜飞扬，可那位固昌伯世子对她一直冷眼以待，杜飞雪每次见了她不过是冷嘲热讽几句罢了。

从人性上讲，当一个人觉得另一个人毫无威胁时，不会采取更激烈的举动，可今天在大福寺里黎娇出了丑，与杜飞雪关系亲密的黎皎没有任何损失，那就不存在替表姐出气一说。

是什么让杜飞雪下这种黑手呢？乔昭略一思索，心中已经有数。原来是因为她今天入了疏影庵那位师太的眼，杜飞雪担心才女的名头会让她心上人看重……乔昭翘了翘嘴角。

朱大哥有这样的倾慕者，不晓得心情如何？

被乔昭同情的朱彦此刻正与才回到府中的妹妹朱颜一边下棋一边闲谈：

"正赶上阵亡的将士棺椁进城，没被挤着吧？"

朱颜淡淡笑着："多谢五哥担心，并没有。"

朱彦素来心细，打量着妹妹的神色不由笑了："七妹，我怎么觉着你今天心情很不错？让五哥猜猜，是不是今年你手抄的佛经又得了疏影庵师太的称赞了？"

"也没有。"朱颜笑道。

这一次，轮到朱彦意外了。

"七妹的字都没入了无梅师太的眼？那五哥就好奇，今天是哪几家的姑娘得此殊荣了，并且能令七妹心服口服。"

若不是心服口服，七妹心情不会这样轻快。

朱颜嫣然一笑："五哥肯定想不到，今年只有一位姑娘的字入了无梅师太的眼。那位姑娘不只是得了称赞，还被无梅师太召见了。"

"竟有这样的事？"朱彦捏着棋子迟迟不落下，来了兴趣，追问，"是谁家姑娘？"

朱颜掩唇一笑，打趣道："五哥这样追问一位姑娘，就不怕我多想呀？"

朱彦一怔，随后抬手，勾起手指轻轻敲了敲朱颜光洁的额头："别拿五哥打趣。"

"那我就不告诉五哥了，五哥有本事自己猜猜看啊。"

朱颜只有在兄长面前才流露出女孩子的活泼来，朱彦配合地想了想，心中忽然一动。难道会是——

"五哥，想到了吗？"朱彦的异样引来朱颜的追问。

朱彦深深看朱颜一眼，问她："那位姑娘，是不是姓黎？"

朱颜蓦地睁大了眼，脱口而出："五哥怎么知道？"

他怎么知道？他当然知道！

要是京城闺秀中有一人的书画能远胜七妹，甚至引来疏影庵无梅师太的破格召见，那么只有一个人能做到，那个临摹乔先生画作简直逆天的被拐少女黎三！

能以假乱真临摹乔先生的鸭戏图，能闭着眼下棋赢过池灿，如今又凭书法让无梅师太召见，他忽然开始期待小姑娘的琴音了。

"五哥，你究竟是怎么猜到的？"朱颜定定看了兄长一眼，落下一子，笃定道，

"你们见过。"

朱彦咳嗽几声。

糟糕了,忘了妹妹也是个人精!

"这个——"可怜好人朱大哥君子端方,从来没说过瞎话,此时面对着妹妹的追问冷汗都要流下来了。

南下途中的事说不得,说了黎三姑娘的名节就彻底毁了。

情急之下,他一股脑推到了好友身上去:"我听拾曦说的!"

至于池公子如何知道,那就不关他的事了,反正以妹妹的品性,是不会去找当事人追问的。

朱公子很为自己的机智得意了一下。

朱颜看兄长一眼,手一伸端起棋盘,走了。

留下朱彦想了半天,才后知后觉意识到:这是说瞎话被当场拆穿了?

乔昭随着邓老夫人才踏进西府门口,何氏便冲上来,一把揽住她哭道:"昭昭,吓死娘了,我以为你又丢了!正召集人手准备出门寻你呢。"

邓老夫人看着跟在何氏身后的一大群丫鬟婆子,太阳穴突突直跳。

她就说,甩下大儿媳妇在府里是明智的!

乔昭移眼,看向跟在何氏身边的冰绿。冰绿缩了缩脖子,旋即眉开眼笑。姑娘顺顺当当回来,她就算被骂也认了。

等回到西跨院,乔昭才说:"就不知道回马车看看?"

冰绿吐了吐舌头:"我以为姑娘绝对不会回马车的。"

"嗯?"

"姑娘和冠军侯搭上话了!那是冠军侯耶!"

"所以呢?"

"所以婢子就跟着冠军侯走了……"

乔昭忍了忍,问:"你以为我跟着冠军侯走了?"

"不是……"冰绿忽地双手捧脸,"婢子没想到冠军侯那么好看!哎呀,他和姑娘说话的样子还那么温和——"

要是姑娘能嫁给冠军侯就好了,她家姑娘貌美如花才高八斗,与冠军侯最相配了。她就是想多看一眼,替姑娘把把关!

一贯淡然的乔姑娘难得脸色发黑。所以她是自作多情了,她的贴身丫鬟纯粹是因为邵明渊长得好看,就跟着人家走了!她就知道,每次与姓邵的见面,都会不愉快!

乔昭把冰绿打发出去,由阿珠替她按捏头部,整个人渐渐松弛下来。总算是得到了走出家门的自由,接下来,她要想办法见兄长一面。大哥他,到底怎么样了?

青松堂里,邓老夫人仔细听了大丫鬟青筠的禀告,眼神微闪。

"你去三姑娘那里时，三姑娘就已经穿戴好了？"

"是，就连冰绿都换好了衣裳，婢子在西跨院没站一会儿就出门了。"

邓老夫人点点头，示意青筠退下。

屋子里只剩下邓老夫人与心腹容妈妈。

邓老夫人开口道："看来三丫头比我想的还聪明，对大福寺的事早就胸有成竹了。"

容妈妈笑道："姑娘家聪明些是好事呢，老夫人就能少操些心。"

邓老夫人点头："真正聪明确实是件好事。"

要是只懂些小聪明，那还是愚钝些好了。比如东府那位乡君，改不了宗室那些人见到好东西就要抢过来的习性，最后只会出丑，还带累了孙女。

可怜二丫头那孩子了。

在邓老夫人想来，不管平日里黎娇有什么小心思，佛诞日那种场合下都不敢做出明抢的事来，这一遭，小姑娘确实是被那位当祖母的乡君给坑了。

东府馥君苑里，黎娇白着脸讲完在大福寺的遭遇，伍氏霍然起身，脸色铁青道："岂有此理，我去找老夫人——"

心腹婆子忙把伍氏拦住："太太，您可不能冲动，老夫人再怎么样也是您的婆母——"

伍氏气得手都抖了，在女儿面前素来稳重大方的人此刻连声音都带了哽咽："婆母就能为所欲为了，哪有这样当祖母的？她，她这是毁了我儿啊！"

伍氏跌坐回床榻上，揽住黎娇哭起来。

黎娇从没见过母亲这个样子，吓得反而忘了哭，胡乱安慰道："娘，您别哭……祖母一定会补偿我的，对，一定会……"

想到大福寺发生的一切，对黎娇来说就是一场噩梦。她下意识缩了缩身子，躲在伍氏怀里，仿佛这样就能把那些嘲笑的、轻蔑的，她长这么大都没见过的各色目光遮挡在外。

"傻丫头——"

当着满京城贵夫人们的面被毁掉的名声，要拿什么来补偿？她的女儿，被那老虔婆彻底毁了啊！

伍氏眼中闪过强烈的恨意，心腹婆子看在眼里都有些心里发毛。

伍氏拿帕子擦了擦眼，恢复了以往的稳重，把黎娇从怀中拉出来道："娇娇，莫哭了，无论如何，你祖母是为了你打算才这么做的，以后你对祖母依然要好好孝顺。"

京城热闹多，近来先拘着娇娇少出门，等过上两年人们淡忘了此事，再费心给她寻一门靠谱的婆家就是了，哪怕嫁到外地去也无妨。

想到这里伍氏就是一阵心疼。她当心肝宝贝养大的女儿，何曾想过要嫁到京外去！都是那老虔婆，以后总有要她还的那一天！

"女儿知道了。"黎娇始终没有抬头。

今日的京城，因为阵亡将士们的棺椁进城，少了平日的喧嚣浮躁，多了几分凝重低沉。

邵明渊回到靖安侯府，洗去一身疲惫，等到夜深人静时才叫来邵良、邵知问话。

"将军，冠军侯府还要一段日子才能入住。"邵知回禀。

邵明渊轻轻颔首，看向邵良，嗓音沙哑："那叛逆的情况，可查到什么线索？"

"将军，苏洛峰是孤儿出身，早已没有了任何亲人，属下跑遍了他出生的村子都没有得到任何有用的信息，只知道他是十二岁那年进了北定城混生活，后来因为打架厉害，机缘巧合混进了卫所。"

"这么说，线索断了？"

邵良半低着头，一脸惭愧。

邵知狠狠啐了一口，骂道："那个混蛋，为什么要这样害将军！"

苏洛峰，北征军副将之一，虽算不上将军的嫡系，可这些年来跟随将军奋勇杀敌，早就成了与他们生死与共的兄弟。

到现在邵良依然想不通，为何那日苏洛峰会拿了代表将军身份的令牌把他诓骗回去，从而把护送将军夫人的队伍引上另一条路，然后让早已埋伏好的北齐人把将军夫人掳了去。

"他这是叛国！"邵良抬手打了自己一巴掌，不敢看邵明渊的眼睛，"将军，都是我混蛋，要不是我上了当，夫人就不会——"

别人只看到了将军大胜封侯的风光，可他们这些最亲近的人才能看到将军的痛苦。

将军其实是很希望战争结束，与将军夫人过上普通人的生活吧？

他永远忘不了，每当战事稍缓的闲暇时间，将军就会坐下来，伴着北地屋檐垂下的冰凌和窗外一望无际的皑皑白雪，一笔一画地写着家书。

只可惜一封封家书寄出去，将军从没收到过回信。

将军夫人心里定然是怨将军的。

所以在突然接到消息，将军夫人已经北上将要到达之际，他才主动请缨前去迎接。他要在夫人面前多多替将军说好话，希望夫人能原谅将军成婚两年不能归。

可最终——

邵良缓缓跪了下来，声音嘶哑："将军，都是我的错——"

邵明渊弯腰把他扶起，好一会儿才道："不是你的错。只有千日做贼没有千日防贼的道理，苏洛峰多年来毫无异样，可身上却有仿造的令牌，可见其处心积虑已久。"

邵明渊闭了眼，脑海中闪过与苏洛峰交集的画面：

雪地里，苏洛峰扶着受伤的他走了整整一夜终于安全回营；厮杀时，苏洛峰纵身而起，替战友挡住致命袭击；篝火旁，苏洛峰眉眼温和，借着火光读着家书……

邵明渊猛然睁开了眼。

"邵良，明日你前往北定城继续追查，就查北定城的青楼画舫，可有苏洛峰熟识的姑娘？"

"将军？"邵良颇为惊讶。

邵明渊眉宇间是掩不住的疲惫，可眼神却是雪亮的，他声音低哑，给邵良解释："我曾看到过苏洛峰读信，当时他说是家书。既然他是孤儿，何来家书？十有八九那信是相好女子寄来的，甚至——"

邵明渊顿了顿，接着道："甚至有可能是以青楼女子为幌子，传递什么消息。"

到现在，邵明渊依然不相信苏洛峰是通敌那么简单。

苏洛峰在他手下征战已经数年，应该很了解他的性格。

在那种情况下，一方面不让北齐军的威胁影响大梁军士气，另一方面不让妻子受尽侮辱惨死，他除了亲手射杀自己的妻子，根本不会有别的选择。

那么苏洛峰蛰伏多年只为了此举就很值得玩味了。

邵明渊大步走到桌案前。桌上摆着一幅草图："你们来看。"

邵知与邵良围过去。

邵明渊指点着图纸："邵良，你是在队伍即将到达这个三岔口之前让苏洛峰诓骗回营的。到达三岔口之后，苏洛峰就领着不熟悉北地地形的队伍转去了这里，然后就遇到了埋伏。那些北齐人目的明确，掳走……掳走夫人后就迅速撤退，除了苏洛峰与他带去的士兵出现部分死伤，其他人都无大碍。"

邵知与邵良频频点头。

听邵明渊声音沙哑得厉害，邵良倒了一杯茶递给他："将军，先喝杯茶吧。"

邵明渊接过茶水一饮而尽，随手把茶杯放置一旁，指向图上某处："可是后来派去的斥候调查到，在队伍原本的必经之路，这里，同样埋伏着齐人。"

"会不会是齐人为了确保万无一失？"邵良问。

"刚开始我也有这般想法，后来觉得不大对劲。斥候从埋伏处的印记推断出齐人的数目远比你带去的士兵少。如果当时没有苏洛峰，你按着既定路线走，就算遇到这群齐人也不足为惧。"

当时，他接到传信，母亲怜乔氏独守两年，送她来北地与他相聚。更出乎意料的是，当接到传信时乔氏已经快要到了。那时正值两军对战最关键的时候，为了乔氏安全，他特命最信任的属下邵良前去迎接，甚至让他带走数百人的护卫队，却没想到苏洛峰的叛变。

"你们觉得，出现这种情况最大的可能是什么？"

邵良与邵知面面相觑。

"我思量良久，觉得出现两拨齐人有一种可能，就是给他们通风报信的不是一拨人，得到消息的齐人亦不属同一首领！"

北齐同样派系林立，为了抢功出现互不知情的情况是很有可能的。

"什么？除了苏洛峰还有别人？"

邵明渊神情冷凝，眸光湛湛："只有这样才能解释，为何原定路线埋伏的齐人数量不及邵良带去的护卫队。因为另一拨报信的人错估了护卫队的人数。他们一开始没有想到我会派那么多人去接乔氏！甚至……没有想到我会派人去接！"

乔氏到达北地的时间实在是太微妙了，正是两军全力以赴，几乎腾不出兵力来的时候。

"陪夫人出京北上的有侯府护卫、部分羽林军和远威镖局的人。邵知，你悄悄寻那些人问问，看苏洛峰接手队伍后有什么异常。"

邵知心中一沉。

将军的意思，下黑手的除了苏洛峰，还有一拨很可能是来自——

邵明渊抬手，轻轻揉了揉眉角，露出浅淡疲惫的笑容："你们分头去查吧，真相没有查清楚之前，不必胡乱猜疑。"

尽管，他心中的猜疑已经疯狂长成草，缠得他痛彻心扉，可他依然想得到一个明确的答案。

"是。"邵知与邵良齐齐抱拳。

邵明渊背靠椅背阖目片刻，睁开眼来见邵知与邵良依旧站在面前，一副欲言又止的样子，便问道："还有什么事？"

邵知给邵良使了个眼色。

邵良摇摇头，示意他开口。

邵明渊轻蹙眉头："回了京，你们两个怎么学得婆婆妈妈了？有什么事尽管说吧。"

手染鲜血无数，甚至最后染上的是妻子的热血，他还有什么不能背负的？

邵知被推出来，暗暗吸了口气，终于开口："将军，您恐怕还不知道，嘉丰乔家大火，只逃出了乔公子与幼妹——"

轻响声传来，邵明渊直接按断了椅子扶手。

"将军——"

邵明渊低着头，好一会儿才抬起来，一张脸比冷玉还白："乔家大火？"

"是，您出城那天传出来的消息。嘉丰乔家因为一场大火没了，皇上派了钦差前去调查究竟是天灾还是人祸。"邵知回道。

"乔公子如今……是不是住在寇尚书府上？"

"将军猜得不错，乔公子与幼妹如今正住在寇尚书府上，只是——"

"说！"邵明渊薄唇微启。

"外面都在传言，乔公子为了救幼妹毁了容！"

毁了容，那可不是相貌丑陋这么简单，而是失去了科举的资格，这对读书人来说是最残酷的事，等于漫长的寒窗苦读都化作虚无，再没有鱼跃龙门的机会。

"将军，您……节哀……"邵知小心翼翼地劝。

他们比谁都清楚，将军亲手射杀了夫人，被心中愧疚折磨许久，如今再听到这种噩耗，定然是极难受的。

邵知向邵良使了个眼色。

平日里鬼机灵，这个时候怎么成了锯嘴葫芦？

邵良强扯出一脸笑容："将军，要不要喝酒？属下才去鼎鼎有名的春风楼买了两坛——"

邵明渊摆摆手，露出清浅的笑："我无事，你们下去吧。"

邵知与邵良对视一眼，只得默默退下。

屋内空旷下来，烛火摇曳，灯罩渐渐暗了下去。

邵明渊坐在断了扶手的椅子上良久，忽地伸出手遮住了脸。

他许久不曾动，直到室内彻底黑下来，才起身躺到床榻上。

京都的夜要比北地的夜热闹许多，此刻能隐约听到低低的虫鸣声，像是缠绵低婉的小夜曲，催人入眠。

邵明渊翻了一个身，过了片刻又翻到另一个方向。肋下的伤又开始隐隐作痛，他伸手按了按不见效，便随它去了。曾有人问，上了战场的人，是不是就习惯了杀戮？他不知道别人如何，可他从不曾习惯过，只是，不得不举起刀剑。就好似身上大大小小的伤口，就算旧伤好了添新伤，他依然会疼的。没有人会习惯痛苦，只是……习惯了忍耐。邵明渊想，明天他要去寇尚书府，见一见那位舅兄。有了这个念头，他慢慢睡着了。

乔昭是被黎光文催起来的。

天刚蒙蒙亮，乔昭睡眼惺忪，问等在外间精神抖擞的父亲大人："父亲，这么早有什么事？"

黎光文一脸兴奋："昭昭，为父听说你写得一手好字，昨天得到了无梅师太的召见？"

都怪昨天下衙后跑去书斋翻看话本子入了迷，等回府后用过晚饭，无意间听闻了女儿的惊人之举已经太晚，不便过去，只得捱到了今早。

"嗯。"总算达到了第一步目标，乔昭一下子松懈下来，就觉得睡不够，直到此时依然有些迷糊。

"听你祖母说，你的字和乔先生如出一辙？"

乔昭这才醒了神，淡淡道："祖母谬赞了，女儿临摹乔先生的字只得其形，风骨还相差甚远。"

黎光文摇摇头:"昭昭不可过谦,你的字既然能入了无梅师太的眼,那定然是极好的。来来来,咱们移步书房,让为父看一看。"

他说着,从衣袖里掏出一个布包,献宝道:"为父把借你的这方端砚都带来了。"

乔昭抬手,无奈揉了揉眉,问黎光文:"父亲,今天莫非是休沐日?"

"休沐日?不是啊?"黎光文不假思索道。

"哦。"乔昭看看窗外天色,很是疑惑,"这个时辰了,您不该上衙吗?"

黎光文点点头:"是该去上衙了,不过我请假了。"

"父亲今天有事?"

既然有事要请假,那一大清早跑她这里来干吗?

黎光文被问得一怔,理直气壮道:"是有事啊,不是来看昭昭的字嘛。"

在黎光文的殷切目光下,乔昭沉吟片刻,提笔写下一副对联。

"好字!"黎光文眼放亮光,击掌称赞。

接着又是一拍手:"好联!"

这联当然不是乔昭创的,可配合着这手潇洒至极的字,无端就让人精神一振。

"乔先生的字自然是极好的,可书法一道临摹到后来,必须要有自己的风骨才算有成。昭昭,你这手字已经不见匠气,若是再练下去,不出十年便可自成大家!"

乔昭笑笑:"多谢父亲鼓励。"

黎光文忽然很有成就感,谦虚道:"为父的鼓励虽然很重要,但更重要的还是你的勤奋,以后要保持住。对了,昭昭说此联是写给自己的,莫非我儿还知道关心天下事了?"

"这都是因为听您讲故事听多了,父亲讲的故事格外有趣。"乔昭眨眨眼。

嗯,与父亲大人相处,她越发得心应手了。

"咳咳,这样啊。"黎光文嘴角大大翘了起来。

他就说,经常去书斋翻阅话本子是有成效的!

"对了,父亲,我昨日听祖母讲起往事,她老人家提及一位将军,可惜记不大清楚了,父亲能给我讲讲吗?"

"是哪位将军?"

乔昭忍笑看着黎光文跃跃欲试的表情,道:"好像是镇远侯,曾领兵击退过攻占山海关的鞑子。"

黎光文立刻收起了嘴角笑意。

"父亲——"

黎光文没有理会乔昭,背着手在小小的书房里来回踱步。

他转了好几个圈,才道:"那位侯爷,被满门抄斩了!"

"为何呢？"

"为何？"黎光文又开始转圈了，身体不小心碰到桌角，疼得直皱眉头，碍于在女儿面前不好丢了脸面，强忍着道，"首辅兰山参他谋逆！"

"谋逆啊——"乔昭轻叹，这可真是天大的罪名。

黎光文却忽然激动起来："什么谋逆，分明是鸟尽弓藏，兔死狗烹！我看是皇上修道修糊涂了——"

"咳咳咳——"乔昭咳嗽起来。

"昭昭怎么了？"

乔昭半抬起头，艰难微笑："父亲，您还是给我讲讲外面的趣事吧。"

再讲下去，她就要去天牢里听故事了。

黎光文似乎也反应过来，呆呆点头："哦，对，为父还是给你讲讲外面的趣事吧。话说昨日冠军侯率领护送阵亡将士棺椁的队伍进城，有个小姑娘色迷心窍、胆大包天，见冠军侯长得俊，众目睽睽之下竟然冲了上去把冠军侯拦下了……"

乔昭："……"她还是去天牢里听故事好了！

转日乔昭下了女学回来，接过阿珠递过来的茶水喝了一口，问道："有没有听来什么新鲜事儿？"

乔昭不在西跨院的这段时间，阿珠自然没有守在院子里，而是跑到大厨房与婆子们闲聊磕牙去了。

厨房里的下人消息灵通，议论的不是府中八卦，便是城里发生的新鲜事儿。

阿珠性子温和，善于倾听，出手又大方，早与那些人处好了关系。

乔昭本是随口一问，没想到阿珠还真听来一件事：冠军侯一大早去了寇尚书府上。

乔昭当即坐直身子，收起了随意："冠军侯去了寇尚书府上？后来呢？"他去外祖父家是……报丧吗？邵明渊一定会与兄长见面的！只要一想到这个可能，乔昭就有些难以淡定了。

阿珠却被问住了，摇摇头道："婢子只听来这些，还是因为那些婆子们打赌，冠军侯去尚书府会不会被打出来呢。"

"不会。"乔昭恢复了冷静从容。

迎上阿珠疑问的眼神，她解释道："冠军侯射杀妻子乔氏，是为了家国大义，寇尚书身为朝廷重臣，是不会为难冠军侯的。"

她这样冷静分析着亲人们面对她被夫君亲手射杀后的反应，心中说不出是什么滋味。外祖父定然是不会怪罪邵明渊的，那么，哥哥呢？乔昭一时想痴了，再没言语。

第六章 不悔

寇尚书府上。

因为寇老尚书父子一早上朝去了，听闻冠军侯前来拜见，招待他的是老夫人薛氏和长媳毛氏。

邵明渊穿着半新不旧的白袍，见到薛老夫人当即一撩袍角，单膝跪了下去："外孙婿明渊见过外祖母，见过舅母。"

眉眼清俊的年轻人，收敛了睥睨纵横的杀伐之气，就好似饱读诗书的世家贵公子，恭恭敬敬跪在长辈面前。

薛老夫人长久沉默着。

跪在地上的年轻人亦无半点焦躁之色，更无青年封侯的志得意满，时间一点点过去，也依然保持着跪姿纹丝不动。

屋子里伺候的年轻丫鬟们忍不住频频看向这位清俊无双的年轻侯爷。

这是她们表姑娘的夫君呢，生得可真俊，又有天大的本事，只可惜，她们的表姑娘没有福气——

"罢了，侯爷起来吧。"薛老夫人终于开口。

邵明渊没有动："明渊自知罪孽深重，不敢求外祖母原谅，恳请外祖母允许明渊见舅兄一面。"

"侯爷想见乔墨？"

"是，内子棺椁已经安置在靖安侯府中，明渊想亲口告诉舅兄此事。"

"乔墨他——"薛老夫人张嘴欲言，最终摇摇头，叹道，"罢了，庆妈妈，领侯爷去见表少爷。"

一个四五十岁的婆子走过来："侯爷请随老奴来。"

邵明渊向薛老夫人磕了一个头，这才起身随着庆妈妈出去。

他才走，屏风后就转出一个绿衣少女来。

"青岚！"毛氏皱起眉。

绿衣少女正是毛氏的次女，寇青岚。

寇青岚显然不怕毛氏的训斥，转身伸手一拉，又从屏风后拉出一个蓝裙少女来。

蓝裙少女年纪比寇青岚略长，被她这样拉出来，面色绯红，嗔她一眼道："二妹，你快松手。"

寇青岚笑盈盈道："大姐你别恼，我松手就是了。"

等她松了手，蓝裙少女向薛老夫人与毛氏盈盈一福："祖母，娘。"

毛氏叹口气："梓墨，你怎么也跟着你妹妹胡闹！"

没等寇梓墨开口，寇青岚就抢着道："娘，您别怪大姐啊，是我很好奇那位战无不胜的冠军侯长什么样子，这才拉着大姐来看的。"

少女声若黄鹂，说起目的来毫不掩饰，倒是让毛氏无奈起来，只得转头对薛老夫人道："老夫人，都是儿媳惯坏了这两个丫头——"

薛老夫人摇摇头，道："她们正是好奇的年纪，想见一见那位大名鼎鼎的侯爷也不足为奇。"

她说完，看着两个孙女，面色沉下来："只是以后再不可如此了。你们表姐虽已不在，可他名头上还是你们的表姐夫，一旦传扬出去该让人说咱们尚书府没有规矩了！"

寇青岚吐吐舌头："孙女知错啦，孙女就只是好奇而已。"

薛老夫人看毛氏一眼："毛氏，带着她们下去吧。"

毛氏明白薛老夫人的意思。冠军侯如今尚在府中，任由姑娘们乱跑确实不合适。只不过——想到刚刚跪在薛老夫人面前的年轻将军，再看一眼如花似玉的两个女儿，毛氏心中一动。这位冠军侯，比她想象的更懂礼，才二十出头就已封侯拜相，将来前途更是不可限量，说起来，实在是难得的良婿。公公眼看要致仕了，夫君又一直不上不下，到时候两个女儿的亲事就高不成低不就了。

毛氏存了这个念头，领着两个女儿回院子后就派了下人去安置表公子的住处探听动静。

邵明渊被庆妈妈领到尚书府西北角的一处院落里。

这处名为"听风居"的院子很偏僻，幽静得只能听到竹叶的沙沙声。

庆妈妈停下脚步，恭敬道："侯爷请稍等片刻，表公子不大方便见人，老奴先进去请示一下。"

"有劳。"邵明渊站在院子里静静等着。

片刻后，有动静传来，邵明渊抬眸望去，就见曾有过一面之缘的乔家玉郎大步走了过来。

走来的年轻男子白衣墨发,浑身上下只有这两个颜色,看其风姿只觉风华无双,可当目光落到他的左脸时,立刻让人生出面对狰狞恶鬼的恐惧。

饶是已经见过表公子这般模样,庆妈妈依然低头垂眼,不敢再看,心道:表公子毁了容,形如恶鬼,为何不遮掩一下呢?

转眼间乔墨已经在邵明渊面前站定。

他的一双眼睛依然明亮如初,漆黑幽静,这样望过来,邵明渊眼前忽地就闪过一双相似的眸子。

他的妻子乔氏,站在城墙上与他遥遥对视,目光便是这样的清澈宁静。

那时,他不敢再多看一眼,却不知仅有的那一眼,已经镌刻于心,永不敢忘。

"舅兄——"邵明渊率先开了口,声音低哑。

那双幽静的眼忽地有了变化,男子的声音清凉似水,如风吹过竹林:"邵明渊?"

"是。"

"我的妹夫,我大妹的夫君,邵明渊?"

"是我。"邵明渊一字一顿吐出,几乎要站立不住,可他只能也必须笔直地站着,承受这世上与乔氏最亲近的亲人简单又沉重的责问。

"你没有保护好我妹妹。"

"对。"

"我问你,你射杀了我妹妹,可曾后悔?"

邵明渊沉默片刻,答:"不悔。"重来一次,他依然只能那样选择。虽不悔,却有愧。愧疚终生!只是这样的话,他没有资格对乔氏的亲人说。

"很好。"乔墨扬起手中剑,对着邵明渊心口刺去。

邵明渊挺拔如松,一动未动。

庆妈妈骇然喊道:"表公子,不能啊——"

长剑到了邵明渊心口处,乔墨面色微变,往上移了几分。

锋利的剑没入邵明渊肩头,随着乔墨把剑拔起,鲜血顷刻涌出来,把他的白袍染红。

乔墨清幽的眸子染上愠怒,声音更冷:"为什么不躲?"

邵明渊没有开口。

"是料定了我不会杀你?"

乔墨握紧了手中长剑,在邵明渊的沉默中,忽地把染血的剑掷到地上,怒意勃发:"邵明渊,当时你射出那一箭,是不是就料定了世人只会赞你不徇私情,大仁大义?料定了哪怕是你妻子的亲人,亦只能选择原谅你?"

乔墨的话掷地有声,一声声砸过来。

肩头的痛让邵明渊脸色苍白起来，他却没有一丝一毫表露。

在这样的质问下，邵明渊终于开了口："我没有。"

"没有什么？"

"没有想世人如何看我，亦没有想妻子的亲人是否会原谅我。"邵明渊垂眸，声音寂寥，"我什么都没有想。"

他没有解释更多，乔墨看过来，他回视，眼眸黑湛，坦荡无边。

两个男人目光交汇良久。

乔墨勃发的怒气低了下来："你走吧。"

"乔氏将会停灵七七四十九日，舅兄要不要去见她最后一面？"

乔墨摇摇头："不必了，想来大妹也不愿我看到她身后的样子。她出殡那日，我会去的。"

"舅兄，明渊告辞。"邵明渊抱拳行礼，转了身往外走。

"邵明渊。"乔墨在他身后喊。

邵明渊停下，转过身来，态度恭敬："舅兄还有何事？"

乔墨目光落在他染血的肩头："把伤口包扎一下吧。"

邵明渊一怔，从善如流点头："好。"

这点伤他不在意，但他如今正是人人瞩目之际，传出被舅兄刺伤的消息，恐给舅兄惹麻烦。

邵明渊跟着乔墨进了堂屋。

庆妈妈唯恐再出什么事，赶忙去给薛老夫人报信去了。

乔墨毁了容，形容恐怖，听风居里只有一个小厮伺候。

邵明渊无须避嫌，婉拒了小厮的帮忙，撕下白袍衣角单手熟练包扎好伤口，换上小厮递过来的素衣，面色平静走了出去。

乔墨看着一身素衣、俊逸出尘的男子，轻叹一声，问他："邵明渊，你可知道我妹妹的闺名？"

邵明渊薄唇轻抿。

他在北地征战时被急召回京与乔氏女成亲，大婚那日又因鞑子突袭深入大梁腹地匆匆北上，又如何能得知乔氏的闺名？

他也曾写过家书，含蓄问起，可一封封家信如石沉大海，乔氏没有回过他只言片语。

"你记住，她单名一个'昭'字，是'贤者以其昭昭，使人昭昭'的'昭'。"

乔昭——

邵明渊在心中喃喃念着这个名字，冲乔墨颔首："我记住了。"

"记住就好。"乔墨轻轻笑了笑，心中无限哀伤。

他承认，邵明渊是个很出色的男子，若不是造化弄人，与妹妹会是很般配的一对，可以后，这个男人终究会娶新的妻子，与别的女子相濡以沫，白首偕老。
　　这样一想，到底是意难平。
　　乔墨闭了闭眼，目光坚定地望着邵明渊："邵明渊，我妹妹是个好姑娘，你不能忘了。"
　　邵明渊只觉心头一痛，仿佛被小锤在心头突兀敲了一下，郑重道："永不敢忘。"
　　他当然知道她是个好姑娘。那日她站在城墙上，明明落入豺狼虎豹之口，却没有一丝一毫的狼狈与畏惧，就像他手下最勇敢的战士。他亲手杀了这样一个好姑娘，杀了他的妻子，也杀了他过上平淡温馨日子的可能。
　　邵明渊喉咙灼烧得厉害，嗓音更低哑："明渊此生，只会有乔昭一个妻子，请舅兄放心。"
　　他抱拳再次一礼，转身大步离去。
　　乔墨张了张嘴。
　　他不是这个意思。
　　邵明渊又是什么意思？
　　什么叫此生只有大妹一个妻子？莫非，他愿为大妹守身，终身不再娶妻？
　　乔墨只觉这个猜测格外离奇，可偏偏离去那人的言行让他又相信几分。
　　乔墨站在台阶上，任由微风吹拂着已毁的面容，良久喃喃自语："这又是何必呢？"
　　他转了身欲要进屋，身后女童声音响起："大哥——"
　　乔墨回过神来，望着跑过来的女童露出温和的笑容："晚晚，怎么这时候过来了？"
　　女童八九岁模样，生得甜美可人，稚气未脱，正是乔墨的幼妹乔晚。
　　"大哥，我听说邵明渊来找你了，是不是？"
　　"你应该叫姐夫。"
　　"什么姐夫，他才不是我姐夫呢！他人呢？"乔晚左右张望。
　　"刚走。"
　　"我去找他！"乔晚撂下一句话，生怕兄长阻拦，提着裙角飞快跑了。
　　乔墨抬脚欲追，可想到尚书府的下人见到他时惊骇欲绝的模样，便转身进屋去取幂篱。
　　乔晚跑得飞快，遥遥见到一个陌生颀长的男子身影，当即大喊道："站住！"
　　邵明渊脚步一顿，回过身来。
　　跑过来的女童刚到邵明渊腰际，仰着头问："你是邵明渊？"
　　邵明渊半蹲下来，语气温和："我是。"
　　"坏人，你杀了我姐姐，我要替姐姐报仇！"乔晚双目圆睁，抡起拳头照着眼前的大个子打去。

好巧不巧，这一拳正好打在邵明渊受伤的肩头，鲜血立刻浸湿了衣料。

素色衣衫，血迹本就显眼，瞬间便在大个子肩头绽开一朵血花。乔晚收回拳头呆了呆。她一拳头就把传说中战无不胜的大将军打流血了？乔晚低头看了看自己的手。手背上有一抹殷红的血迹。小姑娘眼前一阵眩晕，摇摇欲坠。糟糕了，她晕血的！乔晚打了一个转，晕乎乎往地上栽去，被一双有力的大手半途扶住。

邵明渊抬头，吩咐愣在路边的婆子："把表姑娘背着。"

那婆子正是毛氏派来打探情况的，知晓眼前男子的身份，自是不敢不从，忙把乔晚背了起来。

邵明渊直起身，示意婆子跟他走，走到半路便遇到了乔墨："舅兄，令妹不知为何晕倒了。"

乔墨一眼看到邵明渊肩头血迹，心中了然："不必担心，她晕血。"

邵明渊呆了呆。早知如此，他躲开就是了。

"你的伤要不要——"

"不必麻烦了，只出了一点血，遮掩一下就是。"邵明渊取出一方洁白的帕子按在肩头，与乔墨道别后向着薛老夫人待客的地方行去，途中却遇到庆妈妈陪着薛老夫人匆匆赶来。

薛老夫人目光在邵明渊身上打了个转，暗暗松口气。

邵明渊向薛老夫人见礼。

薛老夫人这才看到他塞在肩头的那方帕子，面色微变问："侯爷受伤了？"要是传出冠军侯在尚书府受伤的消息，那尚书府就要受人诟病了。世人只愿看到英雄舍身就义，何曾愿看英雄的亲人委屈不甘？邵明渊可以一箭杀了昭昭，乔墨却绝不能举剑对准邵明渊。

"外祖母请放心，不碍事的。"

"都是乔墨冲动了，还请侯爷原谅。"

"是舅兄大度，没有和明渊计较。"

"侯爷还是上过药，在寒舍用过饭再回吧。"

在薛老夫人面前，邵明渊一直半低着头，态度恭敬："外祖母不要担心，只是一点小伤，血早已止住了。明渊还有别的事，就不叨扰了。"

那时在堂厅，屏风后面是有人的，这自然瞒不过他的耳朵。

他虽相信尚书府家风清白，府上姑娘不会有失礼之举，但他更愿意把一切可能杜绝在萌芽未生之时。

见邵明渊坚持，薛老夫人只得由他去了。

另一边，毛氏听了婆子回禀，端起茶盏抿了一口，饶有兴致道："表公子伤了侯爷，侯爷一点没有怪罪？"

婆子连连点头："是呢，岂止是没有怪罪，老奴瞧着侯爷简直是打不还手骂不张口。"

毛氏垂眸，把玩着手中玉件，喃喃道："这么说，侯爷对表公子很是愧疚了？"

不是冷血无情的人，那就更理想了。只要不像靖安侯府一样脑子抽风把儿媳妇送到北地去，结果造成那样的局面，冠军侯应该不会亏待自己的妻子。

"把大姑娘叫来。"毛氏思量完，吩咐侍立一旁的丫鬟。

丫鬟出去一会儿返回来，回禀道："夫人，大姑娘不在院子里，二姑娘说大姑娘去后花园散步了。"

后花园散步？毛氏脸色微变，声音扬起来："去后花园找！"那个不省心的丫头，什么去后花园散步，定然是去找乔墨了！

听风居里，乔晚幽幽醒来。

"大哥？"小姑娘利落爬起来，茫然四顾，"那个坏人呢？"

乔墨伸手摸摸乔晚脑袋："大哥说过了，以后不许这么叫。"

"可他杀了姐姐，我才不想叫他姐夫！"小姑娘委屈起来。

她与姐姐相处不多，可每次姐姐进京都会给她带嘉丰有趣的小玩意来，还手把手教她画鸭。

姐姐还会弹好听的曲子，会吹埙……

这样好的姐姐，却被那个大个子杀了，他一定是极坏的！

小姑娘仰着头，拽着兄长衣袖一脸自得："大哥，那个坏人才没有你们说的那么厉害，我刚刚一拳就打得他出血了！"

乔墨颇为无奈看着幼妹，心中却想起大妹来。

和天真活泼的小妹不同，大妹自幼早慧，面对一些寻常女孩子会惊慌失措的事总是淡然自若，仿佛什么都不会让她乱了心，但偶尔地，面对着他们这些亲人，亦会流露出调皮的一面来。

那年她进京，模仿祖父笔迹写了一封信诓他去大福寺，他虽看出是大妹的手笔，不忍让她失望还是去了。

此刻想起那一日的遭遇，乔公子依然心有余悸。

他平时面对女孩子疏远有礼，并不觉得如何，可有了那日的遭遇才明白，原来一个女孩子不可怕，可怕的是一群女孩子！

他狼狈而逃，险些连鞋子都掉了，被躲在一旁看热闹的大妹笑了好久。

乔墨仿佛看到那个慧黠无双的女孩子对他调皮浅笑的样子，嘴角忍不住弯起来。

乔晚看愣了，伸手在乔墨面前摇了摇，傻傻道："大哥，你笑了。"

自从家中遭了大火，她再也没看到过大哥的笑容。特别是知道大姐死讯的那一天，她悄悄看到，大哥默默坐了一晚上，饭菜都没有动过。

"大哥，你想到姐姐了吗？"

每次姐姐进京，大哥的笑容会比往常要多。

有时她会有小小的吃味，不过她知道，姐姐与大哥才是一母同胞的兄妹，而且年纪相仿，都比她懂得许多东西。

乔墨回过神来，抬手轻轻抚了抚幼妹软软的发，低喃道："是啊。"

他想大妹，想父母亲人，想那个再也回不去的家。

乔晚依偎在乔墨身旁，叹道："我也想姐姐了。"

尚书府再好，都不是他们的家呀。

"表哥——"屋外传来年轻姑娘的声音。

乔墨牵着乔晚走出去。

寇梓墨站在院中，神情不安。

乔墨走下台阶站定，神情温和："大表妹找我有事么？"

他的左脸烧伤恐怖，足以让胆小的姑娘家惊声尖叫，可他依然神色淡淡立在院中，仿佛丝毫不受毁容的影响。

寇梓墨的目光同样是温柔的，没有半点异样，见到乔墨的瞬间，不安的神色转为柔和："我听说冠军侯来见表哥了，所以来看一看。"

她语带关切，说话时耳根微红，神情却是坦然的。

"侯爷已经走了，没有什么事。"

"那就好，那我就先回去了。"寇梓墨向乔晚伸出手，"晚表妹，你二表姐寻了些花样子给我，你要不要去瞧瞧？"

"好呀。"乔晚松开乔墨的手，"大哥，那我先去大表姐那里啦。"

"去吧，记得午休。"乔墨温声叮嘱。

他与乔晚虽是兄妹，住在一个院子里依然是于理不合的，乔晚另有住处。

乔晚冲乔墨摇摇手，跟着寇梓墨回了其住处，二人才进门，就见毛氏等在那里。

"娘，您怎么来了？"寇梓墨有些意外。

毛氏扫乔晚一眼，对正冲寇梓墨使眼色的寇青岚道："青岚，带你晚表妹去花园子里玩玩。"

寇青岚对寇梓墨做了个爱莫能助的表情，向乔晚伸出手："晚表妹，跟二表姐去花园玩吧，现在有蝴蝶了，咱们扑蝶好不好？"

乔晚默默把手递过去，轻声道："好。"她觉得不好，不开心，可是能不去么？乖巧地跟着寇青岚离去的小姑娘难过地想：要是家还在就好了。

等屋子里没了旁人，毛氏看着女儿问："梓墨，你又去听风居了？"

"是。"寇梓墨没有否认。

毛氏依然是柔声细语的："梓墨，娘不是说过，你如今也大了，再不是小时候了。这样随随便便去见你表哥，怎么也不避嫌呢？"

寇梓墨低垂着眼帘，淡淡道："女儿只是去看一看表哥有没有事，既没有进他的屋，也没多说一句，这样也不行么？"

避嫌？以前，母亲领着她和青岚去乔府做客时怎么没嘱咐她要避嫌？不过是姑父一家遭了难，表哥毁了容，所以才要避嫌了吧？寇梓墨心思通透，想得明明白白，偏偏面对的是亲生母亲，只能自嘲地笑了笑。

毛氏沉默了一下，开口："梓墨，你可是怪我？"

"怎么会？女儿不敢。"

"不怪就好。你要知道，乔家如今不同了，你表哥又伤了脸——"

"所以去看一下情况也不可以了么？"寇梓墨终于忍不住抢白一句。

毛氏脸色冷下来："乔墨是你父亲嫡亲的外甥，我们当长辈的自会照顾好他们兄妹，这些不是你们姑娘家该操心的。"

寇梓墨紧抿朱唇，没有吭声。

毛氏挥了挥手，打发寇梓墨出去后长长叹了口气。

长女因为名字里和乔家玉郎一样有个"墨"字，自小没少被两府长辈们拿来打趣。

乔先生是名满天下的大儒，乔大人官居要职，乔公子一表人才，乔家老夫人更是出身皇族，身为母亲，她自是对这对小儿女的事乐见其成。

只是一场大火后，她不得不重新考虑了。

想着长女执拗的脾气，毛氏对冠军侯的那点想法暂且没提。

据说冠军侯请假一年为妻守孝，来日方长，此事以后再从长计议吧。

邵明渊出了尚书府，牵着马才转了一个弯，忽地停下来，用脚尖挑起地上石子往上一甩，石子便闪电般往某处飞射而去。

低低的呼痛声传来，邵明渊大步流星走过去，居高临下看着跌坐在地上的年轻男子。

年轻男子眉眼普通，一副短打扮，旁边放着担子，胭脂水粉、针头线脑之类的小玩意琳琅满目，正是一个走街串巷的货郎。

"哎哟，你这人，怎么走路呢？脚上长钩子啊？"年轻男子一边起身一边埋怨。

邵明渊抬脚轻轻一踢，眉眼寻常的年轻男子扑通一声又栽倒了。

"你，你——"

邵明渊半蹲下来，一字一顿道："回去告诉你们主子，我不喜欢身后跟着尾巴，再有下次，就不是踢腿这么简单了。"

邵明渊目光落下去，年轻男子条件反射地捂住了裤裆。

邵明渊："……"锦鳞卫平时都是踹这里惩罚属下的？

年轻男子讪讪松开手,想了想不能落了锦鳞卫的威风,摆出狠厉的表情道:"邵将军,你是要和我们锦鳞卫过不去吗?"

锦鳞卫是当今天子耳目,想监视什么人,被监视的哪有置喙的道理?

邵明渊眸光清冷,站起来淡淡道:"替我回去问问你们大人,确定要和我邵明渊过不去吗?"

撂下这句话,邵明渊翻身上马,头也不回走了。

马蹄声哒哒地响,望着蔚蓝天空,邵明渊疲倦地笑了笑。

等他走远了,年轻男子爬起来,在无数条巷子里走走绕绕,回了锦鳞卫衙门向江远朝报告。

"大人,那个冠军侯太嚣张了,他居然敢威胁咱们锦鳞卫!您放心,下一次属下扮成要饭的,绝对不会被他发现的——"

"不必了。"

"大人?"

江远朝牵了牵唇角:"以后不必跟着他了。"

年轻男子还想说什么,江远朝看他一眼道:"邵明渊不是你以往跟踪的那些酒囊饭袋,以后不必去丢人现眼了!"

"哦。"年轻男子不甘心应着。

这时另一个年轻的锦鳞卫走进来,低声道:"大人,前不久您让属下查的事情已经有眉目了。"

江远朝点点头,看了先前的年轻男子一眼。

年轻男子忙跑过去把门关上了。

江远朝忍了忍,解释:"江鹤,我的意思是让你出去!"

江鹤哀怨地看江远朝一眼,一边往外走一边嘀咕道:"不带这样的啊,大人越来越偏心了,安排我去跟着冠军侯那个杀神,却安排江霖去北定城的青楼厮混!"

江远朝在他身后淡淡解释:"因为江霖长得比你俊。"

江鹤:"……"这年头上青楼也看脸了?

受到严重伤害的年轻人愤愤关上了门。

眼不见心不烦!

"说吧。"

"大人,属下探查到,江五爷之所以被大都督恼了,是因为他与北定城一位叫莺莺的青楼女子有些牵扯。"

"青楼女子?"

"是,那位青楼女子前不久已经死了,说是染了不好的病,人死后连夜被扔到了乱葬岗。不过——"

"不过什么?"

江霖声音放得更低:"属下无意中发现,好像还有另外的人在打听那位青楼女子的事。"

江远朝收敛了嘴角笑意,终于严肃起来:"是么?"

事情好像越来越有意思了。

江远朝脑海中闪过江五的样子。瘦高的个子,眉眼深邃,鼻子带起一个弧度,正是俗称的鹰钩鼻,他要是看着人时,不需要如何,便足以让人丧胆。这样一个人,会与一名青楼女子有牵扯,甚至为此惹恼了义父?江远朝半点不相信这种说辞。

"再去盯着,有情况速速回禀。"

"是。"江霖应道,转身推门走出去,就见江鹤站在门口。

"滚进来。"江远朝淡淡道。

江鹤赶忙进来,江远朝挑眉道:"要是没有说得过去的理由,自己去领罚。"

江鹤缩了缩脖子,低声道:"大人,属下想起来一件事,冠军侯从尚书府出来,好像受了伤。"

"受伤了?"

"是,他肩头塞着手帕,靠近了,属下能闻到淡淡的血腥味。"

"嗯,这个消息不错。"江远朝眉目舒展起来。

江鹤来了精神,摩拳擦掌:"大人,咱们怎么对付那小子?"

江远朝看了一眼蠢货属下,恨铁不成钢:"对付什么?知道冠军侯受伤就能对付他了?你以为他让你带话是为了什么?"

邵明渊敢那么说,当然是不惧他们锦鳞卫。

锦鳞卫是皇上的手眼,皇上没起动冠军侯的心思,锦鳞卫只会蛰伏不动。

邵明渊确实不是个只知打仗的武夫。

"那——"江鹤哑口无言,心想:既然大人觉得冠军侯受伤的消息没什么用,怎么说是好消息呢?

江远朝一眼看出属下所想,抬了抬眼皮道:"纯粹高兴,不行么?"

"行,行。"江鹤欲哭无泪地退了出去,仰头望天。大人自从进了京,想法越来越古怪了。大概,是到了娶媳妇的年纪?

少了聒噪的属下,室内安静下来,江远朝双手交叉放在脑后,仰躺着望着屋顶。

是乔公子伤了邵明渊?

失策,早知道他亲自去盯梢了,看看邵明渊怎么被乔公子痛扁的。

江远朝坐直了身子,修长手指蘸上茶水在办公的桌案上一笔一画写下一行日期。

他的字不算好。他是被义父收养后才开始识字的,作为一名锦鳞卫,识字已经足矣,他的字在一众兄弟中已经是出类拔萃。只是,依旧远远比不上那些世家公子,甚至,连邵明渊也比不上。不,是他忽视了,邵明渊本就是勋贵子弟,原可以做个清贵的公子哥,是那些赫赫战功让人下意识忘了他原本的身份,只记得战无不胜的冠军侯。所以说,他与他们,一直是两个世界的人。江远朝这样想着,心底的苦涩犹如蔓草,肆意生长起来。

如果当初认识她的时候,他不是臭名昭著的锦鳞卫,或者她不是清贵门第的姑娘,会不会有所不同呢?

至少,她不会死!

江远朝嘴角含着没有温度的笑,抬手轻轻把桌案上的水迹抹去。

那一天,是她出殡的日子,他要去看她。

很快就到了乔昭去疏影庵的日子。

一大清早,乔昭就穿戴妥当,端坐在梳妆镜前由阿珠替她梳头。

冰绿跑进来,因为跑动脸蛋红扑扑的,捧着一簇丁香花问乔昭:"姑娘,好看么?"

一串串紫白色的小花犹带着露珠,素雅清香。

乔昭便道:"好看。"

冰绿闻言露出大大的笑脸,挑出两串最新鲜的丁香簪到了乔昭发髻上。

乔昭颔首:"就这样吧。"

青鸟不传云外信,丁香空结雨中愁。这百结花,倒是道尽了她当前的处境。

疏影庵位置特殊,要想去那里,就要从大福寺中穿行。

距离佛诞日只过了七日,大福寺前的庙会还没结束,那里人声鼎沸,格外热闹。

乔昭到时,早有知客僧等在那里,把主仆二人送至偏僻侧门,由一名小沙弥领着前往疏影庵。

小沙弥只有六七岁的样子,一双黑白分明的大眼睛骨碌转着,很是活泼。

"女施主,你是要去见无梅师太吗?"

"是的。"乔昭低头含笑回他。

小沙弥眼睛亮了亮,声音软糯,晃着头道:"女施主真是厉害极了。"

冰绿捂嘴笑:"小和尚,你说说,我们姑娘哪里厉害啦?"

小沙弥腾地红了脸,鼓着腮帮子道:"就是厉害,疏影庵的师太小僧都没见过呢。"

冰绿被逗得咯咯直笑:"你才多大的人呀,没见过的东西多了。我问你,鸡腿你见过么?猪蹄见过么?"

小沙弥快被气哭了,大声道:"我见过鸡,也见过猪!"

有一次跟着师兄下山,他还见过小鸭子呢!

"这有什么稀奇的,师太比这些难见多了——"小沙弥猛然止住话头,红着脸喊道,"静翕师伯。"

尼僧静翕伸手摸了摸小沙弥光溜溜的头,冲乔昭双手合十:"小施主来了,师太在静室等您。"

她说着平静地看了冰绿一眼,提醒道:"只是师太喜静,其他人最好留在外面。"

乔昭还礼,嘱咐冰绿:"你就在外面等我吧,若是觉得无趣,去逛逛庙会也可以。"

冰绿眼睛一亮:"姑娘,婢子真的可以去逛庙会?"

"自然是真的,钱袋子不是在你身上吗?只是要注意安全。"乔昭温声叮嘱着。

"嗳。"冰绿欢欢喜喜应了。

静翕露出淡淡的笑容。

这位黎三姑娘对下人倒是和善,可见是有灵性的,也难怪被师伯看入了眼。

乔昭跟着静翕去了上次写《将进酒》的静室,就见无梅师太在禅椅上盘膝而坐,听到动静才睁开眼来。

"见过师太。"

无梅师太冲静翕点点头,静翕悄无声息退了出去。

"来了。"无梅师太这才开口。

她目光落在乔昭发髻间缠绕的丁香花上,忽地问道:"你喜欢丁香?"

乔昭看向无梅师太。

无梅师太目光淡淡的,语气也淡淡的:"丁香寓千愁,小姑娘家喜欢此花,并非乐事。"

她年轻时,亦是喜欢丁香的。

楼上黄昏欲望休,玉梯横绝月中钩。芭蕉不展丁香结,同向春风各自愁。

她无数次月下楼前徘徊辗转,却从未等到那个想见的人。最终,不过是青灯古佛相伴而已。

无梅师太看着乔昭。

眼前这个小姑娘,多么像她年轻的时候,一样的才华出众,自信骄傲,偏偏,处境还远不及曾经的她。

站在无梅师太面前,乔昭丝毫没有旁人那种高山仰止的压力,笑着回道:"说不上喜不喜欢,侍女采来,我瞧着新鲜,就戴了。"

她见无梅师太凝眉不语,接着道:"丁香结愁,寒梅傲骨,在我看来,只是人们赋予它们的意义而已,实则代表不了什么。"

就如琴棋书画,世人以此作为衡量人才华的标准,祖父却说:怡情养性耳。

所以,她从不认为自己是什么才女。

无梅师太颇为意外乔昭的说辞,定定看了她许久,轻声道:"小施主的看法,和我曾经认识的一位故人相似。"

事关祖父,乔昭一时不好接话。

"若是他以前见到小施主,定然会喜欢的。"见乔昭不语,无梅师太失了谈及这个话题的兴致，拿出一本《妙法莲华经》让她抄写。

乔昭端坐于桌前，提笔不疾不徐抄写经文，小半日过去，竟是一字未错，坐姿不改。

无梅师太渐渐看得出神。

这时静翕进来请示："师伯，九公主过来了。"

无梅师太眼皮也未抬，淡淡道："让她回去吧。"

静翕迟疑了一下，恭敬退了出去。

真真公主正等在庵门口，听了静翕传话，不由诧异："师太不见我？静翕师父，师太此时在做什么？"

今天不是什么特殊的日子，师太为何会不见她？

出家人不打妄语，静翕迟疑了一下道："师太正在见客。"

"既然师太在见客，那我改日再来。"

真真公主带着宫婢往回走，要说多么失望是谈不上的，比起陪伴那位师太礼佛，她其实对眼前的庙会更感兴趣，只是心中略有奇怪。

师太常见的不过三两人，如今正在见的是哪个？

行至大福寺侧门，真真公主命宫婢去向在门前玩耍的小沙弥打听。

"玄景小师父，你可知道有谁去了疏影庵？"宫婢问。

"知道呀，是两位女施主。"

"什么样的女施主，小师父能不能形容一下？"

玄景绞着手指有些为难："小僧不知道怎么形容。"

宫婢颇为好笑。

这小沙弥自幼长在大福寺，恐怕连美丑都分不清。

她抬了抬手，问："比我是高是矮？是胖是瘦？是年长还是年幼？"

玄景眼睛亮晶晶的，快言快语道："比你矮，比你瘦，比你年幼。"

小沙弥举一反三，补充一句："比你美。"

宫婢一张俏脸唰地黑了。

这小和尚胡说八道什么呢！

宫婢冷着脸回到真真公主身边，低声道："殿下，去疏影庵的是两位年轻女子。"

"年轻女子？"真真公主一听，顿时没了去意，冷笑道，"那本宫倒是要瞧瞧，究竟是什么人了。"

真真公主立在不远处的树下等候，不多时就见一名穿桃红比甲的小丫鬟哼着小曲走过来。

小丫鬟走起路来一颠一颠的，满心的欢快似乎要溢出来，两只手被各式吃食占满了。

冰绿一见玄景，便笑了："小师父，来，我给你带了好吃的。"

玄景跑过去，吞着口水摇头："不能要的。"

"能的，好吃呢。"冰绿不由分说，把一串糖葫芦塞到小沙弥手里。

小沙弥眨了眨眼，张开嘴小心翼翼咬下半个糖葫芦，酸甜甜的滋味让小沙弥瞬间笑眯了眼，可忽然一张脸皱起来，张嘴吐出一颗白牙。

小沙弥愣了愣，抽抽搭搭哭起来："就说不能要的。"

"哎呀，牙掉啦？"冰绿惊讶眨眨眼，随后咯咯笑起来，"没事的，这样还省事了。张嘴我瞧瞧，掉的是上面的还是下面的呀？我告诉你呀，要是上面的牙掉了就要扔到床底下去，要是下面的牙掉了就要扔到屋顶上呢。"

小沙弥自顾哭着："师兄说得对，不该胡乱要施主东西的，尤其是女施主——"

冰绿笑个不停："说话漏风，你还哭——"

忽觉肩膀被人拍了一下，她立刻转过身，见一名身材高大的年轻男子站在身后，登时恼了，一手叉腰骂道："你这人懂不懂规矩，不知道男女授受不亲啊？"

"姑娘，我们主子有话问你。"真真公主的亲卫龙影面无表情道。

他自认态度已经算好，冰绿却不吃这一套，冷笑道："你们主子又不是我主子，她想问就问啊——哎，你放开！混蛋，你放开！"

冰绿的衣领直接被人提起来，拎去不远处的树下，气得她腿一抬，直接踹到了龙影的命根子上。

龙影："……"痛死了怎么办？

可怜的公主亲卫不能在人前丢了脸面，只得硬挺着，脸都绿了，咬着牙道："主子，人带过来了。"

"你放手！"冰绿恨恨地喊。

龙影绿着脸一松手，冰绿直接跌坐到了地上。

听到她的呼痛声，龙影双手环抱胸前，心中暗爽。

小丫头片子，哥摔不死你！

冰绿面对着黎府三公子时都恨不得胸口碎大石的，长这么大何曾受过这种委屈？当即就一个鲤鱼打滚站起来，伸手照着龙影脸上挠去。

龙影比她高出不少，她只得一边跳一边挠，口中还不忘骂道："王八蛋，不要脸，看着本姑娘长得美就想劫色啊？来人啊，有人光天化日之下非礼啦，大福寺的高僧们救命啊——"

小沙弥捂着嘴忘了哭，真真公主更是目瞪口呆。

这就是无梅师太今天见的客人？

说好的出家人不打诳语呢？静霭师父一定是骗她的，她不信！

身为公主亲卫，龙影一贯沉稳，从没想过与一个小丫鬟一般见识，可此刻听着小丫鬟的胡言乱语，他完全傻了眼，一伸手就把那张胡说八道的嘴给捂住了。

这时从侧门闪出两个僧人，各拿一把扫帚，高高举着冷喝道："佛门净地，登徒子速速住手！"

"呜呜呜——"冰绿被堵住了嘴，依旧锲而不舍地闹腾。

被两位举着大扫帚的扫地僧围住，龙影脸色铁青。

好想杀人灭口！

"荒唐，都给本宫住手！"真真公主终于回过神来，气得一张如花美颜绯红一片。

龙影对真真公主唯命是从，闻言立刻松了手。

冰绿这才看清真真公主的模样，愣愣道："小娘子生得好漂亮！"

真真公主："……"嗯，这小丫鬟虽然粗俗无礼，胜在眼光不错。

"只是一场误会，师父们请退下吧。"

"原来是您。"两位扫地僧认出了真真公主，放下扫帚双手合十一礼，随后捡起扫帚告退。

其中一人经过小沙弥身边时，还不忘把小沙弥拖走了。

真真公主目光重新放回冰绿身上，抬了抬下巴，矜持问道："你的主子是什么身份？"

一个小丫鬟当然不会是无梅师太的客人，想必此刻师太见的就是她的主子了。

放眼京城，哪家贵女值得师太接见？

冰绿虽性子泼辣急躁，此刻却已瞧出问话的少女来历不凡，可随便一个人问她家姑娘的来历，身为一个合格的大丫鬟当然是不能说的。

小丫鬟保持着呆呆的表情，装傻充愣："长这么大第一次见小娘子这样的美人儿，简直把我美晕了——"

话音落，她白眼一翻，软软倒了下去。

站在冰绿身旁的龙影伸出两根手指抵住她的后背不让人倒下去，愤愤道："殿下，这小丫头装晕！"

真真公主脸色一冷，斜睨着龙影问："你的意思是说，本公主不能把人美晕？"

龙影："……"女人为何都是这样的？他已看破红尘，不知道大福寺收不收留？

"行了，把这小丫鬟放一边吧，且等等看。"真真公主自觉不必与一个小丫鬟纠缠，由着宫婢把一块软毯铺在树下青石上，施施然坐了下来。

已经是这个时候了，想来那人不久就能出来，师太又不会管饭。

真真公主掐着这个点来疏影庵，其实是在宫中无趣奔着庙会来的，只不过对无梅师太的客人起了好奇心，干脆庙会也不逛了，坐等到底。

两刻钟过去，冰绿装不下去，呻吟一声醒过来。

见那女子不再看她，小丫鬟暗暗松了口气，眼珠一转看到落了一地的零食，顿时心疼起来。

都是这杀千刀的登徒子，害她千辛万苦给姑娘买的零嘴儿全都糟蹋了！

"哼！"冰绿白了站在树下纹丝不动的龙影一眼，从怀中摸出一个油纸包来。

她这一声冷哼，顿时把真真公主等人的注意力吸引过来。

就见小丫鬟拿帕子擦擦手，随后小心翼翼揭开油纸包，露出一块色泽香浓的酱牛肉。

冰绿撕下一块牛肉，自顾吃起来。

小丫鬟吃得香甜，真真公主顿觉腹中空空，有些难受。

她抬眸看了宫婢一眼。

宫婢会意，走过去居高临下道："此处是佛门净地，你怎么能在这里吃肉？"

冰绿悄悄撇了撇嘴。真是多管闲事！她把油纸包往宫婢面前一伸，解释道："姐姐看清楚了，这是素牛肉，豆腐做的嘞。"

宫婢没了话说，默默走回去。

真真公主做不出从一个陌生丫鬟手里抢吃食的事来，偏偏肚子饿时眼前有这么一个人大口吃肉委实难受，心中更是把疏影庵那位不明身份的客人恼得不行。

气死她了，师太居然真的管饭了！

"主子，要不咱们先去庙会吃点东西？"宫婢提议。

说好的逛庙会吃民间美食呢？公主骗人！

"不去，就在这儿等着！"真真公主执拗劲上来了。

去吃东西万一被那人溜了怎么办？

"那奴婢去买来——"

"不许！"

这下子无人敢说话了。

又是一个时辰过去，冰绿吃饱喝足，甚至还靠着大树打了个盹。

真真公主饿得头晕眼花，险些撑不住之际，终于看见一位青衫白裙的少女款款走来。

可算把你等到了！

真真公主抬着下巴站在路边，打量着走来的少女，心道：也不怎么样嘛，穿得跟大葱似的！

冰绿飞奔过去："姑娘，您总算出来了。"

"逛完了？"乔昭抄了大半日佛经，手有些酸了，一边轻轻捏着手一边问。

冰绿挤挤眼，低声道："姑娘，路边那个很漂亮的小娘子好像是在等你的。"

乔昭闻言，抬眸看过去。

路边站着的少女十五六岁的模样，端的是少见的好颜色，那股盛气凌人的劲头比之颜色更胜三分。

乔昭目光下移，落在少女袖口的鸢尾花上。

原来是九公主。

她的祖母出身皇族，偶尔会对她提及宗室的事。她记性好，陆陆续续知道一些，之所以对九公主印象深刻，乃是因为九公主的母妃出身很特别。

九公主的母妃丽嫔，原是池灿的母亲长容长公主府上的舞姬，曾经名动京城的美人儿。

乔昭抬脚走过去，大大方方欠身行礼："臣女见过公主殿下。"

"你认识我？"真真公主意外挑眉。

"曾听人说，九公主纯孝，时常来疏影庵替太后祈福，是以臣女斗胆猜测。"乔昭直起身来解释。

真真公主咬了咬唇。

这人真是狡猾，以为上来就夸她，她就不生气了吗？

"我让你起身了吗？"见面前的少女身姿挺拔如一株青松，真真公主越发不悦。

莫非以为入了师太的眼就能把她这位公主不放在眼里了？

乔昭心头嗟叹一声。

原来佛门清净之地，依然难得清净。

"公主的意思，是不许臣女起身吗？"乔昭平静反问。

大梁的当朝公主可不如她的姑姑、姑祖母们尊贵。

明康帝早早死了皇后就没再立后，整日沉迷修道长生，别说公主了，就连仅剩的两个皇子都不怎么见。

大臣们勋贵们谁都不傻，这样不靠谱的皇上，就算家中子弟尚了公主又如何？皇上连皇子都撒手不管，还能顾着驸马不成？

更何况几位公主无一嫡出，母妃出身都不高，说起来徒有公主尊荣罢了。这位九公主还是入了太后的眼，又美名在外，才不同起来。

乔昭当然不是看轻九公主，只是她自有傲骨，在非正式场合自认举止毫无失礼之处，又如何会怕了公主的挑剔？

乔昭一句话把真真公主问住了。

她一脸薄怒地看着眼前不卑不亢的少女，真切意识到，这不是宫中那些打骂随意的奴婢，哪怕以公主之尊，传扬出欺辱臣女的名声依然不好听。

这感觉让真真公主有些恼的同时，又有那么一点新鲜。

"本宫什么时候有这个意思？你不要无理取闹！"

乔昭失笑，莞尔道："是臣女无理取闹。那么，臣女可以走了吗？"

当然是不能走的！可要这么说，这无礼的丫头是不是又该问她：公主不许臣女离开吗？

真真公主咬着唇，只觉从没见过这样奸诈大胆的女孩子，干脆避而不答，直接问道:"师太为何见你?"

为了见你,竟连本公主都不见?

"臣女来替师太抄写佛经。"既然这位九公主时常来疏影庵,以后免不了见面,乔昭便坦然相告。

"师太让你抄写佛经?"真真公主上下打量乔昭一眼,语气挑剔,"瞧着没什么特别的嘛。"

乔昭懒于打嘴上官司,再次屈膝一礼,道:"殿下,臣女告辞了。"

顶着真真公主冷冷的目光,乔姑娘轻盈起身,冲冰绿微微点头,施施然走了。

"殿下——"宫婢小心翼翼喊了一声。

这可是大福寺,不是宫里,公主一定要忍住啊!

九公主能在公主们中脱颖而出,入了皇太后的眼,自然不是毫无城府。她暗吸一口气把怒火忍下去,绷紧下巴道:"跟着她们!"

让那个奸诈的丫头气得忘了问她出身了!

冰绿回头瞄了一眼,低声对乔昭道:"姑娘,那位公主跟着您呢。"

竟然是公主啊,她家姑娘连公主都不怕,她越来越崇拜她家姑娘了!

"不必理会。"

主仆二人沿着山路逐级而下,冰绿伸手一指,声音兴奋起来:"姑娘,您瞧,庙会还没散呢,现在没有那么多人了,要不要去逛逛?"

乔昭沉吟片刻,颔首:"也好,去逛逛吧。"

这是她回到黎府后真正意义上的第一次出门,就这么回去确实有些不甘心。

乔昭遥遥望了一眼寇尚书府所在方向,收回目光,被冰绿拉着向庙会走去。

说是人群散了不少,其实依然热闹非常,演扁担戏的、耍中幡的、扭秧歌的、踩高跷的,每一处都围满了人,还有套圈的、吹糖人的、卖糖葫芦的……

走在喧嚣的人群里,乔昭被这种世俗的热闹给迷住了。

在乔姑娘眼里,哪怕是小摊上做工粗糙的猴子面具,都要比深宅大院娇养的花草来得生动。

"姑娘,咱们去看变戏法吧,那边有个变戏法的,可神啦!"

冰绿把乔昭拉过去,就见人群围着一名妙龄女子,那女子面前摆着一口大锅,锅里已是热油沸腾。

一个十来岁的女童举着簸箕从围观人群面前走过,边走边喊:"我姐姐得了仙人点化,双手不惧热油,下面将要表演油锅取钱,请各位爷爷奶奶、大伯大妈、叔叔婶婶、哥哥姐姐捧个场喽——"

女童走了一圈,簸箕里叮叮当当落了不少铜钱,到了乔昭这里,冰绿一脸兴奋,赶忙把一枚铜钱丢进去。

见那女童哗啦一声把簸箕中的铜钱全都倒进油锅里，妙龄女子张开双手给众人看，朗声道："请各位看好了。"

她说完，手伸进沸腾的油锅，在人们的倒抽冷气声中抓起一把铜钱，接着如是几次，很快把沉在锅底的铜钱全都捞了出来。

"好！"叫好声此起彼伏。

"太神了，太神了。"离开时，冰绿依然感慨不已，拉着乔昭衣袖问道，"姑娘，您说那位姑娘真的得了仙人点化吗？"

乔昭笑道："仙人点化不一定有，只是一些旁门技巧罢了。"

"什么旁门技巧？"一男一女异口同声问道。

冰绿扭头一看，呆了，拼命扯着乔昭衣袖："姑娘，好俊的郎君，啊啊啊，好俊——"

池灿站在杏树下，听到这话侧头对朱彦与杨厚承说："那丫头不怎么样，她的丫鬟眼光倒是不错。"

语罢，他转头看向乔昭，一双漂亮的眸子眯起来。

池公子矜持立在杏花树下等乔昭过来打招呼，真真公主却在最初的错愕后走了过来。

"表哥。"在池灿面前，真真公主身为公主的优越感全然没有，一想到母妃是人家府上的家奴，只有心塞的份儿。

"我还以为是谁，原来是公主殿下。"池灿显然是不想和真真公主多说的，眼睛一直看着乔昭。

真真公主误解了他的意思，抬抬下巴对乔昭道："你过来一下。"

池灿睃了真真公主一眼。

这公主架子，摆得真让人腻歪！

乔昭看到池灿三人，同样生出人生何处不相逢的感慨，理了理裙摆走过来，冲三人福了福。

未等她开口，真真公主便道："行这些虚礼作甚？你且给我们说说，刚才的油锅取钱是怎么回事儿？若不是仙人点化，那是用了什么旁门技巧？"

池灿勉强听完，再也懒得忍耐，冲乔昭矜持领首道："跟我走！"

乔昭："……"多日不见，这人行事还是这般肆意。

真真公主顿时瞪大了一双美眸。她没听错吧？对女子全然没有过好脸色的池表哥竟然对一个黄毛丫头说跟他走？她看了一眼波澜不惊的少女，不乏恶意地想：是了，定然是这丫头的蠢样惹了表哥不快，表哥想教训她呢！

见乔昭没有反应，池灿不高兴了，精致唇角牵起，懒懒道："愣着干什么，我们请你喝茶。"

他说着，悄悄踢了杨厚承一下。

杨厚承暗暗翻了个白眼。

想请人家喝茶就直说嘛，非要把他和朱彦扯上做什么？

不过再见到乔昭，杨厚承还是很高兴的，碍于真真公主在一旁，不好流露出相识的样子，遂笑着打哈哈道："是呀，小娘子，哥哥们请你喝茶去。"

池灿与朱彦："……"这种调戏良家妇女的语气，好想打死他怎么办？

杨厚承也呆了呆。

他其实不想这么说的，可这种明明认识又要装不认识的情况，他这么老实的人完全不知道该怎么应对啊，一不小心就跑偏了！

"咳咳，我是说，哥哥们没有恶意，就是想与你一起喝茶——"

"闭嘴！"池灿忍无可忍，伸手拍了杨厚承一巴掌。

朱彦温和望着乔昭，含笑解围："姑娘勿怪，是我们很好奇你刚刚说的事，这里人来人往不便多言，是以想请你移步茶楼，方便我们请教一二。"

池灿顺了口气。

嗯，幸亏还有一个好友会说人话。

"还不走么？"当着外人（真真公主）的面，池公子的忍耐已是到了极点，斜睨乔昭一眼，转身便走。

好歹是救命恩人，乔姑娘只思考了一瞬间，便抬脚跟了上去，碍于某人阴晴不定的性子，直接走在了朱彦这边。

池灿眼角余光扫了扫，冷哼一声。

他吃人不成？

真真公主眼看着几人依次从她眼前走过，震惊之余有些发蒙，抬脚跟了上去。

池灿脚步一顿，转头："没喊你。"

真真公主一张脸腾地红了，又气又羞之下，双眼含了泪花，死死忍着才没有当众落下来。

她与池灿是表兄妹，就算谈不上青梅竹马，可也不必这么绝情吧？她竟然还不如一个不知从哪里冒出来的黄毛丫头有脸面！

她好歹是皇家公主，这丫头到底是什么人？先是让师太破格召见，甚至还留了饭，然后遇到池灿三人，还被邀请去喝茶！

不管是什么原因，她从没听闻池灿他们这个小圈子容纳过别人，更别提还是女子！

等等，前不久偷看的话本子里有只狐妖就能这般蛊惑人心！

"妖女，你给我站住！"真真公主冷喝一声。

池灿三人顿时站住了，齐齐扭头，一脸奇怪看过来。

被喊作"妖女"的乔姑娘往前走出好一段才转过身来，诧异问："你们停下做什么？"

池灿三人："……"

对呀，真真公主喊妖女，他们干吗停下来？

"你有病吧？"池灿挑眉问。

真真公主本来不是这么鲁莽的人，可一桩接一桩匪夷所思的事让她蒙了圈，咬着唇指着乔昭道："不是我有病，表哥，是她有问题！"

池灿干脆转过身子，手中金漆折扇摇了摇，问："她有什么问题？"

朱彦收了笑意，平静看着真真公主。

杨厚承更是瞪大了眼，来回打量着乔昭："什么问题啊？没看出来呀！"当公主就能乱说话？

池灿收起折扇敲了敲杨厚承的脑袋，低声道："别乱看！"

他就是想听听油锅取钱的内幕而已，不知道的还以为他们三个想做什么呢。

真真公主抿了抿唇，问："你们难道没有察觉她很邪门吗？你们才见了一面就想请她喝茶了！我听说有些会邪术的人，就有这样的本领。"

池灿嗤笑一声。朱彦与杨厚承对视一眼，俱都笑了。什么见了一面，他们与黎姑娘可是朝夕相处了好多天的。不过要说那丫头邪门嘛，还真的有点儿！就没见过这么能耐的小姑娘啊。

"你们笑什么？"虽然没人言语，真真公主却感觉到被深深嘲笑了，加重语气道，"你们不要不以为然，她真的有问题——"

"够了！"池灿彻底没了耐心，冷冷道，"我们的事，就不劳公主操心了。"

池灿说完转身便走，朱彦却有些迟疑。毕竟是尊贵的公主，闹得太难看，池灿倒是不在乎，他与杨厚承却不好担待了。更何况——他担忧地看了不言不语的少女一眼，心道：拾曦这般落公主的面子，将来黎三姑娘可就不好过了。他看着乔昭一脸平静的样子，又有些想笑。真是皇上不急太监急，瞧黎三姑娘这副模样，全然不像害怕的样子。

乔昭似是察觉朱彦所思，抬眸冲他轻轻点头，而后走到真真公主面前，邀请道："殿下若是有兴趣听听，不如一起去喝茶？"

乔昭并不想把彼此间的关系弄得太僵。这位公主虽有些架子，实则并没对她做出什么恶事，至于小姑娘家的斗嘴，不值得计较；更何况，有九公主一起去喝茶，还方便些。

"我才——"真真公主话才出口，急急咬了一下舌尖，矜持道，"既然你诚心邀请，本宫就给你一个面子。"被甩下实在太丢人了，况且她实在很想知道普通人从油锅中取钱是如何做到安然无恙的。弄不明白她今晚会睡不着的！

池灿面罩寒霜地横了乔昭一眼，冲真真公主冷笑道："她邀请的不算！"

他俊眉修长，眼波潋滟，明明是恼怒的样子，却美得无法无天。

乔昭再看真真公主一眼，叹口气。

两个明明都是玉一般的人儿，怎么就不能好好相处呢？

真真公主毕竟有着公主的自尊，听池灿说得这般无情，再也受不住，抬着下巴道："本宫原就不想去的，告辞！"

真真公主说完，深深看乔昭一眼，紧绷唇角拂袖而去。

"还不快走？"池灿睇了乔昭一眼，转身便走。

朱彦笑意温和："黎姑娘，请吧。"

"咦，你怎么知道我家姑娘姓黎？"冰绿提出疑问，忽地兴奋起来，扯扯乔昭衣袖道，"姑娘，肯定是那天你出名了！"

"嗯？"乔姑娘一脸莫名其妙，终于确认她这个丫鬟一见到美人儿就脑子发晕，腿发软。

冰绿以为乔昭忘了，眉飞色舞提醒道："就是冠军侯进城那天啊，您不是差点撞他身上去嘛！"

真是没想到啊，她家姑娘不仅和俊美威风的冠军侯有缘，还和这位好看极了的公子有缘，啊啊啊，她该挑哪个好呢？不，是她家姑娘该挑哪个好呢？

看着冰绿双眼放光的样子，乔姑娘罕见地脸一热。

有这么一个花痴的丫鬟，是她管教不严！

池灿倏地停下来，杨厚承措手不及，撞到了他后背。

"怎么了？"

池灿没理会杨厚承的疑问，大步走到乔昭面前，拧眉问："你差点撞到冠军侯身上？为什么？"难不成这丫头也想攀上邵明渊那根高枝？

"怎么，几日不见，学会这一招了？"想到眼前的丫头对着好友投怀送抱，池公子就格外恼怒起来，一张口便把毒舌的本事发挥得淋漓尽致。

当初乘船北上，他捡的这棵白菜分明被糟老头子一拱就跟着走了，难不成他的魅力既及不上一个糟老头，又及不上邵明渊那个只会打仗的家伙？

冰绿眨眨眼，识趣地捂住了嘴。她刚刚是不是说错话了？等等！这位好看极了的郎君刚刚说"几日不见"，那他和姑娘岂不是早就认识？啊啊啊，原来是她家姑娘的爱慕者！小丫鬟果断下了结论。

"拾曦——"朱彦听不过去，喊了一声。

黎姑娘虽说和寻常女子有些不同，可到底是位姑娘家，哪能如此说话？

乔昭确实有些恼了。

虽说救命之恩她愿尽己所能偿还，却不包括尊严。

乔姑娘牵唇笑了笑，声音软糯甜美，说的话却足以让听者惊掉下巴："池大哥放心，我保证什么招都不会对你使。"

池灿一张俊脸更黑了。

所以说明明是他捡了白菜，这棵白菜却看哪个都比他重要？

朱彦与杨厚承对视一眼，同时笑出声来。

果然无论哪一次打交道，拾曦都被这丫头克得死死的。

乔昭屈膝一礼："池大哥若是不想听什么旁门技巧了，我便告辞了。"

见乔昭起身后真的转身便走，池灿险些气死，扬声喊道："你给我站住！"

他大步绕到乔昭面前，挑眉道："我什么时候这样说过？再不快走，你想拖到本公子管晚饭的时候啊？"

"走啦，走啦。"杨厚承忙打圆场。

把少女冷凝无波的神色收入眼底，朱彦暗暗叹口气。

拾曦若是想用对待寻常姑娘的态度对待黎姑娘，那就大错特错了。

他想起三人相聚时无意中提及黎三姑娘的字入了疏影庵无梅师太的眼，师太请她不时前来疏影庵陪伴礼佛的事，拾曦自从十岁过后明明从不来庙会这些地方的，今天前往靖安侯府乔氏灵前拜过，陪着庭泉待了一会儿出来后，竟罕见地提议来大福寺逛逛。

好友或许还不自知，他却看出些苗头来。

拾曦对黎姑娘是不同的。

或许还谈不上倾慕，但至少，黎姑娘在拾曦心里很特别。

朱彦深深看了乔昭一眼，心想：拾曦这别扭的性子恐怕会越弄越糟。

第七章 登门

一行人总算进了茶楼，选了个清静雅室坐下来，杨厚承笑呵呵道："黎姑娘，没想到今天在这见到你，真是巧了。"

"啊！"冰绿忍不住喊出声，忙捂住了嘴。

证实了，果然是认识的！

杨厚承这才仔细看了冰绿一眼，表情一呆："这不是那个丫鬟啊？"

大意了，只怪他忘了看脸，一心以为跟着小丫头的丫鬟是朱彦买来的那个，难怪觉得异常眼熟。

乔昭抽了抽嘴角道："无妨，她是我的心腹丫鬟冰绿。"

冰绿一听姑娘这样介绍她，顿时心情飞扬。她就说，她才是姑娘的第一丫鬟嘛。小丫鬟全然忘了她家姑娘统共两个贴身丫鬟而已。

杨厚承放下心来，问道："黎姑娘，你这些日子——"

池灿突然咳嗽几声，打断了杨厚承的话："以前的事不必多提。黎姑娘，还是请你说说油锅取钱的事吧。"

在这人来人往的地方，有些话还是不提为好。

杨厚承反应过来，连连点头："对，对，还是说这个吧。"

"其实很简单，那锅中看起来是滚烫的油，其实只有上面一层是油，下面是醋。"

"那又如何？"杨厚承想不明白，追问。

乔昭淡淡一笑："三位大哥没进过厨房，想来是没留意过的。醋沸腾时并不热，仅相当于温水罢了，人的手伸进去自然毫发无伤。"

"原来如此！"杨厚承大为叹服，"黎姑娘，你懂得真多！"

池灿扬了扬眉："不知从什么杂书上看来的旁门左道，说得好像你进过厨房似的。"

"我进过的。"乔昭淡淡道。

"我家姑娘进过的。"冰绿反驳道。

只不过差点把厨房烧了而已。

冰绿想到的,是以前小姑娘黎昭进厨房的壮举。

她家姑娘偶然听大姑娘提起固昌伯府的世子杜飞扬喜吃叉烧鹿脯,跑到大厨房鼓捣了一整天,结果烧出一锅黑炭来,最后油锅起火,险些把厨房给烧了。

冰绿一想到那日的混乱,就忍不住替自家姑娘叹气。

结果显而易见,叉烧鹿脯没做出来,姑娘被老夫人教训一番不说,更是成了东西两府的笑柄,后来不知怎么还传到固昌伯府去了。

打从那日起,姑娘只要靠近厨房三丈之内,厨房的丫鬟婆子们就跟防贼似的。

冰绿想想就心疼。

她家姑娘这样水灵的一个人儿,为那劳什子世子洗手做羹汤,不但没得到只言片语的感谢不说,居然还被人笑话了,真真是岂有此理!

"真进过?"池灿颇意外。

"池大哥不信便罢了。"乔昭不以为意地道。

"黎姑娘,你会做什么拿手菜啊?"杨厚承好奇追问。

这丫头是要上天不成?这也会那也会,还给不给正常人留活路了?

朱彦却笑了。黎姑娘若说会,那定然是会的,恐怕还会做得很好。这样一想,他心中一动,还真有些想尝尝眼前小姑娘的手艺了。或许,同样出人意料呢。

池灿显然也动了心,虽没开口,一双耳朵却轻轻动了动。

一听眼前三位俊俏郎君居然怀疑她家姑娘,护主心切的小丫鬟唯恐主子露了怯,急忙道:"我家姑娘会做叉烧鹿脯!"

"叉烧鹿脯?"出声的是池灿。

他双眸似是藏了天上的星,璀璨明亮,又含着常人难懂的情愫。

他的母亲,也会做叉烧鹿脯。

那一年,母亲带着年幼的他南下游玩,结果却被肃王余孽堵在了凌台山。

当时保护他们的侍卫们全都丧命,母亲带着他躲进迷宫般的地下溶洞里。

他们被围困了五天五夜,进山游玩时随身带着的吃食陆续吃光,只剩下好存放的叉烧鹿脯,母亲一点一点喂给他吃。

那是他这辈子吃过最好吃的叉烧鹿脯。

后来,鹿脯也吃光了,可是救援的官兵还没有来,母亲……

陷入回忆里的池灿脸色渐渐发白。

母亲划破了手腕,不顾他的哭泣和害怕,把鲜血喂给他喝。

他永远忘不了,母亲一次次划破手腕,伤口流过血又止,止住了又流。

他喝着母亲的血,终于等到了援军——

那是他一辈子忘不掉的梦魇和感恩。

可后来,父亲死了,外室找上门来,曾经宁愿流尽自身鲜血也要护着他活下来的母亲却再没给他做过叉烧鹿脯。

池灿收回思绪,连鲜妍的唇都苍白起来。

那样爱过他的母亲,这些年来哪怕举着无形的刀刃在他心头划过一刀又一刀,他依然生不起怨恨来。

只是,他似乎已经忘记叉烧鹿脯的味道了。

"你会做叉烧鹿脯?"

乔昭觉得此刻的池灿有些怪怪的,想了想点头:"会的。"

"这道菜挺好。"池灿说着,看了乔昭一眼。见她没什么反应,池公子不悦地皱起眉。没良心的丫头,说什么救命之恩无以为报,将来要重谢的,结果一幅画就以为两清了?休想!池灿清了清喉咙,冷哼一声:"黎三,不知你有没有听过一句话?"

"什么话?"乔昭放下茶杯,心想,只顾着闲聊,茶水都凉了,有损口感。

朱彦和杨厚承也被好友的问题勾起了好奇心。

"救命之恩当涌泉相报,若是无以为报——"他定定看了面色平静的乔昭一眼,顿住。

冰绿福至心灵,脱口而出:"愿以身相许?"

池灿和乔昭同时一滞。

冰绿却大惊,看着自家姑娘捂住了嘴:"天啊,姑娘,您什么时候救了这位公子啊?"

朱彦与杨厚承怔住,随后再也忍不住,放声大笑起来。果然是有其主必有其仆!二人同情看向脸色铁青的好友,一人伸出一只手,在他肩头重重拍了拍,异口同声道:"拾曦啊——"

"闭嘴!"

一贯温和的朱公子全然止不住笑意,杨厚承更是无视警告,捶桌大笑不止。

池灿黑着脸看着朱彦,一字一顿道:"子哲,你小时候不小心瞧见婆子小解,偷偷问我为什么你是站着婆子是蹲着的事,你忘了?"

朱彦笑意顿收,匆忙看乔昭一眼,以拳抵唇,剧烈咳嗽起来。

"哈哈哈,子哲,你还有这么蠢的时候?"杨厚承笑得直不起身来。

池灿一双漂亮的眸子眯起,斜睨着杨厚承不紧不慢道:"杨二啊,你十二岁那年去子哲家里玩,撺掇我和你一起看颜妹妹洗澡来着——"

杨厚承腾地跳起来,伸手去捂池灿的嘴。

朱彦伸手搭在杨厚承肩膀上,面无表情问:"还有这事?"

冷眼旁观的乔姑娘："……"也不知等下她会被哪个灭口？

杨厚承双腿打战，对朱彦讨好笑道："没，没——"

他想说没这回事，毒舌状态正好的池公子直接甩过去一句话："不承认？我还记得有件事——"

"没看成！"杨厚承拼死说了出来，嘿嘿干笑道，"子哲啊，你别生气，我发誓，只是好奇，纯粹好奇，重点是没看成呀——"

素来温润如玉的好人朱大哥当着乔姑娘的面揪住了杨厚承的衣领，冷冷道："杨二，我认为咱们应该找个地方好好谈谈了。"

居然偷看他妹妹洗澡？这就找个地方把这混蛋埋了去！

杨厚承直到被拖出门还在喊冤："不带这样的啊，就算看成又怎么样啊，你妹妹那时候才七岁——"

咣当一声关门响，室内才恢复了安静。

乔昭与池灿对视，目光波澜不惊，仿佛刚刚什么事都没发生。

这人的无理取闹，早在那年她就领教过了。祖父那样的人都被逼得没法子，最后拿一幅鸭戏图才把人打发走。

池灿不悦地眯起了眼。

明明是个小姑娘，为何总是摆出一副看透一切的样子来，他瞧着一点都不顺眼！

"黎三——"池灿忽地身子前倾，缓缓道，"那幅画又毁了。"

"池大哥想要我再画一幅？"乔昭心想，难怪要请她吃茶呢，原来听油锅取钱的故事是假，要她再画一幅鸭戏图才是目的。

"不是。"许是被乔昭永远冷静淡然的样子激起了逆反心，池灿否认道。

少女淡然的眉眼有了变化。

她眨了眨眼，看着近在咫尺的男子，罕有地露出疑惑来。

她的眼睛大而柔美，平日里清澈如泉水，而此刻里面闪耀着诧异的光，让池灿无端想到林间乍然见到生人的小鹿。这丫头的气质与样貌还真是有些违和呢。池灿心道。不知为何，池公子心情忽然好了些，弯唇笑道："画既然又毁了，那便罢了，改成别的吧。"

"改成什么？"

池灿伸手，轻轻敲了敲桌面，不紧不慢道："下一次，给我做一道叉烧鹿脯尝尝。"

嗯，像小鹿的人做鹿脯，一想就觉得期待。

乔昭诧异片刻，才点头应下："好。"

池灿双手撑桌，站了起来，施施然道："那我也告辞了。"他转身走出两步，转头睇了冰绿一眼，对乔昭道："记着，这只是救命之恩的一点利息，不算你说的'重谢'。"

乔昭站起来，平静问道："池大哥想要什么重谢，还是说清楚，我也好有个准备。"

"准备？"池灿浅笑起来，"不用准备，我目前还没想好，等想到了再找你要。黎姑娘不是赖账的人吧？"

"救命之恩自是不敢赖，只要池大哥提的要求在我力所能及的范围内。"

池灿深深看乔昭一眼，颔首："这是自然。"

他转了身，扬了扬手大步走了出去。

"好了，我们也走吧。"乔昭理了理裙摆，抬脚走出数步发现身后没有动静，转过头来疑惑喊道，"冰绿？"

捧着脸蛋的冰绿这才醒过神来，扑过来尖叫："姑娘，您看到没，刚刚那位池公子笑起来真美，简直，简直让我喘不过气来了！"

乔昭抬手，拍了拍冰绿肩头："冷静，有话回到马车上再说。"

冰绿捂着嘴拼命点头，直到主仆二人回到停靠在山脚的马车上，这才继续先前的激动，抓着乔昭衣袖追问："姑娘，什么救命之恩啊，什么画啊，什么收利息啊？"

消息太多太劲爆，她有点受不住啊！

"这些，统统都不能说。"乔昭笑眯眯道。

"啊？"小丫鬟一口气险些没上来，抚着胸口哀求，"姑娘，看在婢子忠心勇猛的分上，总要说点什么吧。要不您说说那位好看得不得了的池公子是谁家的啊？"

"他的母亲是长容长公主。"

冰绿倒抽口凉气："皇亲国戚啊！"

"完了，完了。"小丫鬟琢磨了一下，连连摇头。

"嗯？"

冰绿看了看左手，又看了看右手，双手一摊道："完全难以选择啊，要皇亲贵胄的池美人当姑爷呢，还是要俊美威风的冠军侯当姑爷呢？"

乔昭："……"

她沉默片刻，抬手捏了捏冰绿脸蛋，声音冷静无波："醒醒，别做梦了。"

池灿三人找了个偏僻地方群殴一顿，各自散了。

池灿揉着发青的眼角一边往长公主府中走一边愤愤想：两个混蛋，说好的打人不打脸呢？

他才进门，小厮桃生便迎上来："公子——"

看到自家公子的狼狈模样，桃生倒抽了口冷气，气愤道："公子，谁干的？小的替您出气去。就算打也不能打脸啊！"

迎上主子杀人的眼神，桃生自知失言，头一缩干笑道："小的是说，谁那么不开眼，居然敢打公子——"

池灿伸手把小厮拎到一边，绷着脸大步往内走。

桃生忙追了上去，这才想起正事来："公子，冠军侯派人过来说，他在西大街的春风楼等你。"

"冠军侯？什么时候的事？"

"有一阵子了，小的说您不在府中，传信的人说冠军侯先去春风楼等着，请您什么时候回来就过去。"

春风楼是京城有名的酒肆，地方不大，也不是坐落在最繁华之处，却胜在打烊晚，所售的酒够味道。

"备马！"

桃生噔噔噔跑进去，片刻就把池灿常骑的青骢马牵出来。

池灿这才气顺了些，心道：这么蠢的小厮总算没白养，偶尔还是懂一回眉眼高低的。

他接过缰绳翻身上马，吩咐道："你就不用跟去了，去跟冬瑜姑姑说一声，今天我晚点回。"

"小的知道了。"桃生嘴上答应着，心中默默伤感。

公子自从南边一行回来后，越来越不愿意带着他了。

池灿可不管小厮的哀怨，马蹄轻扬，在人渐稀少的大街上飞奔，没用太久便赶到了春风楼。

春风楼前一青一白两张酒旗迎风招展，青色酒旗上龙飞凤舞写着"春风"二字，白色酒旗上则画着一个大大的酒壶。

酒肆门大开，两个打扮利落的小二一左一右站着迎客。

池灿翻身下马，一个小二迎上来接过缰绳，笑着道："公子来了，请上二楼雅室。"

如池灿这些时而来喝酒的贵公子，这些成精的伙计都是识得的。

池灿被小二领上楼去，沿着走廊走到尽头，进了邵明渊订好的雅室。

见池灿走进来，独坐在靠窗位置的邵明渊站了起来。

邵明渊目光在池灿右眼角处微凝。

池灿颇觉丢人，抬手按了按，解释道："不小心磕了一下。"

邵明渊剑眉轻扬："不是被杨二打的？我记得他打人时喜欢用左手。"

被人打还是磕碰的区别，很明显啊。

池灿恼得额角青筋直跳。他忘了，眼前这家伙才是打仗的行家！池灿大步走过去，伸手打了邵明渊一拳："多久没滚回京城了，记性这么好干吗？"

邵明渊眉拧起来。

看他面上痛苦一闪而逝，池灿一惊，随后目光落在刚才拳落之处，琢磨了一下问道："有伤？"

邵明渊按着肩头苦笑："本来已经结痂了的。"

池灿跨步在邵明渊对面坐了下来，不好意思笑笑，疑惑挑了挑眉："谁伤的？"

未等邵明渊回答，他伸出食指在面前摆了摆："别说是战场上落下的，从北地一路到京城这都多久了，外伤早该好利落了。"

邵明渊眸微垂，想了想直言道："被舅兄刺了一剑。"

"舅兄？"池灿伸手拿起白瓷酒壶，替二人各倒了一杯酒。

酒液是浅碧色，醇香袭人，正是春风楼的招牌醉春风。

池灿把酒壶放下，反应过来："前不久京中盛传被大火毁容的那位乔公子？"

邵明渊失笑，反问道："不然我还有哪位舅兄？"

"乔墨真的毁容了？"

邵明渊点点头。

"该不是因此，他也想在你脸上划两刀吧？结果手一滑砍肩膀上了。"

邵明渊肃容："别开玩笑。"他扫过好友的脸，淡淡道："如果是那样，也该砍你才是。"

池灿被噎得哑口无言，端起酒杯喝了一口，才道："约在这见面有什么事啊？在我家等着不就行了。"

早上他们三个去靖安侯府祭拜，四人短短说了几句，当时好友并没有多说什么。

邵明渊修长手指捏着酒杯，平静道："家有丧事，还是不去府上叨扰了。"

池灿想了想，举杯一饮而尽，轻笑道："说得也是，还是在外面自在些。"

对池灿与长容长公主这些年僵持的关系，邵明渊是清楚的，他心头隐隐生出同病相怜的自嘲，开口道："我是有件事想请你帮忙。"

"先说说是什么事。"池灿来了兴趣。

他还以为这位好友除了打仗无欲无求呢。

邵明渊目光盯着手中酒杯。

杯中碧波微晃，好似盛满了春日的湖水。

"我听闻有位神医目前住在睿王府中。"

"对，就是那位李神医，当年救治过太后的。前不久睿王把这位神医请进京城，不知怎么就闹得尽人皆知了。"池灿心知是因为什么李神医进京的事才没瞒住，可那段同舟北上的过往到底不便多提。

"拾曦，你知道以我如今的身份，去睿王府登门拜访并不合适。我想托你去一趟睿王府，帮我把李神医请出来，让我能与他私下一叙。"邵明渊点名了所托之事。

"你想见李神医啊？"池灿想了想，点头，"那我试试吧。"

他自是理解邵明渊的顾虑。

历朝历代，皇子与重臣有所接触都是天子的大忌，更别提邵明渊这般手握重兵、声望无双的武将，他去睿王府的消息一旦传出去，睿王就要先哭晕了。

那是绝对会被皇帝老子变着花样修理的节奏！

"多谢了。"邵明渊举杯，沾了沾唇。

池灿似是又想到什么，补充道："不过提前说明白啊，我去睿王府没问题，能不能把那位李神医请出来就难说了。"

"嗯？"

"那老家伙脾气古怪得很。"

邵明渊笑笑："我听说李神医从南边而来，途中还从人拐子手里救下了一位官家姑娘并认作了干孙女，这样看来，倒是一位仁心慈爱的老者。"

"呵呵，你们要是真的有机会见面，你就能领教了。"

"无论如何，先见上一面就好。"

"什么时候？"

"越快越好。"

池灿点点头："那行，明早我就去睿王府走一趟。"

作为长公主之子，池灿与睿王是姑表兄弟，平时见个面是很寻常的事，就连无孔不入的锦鳞卫都懒得上心。

谈完了正事，二人之间的气氛更加放松。

邵明渊便问："拾曦，你和杨二怎么打了起来？"

他们四人自小是玩惯了的，后来他虽鲜少在京中，几人情谊并没淡下来，池灿他们三人就更要好了，吵吵闹闹虽常见，下手这么重却罕有。

"何止是杨二啊，还有子哲。真没想到，他平时挺规矩死板一个人，揍起人来还挺有劲！"池灿觉得被朱彦踹的那一脚开始隐隐作痛了。

"究竟为了何事？"邵明渊越发疑惑。

一想到缘由，池灿忍不住微笑起来。

他生得好，性子却不大好，鲜少有这样温柔含笑的样子，竟让旁观的人瞧出几分缱绻多情的味道来。

邵明渊便心生感慨。看样子，好友说不定已经有了心上人。

池灿一见邵明渊那表情便气不打一处来，翻了个白眼道："胡想什么呢？就是把他们两个小时候的糗事抖搂出来，他们恼羞成怒而已。"

"向何人抖搂？"邵明渊一针见血地问道。

三个好友整天厮混在一处，要是抖搂早就抖搂了，也不会等到今天，那么必然是有一个特别的人在场。或许，那便是拾曦的心上人。

邵明渊的敏锐让池灿如被踩到尾巴的猫，瞬间毛都乍了起来："庭泉，我说你一个武夫，心眼这么多作甚？"

邵明渊举杯，把杯中酒饮尽。酒入口醇厚，落入腹中却辛辣起来，仿佛有一团火在腹中烧。

他淡笑着说:"只当武夫,是打不赢仗的。"

"是碰巧遇到个不开眼的。行了,别说这些无聊的了,今天从你们府上离开后子哲还说,瞧着你们府上丧事办得有些忙乱,要不要我们从家里找几个管事的人过去帮忙?"

池灿嘴上说得委婉,心中却在叹气。

说起来,他的母亲因为对父亲有心结变得偏激,对他的态度时好时坏,可邵明渊的母亲就更奇怪了,亲生的儿子跟上街买胭脂水粉时送的添头似的,他家丧事办得忙乱,分明是那位侯夫人不尽心啊。

二人一想到各自的母亲,情绪都有些低落。

邵明渊的手不同于那些执笔抚琴的贵公子们的手修长白皙,而是骨节分明,指腹覆有一层厚厚的茧。他轻轻摩挲着手中酒杯道:"不必了,我还忙得过来。"

池灿冷笑:"别死撑,顶不住了就说话。"

他就知道这家伙是个愚孝的,不愿做出从其他府上请管事婆子打靖安侯夫人脸面的事来。

邵明渊并不介意池灿的态度,把酒杯往桌面上一放站了起来:"知道了,真顶不住会和你们说的。"

"庭泉,我说你怎么就——"毕竟是好友的母亲,池灿没有说下去。

邵明渊修眉挑起,反问:"拾曦又是为何——"

二人皆没有说完后面的话,却彼此心知肚明。

池灿想问邵明渊为何对那样苛刻他的母亲恭顺有加,邵明渊反问池灿为何对喜怒无常的长容长公主忍耐颇多。

多年未在一起畅谈过的两位儿时好友对视着,池灿率先开口:"你不懂,我永远不会怪我娘……"

那段往事是旁人无从知晓的秘密,他会伤心,会怀念,却不会怨恨。

邵明渊伸手拍拍好友的肩头,无奈道:"彼此彼此吧。"

池灿没了话说,心道:这便是家家有本难念的经吧,靖安侯府瞧着光鲜,谁知内里如何呢?

"那就这样,明天我去帮你问问,你等消息就是。等你府上丧事办完了,咱们再好好聚聚。"

二人碰了最后一杯酒,各自回府。

翌日一早,天竟飘起了雨。

初夏的雨细密如针,连绵下个不停,池灿撑起一把青色竹伞,步行去了坐落于长容长公主府不远处的睿王府。

"池公子,您怎么来了?"守门人一见是池灿,立刻堆笑迎上来,往后看看道,

"怎么都没带个小厮给您撑伞呢？瞧您半个肩头都湿了一片——"

池灿睇他一眼，淡淡道："啰唆！"

守门人毫不介意，连连笑着："您快请里面歇着，小的报信去。"

"去吧。"池灿把伞收起，交给了侍者。

一处幽静小院里，一身常服的睿王客客气气请教李神医："神医，今天不用针灸了吗？"

李神医掀了掀眼皮："不用了，我不是开了一个药方，从今晚起王爷照着药方泡澡就可以了，只要坚持药浴一年便可养好，到时自会不愁子嗣。"

睿王大喜，冲着李神医恭恭敬敬一揖："多谢神医妙手回春，神医恩德，小王定会铭记于心——"

李神医摆摆手，睁开眼这才深深看了睿王一眼，吐出两个字："不过——"

睿王一听，小心肝就抖了抖。

这世间的事，往往坏在"不过"二字上。

果然就听李神医慢悠悠道："不过王爷可要记住了，这一年内，绝对不能近女色，否则——"

"否则怎样？"

"前功尽弃，悔之晚矣！"

睿王当下脸色就是一白。

一年之内不能近女色？他是个正常男人，正值盛年，之前为了开枝散叶王府更是养了不少如花似玉的姬妾。要真是一年不碰女人，可真是——

李神医察其神情，冷笑："王爷若是做不到，这药浴现在就不必泡了。"

睿王忙回神，连连道："做得到，做得到！"

李神医这才气顺了些，开口道："既如此——"

他话未说完，就有下人在门外道："王爷，池公子过来了。"

表弟？

睿王向李神医道别："神医，您先歇着，小王先去见客了，回头再来请教。"

"王爷自便。"李神医想了想，辞行的话还是等睿王见过客再说吧。

睿王辞别李神医回到主院，走进待客花厅，一见到长身玉立的池灿便笑了："表弟怎么下雨的天过来了？"

"王爷。"池灿行了个礼。

睿王快步走过去，拉着池灿坐下来："咱们表兄弟之间还讲这些客套作甚？喊我表兄就是了。"

父皇自从沉迷修道后就鲜少见他和沐王，反倒是太后与长容姑姑偶尔能见父皇一面。在太子名分未定的当下，睿王面对长容长公主的独子池灿确实不敢太过托大。

"礼不可废，还是叫王爷顺口。"池灿淡笑道。

不只是顺口，关键是踏实。睿王和沐王两位皇子年龄相当，将来那个位置鹿死谁手还很难说，无论与哪一位走得太近或得罪了都不明智。池灿脾气虽不怎么样，这方面却拎得清，面对睿王与沐王不偏不倚，全当普通亲戚处着。

"王爷，我今天过来，是找你借人来了。"

"借人？"睿王一听便笑了，"表弟太见外了，看中了哪个，表哥给你送到府上去就是了。"

池灿脸黑了黑。合着这位表兄以为他看上某个姬妾找乐子来了。这位以后要真继位了，也是个昏君呐。他就算是好色的人，能看上亲王的姬妾吗？呸呸，他真是气糊涂了，什么好色，他每次照照镜子，见到再美的女子都提不起兴致来了。为防再从睿王口中听到什么离谱的话，池灿忙道："我是来借神医的。"

睿王一听就变了脸色，失声道："神医？"

"嗯。"池灿只觉好笑。

明明全京城都知道李神医在睿王这儿了，睿王还装什么糊涂啊。

"王爷舍不得啊？"见睿王不语，想着好友的托付，池灿将了一军。

"怎么会？"睿王讪笑着，"不知表弟借神医，哦，不，要把神医请走多久？"

被李神医知道他们用"借"这个字，那就麻烦了。

池灿沉吟了一下，决定对睿王把实情吐露一二，压低声音道："其实是冠军侯想见神医。"

睿王一听是冠军侯，神情立刻不一样了。居然是冠军侯！他深深看了池灿一眼，心中感叹不已。他怎么忘了，这位表弟还是冠军侯的发小！这岂不是说，只要与这位表弟打好关系，就等于间接拉拢了冠军侯，还能不引起父皇的猜忌与大臣们的非议——

睿王一瞬间想到这些，神情缓和下来，温和笑道："冠军侯为国为民征战多年，定然受过不少伤，想见神医本王当然没有二话。"

睿王说完，吩咐人去请李神医。

去意已生的李神医已经收拾好小包袱，一听睿王有请，也没犹豫，拎着小包袱就去了。

"神医这是做什么？"睿王一见李神医拎着小包袱，立刻傻了眼。

只知道李神医妙手回春，没听说这位神医还能未卜先知啊。

李神医却没回答睿王的话，一双不大的眼睛倏地一闪，死死盯着睿王身旁的池灿。

睿王忙介绍道："神医，这位是小王的表弟。"

"呵，没想到还挺有来头啊——"李神医意味深长道。

池灿瞧着李神医就气不打一处来。

这糟老头子，当时毫不客气就把他捡的白菜抢走了！

睿王趁人不注意，悄悄踢了池灿一下，心道：表弟又抽风了，这是求人的态度吗？

池灿想着有求于人，把火气压下去，见礼道："神医——"

"等等！"李神医喊了一声。

池灿与睿王皆看着他。

李神医提了提手中小包袱："王爷，你的身体前期调理已经完了，之后只需要按着我的药方照做就是了。老夫在王府住了这么久，也该告辞了。"

李神医说完，得意地瞟了黑了脸的池灿一眼，转身便走，心想：一看这样子，这毛小子就是有求于他。呵呵，好不容易摆脱这烂摊子，他可不会犯傻再跳进去了。

"神医留步，神医留步！"睿王追上去，拦住李神医去路，"小王的身体尚未彻底养好，实是离不开神医啊！"

说什么一年内不近女色就能养好，现在放这位神医走了，等一年后万一没好，他找谁哭去？

"王爷离不开的是药浴，不是老夫。"李神医一脸不高兴。还真是不见兔子不撒鹰了，要不说皇室中人都不是什么好东西呢。他看了池灿一眼，心中补充：包括这小子！

"都离不开，都离不开。"睿王为了子嗣，在李神医面前是一点脾气都没了。

池灿看得诧异，暗想睿王究竟得了什么病，对这糟老头子如此低三下四？

"神医，咱们又见面了。"池灿瞧出来李神医不愿意理会他，干脆先发制人。

李神医眉一挑。

这小子是什么意思？莫非是想当着睿王的面把南边的事抖出来？

池灿见李神医神情有异，弯了弯唇角，颇有深意道："说来也是缘分，当初神医从我这里带走——"

"等等！"李神医骤然打断池灿的话，迎上对方似笑非笑的眼神，险些破口大骂。

这小子是混蛋啊，居然用那丫头的名声威胁他！李神医狠狠吸了一口气。真是气死他了，明明最开始那丫头是跟着这小混蛋的，现在反而被拿来威胁他？哼，他是会被威胁住的人吗！

"神医莫非忘了，当时那丫——"

"你找我有什么事？"被彻底威胁住的李神医迅速问道。

池灿嘴角笑意更深。赌对了！他就说，以这糟老头子的可恨脾气，能收那丫头当干孙女，足以说明那丫头在这老头子心中的地位是不同的。

听得云里雾里的睿王忍不住问："神医，表弟，你们真的认识啊？"

"不认识！"二人异口同声道。

睿王："……"当本王傻啊！

"只是与神医有过一面之缘。神医，咱们不如去外面说吧。"

李神医恨得咬牙，忍怒点点头。要不是因为觉得黎丫头像乔丫头，他才不操这个心！这小子简直是无耻、卑鄙、不要脸！

"要走就快点儿！"李神医翻了个白眼，甩甩袖子，先一步迈出去。

"神医留步！"睿王追上去，趁李神医不注意之际，伸手把他手中小包袱夺下来，笑眯眯道，"小包袱怪沉的，小王帮您提着吧。"

池灿暗暗撇了撇嘴。

几天不见，睿王脸皮更厚了。

李神医被池灿气得心中窝火，懒得与睿王计较，摆摆手道："老夫先与这位公子出去聊聊。"

池灿与李神医走出房门，就见十数名侍卫立在院中，黑压压站了几排，眼巴巴望着他们鸦雀无声。

池灿转身问："王爷，这是何意？"

李神医冷哼一声。

睿王解释道："表弟有所不知，神医前些日子出了一次门，遇到好几桩事故。如今出门还是多带些人，小心为妙。"

若不是想见神医的是冠军侯，他是绝对不会让神医出门的。

"原来如此。"池灿一听就不想再多问，任由那些侍卫跟着出了门。

外面雨势渐大，如水晶珠帘挂在天地间，一眼望不到尽头，只听见瓦檐上的滴答声还有雨滴落在地面上的叮咚声。

李神医一脚踩进水洼里，咒骂一声："这鬼天气！"

"去哪儿说？"他扭头问。

池灿指指停靠在角落里的马车："西大街的春风楼，神医先上马车吧。"

雨中行走确实恼人，李神医二话不说爬进马车，把湿漉漉的鞋子一甩。

池灿皱皱眉，跟着钻进去。

马车尚算宽敞，不过里面坐着两个互相看不顺眼的人，就觉得格外逼仄起来。李神医挪挪屁股，心想：当初和黎丫头坐了那么久马车，也不觉得挤啊。他看了池灿一眼，冷笑：看来还是这小子太讨厌了。

"小子，你也是名门公子，用一位小姑娘的名誉来要挟老夫，不觉得可耻吗？尤其那丫头还和你有几分交情！"

池灿连忙摆手："神医可别误会，我和那丫头才没交情呢！"他扫李神医一眼，嘴角嗤笑，"就算有情，也是那丫头对我有，我对她绝对没有！"

谁先在意谁就输了，他可不能让这糟老头子抢占上风。

李神医气个倒仰，恶狠狠问："找老夫到底有什么破事？"

"神医少安毋躁，等咱们到了春风楼慢慢说。想来您在睿王府也闷得慌，哪有在酒肆里喝酒自在。"

"这是这么久了，老夫听到唯一的一句人话！"李神医毫不客气道。

池灿弯了弯唇，不予理会。

雨中行人稀少，街道空荡，只闻马蹄声嗒嗒作响。

春风楼前的青白酒旗被雨打得没了精神，站在门口的伙计也百无聊赖。

这样一辆马车跟着数十位侍卫在门口停下，两位伙计立刻来了精神把客人迎进去。

池灿带着李神医进了一间雅室，把侍卫们留在外面，这才道明来意。

"你说谁想见老夫？"李神医掏了掏耳朵。

"冠军侯。"见李神医神情有异，池灿心中一沉。这糟老头子该不会又犯轴脾气吧？好在他已经给邵明渊传了信，想来人不久就到了。这样一想，池灿顿时轻松起来，双手怀抱胸前，笑眯眯问："神医是不是不想见？"不想见也没用，以他的身手拦住这老头子是毫无问题的！

李神医神色古怪得很，一拍桌子道："想啊，太想了，那小子在哪儿呢？"眼前小子的威胁和挑衅，李神医在听到要见的是冠军侯时，立时就全不在意了。冠军侯？不就是害了乔丫头的那个小混蛋吗？他正愁没机会折腾一下那小混蛋呢，没想到居然送上门来了。

"应该快到了。"

李神医哼笑一声，沉着脸给自己倒了一杯茶，啜上一口，闭目养神起来。

池灿百无聊赖地用手指轻轻敲打着桌面。

就在李神医昏昏欲睡时，走廊上响起脚步声，他立刻睁开眼，便看到一位身材颀长的年轻人走进来。

年轻高大的男子把雨披解下递给紧跟其后的侍卫，侍卫悄无声息退了出去，站在门外守着。

尽管用了雨具，邵明渊的袍角依然被打湿了，湿发结成一缕一缕的，顺着脸颊往下滴水。

池灿站了起来："骑马过来的？"

"嗯。"邵明渊目光越过池灿落在里面四平八稳坐着的老者身上，大步走到其面前，抱拳问好，"明渊见过神医。"

李神医抬抬眼皮，一脸嫌弃："你这一身的水都甩到老夫脸上了！"

邵明渊一怔。眼前素未谋面的神医，对他有意见？

作为常年手握重兵的一方主将，邵明渊当然不是任人揉搓的性子，他笑了笑，温声道："神医玩笑了，明渊别的都做得不好，只有一身力气尚控制不错，断然不会把雨水溅到您脸上，您大可放心。"

"少吹牛！"李神医直接抹了一把嘴，趁机吐了口唾沫在手上，摊开来在邵明渊面前晃了晃，"没溅到我脸上，会这么湿？"

一旁的池灿直接翻了个白眼，冷笑道："哪片云彩下的雨还冒白沫啊？"

李神医脸一黑，伸手一指池灿，对邵明渊道："是不是有事求老夫帮忙？想让老夫帮忙可以，你先让这小子出去！"

两个小混蛋果然是臭味相投！

看出李神医不是按常理出牌的人，邵明渊果断看向池灿："拾曦——"

"行，桥还没过呢，你就拆桥！"池灿伸手拍邵明渊一掌，大步流星出去了。

他出了门，就见邵明渊带来的侍卫瞧了他一眼，不由怒了，喝道："再看小爷把你眼睛抠出来！"

侍卫默默垂下眼，心道：又打不过我。

池灿几步走到外面，凭栏而立，望着楼下的街景。雨似乎更大了，串成的珠帘没有间断，远远看起来犹如瀑布倾泻而下，大街上几乎看不到一个人影。他好奇又叹息。也不知道庭泉因为什么事要见神医，这样大的雨骑着马就过来了。哦，昨天他肩膀上被他打裂开的伤口不要化脓才好。

雅室内。

见池灿出去了，李神医更加放松，仰靠在椅背上不紧不慢道："说吧，是不是想让老夫给你看病？"

他上下打量站在面前的年轻人一眼，冷笑："也难怪呢，就你这一身毛病，不好好治的话恐怕要夭寿呢！"

邵明渊低垂着眼，神情没有半点变化，客气道明所请："明渊想请神医替我舅兄看一看——"

李神医直接打断邵明渊的话："为着七大姑八大姨也来找老夫？你舅兄是哪个啊？不看！"

要是这小子求医，他正好可以好好刁难刁难，替乔丫头出口气。至于别人，都是什么阿猫阿狗啊，他才没有这个闲工夫！

"只要神医答应替我舅兄看一看，神医想提什么要求都可以讲。"

"我说你舅兄算哪根——等等！"李神医猛然住口，神情古怪，"你的舅兄，是哪个？"

"明渊只有一位舅兄，乃是已故的金都御史乔大人之子，乔墨。"

"已故？什么已故？你小子快给老夫说清楚！"李神医心里咯噔一声，直接双手撑桌站了起来。

邵明渊神情沉重，解释道："明渊岳家遭了大火，一家老小只逃出了舅兄及其幼妹，如今正住在寇尚书府上。"

李神医倒抽口冷气，跌坐回椅子上，久久不能回神。

邵明渊同样沉默着。

室外的雨哗哗地下，雨点接连不断打在窗棂上，让听的人心烦意乱。

李神医终于回过神来，深深看了邵明渊一眼，问："乔墨怎么了？受伤了？"

邵明渊点点头："嗯，我舅兄伤了脸。"

伤了脸？李神医面色微变。他是医者，且是见识过伤患无数的医者，太清楚被火烧伤后的人有多么恐怖了。

"什么时候的事？"

"有两个多月了，前不久传回京城，如今已是尽人皆知。"

两个多月？那时候他正好在南边，竟然不曾留意！

该死的睿王，居然把外面的事瞒得死死的，他就说一进了王府和坐牢无异！

李神医一下子把睿王怪罪上了，全然忘了人家压根不知道他与乔家的渊源，又如何会特意把这事巴巴告诉他。

"这么说，你想请我替乔墨治脸上的烧伤？"李神医睇邵明渊一眼，心道：没想到这小子还有点良心，就是不知道愿意付出多大代价了。

他且要试试他的诚意。

"这样吧，想让我替他治伤也未尝不可，你得答应我几个条件。"李神医慢条斯理道。

邵明渊眸光深沉，温和道："神医请提。"他看得出来，这位神医恐怕与岳家有旧，或许他不答应什么条件，神医也会替舅兄医治的。但他不愿冒这个风险，这是他唯一能对舅兄尽的一点心意。

"第一，你去对睿王说，老夫不要在睿王府住了，我的来去睿王不得干涉；第二，老夫在京城这段时间你要负责我的安全。至于第三嘛，暂且还没想好，老夫以后再讨要。如何，这些你可答应？"

"好。"邵明渊一口应了下来。

这么没难度？

李神医毫无形象把脚跷了起来，懒洋洋道："这样吧，老夫现在就打算去见一个人，你打扮成侍卫，陪老夫去。"

当初把黎丫头送回家，说好了忙完手上的事就去看她的，择日不如撞日，那便今天吧。有冠军侯在，正好不用身后跟着一串烦人的侍卫。

邵明渊颇意外，却没有多说，扬声喊道："叶落，进来一下。"

站在门外的侍卫推门而入：

"将军。"

"过来。"

忠心耿耿的侍卫走过来:"将军有何吩咐?"

在他们这些人心里,将军一直是将军,而不是什么侯爷。

"把衣服脱下来。"

"啊?"叶落傻了眼,犹犹豫豫看一旁的李神医一眼,"将军,这,这不好吧——"

邵明渊剑眉微蹙:"啰唆什么,还不脱。"

"呃,属下这就脱!"跟着邵明渊过惯了刀尖上舔血日子的人身手都利落,叶落解下腰间佩剑,七手八脚把外衣扒下来,一边瞄着李神医一边给自己打气,一咬牙去拽里面中裤。

邵明渊一见情况有些奇怪,手中茶杯直接飞了出去,精准打在叶落手上。

叶落吃痛,松开岌岌可危的中裤,一脸无辜地望着将军大人。

"你脱里面裤子作甚?"邵明渊弯腰捡起侍卫扔在地上的外衣,对李神医道,"神医请稍后。"

他拿着衣裳转去雅室角落里摆着的屏风后,脱下白袍换上寻常侍卫衣服,片刻后走出来。

邵明渊比叶落要高一些,衣服并不合身,好在裤腿塞进薄底靴里瞧不出来,只是衣裳短了寸许,露出骨节分明的手腕以及形状分明的喉结。

李神医看了邵明渊一眼,心想:这样的人,穿着侍卫的衣裳也不像!

"神医,咱们可以走了吗?"邵明渊捡起叶落放在一侧高几上的佩剑,随手挂在腰间问道。

"可以。"

"将军——"仅剩一身中衣的叶落忍不住喊了一声。

走在李神医身侧的邵明渊回头:"稍后让店里伙计给你买身衣裳穿。"

叶落张了张嘴。

他不是这个意思啊,将军穿成这样是要和神医去哪儿?要不要告诉将军他这身衣服三天没洗了?

想一想在北地时将军冷酷无情罚他们赤着上身在雪地里奔跑的情景,叶落决定还是不说为妙。

听到动静的池灿转过身来,见到邵明渊的装扮挑挑眉:"庭泉,你这是什么打扮?"

他目光一转,落在李神医身上,一边走过来一边问:"你们要去哪儿?"

邵明渊感激好友替他把神医请来,奈何此时不是方便说话的时候,便道:"回头细说,我先陪神医去见一个人。"

"见谁啊?"池灿知道邵明渊不见得知道,直接看着李神医问。

李神医翘了翘嘴角:"关你小子何事?"

刚刚还拿黎丫头名声威胁他呢,以后离着黎丫头有多远滚多远。

池灿心中一动，猛然想到了什么，脱口问道："你们去黎府？"放眼京城，这糟老头子若有个想去的地方，恐怕非黎三的家莫属。池灿目光稍移，落在邵明渊脸上。听那个叫冰绿的小丫鬟说，那一日黎三还对庭泉投怀送抱来着？这不可能，邵明渊还没他好看！池灿莫名就不想让邵明渊去黎府凑热闹，拦住李神医去路道："我陪您去不就是了，您让冠军侯打扮成这副模样，被人瞧见多不像样！"

"你不行。"李神医打量着池灿，连连摇头，心中冷笑着：呵呵，想去见黎丫头？没门儿！

池灿一听黑了脸："我怎么不行？"

李神医毫不客气直言："身手不行，一出门我被人劫了或者宰了怎么办？"

这小子还打不过睿王当初派去南边寻他的那几个人呢，怎么可能当得了护卫？

池灿听了虽然气个半死，奈何这是大实话，忍怒道："那我陪你们一起去吧。"

"不行，不行。"李神医连连摇头。

"这怎么也不行？"池灿忍耐地问。

李神医冷笑一声："他扮成护卫陪我去黎府也就罢了，你像只开屏孔雀似的，跟着我去人家府上想干吗？"

池灿瞬间红了耳根，恼羞成怒道："神医想多了，我只是怕我朋友太老实，会吃亏。"

"拾曦——"一直冷眼旁观的邵明渊终于忍不住开口，"我不会吃亏。"

想让他吃亏的人，只能是因为他愿意。

比如眼前的李神医，有求于人，那么便是让他去刀山火海也认了，更何况只是去见一个人。

"那随你们好了！"过河拆桥，鸟尽弓藏，他以后再也不搭理邵明渊了。

池公子黑着脸噔噔噔下了楼。

邵明渊颇无奈。多年未见，拾曦还是这般性情，好在他们之间并不会真计较。

"神医，咱们走吧。"

等在酒楼大堂里的睿王府侍卫们一见李神医下来，纷纷起身。

"老夫有事要出去一趟，你们不必跟着了。"

"先生，这恐怕不妥，您的安全最重要，我们不敢不跟。"领头侍卫道。

李神医往旁边一挪，指指低眉垂眼立在身侧的侍卫道："有他在呢。"

"他一个人——"

邵明渊抬起眼，看向说话的侍卫。寒眸湛湛，冷意袭人，那人顿时噤声。竟然是冠军侯！

"我陪神医出去，若有什么事，自会向王爷赔罪。"邵明渊说完，抬脚往前走去。

他不疾不徐，一步一步向着领头的侍卫走来，排山倒海般的气势让侍卫腿脚发软，下意识弯了弯膝盖，在未失态之前忙避到一旁去了。

一群人眼睁睁看着李神医由冠军侯陪着上了马车，很快驶入了雨幕中。

青松堂里，大姑娘黎皎正陪着邓老夫人说笑逗趣。

西府四位姑娘中，黎皎自幼丧母，是最得邓老夫人怜惜的，多年相处下来在邓老夫人心中自是不同，此刻老太太便被大孙女逗得笑声不停。

"老夫人，外面门人来报，说是李神医前来拜访。"大丫鬟青筠进来禀告。

"李神医？"邓老夫人有些意外，"没有听错？当真是李神医？"

"不会错的，婢子再三问过传话的婆子。"

青筠素来稳重，邓老夫人便不再怀疑，拍拍黎皎的手道："皎儿，你且在这里待着莫出去。"

虽说以神医的年纪，家里年轻姑娘不用避嫌，但李神医是第一次上门，且不知这位神医的脾气秉性如何，邓老夫人谨慎起见还是命孙女避一避。

"好。"黎皎顺从点点头。

邓老夫人由青筠扶着亲自去了大门外。

李神医开门见山道明来意："老夫今天过来，是想见一见我那干孙女的。"

"神医请先去屋里坐。"

李神医点点头，抬脚走了进去。

邵明渊答应了保护李神医安全自是不敢懈怠，默默跟了上去。

邓老夫人目光在邵明渊身上打了个转，隐隐觉得这侍卫有些不同，却没往深处想，陪着李神医折返回青松堂。

二人在堂屋里落了座，青筠立刻端上来两盏热茶。

"没想到那丫头还能让神医惦记着，老身实在惭愧。"

李神医素来不爱这些客套，摆摆手道："老夫人客气话就不必多说了，我那干孙女现在何处，请把她叫出来让老夫见一见吧。"

邓老夫人笑道："神医请稍等片刻，老身这就命人把三丫头叫来。"

邓老夫人说完吩咐青筠："去雅和苑请三姑娘过来。"

"是。"青筠领命退了出去。

躲在里屋的黎皎听到堂屋里传来的说话声，暗暗咬了牙。也不知道黎三走了什么狗屎运，被拐后一点罪没受不说，居然还结识了神医。不知神医生得什么模样？黎皎来了好奇心，悄悄挪到门口，小心翼翼掀开一道门帘往外瞧。

因为方位原因，她第一眼看到的不是李神医，而是站在李神医身侧的邵明渊。

居然还带了侍卫？

黎皎下意识蹙眉，而后舒展开来：是了，据说这位神医如今住在睿王府上，出门有王府侍卫保护也是寻常。

她对侍卫没什么兴趣，目光下移，落在李神医身上。

打量片刻，黎皎悄悄弯了弯唇角。

所谓的神医，看起来只是个寻常老者而已，还不如那个侍卫有看头呢。

这样想着，她再次目光上移，落在年轻侍卫身上。

年轻侍卫似有所感，往这个方向看了一眼，随后平淡无波收回目光。

那一瞬间，黎皎只觉脑子中嗡的一声响，慌忙躲回门帘背后，一颗心却扑通扑通要跳出胸腔来。

那个侍卫，那个侍卫——

她抚着心口，直到心情渐渐平复才伸出纤纤玉指把门帘再次揭开一点点，深深看着那个低眉顺眼站在神医一侧的年轻人。

她没有看错，那根本不是什么侍卫，而是佛诞日那天她在路边看到的冠军侯！

人有相似？

不，不，那天因为黎三大庭广众之下与冠军侯有了对话，就站在路边的她早已把冠军侯的样子深深印在了脑海里。

堂屋里扮成侍卫的人就是冠军侯无疑！

冠军侯为何会打扮成侍卫的样子？更重要的是，冠军侯为何会陪着神医来黎府？

这些问题在黎皎心里急转，让她一时间思绪如麻。

正在这时，外面传来丫鬟的通传声："三姑娘到了。"

黎皎一个激灵收回纷乱的思绪，向门口望去。

黛青色的细布门帘被掀起来，乔昭唇畔挂着轻盈的笑意走了进来。

"祖母。"乔昭脚步轻盈走进来，向邓老夫人问过好后对李神医欠身行礼，"李爷爷，您来啦。"

"丫头，过来，让爷爷看看。"李神医对乔昭招招手。

乔昭大大方方走过去，笑道："李爷爷您看，这些日子我吃胖不少。"

她眼角余光扫向李神医身侧立着的侍卫，顿时一怔，不由多看了一眼。

他是邵明渊！李爷爷怎么会和邵明渊在一起？那时一路北上，她分明记得，李爷爷提起邵明渊时颇多微词。邵明渊是堂堂的冠军侯，打扮成这个样子与李爷爷一同出现在黎府——乔昭心思通透，略一琢磨便有了猜测：定然是邵明渊对李爷爷有所求。让他扮成侍卫不过是李爷爷小小的刁难罢了。李爷爷是世人皆知的神医，旁人所求无非是治病，邵明渊想请李爷爷给谁看病？

这样想着，乔昭便忍不住再看邵明渊一眼，神情微变。近在咫尺的年轻男子修眉星目，鼻若悬胆，一张脸如冷玉一般白皙，连带着薄唇都淡得没有颜色。原来，邵明渊寒毒入体，竟严重如斯。他这样多年征战的武将，又是在北方的冰雪之地，多年的新伤旧伤在寒毒侵袭之下，恐怕会折磨得人痛不欲生。看着邵明渊平静的眉眼，乔昭想：还真是坚强啊。

听见黎府姑娘要过来，邵明渊自觉不便多看，一直低垂着眼，可习武之人耳目感知都比常人敏锐，那姑娘自进来后虽与李神医笑盈盈说着闲话，却至少往他这里瞟了三眼了。

邵明渊迅速抬眸扫了一眼，便怔住了。居然是拿仙人掌砸他的那个小姑娘。呃，上一次见面，是拦路问他尸体保存的事。

邵明渊忍不住看了李神医一眼。

一直横眉竖目的老者此刻眉眼是柔和的，连脸上的皱眉都带着几分慈爱，全然不似他见到的样子。

由此可知，李神医对这位姑娘是很喜爱的。

邵明渊又忍不住看向乔昭，心道：所以说，这就是物以类聚、人以群分吗？两个都是言行不同于常人的人呢。

躲在门帘后的黎皎把乔昭与邵明渊的互动看在眼里，暗暗咬了牙。怎么，那位冠军侯居然真对黎三有了印象？就因为她大庭广众之下拙劣的搭讪？黎三可真够无耻的，之前一直缠着她表弟不放，见飞扬表弟根本看不上她，又盯上冠军侯了？冠军侯是什么人，也是黎三一个没了名节的人敢妄想的？可看冠军侯那样子，竟真的对黎三有了印象！

黎皎心里越发不平衡起来，琢磨了一下，蹑手蹑脚回到榻上，把引枕推到了地上。

里屋的声响引起了堂屋中人的注意。

李神医往里屋的方向看了一眼。

邓老夫人颇为意外，问了声："怎么了？"

片刻后，环佩轻响，一位穿湖蓝色水仙撒花绿叶裙的少女掀起门帘，款款走了出来。

少女眼睛里有几分水雾，似是刚睡醒的样子，见到堂屋里的人慢慢红了脸，对着邓老夫人道："孙女小憩了一会儿，不小心把引枕碰到了地上去。"

她说着对李神医福了福，面带羞涩道："让贵客见笑了。"

邓老夫人见此不好多怪，对李神医介绍道："这是老身的大孙女。大丫头，这位便是你三妹的干爷爷李神医了。"

黎皎再次冲李神医一福，笑意盈盈："见过李爷爷。"

李神医直接拧了眉，直截了当道："叫我李大夫就好。"

"那样太失礼了，您既然是三妹的干爷爷，那么我也应当称您为爷爷的。"黎皎温婉笑道。

李神医笑笑："关键老夫没打算认这么多孙女。"

无视黎皎瞬间涨红的脸，李神医侧头拍拍乔昭的头："有黎丫头一个，已经够了。"

他似是想起什么，笑眯眯道："不对，府上可以叫黎丫头的太多了，以后还是叫你昭丫头好了。"

乔昭很是高兴。比起黎丫头,当然是昭丫头更让她觉得亲切。

"您也可以叫我昭昭。"

邵明渊猛然抬眼看过来。昭昭?女孩子以"昭"为名的并不多,却不知她是哪个"昭"——察觉那小姑娘眼角余光瞥来,邵明渊旋即低垂了眉眼,颇有几分尴尬地想:看来是这位叫昭昭的姑娘每次见面都太让人印象深刻,让他不自觉多了几分关注,这样并不合适,以后该当注意才是。邵明渊这样想着,就再也没抬眼,规规矩矩立在李神医身侧如寻常侍卫一般。

乔昭却心里一动:邵明渊听到她的名字有反应。

她与他,是少时两家长辈定下的亲事,但他们从未有机会见过。

她在南方侍疾,他在北地征战。

她为了给祖父调理身体迟迟不嫁,他为了击退齐人迟迟不娶。

直到双方的长辈忍无可忍,祖父对她发了脾气,靖安侯去求了圣旨,才有了那场婚礼。好笑的是只完成了拜堂大礼,邵明渊连洞房都没来得及入就又披上战袍去北地了。

她不认为邵明渊会知道她的名字。

乔昭心思百转,有了结论:一定是兄长告诉他的。邵明渊见过兄长,他们谈了什么?大哥现今究竟如何了?家里那场大火是否有蹊跷?乔昭有太多问题想问眼前的人,却偏偏身份与时机皆不对。

李神医同样怔了怔,好一会儿才道:"对,还可以叫你昭昭。"

邓老夫人笑眯了眼:"神医怎么叫都行,有您这样的爷爷,是三丫头的福气。"

老太太看一眼黎皎,替大孙女解围道:"请神医勿怪这丫头的冒失,丫头们的祖父没得早,她们自打降生就没机会喊'爷爷'两个字。"

"哦。"李神医冷淡地应了一声。

这些年来他见惯了换着花样套近乎的人,若不是冲着干孙女的面子,他说话会更不客气。

席面摆上桌,邓老夫人把李神医奉到上座,由乔昭陪着一起用饭。

邓老夫人看立在李神医身后的邵明渊一眼,吩咐道:"青筠,领这位小哥去前面用饭。"

按说客人上门,客人带来的下人是不进待客堂屋的,府中另有安排下人的地方。只是李神医身份不同,又是住在睿王府那样敏感的地方,邓老夫人不愿多事,这才没有擅自安排。只是此时众人都在用饭,让客人带来的侍卫就这么站着便是招待不周了。

"不用,他不饿。"李神医夹一筷子鹿脯,眼皮都没抬。

邓老夫人暗暗给乔昭使了个眼色。

乔昭垂眸，佯作未见。

那一箭，她不恨邵明渊，甚至连怨都没有，但无论如何，近在咫尺的这个男人曾亲手把一支利箭射入她的心口，她才没有这么大度要请他吃饭呢！

邓老夫人暗暗皱眉，心道：这丫头近来不是挺机灵的吗，今天是怎么了？

"祖母，不若就在花厅另设一张桌子，安排侍卫大哥用饭吧。神医安全不容有失，侍卫大哥确实不便离开。"这时黎皎开了口，格外善解人意。

邓老夫人看向李神医。

李神医睃垂目而立的邵明渊一眼，心想：这小子饿一顿死不了吧？看他这气色可不怎么样啊。

邵明渊半低着头，表现得和寻常侍卫无异，恭敬道："老夫人不必麻烦了，卑职确实不饿。"

"行，给他安排一桌吧。"李神医开了口，斜睨邵明渊一眼。

你说不要，他就偏偏给。

很快有丫鬟进来，由青筠指挥着在花厅一角设了桌几，摆上饭菜。

邵明渊见李神医如此，从善如流地走过去坐下，净手后扫了桌上摆放的饭菜一眼，心中诧异。

黎府款待下人的伙食，竟不比招待贵客的差。

常年领军打仗鲜有败绩的人绝不是寻常人所想的武夫，对细微的异常之处格外敏锐，邵明渊诧异过后，就觉得不大对劲。是有人认出了他的身份！他不着痕迹地扫了乔昭一眼，旋即收回目光。尽管刚才这位黎姑娘一直表现得不动声色，但她应该早已认出他的身份了。邵明渊举筷吃了一口清爽滑口的山药，心道：没想到拿仙人掌砸他的小姑娘其实还挺友好。

黎皎坐在邓老夫人下首，一颗心却没在眼前的饭菜上。她趁着无人注意，往花厅角落里瞥了好几眼，却一直没等到扮作侍卫的冠军侯往这边看。黎皎难掩心头的失望，又颇无奈。她总不能亲口去告诉冠军侯，他所用的饭菜是她授意厨房安排的吧。

饭后，李神医喝着清茶交代乔昭："昭丫头，等下爷爷还有事，就先回去了。这段时间我会一直在京城，你要是有事情找我，就让这小子传话给我。"

李神医说着，伸手一指邵明渊。

邵明渊与乔昭同时一愣。

"你给昭丫头留个联络住址吧。王府门槛高，不好进。"

邵明渊心中苦笑。

王府门槛高不好进，他的住址也不方便留啊，不然等将来身份拆穿，让人家姑娘的长辈怎么看？

他心知这位神医行事颇有些肆无忌惮，刚要委婉拒绝，乔昭就开了口："不用了。"

李爷爷要是想我了，就来看看我呀。"

见她拒绝，李神医心中一动，笑眯眯道："也好，总之以后昭丫头要是有事找我，先找这小子就是了。"

"好。"乔昭点头。

李神医呵呵笑了。果然被他试探出来了，小丫头早就认出了这混小子。他就说，那天昭丫头还拿仙人掌砸过这小子呢，怎么会认不出来？

待把李神医二人送走，邓老夫人打发了黎皎，拉着乔昭的手道："三丫头，我是看出来了，李神医带来的那个侍卫并不简单。你和祖母说说，他究竟是什么人啊？"

出乎邓老夫人意料，乔昭听了她的话丝毫没有推托遮掩，大大方方道："他是冠军侯呀。"

"谁？"邓老夫人怀疑自己听错了。

"冠军侯，就是从北地归来的那位将军。"

邓老夫人张了张嘴。

也就是说，她刚刚带着两个孙女陪神医用饭，大名鼎鼎的冠军侯就在犄角旮旯里围观着？

邓老夫人好半天没合拢嘴，憋了半天问出一句："你怎么认识的？"

乔昭拿起美人槌自然而然替邓老夫人捶腿，一边捶一边纠正道："不是认识，是认出。祖母您忘了，佛诞日那天冠军侯进城，我不是被挤到他面前去了吗？"

乔昭手劲适中，又懂医理，邓老夫人被她捶得很舒服，听了这话却瞬间浑身绷紧，暗暗吃了一惊。

冠军侯冒充侍卫陪着神医上门来，该不会是来相看她孙女吧？邓老夫人深深看了乔昭一眼。要说起来，她这个孙女样貌是极好的。老太太一时想远了。

第八章 伤心

锦鳞卫衙门。

江远朝听到门外的请示声,放下手中书册,淡淡道:"进来。"

江鹤推门而入,一脸激动之色。

江远朝睃他一眼:"何事?"

江鹤大步走到江远朝面前,一脸严肃道:"大人,属下发现冠军侯行径很古怪!"

江远朝抬眉:"不是说让你不必跟着冠军侯么?"

"属下没跟着冠军侯,是在黎府那里晃时无意中发现的。"

"嗯?"

"属下发现冠军侯扮成了侍卫,陪着李神医去了黎府!"

江远朝一听,眸光微沉。

邵明渊去了黎府?

他回神,看着属下一脸邀功的表情,淡淡道:"既然这样,这几天继续盯着黎府,有异常及时回禀。"

说完睃了江鹤一眼:"你为何去黎府那里闲逛?"

自从回到京城了解了一下那个小姑娘的情况后,因为没有必要,黎府那边他没有再派人盯着了。

江鹤嘿嘿直笑:"大人不是对那位黎姑娘很关注吗?"

江远朝抬手,指了指门口,吐出一个字:"滚!"

江鹤满心委屈走了出去,心道:他家大人就是口是心非!

那边邵明渊离开黎府,冒雨带着李神医重新回到了西大街的春风楼。

侍卫叶落一见邵明渊回来,忙迎了上去:"将军——"

他不自在地拽了拽身上的直裰。

邵明渊见了露出淡淡笑意："不错，以后就这么穿挺好。"

叶落苦着脸道："别啊，将军，您还是把衣服脱下还给卑职吧，卑职穿着侍卫服自在。"

"习惯了这身臭味？"

叶落呆了呆：原来将军闻出来了！

将军鼻子还真灵，他才三天没洗澡而已。

重新回到原先的雅间，邵明渊走到屏风后面换回自己的衣裳，走出来把手上的衣裳扔给叶落，吩咐道："再跑一趟长公主府，请池公子过来。"

"是。"

叶落领命而去，邵明渊客气问李神医："神医要不要喝酒？"

"啰唆什么，来酒楼不喝酒干什么？"李神医翻了个白眼。

邵明渊不以为意，吩咐小二上了两坛醉春风，亲自开了酒封，弃酒盅不用，直接把碧绿色的酒液倒入茶碗中，笑着道："这酒名'醉春风'，入口醇厚，后劲十足，不知神医以前有没有尝过？"

"说得倒是头头是道！"李神医端起茶碗一口气喝下半碗，回味一番，赞道，"还过得去。"

他抬眉，见对面坐着的年轻男子嘴角挂着淡淡笑意，温和又平静，全然看不出纵横沙场的狠厉，反而如清贵如玉的贵公子般，便叹了口气，问道："这样的天气，什么感受？"

邵明渊被问得一怔。原来李神医已经看出了他的身体状况。他自认没有流露出什么异常，可见这位神医是有真本事的。这样一想，邵明渊便松了口气。有真本事就好，但愿能治好舅兄的脸。

"尚能忍受。"邵明渊回道。

"你小子是个狠人。"

原本为了替乔丫头出气是想再给他下包耗子药的，瞧现在这样子，还是算了吧。

"你的身体，不打算求老夫医治？"

"神医愿意替在下医治吗？"邵明渊含笑问。

他又不是自虐狂，若能免受寒毒旧伤之痛，当然是求之不得。

"哦，你和你舅兄，老夫只给治一个。"李神医坏心道。

他就是喜欢看讨厌的混小子纠结为难的样子。

邵明渊却没有半点迟疑道："自是给我舅兄医治。"

李神医深深看邵明渊一眼，把茶碗往桌面上一放，慢悠悠道："你可想好了，你身上寒毒不除，可不只是忍受疼痛这么简单，是会影响寿数的。"

"不用想，在下请神医来，就是给舅兄医治的。"

手染鲜血无数，他从没奢求过能善终，马革裹尸是他最好的结局。

邵明渊垂眸饮酒。

李神医有些憋气。混小子，就不知道求求他啊，若是求了他就稍微考虑那么一下下，现在死鸭子嘴硬，他就看他怎么死吧！嗯，死了也好，就能给乔丫头做伴了。呸呸，什么给乔丫头做伴，乔丫头才不稀罕呢，应该是给乔丫头负荆请罪才是。

李神医狠狠喝光茶碗中的酒，把茶碗往桌子上一放："我要吃肉。"

他指了指桌上摆放的花生、蚕豆等下酒物，嗤笑道："就让老夫吃这个啊？"

世人都知道，武将虽不如文官舒坦，过的是刀尖上舔血的日子，但荷包可比文官丰厚多了，如眼前这小子，在外打了这么多年仗，积攒的钱财恐怕比靖安侯府还多。

"小二，上两斤酱牛肉，一只烧鸡。"

见邵明渊始终不动声色，有求必应，李神医撇了撇嘴，讽刺道："我说你小子不是整天打仗吗，怎么脾气这么绵？"

邵明渊一听笑了："神医以为，明渊一言不合便要拔刀杀人吗？"

为将者，该雷厉风行时自是行动如风；该隐忍时，又要忍常人所不能忍。

曾经，他为了取专门喜欢烹食大梁幼童的鞑子首领性命，在雪地里卧了一天一夜才等到最佳的时机，把那个畜生一箭毙命。如今为了求医只是受些刁难，又有什么受不住的呢？

"你射杀自己媳妇时，不是挺利落吗？"李神医脱口而出。

挂在邵明渊唇畔的笑意瞬间凝结。

他抿唇，垂眸把茶碗中的酒一饮而尽，淡淡道："是。"

气氛骤然冷了下来。

李神医心情有些复杂。

明明是想好好修理这小子的，可他终于把心底的那分不甘问出来，怎么又有点不舒坦呢？

这时小二端着酱牛肉与烧鸡进来，李神医伸手扯下一个鸡腿，狠狠咬了一口，斜睨着邵明渊问："你不吃？"

对面的年轻人嘴角的笑意比之前浅了，语气依然温和："神医吃吧，我不饿。"

李神医嚼了几口鸡肉，把鸡腿往盘子里一扔，哼哼道："姓池的小子怎么还不来？"

说曹操曹操就到，池灿收了伞大步流星走进来，扫一眼桌面上摆着的牛肉烧鸡，乐了："怎么？黎府没管饭啊？"

他就说，没有他陪着不行吧。

李神医心下正有几分别扭，闻言翻了个白眼道："谁说没管饭啊，黎府不但管了饭，他家老太太还带着孙女陪坐呢。"

在大梁，女主人鲜少出面款待男客，除非是这家的贵客或长辈。李神医既是贵客又是长者，邓老夫人才会带着孙女一同招待。

池灿一听，便睃了邵明渊一眼，笑吟吟道："那就是庭泉扮成了侍卫，没有饭吃了。"

邵明渊没吭声，李神医接话道："谁说的，他当时也在一个厅里吃，还是单人单座，吃起来更自在。"

池灿瞬间黑了脸。这糟老头子，不插嘴会死啊？池公子憋了好久，憋出一句话："这黎府，还真是没有规矩！"有年轻男子在场，居然叫黎三出来待客，实在是不成体统！

池灿腹诽完，问邵明渊："下着个雨，一天让我跑了两趟春风楼，这回又是什么事啊？"

好友不痛快的语气让邵明渊有些莫名其妙，不过答应李神医的事非要他从中斡旋不可，便直言道："拾曦，我想拜托你给睿王爷传个话——"

"什么话？"池灿不傻，闻言略一琢磨，立刻扫了李神医一眼，猜测道，"想请神医在你府上住几天？"

"不是，神医不想在睿王府待了，所以想请你和睿王爷说说，能否看在我的面子上，任神医自由离去？"

池灿呆了呆，语气莫名："不还了？"

"借人"不还，这有点说不过去吧？当初可不是这样讲的呀！

邵明渊知道池灿的为难，抬手拍拍他的肩膀道："所以请你转告睿王爷，就当卖我邵明渊一个面子——"

池灿腾地跳了起来，脸色大变："你疯了？"

他看一眼李神医，又看一眼面色平静的好友，一把拽过邵明渊往外走，边走边对李神医道："神医稍候，我们兄弟先说两句！"

池灿拽着邵明渊到了外面，一脚踹开隔壁雅室的门，吩咐侍立在外的叶落与桃生道："你们给我把门看好了！"话落，砰的一声把门关上了。

叶落与桃生对视一眼，各自移开视线。

屋子里，邵明渊不动声色地拍了拍池灿拽着他的手："拾曦，有话便说，你松手。"

"说个屁！"池灿黑着脸松开手，怒瞪着面色平静的邵明渊，就差破口大骂，"邵明渊，你是不是离开京城太久，脑子成糨糊了？"

"嗯？"

池灿把邵明渊一把推到椅子上，自己在另一张椅子上坐下，声音压得极低："什么叫卖你一个面子？你当你还是十来岁时无人多看一眼的野小子？"

他气不过，伸手打了邵明渊一拳，咬牙切齿道："你是冠军侯，是战无不胜的北征将军，你这是要把自己卖给睿王吗？"

他越说越恼火："我虽整日无所事事，却也知道夺嫡的事绝对沾不得。我原以为你是个明白的，有求于睿王还知道通过我，谁知是我想错了，你这是伸着脖子往泥潭里跳啊！"

池灿一口气说完，邵明渊才淡淡开口："没有那么严重，算我欠睿王一个人情罢了。"

好友的关心让他心中微暖，坦言道："这是神医提出的条件之一，我不得不应。"

池灿眨眨眼，这才想起来问："你给我说实话，找那个糟老头子到底有什么事儿？"

"求医。"

"我知道是求医，那糟老头子要不是有这么一个本事，就他那个脾气，早让人一棍子打死挖坑埋了。我是问给谁求，别跟我说是为你自己。"好友的性子他清楚，若是为了自己，断然不会去沾那些是非。

邵明渊沉默片刻道："想请李神医给我舅兄治脸。"

池灿愣了一下，一脸吃惊："乔墨？"

邵明渊颔首："是。我见过舅兄，他的脸伤得很严重。除了李神医，恐怕无人能妙手回春。"

池灿沉默了。许久后，他问："值得么？"为了治好乔墨的脸，让自己陷入那样的麻烦中？

邵明渊笑了："当然值得。你该知道，容颜有损的人是不能出仕的，我舅兄一家都不在了，乔家的兴盛以后都系在舅兄一人身上。"

见池灿依然不语，邵明渊伸手拍了拍他的肩："你也说了，我不是十来岁时无人多看一眼的野小子了。我会把握好分寸，不让自己陷进去的。睿王那边，就拜托你了。"

"行吧，下不为例。以后惹上麻烦别说我认识你。"池灿认命地答应下来。

邵明渊轻笑出声。

二人起身往外走，池灿走到一半冒出来一句话："我说，你真跟着李神医一道与人家女眷吃饭了？"

"是啊。"邵明渊老实回道。明明是给他这个当侍卫的管口饭吃，怎么到了好友口中就有些不对味呢？什么叫与人家女眷吃饭了？

"你有什么感受？"

邵明渊被问得摸不着头脑，想着刚刚好友才答应帮那么大的忙，不好敷衍了事，仔细思考一下道："黎府的伙食不错。"

池灿："……"一个侍卫给什么肉吃啊！黎府果然没规矩！

"伙食不错？难不成还有叉烧鹿脯吃？"他鬼使神差问了一句。

邵明渊怔了怔："你怎么知道？"

当时他就是诧异桌面上的那道叉烧鹿脯，才觉出不对劲来。

池灿一张脸已是彻底黑了，不发一言，抢先一步抬脚就往外走。气死他了，那个臭丫头，本来他是收利息要她做一道叉烧鹿脯的，她居然先给邵明渊做了。这样说来，那个叫冰绿的丫鬟当时说的是真的！他忽地停下来回头，打量着好友。哼，有什么了不起的，不就是比他权力大一点儿，功夫强一点儿，脾气好一点嘛，那臭丫头真是势利眼！

邵明渊不知道池灿莫名发什么脾气，琢磨着是不是今天顾着他的事没吃好才火气这么大，为了让对方平衡点，忙挽救道："我没吃，只吃了几口山药。"

池灿一听更生气了。合着他用救命之恩收的利息，这位先吃上的还不稀罕！池公子拉开门走出去，砰的一声把一头雾水的冠军侯关在了里面。

追出来的邵明渊见状摇头笑了笑，折返回雅室。

李神医拿着一条牛肉慢条斯理地吃着，见他进来问道："那小子走了？"

"嗯。"邵明渊走过去坐下。

"他怎么了？看刚才那样子，像要把老夫生吃了似的。"

邵明渊淡笑道："神医别往心里去，他就是急脾气，没有别的意思。我请拾曦帮我去与睿王说合去了。"

"睿王真能答应？"有求于人都不出面，这些人的弯弯绕绕他真想不明白。

"会答应的。"

见李神医面带怀疑，为使他宽心，邵明渊含笑道："因为我是冠军侯。"

他是手握重兵的北征将军，就算告假在家，在军中的威望依旧无人能及。他甚至有那个信心，尽管战事告一段落天子收回了能调兵遣将的虎符，只要他愿意，依然能指挥得动一手打造出来的铁血强兵。

李神医看着笑意温和的年轻男子，忽地收起了嬉笑心态，问他："什么时候去给乔墨治伤？"他忘了，这个年轻得顶多算是他孙辈的小子，早已是在北地跺跺脚就能威震八方的人物，就是在如今的京城亦是举足轻重。有这小子在，说不定能让老友仅剩的一点血脉将来走得顺当些。嗯，等哪年他心情好，顺手给这小子把寒毒祛了算了。至于现在，让他且受着吧，就当给乔丫头出气了。

"舅兄他或许不愿欠我的人情，请神医等到我亡妻出殡的时候吧。那天舅兄会过来，到时候您直接去与他说便好。"

李神医看邵明渊一眼，心情莫名，嘀咕道："侯爷倒是体贴。"

邵明渊笑了笑，再问："神医离开了睿王府，不知是愿意住到靖安侯府去，还是另有安排？"

"住到靖安侯府和留在睿王府有什么区别？你给我安排个普通的落脚地方，不要一大群人跟着，平时老夫想去哪儿就去哪儿。怎么样，能成不？"

李神医这要求听起来简单，实则相当麻烦。

首先，李神医给睿王治病，触动了某些人的利益，那些人一直等着寻机会要他的命，来个釜底抽薪；其次，满京城不知多少人盯着这位神医呢，就等着李神医离开睿王府后赶紧请去治病救命。

只这两点，李神医想做到来去自由就太难了。

邵明渊却毫不犹豫点头："可以，我这就给您安排地方。"

邵明渊说着喊了一声："叶落——"

守在外面的侍卫叶落推门而入："将军有何吩咐？"

"从今天起，你贴身保护神医的安全。"

叶落看一眼满脸皱纹神色郁郁的李神医，再看一眼自家清俊无双的将军大人，尽管心里一百个不情愿，还是利落道："卑职领命！"

李神医看着眉眼普通的侍卫，皱眉道："他行么？"

素来寡言的叶落垂眸不动声色，心中却冷哼一声：怎么说话呢？他会不行？

邵明渊笑道："神医放心，叶落在军中是比武状元，罕有人敌。"

李神医上下打量着叶落："啧啧，可真是看不出来。"

"叶落——"邵明渊冲叶落点点头。

叶落会意，抬手把一旁的高几劈得粉碎。

"嘶——"李神医眼一亮。

这小子，要是以后帮着他捣药有前途啊！

邵明渊看了看粉身碎骨的高几，嘱咐一句："记得赔。"

"是！"

"用你自己的俸禄。"

叶落："……"不带这样的啊，他这是为了公事，公事！他的俸禄还想攒着娶媳妇呢。

邵明渊安排李神医的细节不必多提，等他回到靖安侯府时，天色已经暗了。

侯府大门灯笼高挂，此时已经点亮，映得青石路似覆盖了一层白霜，一直延到内里去。

"二公子回来了。"穿白的仆从忙给邵明渊开了门。

因有靖安侯在，邵明渊虽已封冠军侯，靖安侯府的人还是称他二公子。

邵明渊点头示意，抬脚走了进去。

他踏着一路白霜往内走，走廊挂着一排排白灯笼，随着风雨的吹打不停晃动着，明明亮如白昼，却无端有种阴森感。

邵明渊浑不在意，一路走到安置乔氏棺椁的灵前，单膝跪下，接过小厮递来的烧纸默默烧着。

黄色的烧纸被火舌舔舐，很快就化作丝丝缕缕的黑灰落在火盆里。

几个负责守在灵前的婆子凑在一起，皆不敢出声，只是暗暗交换着眼色。

二公子替二奶奶烧起纸钱来倒是挺上心的，就是不知当初怎么那么狠辣，能下得去手把二奶奶一箭射死呢？

邵明渊没有在意那些婆子的眉眼官司，认认真真烧着纸钱，直到邵知匆匆赶来，低声道："将军，您前不久让属下查的事有些眉目了。"

"去书房说。"邵明渊把手中一叠烧纸烧完，这才起身离开灵堂。

邵明渊一离开，那些婆子顿时唠起嗑来：

"啧啧，这里面躺着的二奶奶可是被二公子亲手杀的，你们说二公子跪在这里就不害怕吗？"

"害怕啥呀，二公子打了这么多年仗，手上还不知道有多少人命呢，一颗心恐怕比石头都硬。"

婆子们七嘴八舌议论着刚刚离去的人，把邵明渊安排暗暗守灵的侍卫气得直咬牙，低声对同伴道："真想拿臭袜子把那些婆子的臭嘴塞上，怎么能这样说咱们将军！没有将军，她们能这样闲得蛋疼满嘴喷粪？"

同伴拍拍他："小点声，让那些人发现就不好了。忍忍吧，等搬进冠军侯府就听不见这些糟心话了。"若没有主子的默许纵容，府里如何会任由这样的议论蔓延？说到底，是他们将军不受侯夫人待见罢了。

书房里燃了灯，因只有一盏，光线有些昏暗。

邵明渊坐在椅子上，示意邵知可以讲了。

邵知上前一步，声音压低道："将军，属下这几天和府上护送夫人去北地的护卫、羽林军还有远威镖局的人有所接触，发现有一个人值得注意。"

"何人？"邵明渊背光而坐，让人难以辨明脸上表情，声音在这昏暗的光线中更显低沉醇厚。

"远威镖局的副镖头林昆。林昆是这次护送夫人北上的镖队首领，属下探查到，当时苏洛峰带着队伍改路时，林昆当众反驳过，而且言辞激烈，险些与苏洛峰的亲兵冲突起来。"

"他人呢？"

"他们这批镖队回来后，远威镖局的镖头就给他们放了假，林昆回老家了。属下已经打探到林昆老家在何处，特来向您禀告一声，这就赶过去找他。"

邵明渊轻轻点头："去吧，多带几个人，路上注意安全。"

"领命！"邵知退了出去。

随着房门打开又合拢，涌进来的风把烛火吹得一闪一闪，室内光线时明时暗，室外雨声哗哗作响。

邵明渊没有回起居室，走去净房冲了一个澡后换上雪白中衣，重新返回书房，躺在榻上睡了。

一夜风雨，翌日一早，天却放晴了。

窗外的芭蕉被雨打过，显得越发青翠欲滴，墙角的石榴花落了一地，枝头依然红火热闹。

乔昭一大早起身，推开窗子，任由清冽的空气涌进来，卷走一夜慵懒。

"姑娘，今天不是不用去女学吗？您起得真早！"冰绿走过来，揉着眼睛站在乔昭身边，往窗外看了一眼，不由低呼，"呀，石榴花落了好多，真是可惜。"

乔昭笑道："不可惜，这些落的石榴花大部分是不能坐果的，要是放在寻常人家，原就会除去，这样才能结大而甜的石榴。"

"原来是这样啊。"冰绿眼睛亮亮的，"姑娘，您懂得真多。"

乔昭侧头看她，伸手捏捏小丫鬟红彤彤的脸蛋："多看书就知道得多了，人从书里乖。"

"喔。"冰绿似懂非懂点点头。

乔昭就笑了。

其实冰绿这样挺好的，无忧无虑，欢欢喜喜，把小丫鬟的日子过得有滋有味。

"姑娘，百合粥好了，您先用一点吧。"这时阿珠端着青碧色的小碗过来，里面米烂粥稠，香气四溢。

饮百合粥，可以静心安神，治疗失眠。

是的，昨夜乔昭失眠了。

她泡了一个澡，洗漱过后早早上了床，原本迷迷糊糊地入睡了，谁知却梦到了那日兵临城下的情景。

她立在城墙之上，鞑子的狞笑声在耳边回荡，城墙上的风要比平地大得多，把她的额发往后吹拢，露出光洁的额头。

邵明渊在墙下策马而立，身后是黑压压的大梁将士与迎风高展的旌旗。

有那么一瞬间，她是有些委屈的，委屈命运把她推到烈火上烤，大好韶光骤然成灰。她想对他说，以后有机会见了她的父母兄长，告诉他们，她不难过，也请他们不要太难过。可惜那人的箭来得太快，她什么都没来得及说。

半夜里，乔昭惊醒了。她仿佛还能感到心口的剧痛，甚至在仰望挂着纱帐的雀鸟银钩时，眼前依稀晃过邵明渊歉疚的眼神。原来，他那日是歉疚的啊。仰躺在罗汉床上，乔昭哑然失笑。当时竟没留意，看来还是白日里的见面让她心境起了波澜。乔昭想，也许是天意吧，她没能说出对父母亲人的惦念，结果父母亲人都不在了，只剩下长兄与幼妹。

深夜清幽，只听到屋外大雨如注，噼噼啪啪敲打着窗棂。

从噩梦中醒来的乔昭却再也睡不着了，对兄长的想念越发浓烈起来。

……

靖安侯府里，摆在邵明渊屋里桌上的饭菜一直没有动过。

邵明渊立在窗边，一直站到夜色越来越浓，这才缓缓展开手中纸条再次看了一遍，修长手指一点点把纸条捻碎成灰，抛进了晚风里。

初夏的夜风是暖的，他的心却冰凉一片。

他的两名亲卫，邵知与邵良这些日子一直在分头查探，邵知按着线索去了远威镖局的副镖头林昆老家，邵良则前往北定城查探与苏洛峰关系亲近的女子。

刚刚他收到的便是邵良传来的消息。

邵良探查遍了北定的青楼画舫，终于把他猜测中可能存在的那个女子给找了出来。

可是，人却已经死了，就死在苏洛峰事发不久后。

青楼女子命贱如蝼蚁，今天笑着迎客明天悄悄被抬出去不足为奇，可这样的巧合，到底让人无法不多想。

邵明渊看向窗外。

窗外夜色深深，深蓝的天空缀满繁星，一轮皓月散发着清冷的光辉。

邵明渊轻轻叹了口气。

牵一发而动全身，苏洛峰在北地叛变，千里之外的京城却有人跟着无声无息死去了，殊不知越是干净利落抹去痕迹，越说明苏洛峰绝不是私通外敌那么简单，那幕后黑手——

邵明渊遥遥望了某个方向一眼。

是觉得他妨碍了一些人前程的某位重臣？或是恼恨他阻断了一些人发财路的某些武将？甚至是……高高在上的那一位呢？

深深的疲倦涌上邵明渊心头，他除了累，就只剩下了流窜在四肢百骸的疼，那疼仿佛随着周身血液在流淌，绵绵不绝，到了夜里便越发重了。

榻上的人辗转反侧，带动着寒毒在体内流窜更加猖獗，月光下，他的额头已经沁出细密的汗珠。

邵明渊干脆坐起来，趿上鞋子，推门走了出去。

他不知不觉走到成婚时的院子。

院子里依然宁静，墙角的薄荷香气越发浓郁，花架上的忍冬花依旧开得如火如荼。

邵明渊站在花架前，默默看着。乔氏究竟是个什么样的人呢？他想，她是坚韧的、勇敢的，或许，还是温柔的。对了，他已经知道，她的闺名叫"昭"，"贤者以其昭昭，使人昭昭"的"昭"。邵明渊伸手拂过金黄浅白的忍冬花，自嘲笑笑：真是可笑，她在时，一人独守在这方小院子里，他忙于抗击鞑虏；她不在了，他才开始了解她，走近她。

接下来几日，乔昭日子过得风平浪静，而邵明渊那里又有了新动静。

邵知从远威镖局副镖头林昆的老家风尘仆仆赶回来，向邵明渊禀告道："将军，属下带着林昆一起回来了。"

"问到了什么？"

邵知摇摇头："林昆什么都不说，他说要见您。"

"见我？"

"是，他说只有见到您，才会说。"

邵明渊听了面无波澜，淡淡道："你安排一下，让他在春风楼等我。"

邵知心知将军很多事不愿在侯府办，可想到春风楼毕竟是人来人往的酒肆，又有几分迟疑，只听将军大人轻飘飘道："放心去安排，我把春风楼买下了。"

邵知："……"能别乱花钱嘛，他们这些属下还指望将军赏钱娶媳妇呢！

春风楼青白酒旗迎风招展依旧，出入的酒客浑然不知这家在京城颇有名气的酒肆已经悄然换了东家。

这一次邵明渊是从后门进的，连前面酒楼都没去，直接进了后院一间屋子，跟着来的两名亲卫悄然守在门口。

屋内布局明朗，临窗的桌上摆着一只细白瓷大肚的酒壶并一对酒盏，窗台上一盆芍药花开得绚烂。

邵明渊坐下，没有斟酒，只是静静等着。

大约过了两刻钟左右，门外传来动静，片刻后门推开，邵知领着一位中年汉子走进来："将军，林镖头来了。"

邵明渊看向林昆。

远威镖局在京城开了多年，甚至在一些大城市开设了分局，作为镖局的副镖头，此人可算得上一号人物。

眼前的中年汉子身量不高，却很壮实，饱经风霜的脸上有一双明亮精神的眼睛。

"林镖头。"邵明渊率先出声。

林昆目光灼灼望着邵明渊，忽地拜了下去："见过将军！"

他双手轻颤，似是竭力忍着激动。

邵明渊有些意外，伸手把林昆扶起："林镖头不必如此多礼——"

林昆站起来，一双眼亮亮的，眼中满是见到崇敬已久之人的热切。

邵知没好气地想：这人执意要等见到将军才说，该不会是因为纯粹想和他家将军见一面吧？邵知这样想着，目光落在林昆紧握着邵明渊的手上。哼，还不放手！

邵明渊比邵知淡定得多。

这样的眼神，他在北地见得太多了。

"邵知，你先出去吧。"

既然此人要见了他的面才肯说，可见是不愿意有旁人在场的。

"领命。"邵知扫了林昆一眼，默默退了出去。

室内只剩下邵明渊与林昆二人，邵明渊抽回手，指指桌上的白瓷酒壶："林镖头，喝一杯么？"

"不，不用了。"在大名鼎鼎的冠军侯面前，作为一名走镖混日子的普通百姓，林昆显然有些激动，望着那张近在咫尺年轻而英俊的脸，忍不住表白道，"将军有所不知，想当年我还年轻的时候，就听说过您的英雄事迹了，对您特别崇敬——"

邵明渊："……"

他垂眸，伸手把酒盅翻转过来，执起酒壶依次倒满，而后推过去，温声浅笑道："我的荣幸。"

手指碰上冰凉的酒盅，林昆才清醒过来，不由呆了呆。

他刚刚都胡说八道了些什么？

"这酒名'醉春风'，林镖头定然是喝过的。"

"哦，喝过，喝过。"林昆接过邵明渊递过来的酒，晕乎乎就喝下去了。

邵明渊没有觉得好笑，反而心头发涩。百姓就是如此，你保护了他们，他们便把你敬在心里，饶是平时顶天立地的汉子都能流露出孩子气的一面。没有党争，没有忌惮，这些最朴素的感情，一直是他坚守北地的动力。

邵明渊理解林昆的心情，没有直接进入正题，而是如朋友小聚般闲聊了几句，见他心情渐渐平复下来，才谈起："林镖头应该知道，我的妻子当初落入鞑子手里，是因为走错了路——"

林昆神色一变，放下酒盅肃然道："是。"

将军夫人被掳走时，他就在场，哪有不清楚的，那是走错了路吗？

眼前的人虽年轻，却是他敬仰已久的人，林昆心一横，把那个在脑海中盘旋已久的念头说了出来："将军，小民认为，当时不是走错了路那么简单，是前来接夫人的人有问题啊！"

"所以当初前来替换的将领提议改路时，林镖头才会强烈反对吗？"

"不错，将军有所不知，小民其实是北地人，七年前才逃难到了京城，现在的老家其实是我婆娘的娘家，所以别人对那条路线一无所知，小民却再清楚不过，从那处岔道走的话，有一处山道特别适合伏击。"

邵明渊一听林昆是北边人，没有太意外。

当时他听邵知回禀的情况，就隐约猜到，这位因为改道不惜与苏洛峰吵起来的林副镖头若不是心中有鬼，那么就一定是曾到过北地的。

也难怪侯府托镖，远威镖局会派这位林镖头走镖。

邵明渊又斟了一杯酒递过去。

许是说开了,这一次林昆没有丝毫局促,接过来一饮而尽。

邵明渊定定望着他,忽然起身,抱拳一礼:"那么林镖头能否仔细想一想,在队伍未改道之前,可发生过什么异常?"

林昆吓了一跳,腾地站了起来,无措道:"将军,您可折杀小民了!"

他想去扶邵明渊又觉得不合适,急得脸色通红。

不忍他为难,邵明渊重新落座,语气郑重:"请林镖头好好想想,这对我很重要。"

林昆一听,便绞尽脑汁想起来。

他想了好一会儿,迟疑道:"要说异常嘛,似乎也算不上——"

"林镖头说说看。"

"就是过鬼哭林时……鬼哭林将军知道吧?"

邵明渊不动声色从怀中抽出一卷图,缓缓展开,伸手轻点某处问:"是不是这里?"

林昆眼睛一亮,连连点头:"不错,就是这里!当时队伍路过这里歇息时,贵府总管事带了几个人,说想打牙祭了,要去林子里猎一头野猪来吃。小民曾提议不要去,不过见他们坚持,就没有再多说。这事吧,其实算不上什么异常,别人全都没在意,就是小民当时心里有点硌硬。"

"为何?"

林昆伸手点了点鬼哭林的图示,叹道:"当地大多数人只知道鬼哭林到了夏天会生一种瘴气,进去的人十有八九会把小命丢在里头,冬天就没事。小民却还知道一个情况,进了这林子沿着这里走,就能横穿一个山腹,到达与鞑子接壤的地带了。"

邵明渊眼神蓦地一缩。

原来如此!

那边是回攮,若是正常赶路,需要绕行四五日才可抵达,并不在路线之内。

林昆见邵明渊神色冷凝,忙道:"小民没有别的意思,就是不愿多生是非罢了,那条近路罕有人知。沈管事他们没用太久就回来了,把猎回来的野猪烤了,小民还分了一块吃呢。"

罕有人知,并不代表没有人知。

浓浓的疲惫和冷意涌上来,邵明渊不动声色笑笑,举起酒壶道:"来,喝酒。"

林昆离去后,邵明渊坐在酒香淡淡的屋子内,迟迟没有动。

邵知小心翼翼地喊:"将军?"

邵明渊抬眉:"去帮我把池公子、朱公子他们请来,就说我请他们在春风楼喝酒。"

邵知隐隐松了口气。

将军还知道找好友喝酒,总比这个样子让人放心。

"领命。"

邵知走到门口，听邵明渊在身后唤："邵知——"

他转了头，迎上的是一双冷如寒星的眼："去把沈管事给我绑了，让冷逸好好审审！"

邵知心中一凛。冷逸在军中主管刑罚，论起审讯细作的手段不比大名鼎鼎的锦鳞卫差。看来将军真的是被气到了。

"将军，咱们绑了沈管事，夫人那边——"

邵明渊抬起眼皮，淡淡问："打闷棍会么？"

那一瞬间，邵知神情颇为复杂："会！"

闷棍当然会打，只是他以为将军这样的人不会啊，何况那位沈管事还是将军母亲的亲信——

邵知领命走后，邵明渊又坐了一会儿，起身前往前面酒楼。

时值下午，正是酒楼冷清的时候，邵明渊进了前不久与池灿见面的雅室，默默等候。

最先来的是杨厚承。

杨厚承见了邵明渊满是欢喜，上前拍了拍他："庭泉，我可等这顿酒好久了，自从你回京后愣是一直没机会！"

邵明渊扬扬手中酒壶："那今天咱们一醉方休！"

"没问题啊！"杨厚承一看酒壶笑了，"醉春风吧？今天可以好好喝一顿了。哎呀，他们两个怎么还没来？"

他说完，拍拍头，自顾解释道："忘了这里是西大街了。庭泉，以后咱们再聚改在百味斋呗，或者对面的德胜楼也行啊，那两家都是老字号了，咱们离得也近。"

"可这里酒好。"

杨厚承一听，嘿嘿笑笑："说得也是，我小时候就喜欢偷喝春风楼的酒。"

二人是多年好友，闲聊起来自是无拘无束，等池灿与朱彦先后赶到时，酒已经喝光了一壶。

池灿今日穿了一件宝蓝底菖蒲纹的直裰，牙白色同纹腰封，系了一块墨玉佩，端的是公子如玉，一进门便带来满室光辉："我说庭泉，你可真是恋旧啊，对这春风楼就依依不舍了？"

邵明渊微笑："我确实恋旧。"

他如今是春风楼的幕后东家，有些不便在侯府做的事来此处更为方便。就比如今日，他先见了林昆，再约池灿等人喝酒，哪怕被人知道了行踪，亦不会多心。

这里不只是他年少时最鲜亮的一抹回忆，更是他以后可以稍微放松心情之地。

池灿一屁股坐下来，哪怕是毫无形象跷起腿，依然让人觉得赏心悦目，笑吟吟道："这么多年来咱们第一次聚这么齐。你们不厚道啊，已经开喝了？"

朱彦却规矩多了，冲邵明渊温和笑笑，跟着坐下来。

邵明渊斟满了一杯酒："自从回京后一直没顾上与兄弟们聚聚，我先自罚三杯！"

他一连喝下三杯酒，冷玉一样的脸染上一抹绯红。

杨厚承伸手拍拍他的肩，朗笑道："还是庭泉痛快！来来，喝酒。"

好友相聚，自是没有寻常酒局的虚与委蛇，推杯换盏，喝得无比痛快。

只是朱彦心细，渐渐就觉出不对劲来。从坐下到现在，庭泉喝起酒来不皱一下眉头，颊红如霞，可一筷子下酒菜都没动过。莫非是因为妻孝，不愿吃大荤之物？

朱彦借口去净房，吩咐守在门外的伙计端来几样素食。

他先夹起一个丸子，吃下后笑道："春风楼的这道香煎素丸子味道很不错，你们都尝尝。"

池灿很给面子夹了一筷子，吃完评价道："尚可。"

杨厚承吃下一个丸子，摇摇头道："我还是觉得这道糟香鹌鹑下酒够味！"

邵明渊只听不语，端起酒杯喝了一口。

朱彦这下便确定了：好友果然有心事！

若是以前，凭着几人的交情，自是可以畅所欲言，可如今邵明渊身份不同，或许有些事是他们不便知道的，这话就问不出口了。

朱彦干脆佯作不知，夹了一个素丸子放入邵明渊碟中："庭泉你也尝尝，杨二是没眼光。"

杨厚承一听不高兴了，撇嘴道："谁没眼光啊？"

他伸手夹了一筷子糟香鹌鹑放入邵明渊碟中，不甘示弱道："庭泉你尝尝，看哪道菜更适合下酒！"

朱彦："……"这是猪队友吧？

池灿虽不如朱彦心细，可这个时候已经看出不对劲来。

他不像朱彦寻思那么多，把筷子一放，挑眉直接问道："庭泉，你心情不好？"

邵明渊一怔，在三位好友的注视下，没再隐瞒，轻笑道："是，所以找你们喝酒啊。"

还好在这京城，他还能找到可以一起喝酒的人。

"怎么了？"

刚刚查到的一些隐秘即便是对好友也无法言说，邵明渊摩挲着酒杯，笑笑："忽然觉得我与京城格格不入，我可能更适合留在北边。"

但是他知道，短时间内他是不可能离开京城了。

池灿听了莫名不爽，哼一声道："什么格格不入，有我们在，就不会格格不入！"

他就说嘛，这小子除了位高权重，也没什么优点了，以后还不是要跟着他混。

"就是！"杨厚承跟着安慰，"北边再好，有春风楼吗？"

"没有。"

"有糟香鹌鹑吗？"

"没有。"

听着好友的你一言我一语，邵明渊忽觉那沉甸甸压在心头的痛楚轻缓了许多。

"有我们吗？"

"没有。"

"有这么暖的天吗？"杨厚承借着酒意越说越起劲，指指窗外。

窗外阳光明媚，洒满街头。

"没有。"

"有穿得花枝招展的漂亮小娘子吗——"

朱彦抬脚，在桌底下踹了杨厚承一脚。

这蠢蛋，真是哪壶不开提哪壶。

窗外街头一辆青帷马车缓缓停下来，车门帘挑起，跳下一个穿着葱绿色衫子的小丫鬟。

小丫鬟欢欢喜喜往春风楼走来，她身后的马车窗帘忽地轻轻掀起，露出少女安静浅淡的笑颜和波澜不惊的目光。

那样的目光好似在梦里见过千百回，莫名熟悉，酒意浓浓的邵明渊心生几分恍惚，轻声道："也没有。"

乔昭似有所感，抬眸望去。临街的窗边年轻男子目光朦胧，如笼罩了一层令人窥不见秘密的月纱，双颊似火，把他冷玉般的脸勾勒得越发夺目。是邵明渊。他为何出现在这里？西大街向来是文官府邸的聚集地。难道说李爷爷又给他出难题了？乔昭静静望着邵明渊，暗暗摇头。

他寒毒已深，竟还放肆饮酒，究竟是对自己的身体状况不知情，还是毫不在意？若是不知情，李爷爷不打算告诉他吗？若是知情而毫不在意，他年纪轻轻，青云直上，又是因何如此？

乔昭思绪一下子飘得有些远，飘到她一直不是很愿意回忆的那两年侯门生活。

要说起来，自她嫁进靖安侯府，吃穿用度俱是顶好的，婆母靖安侯夫人甚至主动免了她日常请安，阖府上下，无不对她客客气气。

可那两年，她就是有种与侯府格格不入的感觉，仿佛她不是靖安侯府的二少奶奶，而是被圈养在笼中的金丝雀。

她曾想过，或许是邵明渊不在京中，她身为新嫁娘，还是没与新郎官相处过一日的新嫁娘，站在婆母的角度，定然希望她规矩些，以免惹来闲言碎语。

但渐渐地，她就察觉出不对劲来。

她的婆母，靖安侯夫人，似乎对远在北地出生入死的次子并无多少惦念，这在过年与中秋的团圆宴上令人感受尤深，准确地说，是令她感受尤深，侯府上下似乎都习以为常了。

只有公爹靖安侯时常提及次子，督促侯夫人定时把鞋袜衣袄等物托人送到北地去。侯夫人虽然应下来，可眼底的冷淡是遮不住的。

她忍不住想，哪怕是血肉至亲，亦会因为多年的聚少离多而疏远吗？

她与父母同样是聚少离多，仔细想一想，母亲与兄长的感情确实更深厚些，甚至与庶妹相处时不经意间流露出来的神态，都比与她接触时自然亲昵。

或许，距离真的是很可怕的东西。

后来，婆母提出送她去北地，并带来了天子允诺的口谕，她自是不能拒绝。那时候，想到要离开牢笼般的侯府，她甚至有些期待。

北征军长年累月在北地征战，那些高级将领的妻子大多都是随军的，她们会如当地人一样在天高地阔的北地扎根，甚至就这样传承下去。

她没想太久远的事，只有一点很明确，既然仙去的祖父为她定下这门亲事，定然是期待她与邵明渊举案齐眉，相濡以沫。

那么，她愿意试试看。

"看什么呢？"窗口又探出一个人来。

明媚阳光下，那人俊美得令人炫目，乔昭微怔，忍不住微眯了眼。

还真是巧了，不知现在放下车窗帘，还来得及么？

显然是来不及的，池灿看清窗外的人，居然做出一个所有人包括他自己都始料不及的动作。他伸手把邵明渊拽了回去，然后砰地关上了窗子。

对好友，邵明渊并不设防，任由池灿拽着手臂，上涌的酒意落下去，寒星般的眸子恢复了清明。

他默默看着近在咫尺的好友，眼带询问。

杨厚承更是直接问了出来："怎么了啊？"

他一边说一边站起来，走到窗边，伸手推窗："见鬼了啊？"

"杨二，放下你的爪子！"池灿冷喝一声，喝完莫名有些心虚。

他一定是喝多了，刚刚手怎么这么快呢？外面是那丫头又怎么了？

偏偏这个时候杨厚承也喝了不少，酒劲上来，哪还会被小伙伴威胁住，好奇心指使着他手一伸就支开了窗子，探出大半个头去。

"没什么啊，什么人都没有。"杨厚承茫然四顾，只看到一辆马车静静停在不远处。这时一个穿葱绿色衫子的小丫鬟抱着酒坛脚步轻快跑向马车，杨厚承"咦"了一声，回过头一脸兴奋地道："是黎姑娘呢！"

见三位好友都没吭声，俱都默默盯着他，杨厚承一脸莫名其妙："你们都看着我干什么？是黎姑娘啊，我喊她上来！"

他说完也不顾三人表情，扭头招手，刚要开口就被人在身后拉了一下。

"子哲，你拉我干什么？"

小丫鬟跳上马车，车子缓缓动起来。

杨厚承有些着急："马车要走了呢！"

朱彦的声音颇无奈："重山，青天白日的，这么大呼小叫喊一位姑娘家，不大好。"

眼巴巴见那辆小巧的青帷马车渐渐远去了，杨厚承不满地撇撇嘴道："这话说得，青天白日不能叫，月黑风高就可以叫了？"

"我不是这个意思——"朱彦摸摸鼻子。

"本来就是认识的，打个招呼怎么啦？你们什么时候这么迂腐了？"杨厚承斜睨着池灿，"还有拾曦，至于连窗子都关上吗？让黎姑娘瞧见该多伤心啊。"

喝过酒后杨厚承话格外多，一转眼落到一言不发的邵明渊身上，嘟囔道："咱们这里就庭泉不认识黎姑娘，但咱们的事，庭泉有什么不能知道的啊？"

池灿黑着脸听着。那棵白菜会伤心？别开玩笑了，刚才他分明看到那没良心的丫头正含情脉脉与邵明渊对视呢！也就是杨二蠢，不知道这里面就邵明渊吃过那丫头做的叉烧鹿脯。哼，他再不关窗子，那丫头——池灿心中一紧，暗暗冷笑。他真是酒喝多了，那丫头如何，关他何事？

"我该知道什么？"邵明渊捏着酒杯问。

三位好友对那位黎姑娘，似乎很是不同。

池灿正恼自己刚刚脑子抽风，抿着唇一言不发。

朱彦唯恐杨厚承乱说，抢先道："是那天我们三个逛庙会认识的——"

迎上邵明渊平静清澈的目光，朱彦后面的话陡然说不下去了，抱歉笑笑道："其实我们是在南下时认识的，不是故意瞒着你，是怕传出去对黎姑娘的名声不好……"

朱彦把三人与乔昭相识的经过娓娓道来。

邵明渊默默听着。原来如此，他就说，凭他对三位好友的了解，没有特殊的机缘，如何会对一位姑娘家另眼相待呢！听朱彦讲完，邵明渊看了池灿一眼，若有所思。这么说，刚刚拾曦突然关上窗子，是不愿让他知道他们与黎姑娘认识？就如子哲所说，怕南边的事传出去有损黎姑娘声誉？

邵明渊隐隐觉得没有这么简单，可喝多了酒脑子没有平时灵光，一时又想不了更多，便举杯冲池灿笑笑道："放心，我不是多话的人。"

池灿扯了扯嘴角："我有什么不放心的，她又不是我什么人，名声受损还要我负责不成？"

"黎姑娘肯定不会找你负责的。"酒意朦胧的杨厚承拍了拍池灿的肩膀，大着舌头道，"你不是早知道吗——"

池灿脸一黑。这混蛋不拆台会死啊？

"来来，喝酒。"朱彦打圆场。

散场后，邵明渊骑着马一路回了靖安侯府，到了门前翻身下马，有仆从上前接过缰绳，恭敬道："二公子，您回来了。"

邵明渊点头示意，抬脚走了进去。

他酒量不浅，但今天藏着心事，面对好友又是敞开了喝，此时已是半醉。好在他自制力强，走路时宛若常人，只是满身酒气是骗不了人的。

有人悄悄去禀告靖安侯夫人沈氏："夫人，二公子才回来，好像喝了不少酒。"

"喝了酒？"沈氏眸光一闪，问报信的人，"醉了么？"

"瞧着倒是清醒的，不过一身酒味。"

沈氏想了想，吩咐一个婆子："去请二公子过来，就说我找他有事。"

婆子领命而去，沈氏立刻对心腹华妈妈道："去把你们那口子买的货安排好。"

"是。"

等华妈妈出去，沈氏指着香几上的鸭嘴香炉，吩咐大丫鬟素蝶："这香有些淡了，把华妈妈那日带回来的蔷薇香露滴几滴进去。"

素蝶忙取来蔷薇香露，滴几滴香露到香匙上，添进鸭嘴香炉里。

香炉里炭火不熄，不久就从金鸭嘴中散发出袅袅的蔷薇香气来。

素蝶一边收拾香匙等物，一边赞道："夫人，这蔷薇香可真好闻，婢子听说，这样的香露可金贵呢，是从海外来的。"

沈氏笑意深深："是很好闻，行了，你去门口候着，二公子来了便领他进来。"

素蝶应一声，扭身出去了。

沈氏靠着太师椅，弯了弯嘴角。

那个冷心冷肺的东西竟然喝了酒？这可真是天助。

约莫过了一刻多钟，素蝶立在门口喊："夫人，二公子过来了。"

"请他进来。"

不多时邵明渊走进来，行礼道："母亲。"

"怎么这么晚回来？"

"和几位朋友聚了聚。"

沈氏语气不悦："家里乱糟糟这么多事，以后少出去闲逛。"

邵明渊没吭声。

习惯性的厌烦涌上来，沈氏暗暗吸口气平复下去，淡淡道："今天叫你过来，是想问问，乔氏出殡那天，对打幡抱罐的人你有什么想法？"

邵明渊怔了怔，问沈氏："此事母亲与父亲商议过么？"

按大梁风俗，为逝者打幡抱罐的人便是被认可的继承人。

沈氏冷笑一声："你父亲我还不知道么，自然是什么都听你的，所以不如直接问你，且便宜些。"

"我们没有子女。"邵明渊垂眸，缓声道。

"就是因为没有，我才问你！"沈氏加重了语气，已是有些不耐烦了。

邵明渊抬起眼帘，静静看着沈氏。

沈氏垂下眼帘错开他的视线，端起茶盏抿了一口。

"我自己来。"

"咳咳咳——"沈氏被呛到，剧烈咳嗽起来。

一旁的大丫鬟素蝶忙上前替她拍背。

沈氏缓了缓，瞪着邵明渊："你说什么？"

"我可以自己来。"邵明渊语气平静。

"住口！"沈氏重重一拍桌子，怒容满面，"我跟你父亲还没死呢，你这是说的什么混账话！"

她缓了缓，冷冷道："你大哥有两子，东哥儿是长子不合适，就让秋哥儿来吧，秋哥儿今年也有四岁了。"

邵明渊静静听沈氏说着，心更冷了。他有爵位在身，母亲这是逼着他将来把爵位传给侄儿？爵位这两个字，在他的生命里，还真是如附骨之疽，从不散去。年少时，他的兄长何尝不是因为忌惮他会抢了世子之位，处处防备他呢。也许，若不是当初的无路可走，他也没有千里救父杀敌的勇气。

"你觉得怎么样？"

邵明渊眉眼淡淡，许是饮了酒，自控力稍减，让他语气里的强硬分明起来："秋哥儿虽好，却是大哥的孩子，替乔氏打幡并不合适，还是儿子来吧。母亲或许忘了，若是逝者无子无女，便可由最亲近的人来替代。"

说到这里他顿了一下，淡淡道："还有谁比我更亲近的呢？"

他此生不会再娶妻，爵位不是不可以给侄儿，可不能是别人逼着他给，哪怕是母亲亦不能。

今天叫邵明渊过来，沈氏本来也没想把这种大事定下来，不过是个由头罢了。次子心眼太多，若是没有个正经理由，定会起疑心的。但她确实是这么考虑的，此刻见他断然拒绝，不由大怒。

这可真是翅膀硬了！

"与你最亲近，你不也亲手杀了她吗？"沈氏轻飘飘道。

邵明渊心头钝痛，望着沈氏轻声问："儿子还有别的选择吗？"

又是谁，一定要把他逼到如此境地？

眩晕感袭来，邵明渊抬手扶了扶额，额头冰凉一片。

沈氏弯了弯唇角，挥挥手："罢了，我看你今日饮酒不少，此事还是改日再说吧。素蝶，送二公子回去。"

"不必了，我不要紧。明渊告退。"

邵明渊习惯性回了书房，头晕上来，脱去外衣直接躺下，迷迷糊糊中听门外有人喊："二公子，夫人让婢子送醒酒汤来。"

这是邵明渊的书房，平时会有邵知与邵良歇在附近，而今，邵知与邵良各有任务，便只剩了他一人。

"二公子，婢子进来了？"

门外的女子声音柔柔的，尾音轻颤，像是勾人魂魄的海妖。

邵明渊觉得有些热，拽了拽衣襟，声音依然冷然："等等。"

他起身，脚落地时因为眩晕有些发软，穿好外衣，一步步走向门口。

门外的女子低眉敛目，光洁修长的脖颈暴露在月光下。

脚步声渐渐近了，她似乎能隐隐闻到淡淡的酒香味。

屋里的人已经来到门口，停了数息，忽地传来响声，紧接着是往回走的脚步声。

端着醒酒汤的清丽女子脸色倏地变了。刚刚的声音……居然是插门声！原来那位闻名天下的冠军侯刚刚叫她等等，居然是过来锁门的？

女子咬了咬唇，声音更是柔婉："二公子，您是不是喝醉了？您开开门吧，夫人让婢子给您送醒酒汤，您若是不用，婢子回去没法和夫人交差呢。"

屋里已经响起轻浅的呼吸声。

女子："……"

她还不信邪了，莫非真有坐怀不乱的男人？

"二公子，您开门啊，您若是不开门，婢子只能一直等下去了。"

片刻后，屋内脚步声响起，房门忽地被打开了。

逆着月光，站在门内的男子眉眼清俊，双颊染霞，风采无双。

那一刻，女子心急跳数下，仿佛成了被蛊惑的那个人。

"二公子——"她弯唇浅笑，黑发后拢，露出光洁素净的面庞。

邵明渊眼神一紧，随后平静的神情转为愠怒，拎起女子连人带醒酒汤，一道扔出了院子。

"再踏进一步，我宰了你！"年轻的将军杀气凛凛，居高临下警告。

温润如皓月的清贵公子瞬间转为冰冷无情的杀神，让女子刚刚生出的爱慕还不曾发酵就如泡沫般破了。

在这样的杀气笼罩下，她抖如筛糠，汗如雨下。

邵明渊转身进了屋，关好门，直接倒在了床榻上。

会有这样的母亲吗？竟然派了与亡妻有几分相似的女子来送醒酒汤！

母亲在想什么？又把他当成什么？

烈酒在腹中灼烧，怒火与悲哀在心底翻腾，而偏偏，下腹又有另一团火流窜。

那是独属于男人的欲望，哪怕他不曾有过女人，亦是明白的。

邵明渊坐了起来，背靠着冰冷的墙壁，深深叹了口气。他喝多了酒，素来冷漠的母亲却等不及明天便唤他去商议妻子的丧事，随后送来了醒酒汤。而送醒酒汤的女子，容貌与妻子有几分相似。他邵明渊在母亲心里，就是个毫无心智的傻子吗？

多么……拙劣的计谋。

邵明渊讽刺地想。

可任他如何想得明白，身体的反应却不由理智做主。

那不是疼，却比任何一种疼都让他难受，身体是，心更是。

邵明渊干脆起身去了净房，一遍一遍用冷水冲刷着身体，直到身体凉透，夜已过半。

得知结果的沈氏同样气得一宿没怎么睡，翌日一早把头疼欲裂的邵明渊叫来，当着靖安侯的面就发了难：

"邵明渊，昨天我与你说的是正经事，你长大了有主意，不同意我的话是一回事，难道就因为这个，便丝毫不把我这个当母亲的放在眼里了么？"

"儿子不敢。"

"不敢？你有什么不敢的？"沈氏看一眼靖安侯，冷笑道，"昨晚我好心打发人给你送醒酒汤，你是如何做的？"

邵明渊淡淡道："儿子酒喝多了，忘了。"

"忘了？"沈氏气得心一哆嗦，扬起眉道，"侯爷您听听，他一句喝多了酒忘了，竟把我派去送醒酒汤的人连人带汤一起丢出了院子！"

"还有这事？"靖安侯眨眨眼。

沈氏心中冷笑：又是这样，每次只要她一说邵明渊的不是，侯爷就打马虎眼！

面对靖安侯的询问，邵明渊依旧神色不变："儿子喝多了，确实不大记得了，可能是当敌人来袭，顺手丢出去了。"

"顺手？那是敌人吗？那是娇娇柔柔的小姑娘！你是有多大的杀心，竟下这么重的手，那一丢让人至少半个月起不来床！"

"敌人不分男女。"邵明渊语气平静道。

"哈哈哈——"听了这话，靖安侯大笑出声，伸手拍拍邵明渊的肩，欣慰道，"我儿说得好，一位真正的将领，怎么能凭感情用事？面对敌人是该这样！"

靖安侯连连点头，长叹道："青出于蓝而胜于蓝，明渊，你比父亲强！"

沈氏："……"每当这时候就想弄死小的，再弄死老的，真是气死她了！

"对了，夫人，你昨天找明渊说什么事？"

沈氏端起茶盏抿了一口，平复心情道："哦，乔氏眼看着要出殡了，我是和他商量一下，让秋哥儿给乔氏打幡——"

"这怎么行！"未等沈氏说完，靖安侯就出声打断。

迎上沈氏不满的眼神，靖安侯轻咳一声道："我的意思是说，明渊还年轻，将来总会再娶妻生子的，让秋哥儿替乔氏打幡，不妥，不妥。"

让秋哥打幡，就等于把秋哥记在乔氏名下了，等将来次子再娶妻生子，那继室之子的地位就尴尬了。

"行，你们爷俩一个鼻孔出气，是我枉做好人了。"沈氏冷笑着起身，"我该去理事了，侯爷自便吧。"

她从邵明渊身旁走过，眼中一片冰冷。

昨天的事没有成功，今早也没有抓住把柄，这逆子是越来越滑头了！

沈氏去了日常理事的花厅，不多时各处的管事们陆续前来，一一向她汇报各项开支情况。

沈氏扫了一眼问："怎么不见沈管事？"

管事们面面相觑，最终一个负责采买的管事道："回禀夫人，昨天小的看见沈管事换了一件新衣裳出府去了。"

有人一听便偷笑起来，心道：那老家伙，定然是寻乐子去了。

沈氏把不满暂且压下："行了，都散了吧。"

她这边打发人去寻沈管事，邵明渊那里则正在听邵知回禀。

"将军，冷逸说了，最多明天，就把该问的都问出来。"

邵明渊点点头，吩咐邵知："再调四名亲卫进府，轮班守着我住的地方，以后谁再进来，统统丢出去。"

邵知听了心里替将军有些难受，立刻应了下来。

没有等到第二天，邵知就带来了沈管事招供的消息。

"将军，那王八羔子已经招了！"

"说吧。"

邵知犹豫了一下。

他不忍说。

邵明渊轻轻笑了："说吧，我大概能猜到了。"

一种莫名的悲伤涌上邵知心头，他张了张嘴，仿佛有千斤重担压在心上，让他嗓音发涩："查到一个叫谢武的，曾是北征军，三年前受伤从军中退出回到了京城。谢武是沈管事的表弟，当年进入兵营正是沈管事一手操办的。他是这次护送夫人前往北地的侯府护卫之一，正是他借着打猎的名义从鬼哭林穿过山腹去了回攘，与那边的齐人联系上了——"

邵知说到这里，小心翼翼看了邵明渊一眼："将军——"

"沈管事招供了幕后指使？"

邵知沉默了。

邵明渊静静等着，一直没等到邵知的回话，便轻轻笑了："我明白了。"

他头一偏，咳嗽了一下，以手掩住，而后回过头来："继续说吧，那个谢武如今在何处——"

邵知却已经骇然失色："将军！"

"怎么了？"邵明渊眉眼淡淡。

邵知眼睛瞪大，见惯了枪林箭雨的汉子眼眶却红了，死死克制着才没有落泪，颤抖着唇伸出手："将军，您……您擦擦，您流血了……"

流血？

邵明渊垂眸看了一眼手心。

骨节分明的手指，厚茧层叠的掌心，上面是一抹触目惊心的殷红。

邵知扑通一声跪了下来，在这一刻，铁血汉子泪如雨下："将军，属下知道您心里难受，只是求您不要这样对自己！我们需要您，大梁的百姓也需要您啊！"

邵明渊掏出雪白的方巾擦了擦嘴角，轻踹邵知一脚，淡淡道："起来，大男人哭成这样，丢不丢人？"

"属下不管，属下不怕丢人，属下只希望将军能爱惜自己！"

"我没事，不过是急火攻心罢了。呵呵，以往什么伤没受过，也没见你这个怂样子！"

"我——"邵知张了张嘴，说不出一个字来。那能一样吗？可是他一个下属，此刻能说什么呢？让将军把那个该死的幕后指使千刀万剐？不能够啊，那是将军的亲娘！"说正事。谢武人呢？"

邵知干脆低下了头不去看邵明渊的样子，低低道："沈管事招认，回到京城后就打发谢武出去躲着了。属下已经派了人去找谢武，另外请示将军，沈管事该怎么处理？"

"放他回去。"

邵知猛然抬头："放回去？"

邵明渊轻轻颔首。

"将军，这也太便宜那王八羔子了，咱们不能对付那幕后指使，还不能收拾那个混蛋吗？"邵知急急说完，又后悔失言。

将军既然这么说，他照办就是，怎么还乱说话戳将军心窝子，他真是糊涂了！

"邵知，我的意思是，放他回去，还当他的沈管事。"

"将军——"邵知听得更加困惑。

"你让冷逸告诉他，好生生回去还当他的管事，若是引起任何人疑心，当不成这个管事，那么命也不必要了。"

这一次邵知彻底明白了，看向邵明渊的目光更是崇敬，抱拳道："领命！"

　　将军果然还是他心中智勇无双的将军，哪怕如此心伤，依然能做出最有利的选择。暂且不动沈管事，而握有沈管事的天大把柄，无异于从此以后掌控了大半个侯府的动静。

　　"去吧，等寻到谢武，收集所有人证物证，都给我控制起来，然后把谢武从小到大的一切都给我查一查。"

　　即便那幕后黑手来自至亲，又如何会恰到好处选出那样一个人？

　　邵知领命出去，邵明渊替自己倒了一杯温水，缓缓喝下，冲散了口中的血腥味。而后他靠着墙壁坐下来，闭上了眼睛。

　　母亲她……是想要他死吗？

　　如果她想要的是他的命，又何必害了别人！

　　哦，不，那不是别人，那是他邵明渊的结发妻子。

　　邵明渊闭着眼，皎洁的月光透过雕花窗棂洒进来，投在他脸上，把那张脸映得比北地阿澜山上的雪还要白。

　　他忽地就想透彻了，不由露出自嘲的笑容。

　　原来母亲要的，是他生不如死。

　　多么残忍的真相。

　　一阵气血翻涌，邵明渊伸手按住心口，把翻腾的气血压下去。

　　有那么一瞬间，他很想不顾一切去质问，可最终还是把那个念头压了下去。

　　质问了，又怎么样呢？

　　他做不到把刀剑对准自己的母亲，或许一刀结果了自己还痛快些。

　　邵明渊低头，双手插进发里，冷意袭来，从里到外，冰冷一片。

第九章 兄长

天气渐渐热起来，在乔昭隐秘的期盼中，终于到了她出殡的日子。哦，这样想似乎有些奇怪。乔昭每当想到这里，就忍不住笑笑，暗嘲自己是越来越心大了。

这天她起了个大早，白净净的脸蛋什么都没涂，上穿鸭蛋青的衫子，下穿白色挑线裙，浑身上下无一装饰，只戴了一对白色珍珠耳坠。

给邓老夫人请过安，乔昭便道："祖母，明天是去疏影庵的日子，我想去笔墨铺子逛逛，看有合适的笔墨买下来送给师太，答谢师太这些日子对我的指点。"

邓老夫人点头："去吧，早去早回。"

乔昭出了门，没坐黎府马车，而是命冰绿雇了一辆车，先去笔墨铺子选好了一方上品净烟墨，随后赶往靖安侯府。

马车行到半途，就被人山人海堵得无法前行，乔昭干脆带着两个丫鬟弃车步行。

百姓最爱看红白喜事的热闹，何况是冠军侯夫人出殡，前往的宾客不胜枚举，不是王孙公子，便是高官重臣，轿子马车从靖安侯府一路摆出去数里，引来百姓围观便不足为奇了。

乔昭往前走着，路过一个个高高搭起的彩棚，耳边是百姓们兴奋的议论声，又有许多小贩趁机兜售最适合看热闹的瓜子等物，仿佛这场葬礼是一场倾城而动的狂欢，而后定然会被京城的人们茶余饭后议论许久。

"来了，来了！"人群一阵骚动。

浩浩荡荡的出殡队伍由北而来，艳阳的天，好似突然间大雪纷飞，白茫茫一片。

不少人惊呼起来："快看，竟然是冠军侯亲自打幡！"

人们争先恐后踮起脚观望，乔昭顾不得其他，往最前面钻。

"姑娘，姑娘您小心啊！"冰绿不断把靠近了乔昭的人往旁边推，急得脸色发白。

姑娘这是怎么了啊，平时的淡定从容呢？为了见冠军侯也太拼了！

阿珠面上不露急切，却牢牢把乔昭护住，半点不敢分神。

而此刻的乔昭却什么都顾不得了，她眼睁睁看着送殡的队伍由远及近，缓缓而来，那打幡的年轻将军，送殡亲友中的池灿、朱彦等人，还有相处不错的小叔子邵惜渊，无论是熟悉的或是陌生的一张张脸，皆无法入了乔姑娘的眼。

她的目光，由始至终只盯着一个人。

那人身姿挺拔，如松如竹，遥望时只觉风采无双，待走近了，便看到那张本该朗如明月的容颜被硬生生毁去一半。

乔昭所站的这一边，正好把乔墨毁容的半边脸瞧个清清楚楚。

乔昭抬手遮住眼睛，眼泪落了下来。

耳边是此起彼伏的议论声：

"你们看，那人是谁啊，怎么跟鬼一样吓人？"

"那人一定是被毁容的乔家公子了。"

"乔家公子？啧啧，就是前两年与长公主府的池边宝树并称的乔家玉郎？"

"就是他！"

"唉，乔公子毁了容，怎么不遮掩一下呢？"

"那谁知道呢，啧啧，瞧着真是吓人。"

那些议论声嘈杂无比，仿佛有无数苍蝇在耳边乱飞。

乔昭有些眩晕，却挺直了脊背，把手放下来。她的兄长，是毁了容，却没有做任何见不得人的事，那些心思肮脏坏事做尽的恶人都不怕见人，她哥哥为什么怕？无论是她，还是兄长，从不会学藏首露尾的行径！乔昭痴痴望着乔墨，脚步随着他的前行而移动。

"哎呀，你这小娘子，怎么不看路呢？"

一个眼神飘忽的年轻男子伸手去捏乔昭的手腕。

冰绿大惊，厉吼一声："放开我家姑娘！"

小丫鬟说着飞起一脚，照着年轻男子下边踹去。

随后，年轻男子的惨叫声直冲云霄，蜷着身子滚到了路中间，把出殡的乐声都逼得停了停。

邵明渊脚步一顿，出于常年对战的直觉，立刻往事故源头的方向望去，这一望，便撞见一双含泪的眸子。

他不由一怔。

最近这位黎姑娘似乎常常见到。

早有侯府的人上前把那倒霉的年轻男子拖走，哀乐声再起，出殡队伍继续往前动起来。

那一刻，乔昭没有注意邵明渊投来的目光，而是一直盯着乔墨，心中有紧张，有期待，可乔墨始终没有转头。

乔昭忽然觉得很委屈，眼泪簌簌而落。

邵明渊尴尬收回视线。

一直悄悄跟着队伍行走的江远朝眼神闪了闪，若有所思。

那小姑娘也来看热闹了？

她哭什么？

她的视线——

江远朝偏头，看了看队伍。

不是看冠军侯，她是在看——

江远朝顺着乔昭目光的方向看去，得出了结论：她在看乔墨！

一个小小的翰林修撰之女，盯着毁容的乔家公子看个不停？

江远朝直觉有些不对劲，但今天这样的日子他没有什么心情追根究底，也不过是牵了牵嘴角，就凉凉收回了视线。

送殡队伍里的杨厚承凑在池灿耳边，低声道："我刚刚好像在人群里看到黎姑娘了。"

"是么？"池灿不由自主瞄了两旁一眼。

"那边，那边，你们快看，黎姑娘跟着我们呢。"杨厚承悄悄指给池灿与朱彦看。

他自己先愣了愣："黎姑娘哭了啊。"

池灿猛然看过去。

路旁站满了看热闹的百姓，大都在跟着队伍移动，最前方的少女像是人海里的一叶扁舟，随波逐流。

她穿得太素淡，就如这长长的队伍一般。

池灿莫名觉得不悦，好看的眉皱起来。她怎么了？好端端哭什么？以她的性格，不像是为了看热闹跟着出殡队伍乱走的人。再者说，她好歹算是大家闺秀，这个样子像什么话？就不怕再被人贩子拐了去或者被乱七八糟的流氓占了便宜？

池灿绷紧了朱红的唇，赌气收回视线，可片刻没到，又忍不住看过去，这样反复数次，终于确定乔昭确实在跟着他们。

出殡队伍渐渐到了城门口，因为要出城门，速度迟缓下来，宛若一条银白的巨龙，卧在那里一动不动。

池灿低低对朱彦与杨厚承道："我过去一下。"

"拾曦——"朱彦忍不住喊了一声。

池灿回头。

"我觉得黎姑娘不是在跟着我们。"

池灿听了不悦更甚，冷笑道："我问问去！"

他甩下两位好友走出队伍，来到乔昭面前。

看热闹的人太多，几乎要与出殡队伍混在一起，乔昭面前时不时就会有人挤过，是以当有人挡住她的视线时，专注盯着兄长的乔姑娘很自然往旁边挪了挪。

池灿："……"所以这死丫头根本就没看见他？

"姑娘——"冰绿与阿珠，一个激动，一个沉稳，同时拉了拉她衣角提醒。

乔昭回神，因为哭过，柔美的音色带了几分低哑："池大哥？你怎么在这儿？"

"我说我一直在，你信么？"黑了脸的池公子忍耐地问。

乔昭沉默。她没注意。

这样被人忽视彻底的感觉池公子还是第一次尝到，挑了挑眉，问："你来看这种热闹干什么？"

"我出来买东西，凑巧碰到了。看热闹不是人的天性么？池大哥不是也一样？"

池灿："……"

强忍着把眼前的臭丫头一脚踹飞的冲动，池公子咬牙切齿道："当然不一样，我是送殡的！"

乔昭呆了呆。

大意了，果然话不能乱说的。

"所以你在看谁呢？"池灿扭头看了一眼长长的队伍，眼神凉下来，"冠军侯？"

他嗤笑一声，低声道："黎三，我劝你死了这个心，以我对邵明渊的了解，他短期内是不会接受娶妻的。你恐怕还不知道吧，他特意向皇上告了一年长假来为亡妻守孝！"

见到被毁容的兄长，乔昭心疼又难受，本就心绪不稳，听池灿这么一说，再也没了好性子，淡淡道："冠军侯如何不关我的事，我看谁似乎也不关池大哥的事。"

"行，是我多管闲事了，那你就跟着吧，再丢了希望还有多管闲事的人救你！"池灿甩下这句话，拂袖而去。

乔昭抿了抿唇。

她似乎有些失态了，可这个时候，她真的没有心情哄池公子那别扭的性子。

池灿回到队伍里，脸上阴云密布。

"怎么了？"朱彦问。

池灿冷笑："算我多管闲事！你们听着，以后那丫头就是被狼叼去，我若再眨一下眼睛就不姓池！"

"那你打算姓啥啊？"杨厚承下意识问。

朱彦伸手拍拍池灿，满是敷衍安慰："好啦，这种场合别气了，以后咱们跟黎姑娘绝交，总行了吧？"

池灿一肚子的恼火忽然泄了。

这两个混蛋到底什么意思啊?

队伍缓缓移动着,乔昭从池灿三人那里收回视线,再次看向乔墨。

不知是上天垂怜还是纯粹的巧合,乔墨终于无意识往这边看了一眼。

与兄长对视的瞬间,乔昭愣在当场,无声落泪。

而后有一人伸手,把她拽进了人群里。

乔墨觉得只是一眨眼的工夫,那个周身散发着清净气质,让他陡然想到大妹的女孩子就不见了。他忍不住上前走了一步,被人拉住了衣角。

"大哥——"哭红了眼睛的乔晚仰着头。

乔墨俯下身来,语气温和:"是不是累了?来,大哥抱你。"

乔晚躲开:"我不要抱,大哥,我可以自己走的。"

小姑娘抬手擦了擦眼睛,声音娇娇软软让人心疼:"大哥,早上去侯府,你为什么不让我看看姐姐啊?我想看看姐姐。"

乔墨牵着幼妹的手,声音温柔:"那晚晚会忘了姐姐么?"

"不会的。"小女孩把头摇成拨浪鼓。

乔墨轻轻抚着她的头:"那就是了。姐姐和晚晚一样爱美,现在样子不好看,不愿意咱们看到。咱们只要把姐姐的样子记在心里就好了。"

"可是,我刚刚好像看到姐姐了——"

"你说什么?"乔墨眼神一紧。

前方的邵明渊忽然回头。

小姑娘仰着头,泪盈于睫:"我看到姐姐哭了。"

乔墨遥遥看邵明渊一眼,收回视线,轻声道:"晚晚看错了。"

乔晚难过地垂下了头,好一会儿低声道:"我就是觉得,姐姐那样厉害的人,怎么会轻易死掉呢?我不相信。"

明明好多好多不如姐姐的人都活得好好的。

所以她才要看一看,可哥哥却不许。

邵明渊目光投向人群的方向。

所以说,那天在春风楼的窗边,他看到黎姑娘,并不是因为醉酒而产生的错觉,而是黎姑娘果然有和妻子相似之处么?

人群涌动,不见了少女的踪影。

邵明渊平静收回目光。

是否相似,其实不是什么重要的事,再怎么相似都不是他愧对的那个人了。

人群里,如临大敌的冰绿见到拉住自家姑娘的人,一时忘了反应。

"李爷爷?"乔昭有些意外。

李神医吹着胡子问:"昭丫头,你怎么在这里?"

"我……来看看热闹。"

"这种热闹有什么好看的?"李神医抬手敲了敲乔昭额头,触及她明显哭过的眼睛,若有所思。昭丫头哭了?

"你看热闹把自己看哭了?"

乔昭眨眨眼。她哭了有这么稀奇吗?她也是个女孩子啊,就算是以前,也不是没哭过的,今天一个两个都来问。不过池灿与李神医的接连出现还是把乔昭与兄长对面相逢不相识的难过心情给驱散了,让她重新恢复了淡定。

"我在看乔家玉郎,看到他毁了容,觉得很难过,就哭了。"

李神医张了张嘴,四顾一眼,把乔昭拉到人群后面去,语重心长道:"昭丫头啊,爷爷虽然不大懂,但觉得你这个年纪的女孩子,好像应该矜持点。为了男人哭这种事,哪能就这么说出来了。"

乔姑娘垂了眸:"嗯,那以后不说了。"

李神医欣慰点头。这就对了,管他什么玉郎宝树,长得好是能吃啊还是能喝啊?为不相干的男人操心,才是傻姑娘呢。他这样想着,就听干孙女声音娇柔道:"那李爷爷能不能替乔家玉郎把脸治好呢?"

她没有想到大哥脸上的伤如此严重,凭她的能力,难以治好大哥的烧伤。

李神医:"……"合着刚才都白说了!

少女仰着头,眼巴巴望着李神医。

李神医教训的话忽然就说不出口了,抖了抖胡子,气恼道:"怎么一个个的,都求老夫给那乔家玉郎治脸?"

虽然哪怕是无人来求,他也打算替乔墨医治的,可来求的人一次比一次让他意外。

"还有谁求?"乔昭闻言一怔。

莫非是外祖家派人请了李爷爷?

是了,若不是这样,以李爷爷乖僻的性子,不可能出现在这里。

李神医闻言伸出手,遥遥一指:"喏,就是打幡的那小子!"

乔昭随之望去,面色格外复杂。邵明渊?原来他有求于李爷爷,不是为了驱除自身寒毒,而是为了兄长。他愿意掺和进天家的浑水给李爷爷自由,就是为了请李爷爷给兄长医治。乔昭一时有些说不清是什么感受。感激?似乎谈不上,她再大度也无法感激射了她一箭的人。这和怨恨无关。乔昭遥遥望着出殡队伍里一身素白的年轻将军,心中轻叹。大概是感慨吧,感慨祖父并没有看走眼,那个人是值得托付终身的,只是有更多其他的因素让他们最终走向了那样一个结局。

队伍已经出了城,天高地阔,走得快了起来,依然有许多看热闹的百姓跟着,却把停下来的乔昭与李神医很快抛到了后面。

"乔家玉郎脸上的烧伤，李爷爷能治吗？"

"这世上有老夫治不好的病？"李神医哼一声，随后语气一转，"不过，他烧伤的是脸，治起来比较麻烦。"

李神医认真看着乔昭："昭丫头，我可能要离开京城了。"

"李爷爷？"乔昭吃了一惊。

李神医解释道："要想治好乔墨的脸，需要一味药。那药只生长在南边海里的一种蚌壳里，我要亲自去采。"

"不能托人去采买吗？"

李神医摇摇头："不能，那是一种凝胶珠，外面是一层透明胶质，里面是水，从蚌壳取出后若不及时入药就会变质，没有效用了，所以我必须亲自走一趟。"

乔昭心情有些沉重。

李爷爷一走，她又不能与兄长相认，在这京城真的是孤单单一人了。

"我听说，南边沿海有些乱，李爷爷一定要保重自己。"

李神医不以为意笑笑："这个你不用担心，我身边有高手。"

他说着冲不远处眉眼普通的年轻男子招招手："过来。"

叶落默默走过来。

李神医介绍道："他叫叶落，身手很厉害。"说着眨眨眼，补充道："自从有了他，捣药可方便了。"

沉默寡言的某捣药高手在心中大吼：将军大人，我要回去，这差事实在没法干了！

"这也是……邵将军派给您的？"乔昭问。

李神医深深看她一眼："昭丫头这也猜到了？"

乔昭笑笑："显而易见。"

"你这丫头，挺聪明嘛。"李神医叹息。

他越来越会忍不住把昭丫头和乔丫头来比较，比来比去，就觉得她们越发像了。如果——乔墨见到她会怎么样？这个念头忽然从李神医心中生出，而后摇摇头。除非昭丫头就是乔丫头，否则，没有任何意义。

而乔昭却在李神医这一沉思、一摇头的变化中，心中一动。她一直苦于无法接近兄长，事实上，她完全可以借着李爷爷与兄长有面对面的机会！不是刚才如做梦般的对视，而是真切听一听兄长的声音，甚至亲耳听他讲一讲，大火那一天，到底发生了什么。这个念头一旦生出，就好似疯狂滋生的野草，再不可遏制。

"李爷爷，您今天来，是为了乔家玉郎的伤吗？"

李神医遥望着长长的送殡队伍，轻叹道："也是，也不是。"

他想送乔丫头最后一程，可惜身为长辈，只能以这样的方式，如同无数路人一般，混迹在人群里。

老人的神情有些落寞，乔昭心生不忍，伸出手拉住他宽大的衣袖："李爷爷，您若是远行，昭昭会想您的。"

李神医神情一震，猛然看向乔昭，抖着嘴唇道："昭丫头，你说什么？"

乔昭抬着头，神情恳切："我说您若是远行，昭昭会想您的。"

李神医一时出了神，耳畔仿佛响起女童软软的声音："李爷爷，您若是远行，昭昭会想您的……"

他深深看乔昭一眼，犹疑不定。这世上，真有如此相似的两个人吗？还是说，正是因为她们的相似，才让他不由自主想多靠近这丫头一些？

"昭丫头，你怎么会认识乔家玉郎呢？"李神医试探地问。

乔昭答得毫不忸怩："在京城里，但凡是姑娘家，谁不想一睹乔家玉郎的风采呢？我以前跟着姐姐们出门曾见过的。所以今天再见到，想着乔家玉郎如今的遭遇，就忍不住替他难过。"

说到这里乔昭笑笑："不过有李爷爷替他医治就好了，他们都说，您是绝世神医呢。"

"小丫头就是嘴甜。"李神医轻轻敲了敲乔昭额头。

乔昭笑着躲也不躲，忽然伸手一指队伍尾处一名身穿黑衣的男子，低声道："李爷爷您瞧见那人没有？"

"哪个啊？人那么多。"

"穿黑衣的，个子高高的，在队伍末端。"

李神医放眼望去都是人，哪里分得清乔昭指的是谁，不以为意问道："怎么了？"难不成又是长得好看，招小姑娘待见的？

"那人是锦鳞卫呢。"乔姑娘以一种很随意的语气说了出来。

李神医眼神猛然一缩。

一直当木头人的叶落更是抬眸看乔昭一眼，而后眼帘才落下来。

"昭丫头，你怎么知道？"李神医目光再从队伍末端掠过，这一次便认真多了。

"我见过啊。有一次我去茶馆，碰到过他和他的属下呢。"乔昭这话说得很有技巧。

"李爷爷，我听说被锦鳞卫盯上的人会有大麻烦呢。那人是跟着邵将军的吗？"

叶落耳朵竖了起来。

跟踪他们将军？那些爪牙真是可恶至极，他要去告诉将军大人！

"哦，也说不定是跟踪乔家玉郎的？"乔昭再道。

跟踪乔家玉郎？李神医心中打了一个突儿，暗想：莫非和乔家大火有关？据说朝廷已经派官员前往嘉丰查探，难不成乔家那场大火有蹊跷，才引起锦鳞卫的注意？

李神医这样一想，便替老友仅存的血脉多了一分担忧，原本打算在人群中见过了乔墨的伤就离京采药的，现在却决定先见上一面再说。

"叶落，你先跟上去，等冠军侯夫人下葬，就带那个毁了容的人来见我。"

叶落一动不动："将军不许我离开神医左右。"

"快去，大庭广众之下，我能出什么事？"

"将军不许我离开神医左右。"

"我说了，没事——"

"将军不许我离开神医左右。"

李神医气得吹胡子瞪眼，想抬脚踹这根木头一脚，又嫌硌得慌，一时竟拿他没办法。

乔昭便对叶落笑道："那就请暗中保护的分出一人，去请人吧。"

李神医听得一愣一愣的，问叶落："还有别人？"

"有啊。"叶落点头。

"那你怎么从来不说？"

"您没问。"

李神医："……"别拦着他，他下药把这混账毒死算了！

见叶落冲某处打了个手势，而后恢复了站桩的样子，李神医挑眼问乔昭："昭丫头，你是如何知道暗中还有人？"

"我随便问问。"乔姑娘毫不负责道。

李神医一口气堵在了嗓子眼里。

叶落眉毛动动，飞快看了乔昭一眼，垂下眼睛想：幸亏将军派他保护的是这位神医，虽然脾气古怪一些，但脑子不咋地。要是派他保护这位姑娘，那可就头疼了。

丝毫不知道自己被捣药高手鄙视的神医挥挥手："回茶馆等着吧，晚不过日落之前，就该结束了。"

乔昭遥遥望了长龙般的队伍一眼。

龙头处已经开始往山上走，那些看热闹的人渐渐开始往回走。

她转回身，默默陪着李神医前往茶馆。

进了茶馆坐定，李神医灌了一杯茶，对乔昭道："昭丫头，你先回去吧，出来太久府上长辈该着急了。"

乔昭笑着道："李爷爷放心，我已经打发一个丫鬟回去禀告了。"

李神医仔细一看，那个叫阿珠的丫鬟果然不知什么时候不见了。

乔昭端起茶壶，亲自给李神医斟了一杯茶奉上："今天出来本来就是闲逛的，没想到能遇到您，祖母定然乐见我多陪陪您。"

李神医一想现在还早，一个人苦等无聊，便不再多说什么，兴致来了拿出一本皱巴巴的图册教乔昭认穴，愕然发觉什么东西只要一教她便会了，竟好似开了灵窍一般。

吃惊之余，李神医一改打发时间的态度，教得认真起来。

到日头西移，李神医正教得起劲，门外传来脚步声。

是大哥来了？

乔昭猛然站了起来。

李神医诧异地看了她一眼。

乔姑娘干笑："好像有人来了。"

李神医依然懒洋洋坐着："来了就来了呗，紧张什么？"

对李神医来说，乔墨只是一个晚辈而已，唯一的特殊，就是他是老友的血脉。

说话间门外传来请示声，一直当木头桩子的叶落前去把门打开了。

眉眼普通的男子站在门外没有进来，而是低低与叶落说了几句，便转身走了。

叶落关好门，转身走回来。

李神医挑挑眉："人呢？"

"神医要请的人，在将军夫人下葬后昏倒了，被我们将军带走了。"

乔昭心里一沉，脱口问："昏倒了？为何会昏倒？"

"这个没有打听到。"

"李爷爷——"

李神医站起来，并不见急切，对乔昭道："我去看看。昭丫头，你先回去吧，天快黑了。"

乔昭眼睁睁看着李神医带着叶落出了门，却没有跟上去的理由。

"姑娘？"冰绿忍不住出声，打断了室内的静默，"咱们回去么？"

乔昭面上已经恢复了平静："不回，去济生堂！"

大哥昏倒，送他回府再请大夫未免太耽误时间，邵明渊最大的可能是就近找一家像样的医馆。而按照回城的路线看，他十有八九会选择济生堂。

"去济生堂？那不是医馆吗？"冰绿转转眼珠，见姑娘已经抬脚往外走，忙跟了上去。

主仆二人出了茶馆，直奔济生堂而去，到了济生堂外，就见那里站满了身穿白衣的年轻男子，从他们的站姿可以看出皆是兵士。

百姓们喜欢看热闹，但对这样一看就不好招惹的人却没有凑上去的勇气，而是站得远远围成一圈看热闹。

乔昭心下松了口气。

看来猜对了，邵明渊果然把大哥送来了这里。

"姑娘，咱们要进去吗？"冰绿看一眼人高马大面色严肃的兵士们，哪怕是天大的胆子，此刻也有些胆怯。

乔昭面色沉静如水，轻声道："不必了，在这看看。"

小丫鬟瞪大了眼："咱们，咱们就是来看热闹的？"

乔昭看她一眼，颔首："也可以这么理解。"

瞧这架势，寻常人想进医馆定然会被拒绝的，且会引来太多人注意。既然李爷爷说要来看大哥，还有谁比李爷爷更让她放心呢？

她来到这里，不过是想第一时间知道大哥的情况而已。

时间一点点流逝，晚霞绚丽如花，在天边开得如火如荼。

乔昭静静站着，脚渐渐麻木，明明是夏日，却感到一股冷意。

济生堂里。

乔墨终于缓缓睁开眼睛，映入眼帘的人让他微怔，点漆般的眸子微转，疑似在梦境。

"神医？"他试探喊了一声。

"醒了？别怀疑，你不是在做梦。"李神医表情有些严肃。

乔墨双手撑着便要坐起来。

李神医抬手，按在他的肩头："别逞能了，好好躺着吧。"

"是晚辈失礼了。神医怎么会在这里？"

当初祖父病危，李神医照顾祖父直到祖父仙逝，才飘然而去，从此再未见过。

李神医在一旁的椅子上一屁股坐下来，拿方巾缓缓擦着手，问乔墨："你先别操心这个。我问你，你为何昏倒，心里有没有数？"

乔墨被问得一愣，如墨的眉蹙起，赧然道："大概是忧思过度，又一直没有休息好——"

"不是。"李神医出声打断，把擦过手的方巾直接丢进了盆里，深深看着乔墨，"你是中了毒。"

"中毒？"乔墨眸光一闪。

"对，你中的是零香毒，无色无味，在体内累积到一定分量可以暂时蛰伏，直到身体虚弱染上风寒等症，便会趁机发作出来。寻常医者很难寻到根源，只会当寻常症状来治，药不对症，后果可想而知。"

"这样么？"乔墨垂眸，左脸颊的烧伤因为离得近了，看起来格外触目惊心，"神医，此事还请您替晚辈保密，不要对任何人提起。"

"可以，你自己心里有数就好。我刚刚已用银针替你导出了毒素，目前你身体虽虚弱，好生养着便会慢慢恢复。乔墨，你们家那场大火，到底是怎么回事？"

乔墨沉默片刻，开口道："因为祖父孝期已满，那几天晚辈奉先父之命，每天都出去拜访世交故友。那天晚辈回来时已是傍晚，整个家都燃起了大火，赶来的村民们束手无策，谁都不敢靠近。晚辈就从火势稍小的后门冲进去，把幼妹救了出来，然后屋舍就塌了。"

李神医听完，沉默了许久，问："那场大火……你认为是天灾，还是人祸？"

乔墨垂下眼，轻声道："这个，晚辈还不确定，先等等看前往查案的钦差回来怎么说。"

"也好。老夫不日就要离开京城，等下次回来，就替你治脸。"

听到为自己治脸，乔墨依然很淡然："神医这就要离京吗？"

李神医笑起来："不离京，如何治好你的脸？有一味药，京城是没有的。"

"让神医如此费心，晚辈很是惭愧。"

"你别想太多，凭着我与你祖父的关系，见你这样我也不会袖手旁观，更何况，还有两人替你求情呢。"

乔墨讶然。现如今，还有人会为他如此打算吗？莫名地，乔墨脑海中浮现一个人，确认道："莫非是冠军侯？"

李神医抬抬眉毛："现在的年轻人，一个个都是人精啊，确实是冠军侯请老夫出手。本来他让我不必对你说的，不过我即将离京，想了想，还是和你说一声为好。那小子没有想象的差劲，以后你在京城，也算多个助力。"

"多谢神医替晚辈打算，只是不知，另一人是谁？"

"那人啊——"李神医神情柔和下来，笑眯眯道，"是老夫的小孙女，觉得你好看，毁了脸可惜。等我下次进京，让你们认识一下。"

眼下乔墨面对一个烂摊子，还是不要昭丫头掺和进来了。

觉得可惜啊？乔墨忍不住微微笑了。神医的孙女，看来还是个小姑娘呢，也不知道能不能和晚晚成为朋友呢？乔墨也不过是晃了一下神，想到莫名其妙中了毒，嘴角笑意微凝。他的毒，究竟是什么时候中的？

李神医见他若有所思，叮嘱道："好好休养，年纪轻轻别想太多。"

"晚辈知道了。"

李神医起身出去，邵明渊便等在厅里。

"神医，我舅兄如何了？"

"没有大碍，把他送回去好好养着就是了。"

"那就好。"邵明渊明显松了口气，嘴角不自觉露出笑意。

他生得清朗俊逸，心性磊落，笑如清风明月。

李神医看在眼里，犹豫了一下，别别扭扭问："你请大夫看过没？"

"没有，之前不知道舅兄身体如此孱弱，幸好有神医在。"

"不是，我是说，你自己看过大夫没？"李神医翻了个白眼。

这笨蛋！

邵明渊微怔，安静了片刻，笑道："在兵营时曾看过。"

"大夫怎么说？"

"大夫说无能为力。"

"那你有什么打算？"李神医斜睨着邵明渊。

求他啊，好好求他，若是心情好，他或许会改了主意。

"暂时尚能忍受，若是有机缘遇到名医，能驱除寒毒是最好的，若是遇不到，也不强求。"邵明渊坦然道。

遇到名医？李神医抖了抖嘴角。这小子眼瞎啊，还有什么名医比他有名？真是气死他了，就因为他说只治一个，这小子就不知道说几句软话吗？哼，那还是等他回来再说吧，反正一时半会儿也死不了！

"对了，我打算离京了。乔墨脸上烧伤太过严重，我需要去南边沿海采药。"

听李神医这么说，邵明渊没有多嘴，很干脆道："那在下这就安排保护神医的人手。"

李神医最讨厌别人在有关医术这方面指手画脚，见邵明渊这么干脆，顿时看他顺眼几分，心想：这领兵打仗的人行事确实爽快，不像那些文官勋贵，净整些婆婆妈妈的事儿。

"老夫不要太多人跟着，太麻烦。这样吧，让叶落跟着我，再加一个身手好、水性好、性情好的车夫就够了。这要求不高吧？"

"不高……敢问神医，性情好是指什么？"

身手好，水性好，这条件放在京城不好找，他的军中却有不少。就是这性情好，还是问清楚为妙。

李神医摸摸胡子："性情好么——少说话，多做事，我指东他不能往西，然后别整天像叶落一样当木头桩子就行了。"

"好。"邵明渊含笑看了紧跟在李神医身后的叶落一眼。

叶落一脸委屈。

将军，我才不想陪着这性情古怪的神医去南边呢！

"叶落，以后要好生保护神医的安全，记住了么？"

年轻的将军目光淡淡扫来，满腹委屈的小侍卫立刻低了头："是，请将军放心，属下誓死保护神医安全！"

"行了，行了，好像我去龙潭虎穴似的。对了，我还有一件事要交代。"

"神医请说。"

"我的干孙女，你知道吧？"

邵明渊微怔，脑海中立刻浮现出少女淡然浅笑的样子。

他点头："知道。"

"想你也不可能这么快就忘了，上次才在人家府上吃过饭的。"

叶落一双耳朵立刻竖了起来。

什么？将军大人在神医干孙女府上吃过饭？这是什么时候的事，他怎么不知道啊？

邵明渊颇为无语。

神医这样一说，为什么有种他专程去人家府上蹭饭的感觉？

"我也没有别的要求，那丫头命苦，在老夫不在京城的这段时日里，你替我多照顾她一下，怎么样？"

照顾？邵明渊下意识拒绝："男女有别，令孙女居于内宅大院，明渊恐怕帮不上什么忙。"

"又不是让你娶了她。"李神医翻了个白眼，心中对邵明渊的自律倒是颇满意，反而更放心了，"要是你听说她遇到什么难事或是被人欺负了，替她撑撑腰就够了。"

邵明渊犹豫了一下，终于点头："那明渊定尽己所能。"

"这样老夫便放心了。我回头收拾一下，等一切准备妥当了就直接离京，到时候你不必送我，再有别的事我会让人跟你说的。"

"好，那明渊提前祝神医一路顺风，早日回京。"

李神医喜欢的就是邵明渊不婆婆妈妈的性子，满意地拍了拍他的肩，带着叶落从医馆后门走了。

医馆门前看热闹的百姓渐渐散去，只有少数路过的行人因为好奇那些伫立医馆门前气势非凡的年轻人而驻足，等了一会儿不见动静，便接着赶自己的路。

只有乔昭一动不动，目光一直盯着医馆大门。

终于，就见一顶竹青色的二人小轿停在大门口，遮掩了来自外面的视线。

乔昭没有犹豫，抬脚走过去，等她走到时，竹青色小轿已经抬起。

年轻的将军目光淡淡看过来，似乎诧异出现在眼前的人，淡然的目光转为温和。

他轻轻颔首算是打过招呼，示意起轿，跟着竹青色小轿往前走去。

那些站在医馆门前的年轻侍卫立刻合拢成一队，护在轿子与邵明渊两侧跟上。

乔昭望着渐渐远去的竹青色小轿和那人挺拔的背影，喊了一声："邵将军。"

邵明渊脚步一顿，示意亲卫们继续前行，自己则转了身，回走几步站到乔昭面前。

他个子高，乔昭顿觉光线被遮挡了大半，只得抬起脸看他。

逆光下，近在眼前的人如冷玉一般白皙，连唇色都是淡淡的。

乔昭下意识抬了抬眉。

邵明渊遇到了什么事？身体状况似乎越发糟了。

"黎姑娘，唤在下有事？"

温和的声音拉回了乔昭的注意力。

"邵将军，我干爷爷是不是在医馆里？"

邵明渊恍悟，淡淡笑道："原来黎姑娘是来找神医的，不过神医已经从医馆后门走了。"

"哦。"乔昭并不意外。

以李爷爷不愿意惹麻烦的性子，好不容易脱离了王府恢复自由，哪还想再引起人注意，自然是怎么低调怎么来。

邵明渊平静看着近在咫尺的少女，见她淡淡应着，瞧不出是不是失望，便也不知该说些什么才好，于是道："黎姑娘若是无事，那在下告辞了。"

乔昭抬眸，似是好奇又似是随意，问道："那病人怎么样？"

那病人怎么样了？眼前的少女问出这句话，明明给人的感觉是顺便问起，可邵明渊却敏锐察觉，这个问题似乎对她很重要。于是他也认真回道："神医说没有大碍，好好休养就可以了。"

乔昭终于松了一口气。哥哥没事就好。虽然遗憾没能和兄长说上一句话，但知道他没有大碍，乔昭整个人都轻松起来，冲邵明渊微微一笑："刚刚我本来和干爷爷在一起，谁知他听说乔公子病了，就急匆匆走了，我随便问问。"

邵明渊："……"虽然没有什么理由，可这姑娘似乎在欲盖弥彰。

乔昭很快意识到这一点，唇畔笑意微凝，深深看了邵明渊一眼。

他比她想象的要心细。

"黎姑娘还有事么？"

乔昭摇摇头："没有了。"

邵明渊眸光深深。不是"没有"，是"没有了"。也就是说，原本是有事的，现在没有了。那么，黎姑娘其实想知道的，就是舅兄是否无恙？这是为什么？黎姑娘难道与舅兄本就认识？是了，舅兄以前也是在京城的，说起来二人是有认识的可能。莫非，黎姑娘是舅兄的倾慕者？邵明渊眸光低垂，看着眼前的少女。他曾听杨厚承提过，池灿与舅兄都是很受京城的姑娘们欢迎的。

乔昭抿了抿唇。

眼前这家伙在想什么？总觉得哪里怪怪的。

"咳咳，邵将军自去忙吧，天色不早，我也该回府了。"知道了想知道的，乔昭欠身福了福，准备告辞。

邵明渊抬头扫了一眼天边。

天际如火的云霞渐渐变得暗淡，天色果然不早了。

"我派人送你吧。"他很自然道。

神医既然要他照顾好黎姑娘，那么受人之托，当然要忠人之事。

乔昭愣了一下，心里莫名有些不舒服。这人，难道随便一个姑娘与他搭话，他都要派人相送？那恐怕不出一年，想嫁他的姑娘就要从靖安侯府排到城门外去了。位高权重又温柔有礼的年轻侯爷！呃，这似乎不关她的事，可想想还是有些憋屈。她这个正牌妻子当初被这家伙一言不发射死了，他对别的小姑娘却温柔款款？

看着眼前少女忽然冷下来的脸色，年轻的将军颇有些茫然。

他似乎没说什么啊？

"不用了，我有丫鬟陪着。将军再不走，轿子该走远了。"

"那好吧，在下告辞了。"邵明渊觉得在眼前少女彻底翻脸前还是先走为妙，转身走出数步，恍然大悟。黎姑娘不悦，是不是因为那次他在黎府用饭，黎姑娘特意准备了佳肴款待，而他却没有表达过谢意？这样想着，年轻的将军转过身来，冲冷着脸的少女抱拳一礼，"多谢黎姑娘那日的款待，哦……山药很好吃……"

山药很好吃是什么鬼玩意？

乔姑娘脸色更冷了。

"告辞！"年轻的将军茫然无措，赶忙走了。

邵明渊快步追上了轿子，悄悄吩咐一名亲卫："医馆门前有位穿青衣白裙的姑娘，你暗暗送她回家去，注意不要被她发现了。"

亲卫："……"天啦，他们将军对一位姑娘一见倾心啦！好激动，然而不能说！

发现了大八卦只能死死憋在心里的亲卫默默返回。

乔昭收回视线，绷着脸喊冰绿："冰绿，还愣着干什么，回府。"

一直呆若木鸡的小丫鬟这才回神，捂着脸语气激动："姑，姑娘，您真的太厉害了！"

"嗯？"小丫鬟狂热崇拜的眼神让乔昭莫名其妙。

"您居然，又和冠军侯搭上话了！"

又……

这个字让素来淡然的乔姑娘骤然生出了把小丫鬟踹一脚的冲动，沉着脸道："去雇车吧。"

"嗳。"自家姑娘能与冠军侯搭上话，对冰绿来说可比看了一天的热闹要值得多了，立即欢欢喜喜应下来，转身向街头走去。

只剩下一个人，乔昭轻轻叹了口气，忽觉身后有脚步声。

她立刻转身，就见一人低头看她，嘴角笑意玩味。

"江大哥？"

"黎姑娘，我发现一件很有意思的事。"

"什么事？"面对锦鳞卫中大名鼎鼎的十三太保，乔昭收起了所有的情绪，淡淡问他。

"你不但认识我，还认识乔家公子。"

乔姑娘面不改色："乔家玉郎风采无双，京城认识他的小娘子不知凡几。至于江大哥——"

少女弯唇笑笑："不是佛诞日那日才认识的吗？我至今不知道江大哥家住何处，姓甚名谁呢。"

听乔昭这么说，这一次江远朝没有落荒而逃，反而淡淡笑道："那你听好，我姓江名远朝，目前暂居江大都督府。黎姑娘还有什么想问的吗？"

"没有了。江大哥，我该回家了。"乔昭微微欠身，转身欲走。

江远朝在她后面慢慢道："可我还有想问黎姑娘的，黎姑娘还是留步好了。"

乔昭回过身来，叹气："我现在又有问题了。"

"你先说。"

乔昭看着江远朝，忽然笑了："江大哥时常出现在我面前，又总是这么多话说，我会以为，你可能暗暗倾慕我。"

江远朝嘴角笑意一僵，明显呆了呆。

这世上还有这样脸皮厚的小姑娘吗？

"江大哥还有什么话问我？"乔姑娘淡淡问。

有些恼羞成怒的十三爷上前一步，居高临下看着乔昭："那你不怕吗？"

乔昭愣了愣，笑道："我以为大名鼎鼎的锦鳞卫主要是做查案、抄家那些事的，难道还会与我一个手无缚鸡之力的小姑娘过不去吗？尤其是——"

她深深看江远朝一眼，提醒道："我只是一个小小翰林修撰的女儿。"

"翰林院修撰的女儿啊？"江远朝眯了眯眼，忽地抬手，轻轻捏住乔昭的下巴，"那么黎姑娘能否告诉我，身为一个小小翰林修撰的女儿，为何看到乔公子会哭得那么伤心？"

乔昭修长的眉轻蹙起来。所以说，锦鳞卫这样的人最讨厌了，什么都不顾忌，肆意妄为。大概在他们眼里，没有男女之分，只有有嫌疑的和暂时没有嫌疑的两类人吧，所以才可以对一位小姑娘随便动手动脚。

乔昭没有躲。在绝对的武力之下，她一个纤纤弱质的女流躲避大叫，不过是徒劳无功，自取其辱。她便这样静静看着江远朝，目光波澜不惊，哪怕感到触碰她下颌的肌肤有些粗糙，依然不动声色。

江远朝的目光就这样措不及防撞进少女眼眸深处去。

那一瞬间，他猛然想到一个人，忽觉烫手，狼狈松开了捏住少女下颌的手，匆匆调转了视线，耳根隐隐发热。

乔昭有些意外。他们这样的人，也会不好意思吗？一个大男人，竟然胡乱碰她的脸，这笔账她且记着。

"看到乔公子会哭，是因为乔公子毁了容。"

"就因为这个？他毁了容与你有什么相干？"江远朝显然是不信的。

乔昭看他一眼，理直气壮："当然是因为乔公子长得好。要是相貌一般，毁了容也看不大出来区别的，我也就不会哭了。"

江远朝抬抬眉。总觉得她说的相貌一般什么的，是在指他！他虽然不如乔墨那般俊美，但是，也不至于毁了容看不出区别吧！江远朝忽然觉得拿眼前的小姑娘没办法了。锦鳞卫那些对付犯人的手段，他当然不会用到一个小姑娘身上，而这丫头明显不怕他，甚至每次二人对上，都是这丫头隐隐占据上风。这个认知显然让十三爷有些心塞。

他抬手摸了摸鼻子，轻咳一声："你该回家了，我送你回去。"

"不用。"乔昭断然拒绝，抬手一指，"我的丫鬟雇来了马车，就不麻烦江大哥了。江大哥再见。"

少女说完，提着裙摆款款走向等在路边的冰绿，伸手拍拍小丫鬟的肩，上了马车。

江远朝弯唇笑了笑，迈着大长腿走过去，挨着车夫坐下来。

还没来得及放下马车帘的乔昭："……"这人脸皮够厚的！

江远朝泰然自若地接过车夫手中的马鞭，轻轻一扫马腿，马车缓缓动起来。

冰绿如梦初醒，急道："等等，我还没上去呢！"

小丫鬟飞奔过去跳上马车，叉着腰问："你是谁啊？"

见江远朝笑而不语，一派悠闲随意的样子，冰绿大怒，伸手便去推他："哎呀，你快下去，哪有你这样的人啊！"

江远朝岿然不动，看向挑着车帘的少女："黎姑娘，你的丫鬟脾气不小。"

"她只是尽她的本分。倒是江大哥让我有些糊涂了，您这样实属多此一举。"

江远朝面色不变，淡淡道："怎么会是多此一举？你们小姑娘涉世未深，以为雇了车就是安全的吗？"

他轻睨车夫一眼："万一车夫是坏人呢？把你们两个小姑娘拉到背人的地方去，到时候就是想哭都来不及了。"

一脸无辜的车夫："……"不带这样的啊，你们小情人打情骂俏，关他什么事啊？他就是一个车夫，连马鞭都给你了，还想怎么样？

"那就麻烦江大哥了。冰绿，进来。"乔昭放下了帘子。

"嗳。"冰绿瞪江远朝一眼，弯腰钻进车厢。

朴素的竹青色布帘微微晃动着，江远朝收回视线，轻轻扬起手中的马鞭。

那奉邵明渊回来暗中护送乔昭的亲卫见到这情景，不由瞪大了眼。什么情况啊？那位姑娘不是他们将军一见倾心的心上人吗？怎么会跟着锦鳞卫里那位十三爷走了？亲卫琢磨了一下，回过味来，不由替将军大人开始着急：哎哟，将军，瞧瞧人家，都亲自当车夫了，您就派一个小小亲卫过来，还是暗中保护，这不是明显输惨了吗？不行，他这个小小亲卫要发挥大作用！亲卫忙追了上去。车厢里，冰绿小声嘀咕："姑娘，那是什么人啊？瞧着就讨厌！"

哪有不等她这个大丫鬟上车就催动马车的？

乔昭压低了声音，弯唇笑着："是很讨厌，他是锦鳞卫。"

"啊！"冰绿急促惊叫一声，忙死死捂住了嘴，好一会儿才把手放下来，小心翼翼问，"锦鳞卫？就是动不动把人抄家灭族的锦鳞卫？"

"对，就是那个锦鳞卫。"

"老天，姑娘，您怎么招惹上锦鳞卫了呀？"冰绿眼珠一转，脸色发白，"难道是老爷犯事了？"

"没有。"

冰绿松了口气："不是老爷就没事了。"

想想府中别人也不可能招惹上锦鳞卫吧。

小丫鬟悄悄掀开门帘一角，打量着背影挺拔的赶车人，福至心灵，放下车帘转头对乔昭笑道："那婢子就明白了，一定是因为姑娘长得美，那人想追求姑娘咧——"

锦鳞卫总不可能就打一辈子光棍吧？

"咳咳咳——"车外响起剧烈的咳嗽声。

被抢了活计的车夫冷眼瞧着咳嗽得脸微红的年轻人，鄙视地撇了撇嘴：就说是年轻人为了追求小姑娘故意凑上来吧？还拿他作筏子，真是世风日下，人心不古啊！

"黎姑娘，到了。"江远朝在黎府门前停下来，跳下马车，把马鞭塞回给车夫。

车夫一声不吭。

只要不少了他车钱，他还是很乐意助人为乐的。

马车帘子掀起，冰绿先出来，随后伸手扶着乔昭下了马车。

"有劳江大哥了。"乔昭欠了欠身，示意冰绿给车钱。

冰绿从荷包里摸出几枚铜板塞给车夫，又翻了翻，再摸出几枚铜板，放到了江远朝手里。

江远朝："……"

乔昭没想到冰绿会有此举，忍笑冲江远朝道别："江大哥，那我就进去了。"

江远朝也做不出来把几枚铜钱还回去的事，眼巴巴看着主仆二人进了黎府大门，垂眸盯着手心里的铜钱，哑然失笑。

他自愿给人家赶车，于是真被人家的小丫鬟当成车夫，还给了车钱，那丫鬟是有多嫌弃他啊？

车夫站在一旁冷眼瞧着，很不高兴。

果然被这小子抢了活计，不然这些铜板都该是他的！

车夫眼中的怨念太明显，江远朝把铜板往车夫手里一塞，转身大步走了。

罢了，以后讨人嫌的事还是不做吧，只要那小姑娘别再有什么奇怪的举动。

暗暗跟着来的亲卫见乔昭主仆安全回了家，于是回去复命。

"将军，那位姑娘已经到家了。"

"那就好，辛苦了。"把乔墨送到寇尚书府后才回到家的邵明渊听完回禀，点了点头。

"下去吧，到饭点了。"见亲卫不动，邵明渊摆了摆手。

亲卫依然没动："将军，属下还有一事要禀告。"

"说吧。"

"那位姑娘是锦鳞卫的十三爷送回去的。"

十三爷？邵明渊诧异扬眉。接替了江五的新任指挥佥事？那个和他年纪仿佛的年轻人？今天那人就出现在了人群中，还跟着他们上了山，对此，他百思不得其解。就算上面那位对他这个北征将军有了忌惮，有必要在他妻子出殡的日子派人来碍眼吗？江远朝跟着黎姑娘做什么？邵明渊略一琢磨，有了答案：难道是因为神医？不然堂堂锦鳞卫的正四品指挥佥事，好端端盯上一个小姑娘干什么？看来对那位黎姑娘，他也该上心些，不然真的出了事，却不好向神医交代了。

于是邵明渊吩咐亲卫："以后多留意着黎姑娘的动静，有事就来禀报我。"

亲卫腰杆一挺腿一正，大声道："将军放心，属下定然不辱使命！"

将军的幸福可就靠他了，别说锦鳞卫指挥佥事，就是那位指挥使，他也不怕！

邵明渊颇有些莫名其妙。

亲卫这表现，怎么好像要去暗杀鞑子首领似的？

"也不要太靠近了，黎姑娘毕竟是位姑娘家，和以前的情况不一样。"

"是，是，属下明白。"他当然会有分寸的，免得将军大人不高兴。

直到亲卫打鸡血一样出去，邵明渊依然觉得有些不对劲，却又想不出究竟哪里出了问题。

一天下来他身心俱疲，晚饭也没吃，草草冲了个澡便歇下了。

江远朝回到江大都督府时，日头已经落了下去，只剩余晖映亮天空。

江堂正坐在厅里等他。

"义父。"

因为坐着，江堂的将军肚越发明显，原该是慈眉善目的样子，神情却是冷肃的。

"十三，你今天一大早去了哪里？怎么连衙门都没去？"

江远朝心中一凛，如实道："去观冠军侯府出殡了。"

他当然知道，什么事只要义父想知道是瞒不过去的，只是没想到义父会对他的行踪如此注意。

见江远朝没有撒谎，江堂神情稍缓，问他："为什么？"

"就是去看看热闹。"

"看看热闹？"江堂挑了挑眉，"一个出殡，能值得你一大早出去，这个时候才回来？"

江远朝垂眸："十三一直对那位常胜将军挺好奇。"

"那也不是你跟着人家出殡队伍上山的理由！"

江堂简直无奈了，他这个义子平时挺让人放心的，今天是中了什么邪？

"瞧瞧你干的事！跟着人家送殡队伍上山，还让人家冠军侯抓个正着，你让冠军侯怎么想？你跟我说你是好奇，别人可不这么认为，还以为是咱们锦鳞卫对冠军侯有什么想法呢！"

锦鳞卫得罪的人多了，多大的官都有，可这莫名其妙得罪人就太没必要了，更何况是冠军侯呢！

皇上虽沉迷修道，朝中大小事务都懒得过问，可对权力的掌控从来没放松过，他们锦鳞卫就是皇上的眼和手，顺着主子心意对谁都可以肆无忌惮，若是违背主子心意，那可就不妙了。

至少现在，皇上可没有动冠军侯的意思，甚至——想想几位云英未嫁的公主，江堂暗暗叹了口气。皇上的打算，要比世人想的远多了。

"是十三鲁莽了，请义父责罚。"江远朝单膝跪了下来。

"十三哥——"一身粉裙的江诗冉抬脚进来，见到厅中情景，不由一怔，提着裙角奔过去，一边去扶江远朝一边埋怨江堂，"爹，您这是做什么呀？十三哥才回来，饭还没有吃呢。"

江堂皱眉："冉冉，我们在谈正事。"

江诗冉伸手拽住江堂胡须："正事，正事，您说是正事重要，还是吃饭重要？"

明珠一般的女儿杏眼圆睁，江堂一颗心便软了下来，笑着挽救自己的胡子道："吃饭重要，吃饭重要。"

江诗冉这才松开手，笑盈盈道："这还差不多。十三哥，快起来——"

江远朝眸光低垂，看不出心中所想，却没有避开江诗冉伸过来的手。

江堂看在眼里，暗暗点了点头，这才道："起来吧。先吃饭。"

江远朝从善如流地站起来。

女孩子的心思总是细腻的，察觉江远朝微妙的变化，江诗冉显然很高兴，笑着道："我命厨子做了佛跳墙，爹，十三哥，你们等着，我催催去。"

等少女的粉色身影消失在门口，江堂看着江远朝，意味深长道："远朝啊，冉冉自小没了娘，没有那些大家闺秀娴静，都是我这个当爹的对不住她，所以难免宠爱些。你是我从小看到大的，以后也替我多疼疼她。"

感受着江堂有如实质的目光，江远朝沉默片刻，颔首："义父放心，这是十三该做的。"

"那就好。"江堂满意地笑起来。

翌日，天忽然阴了。

乔昭带着昨日选好的上品净烟墨，坐着西府的青帷马车去了大福寺。

领着她前往疏影庵的依然是小沙弥玄景。

这些日子，玄景牙又掉了一颗，只要一说话便会露出两个黑洞，瞧着可爱又好笑。

为此，玄景没少被师兄们取笑，见了冰绿更是如临大敌，冲乔昭行了个礼，一声不吭地走在前面带路。

冰绿偏偏不放过他，从荷包里摸出几块晶莹剔透还带着白色霜花的冬瓜糖，笑嘻嘻道："小师父，冬瓜糖吃不吃呀？"

玄景看冬瓜糖一眼，把头摇成拨浪鼓。不吃不吃，坚决不吃，上次就是因为吃糖，把牙吃掉了。

"真的不吃呀？这糖可好吃啦，清甜绵软，是我特意从百年老字号的点心铺子买来的呢。"

百年老字号？那岂不是比主持师祖还要老了？那百年点心铺子卖的冬瓜糖是什么味道的？

小沙弥目光追逐着冰绿手中的冬瓜糖，暗暗咽了咽口水。

冰绿看得直笑，把冬瓜糖用帕子包着塞进玄景手中，捏一把他的小脸蛋："快吃吧，你最近没吃糖，牙不是照样又掉了一颗吗？"

小沙弥紧紧抓着冬瓜糖，小脸倏地红了。

女施主最讨厌啦！

看着小沙弥迈着短腿在前边走得飞快，冰绿咯咯笑起来。

等到了疏影庵前，冰绿被留在外面，乔昭跟着尼僧静翕走了进去。

"三姑娘今天来得早。"静翕露出亲切的笑容。

这位黎三姑娘来了数次，每次来过，师伯似乎都比往常开怀些。

"我看天有些阴，怕路上赶上雨，就早到了。"

"瞧着是有可能下雨呢。"静翕看了一眼天色，加快了脚步，把乔昭领进去。

"来了。"无梅师太放下拂尘，淡淡开口。

乔昭把净烟墨奉上："昨天我去逛街，买了一方墨，带来给您用用。"

她说得自然又坦荡，便如许多寻常人家里懂事贴心的晚辈在外遇到合长辈心意的物件，买下来让长辈开心一般。

无梅师太很是受用，接过来看了一眼成色，露出淡淡的笑容："不错，今天就用此墨抄写经文吧。"

"好。"

乔昭净手焚香，轻车熟路铺好纸，研墨提笔，开始抄写经文。她坐姿笔直而端正，笔下行云流水中时间缓缓而逝，却渐渐开始分神。邵明渊虽说兄长没有大碍，可大哥并不是孱弱书生，哪里就至于昏倒呢？是烧伤带来的后遗症，还是因为看她下葬，心里太过悲痛？无论是哪一种可能，都让乔昭心疼不已，一个不注意一滴墨便落在宣纸上，瞬间晕染开来。她提笔回神，盯着晕开的墨怔了怔。

身后无梅师太忽然开了口："你今天有心事？若是心不静，还是不要抄写经书了。"

乔昭放下笔，转身，歉然道："师太说的是。"

无梅师太打量乔昭片刻，问她："是遇到了什么麻烦吗？"

乔昭心下微暖。

以无梅师太的身份，这样问她，已是难得了。

无梅师太今天穿了一件灰色僧衣，明明素淡至极，却让她有种岁月沉淀下来的明艳，而这样的明艳，在暗淡僧衣的映衬下，无端让人心生遗憾。

乔昭忽地想，当年，无梅师太又是经历了怎样的心情挣扎，才出家的呢？

不知怎么，乔昭就有了倾诉的欲望。

"师太，如果有一个人，你很想见到他，关心他，偏偏因为身份而没有任何靠近的理由，那该怎么办呢？"

乔姑娘第一次觉得茫然。

无梅师太开了口："要么忘了他，要么……忘了身份与理由，凭心行事。"

凭心？无梅师太的话犹如当头棒喝，把乔昭心头茫然驱散。只要兄长在，只要她在，总有一天会实现她所想的。

"多谢师太，我明白了。"

"明白就好。"无梅师太淡淡笑着把目光投向窗外。忘了身份与理由，凭心行事，也可能会失败的啊。只是后面的话，还是不要对这孩子提了。她失败过，希望这孩子能成功。

"师伯，九公主来了。"静翕进来禀报。

"真真？"无梅师太看一眼乔昭，淡淡道，"让她进来吧。"

片刻后，等在疏影庵门外的真真公主被请进来。

"师太，真真可想您了，今天给您读经书可好？"

真真公主进来后一见乔昭就在无梅师太身旁，心中暗暗不悦，面上却挂着甜美的笑。

自从这丫头来陪师太抄写佛经，师太见她的次数都少了，实在是可恼！

"读吧。"无梅师太点点头，盘膝而坐。

见无梅师太没有拒绝，真真公主扬起笑容，跪坐在蒲团上读起经书来。

她声音甜美，吐字清晰，这样闭目听着无疑是一种享受。

一册经书尚未读完，就见无梅师太呼吸均匀，面色平静，已是入了定。

真真公主见状放下经书，小心翼翼退出禅房。

乔昭同样退了出去。

真真公主就站在外面等着，一见乔昭出来，便道："你随本宫来。"

菩提树下，二人站定，乔昭平静问："不知殿下找臣女何事？"

"本宫昨天看到你了。"真真公主伸手摘了一片菩提树叶，随手拈着，"在街上。"

"哦。"乔昭不大明白真真公主这话的意思。

"你和我表哥究竟是什么关系？"见乔昭语气淡淡，真真公主有些恼火，把揉碎的树叶丢到地上，目光灼灼盯着她，"不要把本宫当傻子哄，以我表哥的脾气，若只是因为好奇庙会表演油锅取钱，不可能对你如此热络。"

何止是热络，池表哥这些年来几乎就没和女孩子好生说过话，昨天在城门那里简直要让她以为自己眼花了。那担忧又无奈，哪怕被气到了依然狠不下心来的男子，会是她毒舌自大的表哥？

"你说话呀，心虚了？嗯？"真真公主拉长了尾音。

乔昭失笑："臣女不知道，这些原来还需要向殿下汇报的。"

真真公主被噎得一滞，而后陡然沉下脸来："大胆，本宫问你话，你这是什么态度？"

乔昭收敛了笑意，规规矩矩道："臣女与池公子，算是朋友关系吧。"

"朋友关系？"真真公主显然不相信，往前走一步，靠近乔昭，"怎么可能？我表哥会与你做朋友？你以为自己是谁？"

池灿那样的人，连她这个公主都不放在眼里，居然会和这丫头做朋友？

"那总不会是池公子迷恋臣女的美色吧？"乔昭反问。

"就你？"真真公主不但没恼，反而笑起来，"别开玩笑了，若真论美色，我表哥才不会看上你。"

她明明比这丫头好看多了，表哥还不是对她视若无睹，又怎么会因为美色而对这还没长开的丫头另眼相待？

"那臣女就不知道了。殿下实在想知道，何不去问问池公子？"

问表哥？她才不去自讨没趣呢！

"总之你以后安分些，莫要使什么手段！"真真公主警告道。

她可忘不了，这丫头邪门得很。

"臣女知道了。"乔昭淡淡道。

"我问你，那天庙会上看到的油锅取钱，究竟是怎么回事？"真真公主尽管对乔昭很恼火，可这个困扰她好些天的问题还是忍不住问了出来。

"因为油下是醋。"乔昭把缘由讲给真真公主听。

这就是让人无奈的地方，身份有时候什么都不算，可没了身份，却又万万不行。

就像现在，她需要翰林修撰之女黎昭的身份，可是以这个身份，面对公主不低头是不行的。

或许，她应该让自己成为更重要的人，比如李爷爷那样的……

这个念头在乔昭心头忽然浮现，又压了下去。

"那你为何不去揭发那个骗子？"真真公主听完，质问。

果然是蒙骗人的把戏，那些行骗的人真是可恶。

少女语气淡淡："不过是讨生活，愿者上钩而已，又何必断人生计呢？"

真真公主一怔。

她想反驳，不知为什么，又隐隐觉得眼前少女说的话有些道理，反而显得她这个当公主的咄咄逼人了，便咽下了到嘴边的话。

这时尼僧静翕走来，冲二人双手合十一礼："二位施主，师太说天色不好，恐会落雨，让你们早些回去。"

她说着把两把伞递给二人。

乔昭与真真公主各自接过，与静翕告辞。

第十章 相处

二人出了疏影庵，下山后各自上了马车。

今天不是什么特别的日子，又一直是阴天，路上行人稀少，只有真真公主与乔昭一前一后两辆马车。

真真公主的车子行得快，很快便瞧不见了。

冰绿不停看着天色，连连催促车夫："快一些，要落雨了呢。没看一同出发的马车，人家都走远了吗？"

车夫无奈苦笑："大姐儿，这不能比啊，人家驾车的是什么马，咱这是什么马啊？"

西府日子并不宽裕，不过养了一个老车夫，一匹老马而已。

冰绿不好再说什么，悻悻道："行了，尽量快一些就是了。"

她放下车帘，从荷包里翻出冬瓜糖递给乔昭："姑娘，您一直没吃东西呢，吃几块糖垫垫肚子吧。咱家的马不行，还不知道什么时候到家呢，说不定要赶上雨了。"

乔昭接过冬瓜糖，掀起窗帘看了一眼，淡淡道："雨马上要下了。"

冰绿探出头去看，有些不信："真的呀？这天从一大早阴到现在，说不定会一直阴下去呢。"

"不会，很快就要下了。"

祖父身体尚好时喜欢带她与祖母游山玩水，对于天气变化颇为关注，她自然跟着懂了一些。

夏天的雨说来就来，乔昭话音才落不久，忽然刮起一阵风，很快天上乌云翻滚，大雨滂沱而落。

雨越发大了，这样的雨势，哪怕是坐着马车依然觉得难以前行，颠簸不已。

一道闪电划破长空落下来，紧接着就是滚滚惊雷。

马车在风雨中艰难行了约莫一刻钟，忽然停了下来。

"老钱伯，怎么了啊？"冰绿扯着嗓子问。

"三姑娘，前面路被挡了，是一棵树倒在了路中间。"车夫声音忽然拔高，"还把前面那辆车给砸倒了！"

"什么？"冰绿吃了一惊，猛然挑开了车门帘。

风雨扑面而来，小丫鬟揉了揉眼睛，望着前方情景不由瞪大了眼睛。

一棵树横躺在路中央，真真公主所坐的那辆马车歪倒在路旁，有一侧已经被砸出了一个窟窿来。

让冰绿艳羡不已的那匹骏马早已嘶叫着跑远了，亲卫龙影一身狼狈，把真真公主护在怀里，而真真公主带来的宫婢则扑倒在地上，一动不动。

"啊——"冰绿惊叫一声，忙放下了车帘，安慰乔昭道："姑娘别怕，别怕，前边出了一点小状况。"

见小丫鬟明明吓着了还拼命安慰自己，乔昭伸手拍了拍她，温声道："我已经看到了。冰绿，你坐到这边来。"

越是慌张惊恐的时候，冰绿对自家姑娘越言听计从，闻言立刻坐了过来，把车门口让出来。

乔昭拿起雨伞，弯腰钻出车厢。

"姑娘，您干什么啊——"冰绿忙去拉乔昭。

乔昭回头："你在车上别动，我下去看看。"

见乔昭撑起伞往外走，冰绿如梦初醒，忙跟了出去，一边去接乔昭手中的伞一边道："那怎么行，姑娘去哪儿婢子都陪着您。"

外面大雨如注，油纸伞险些撑不住，乔昭没有多言，任由冰绿撑着伞，抬脚往前走去。

龙影见到后面停下来的马车，立刻抱着真真公主站起来，大步流星地走过来。

隔着雨帘，他几乎没有停顿，直接抱着真真公主往乔昭的马车走去。

"哎，你干什么啊？"冰绿眼睁睁瞧着龙影把真真公主抱进马车，忍不住大喊。真是可恶，天下还有这么不要脸的人？那是她家姑娘的马车，这人怎么一声招呼不打就直接进去了？那位公主一身的泥水，还不把姑娘的马车弄得到处湿漉漉的啊！

冰绿有心追上去拦着，却发现乔昭大步往前走去，唯恐乔昭淋了雨，赶忙撑着伞跟上。

乔昭走到伏地的宫婢面前，蹲下去。

那宫婢双目圆睁，任由大雨冲刷着原本秀美的面庞，她纤细白皙的脖颈上斜插着一根树枝，鲜血在雨水的冲刷下由浓转淡，很快就流到地上去，形成淡红色的水洼。

"姑娘，她，她是不是——死了？"冰绿一张脸煞白，颤抖着问。

她平时不怕蟑螂也不怕老鼠，别人都说她胆子比男孩子大，可再怎么胆大也没见过死人啊！

乔昭抿着唇，伸手搭在宫婢腕上，引来冰绿的惊呼："姑娘，不要啊！"

乔昭收回手，声音在风雨中莫名有几分悲凉："她死了。"

冰绿一张脸更白了，死死拽着乔昭衣角道："姑娘，咱们快回去吧。"

"嗯。"乔昭站了起来。

若只是受了伤，她会尽力帮忙救治，既然人已经死了，那自然该由其主人处理。

这样想着，乔昭便转过身来，正见到龙影跳下她的马车，对呆若木鸡的车夫道："过来帮个忙。"

龙影说完，伸手拽着车夫往她们的方向走来。

"他要干什么啊？"冰绿喃喃说着，猛然捂住了嘴，"天，他要把死人抬到咱们马车上吗？"

转眼的工夫龙影已经走到近前，却不是冰绿猜想的把宫婢抬到马车上，而是弯腰抱起横倒在路中央的大树一端，对傻站着不动的车夫冷喝道："还不来帮忙！"

车夫如梦初醒，忙去帮忙。

在两个男人的努力下，大树被一点点移开了。

龙影浑身已经湿透了，直起身来擦了一把雨水，立刻大步流星返回去跳上马车，坐在车夫的位置上扬起了马鞭。

乔昭扬眉不语。

冰绿却急了，又气又怒之下全然忘了恐惧，冲过去大声问："喂，你是什么意思？"

"让开！"大雨中，龙影的语气格外冰冷无情。

冰绿干脆张开了双臂，气极道："你这人还要不要脸，强占了我们的马车不说，现在还要把我们甩下不成？"

"我说了，让开！"龙影额头青筋直跳，已经高高扬起了马鞭，"再不让开，马车就直接过去了。三，二——"

"等一等。"因为冰绿生气冲过去质问，乔昭已经置身于雨幕中。她沉稳依旧，丝毫没有淋成落汤鸡的狼狈，淡淡问已经忍耐到极限的龙影："公主殿下是不是受伤了？"

也许是少女沉静的气质抚平了急躁的心情，龙影紧绷着唇，回道："不错，公主殿下腿受了伤，流血不止，必须立刻回宫医治。若是带上你们，会影响车速，姑娘请让开吧。"

乔昭一步步走向马车："若是流血不止，那是割破了血脉，别说是这样的大雨天，就算晴天大道，赶回宫中救治也是来不及的。"

龙影一听，脸色更难看了，坐在马车上拽着缰绳的手指捏得发白，居高临下盯着走来的少女。

少女淡淡道："你让开，我来给她止血！"

龙影下意识侧开身子，让乔昭上了马车，见她弯腰进去，这才反应过来，喊道："等一下，姑娘你——"

少女转身，雨水把她一张素净的脸冲洗得干干净净，一双眸子如黑宝石般明亮耀眼。

"还不进来帮忙。"乔昭甩下一句话，弯腰进了车厢。

车厢里，血腥味浓郁。

真真公主捂着腿勉强睁眼，绝色的面庞苍白没有血色，已是有气无力。

乔昭目光下移，落在真真公主被匆匆包扎的左腿上，就见那里的衣料已经被鲜血与雨水湿透了。

她抬手去解绷带。

进了车厢的龙影见状立刻抓住乔昭手腕："你做什么？"

"给公主重新止血包扎。"

"姑娘不要乱动，不然殿下血流更多，后果不是你能担得起的。"

乔昭凉凉看龙影一眼："说得好像公主殿下现在没有流血似的。你松手，如果不想看到公主殿下血流尽而亡的话。"

"龙影，松……手……"阵阵眩晕袭来，真真公主咬着舌尖说道。

这丫头很是邪门，这个时候与其相信自己能撑到回宫接受御医救治，还不如相信这妖女呢。

龙影松开了手。

乔昭迅速解开碎布条充当的绷带，一手按住腿部伤口上面的某个位置，冷声吩咐龙影："按着！"

龙影不敢犹豫，立刻按了上去。

乔昭伸手从荷包里摸出银针，不由分说沿着伤口刺入。

明晃晃的银针刺入白皙娇嫩的肌肤，真真公主下意识想躲。

乔昭抬眼看她一眼，淡淡道："殿下不想死，就不要躲。"

"你——"真真公主死死咬着唇，到底没了针锋相对的力气，艰难挪动眼珠，对龙影道："龙影……打晕我……"

眼不见心不烦总行了吧！

龙影下意识看了乔昭一眼。

乔昭轻轻点头："也好！"

训练有素的侍卫手抬起，利落地把真真公主打晕了。

没了旁人干扰，乔昭动作迅速围着真真公主腿上伤口刺入一圈银针。

她动作太快，虽然只是刺入几根银针，等结束后额头已经沁出细密的汗珠。

龙影面上不动声色，心中却诧异不已。

这样熟练的动作，难道这位姑娘是医道高手？

乔昭微微松了口气，又从荷包里摸出一个小瓷瓶来，打开瓶塞，把淡绿色的粉末撒在真真公主伤口处。

"可以松开了。"

龙影默默松了手，目光一直盯着真真公主伤口，那里果然已经不再出血。

他诧异看着乔昭。

乔昭并不理会龙影的诧异，打开靠车壁而放的箱子，拿出一件中衣。

龙影见了忙移开视线，身后却传来少女沉静的声音："麻烦把它撕了。"

龙影转过头来，接过乔昭递过来的中衣，脸颊微热，急忙把中衣撕成一条条的碎布。

乔昭看也不看，伸手接过布条，替真真公主绑好了伤口，而后从荷包里摸出一枚药丸，递过去："把公主殿下唤醒，让她吃下去。"

龙影目光下移，落在乔昭腰间系着的荷包上。那荷包样式有些古怪，看起来已经被雨打湿了，可是——龙影抬眸，看着少女递过来的药丸。药丸是淡红色的，看起来很干燥。湿了的荷包，里面的药丸却是完好的，莫非这荷包另有玄机？

察觉龙影的困惑，乔昭大大方方道："荷包里面缝了一层鱼皮，所以不会湿。这药丸是驱寒的，公主殿下淋了雨还出了这么多血，身体虚弱，若是寒气入体就更糟糕了。"

龙影默默垂了眼。黎姑娘这般坦然，倒显得他小人行径似的。他伸手在真真公主后颈某处按了按，真真公主幽幽醒来。

"龙影？"真真公主眨了眨眼。

"殿下，血已经止住了，您把药丸服下吧。"龙影把淡红色的药丸递到真真公主唇边，问乔昭，"车上有水吗？"

还真是不客气。

不过乔昭也懒得与一名侍卫计较，他们的责任便是保护公主安全，若是公主出了事，恐怕一条命都不够偿的，急切之下行事难免过分了些。

"冰绿，给公主殿下倒水。"

西府马车虽远不及公主车驾奢华舒适，茶水还是有的。

"嗳。"冰绿挤进来，狠狠瞪了龙影一眼，倒了一杯水过来递给他，"喏，你要的水！"

真是无耻，抢了她们的马车，到最后还不是要靠她家姑娘帮忙，结果这人还瘫着一张脸，活像姑娘这样都是应该的。

龙影知道先前作为有些过分，默默接过水杯，替真真公主喂水。

真真公主蹙眉盯了淡红色药丸片刻，张开嘴吞了下去。

药入口即化，化作丝丝缕缕的热气在小腹流动。

真真公主恢复了一些力气，问龙影："彩英呢？"

龙影顿了顿，回道："殿下，彩英死了。"

"死了？"真真公主一愣，好一会儿，颤了颤睫毛，喃喃道，"竟然死了……她人呢？"

"外面，地上。"

"把她放到车上来。"

龙影一动不动："殿下，马车太小，路又不好走，带上她会耽误您回宫救治的。"

"把她放到车上来！"真真公主重复一遍，加重了语气，见龙影依然不动，怒道，"龙影，你聋了吗？本宫说的话听不见？彩英是为了救本宫才死的，难道你要本宫把她的尸体就弃在这大雨天的荒郊野外里？"

那时他们的马车到了此处，忽然一道闪电劈下，路边的树就压了下来，马跟着惊了。若不是彩英护着她，想必此时出事的就是她了。

"遵命。"龙影见真真公主动怒，低头下了马车。

冰绿一听要把死人抬到车上来，脸色难看非常，面对公主又不敢太冒失，只得拼命拉乔昭衣角。

真真公主这才看向乔昭，有气无力道："放心，本宫回头会赔你一辆新的马车。"

"可以。"乔昭平静道。

也许是死过一次，再加上本就随着李爷爷学了十多年的医术，她对尸体并没有寻常人的忌讳。可以说，通过此事，反而觉得这位公主品性尚过得去。只是——乔昭环视车厢一圈，心道：这么多人挤在这辆小小的马车上，又是如此恶劣的天气，等回到城中不知该是什么时候了。

"姑娘——"一听乔昭同意了，冰绿大急。

怎么能和尸体共处一室呢？

乔昭看向小丫鬟，宽慰道："别怕，就当她还活着，只是睡着了而已。"

冰绿："……"还能这样算吗？

真真公主闪了闪眼神，望着乔昭道："本宫的腿……也多谢了。"

"公主没事就好。"乔昭笑了笑。

真真公主这才注意到乔昭浑身都湿透了。夏日衣衫单薄，对方穿的又是素色衣裙，此刻紧贴在身上，显出少女纤细的身段来。真真公主低头，这才后知后觉发现自己也好不到哪里去。从没这般狼狈过的真真公主脸有些发热，看着对方平静的眼神，却诧异极了。她就一点……都不会害羞吗？

这时，龙影抱着彩英的尸体上来，把她放在了车门口的位置，回禀道："殿下——"

他才开口，真真公主就变了脸色，喝道："快出去！"

龙影愣了愣。

因为公主突然遇险而一直处于高度紧张状态下的小侍卫显然没注意到什么。

"出去啊，不知道什么叫非礼勿视吗？"

可怜一心为主的小侍卫完全不知道发生了什么事，就被公主殿下吼了出去，到了外边被雨水一淋，这才猛然回过味来。

其实他刚刚什么都没注意到，不知道公主殿下她们信吗？

尴尬不已的小侍卫劈手夺过车夫手中绳索，扬起了马鞭。

马车缓缓而动，在雨中艰难前行，那匹老马每往前走一步腿肚子就会打战，让被龙影挤到一旁的车夫看得提心吊胆。

车厢里，真真公主双手环抱胸前，轻轻咬了咬唇："你——"你就不害羞吗？这句话到了嘴边，又咽了下去。人家刚刚救了她，这点良心她还是有的。

"你有没有能换的衣裳？"真真公主改口问道。

"冰绿，把衣裳拿给殿下。"

一般的大家闺秀出门，总会多备一套衣裳应付突发情况，乔昭自是不例外。

冰绿心中不情愿，可对方是公主，除了答应似乎没有别的办法，只得暗暗嘟着个嘴把箱子里的衣裳拿出来奉上。

真真公主盯着那套素色衣裳，很有些嫌弃，不过再怎么嫌弃也比穿着湿漉漉的衣裳强，便勉强对冰绿道："帮本宫换上。"

冰绿看向乔昭。

乔昭轻轻颔首。

这位公主受了伤，又是这样的大雨，哪怕服用了她的驱寒丸依然不保险，换上干爽衣裳当然更好。

冰绿心中有些难受。姑娘好可怜，公主好讨厌！小丫鬟黑着脸，默默给真真公主换上干衣裳。

换下了湿漉漉的衣裳，真真公主顿时觉得舒服多了，靠着车壁缓了缓，问乔昭："你怎么不换？"

冰绿实在忍不住了，插口道："只有一套衣裳，给殿下换了，我们姑娘哪里还有衣裳可换？"

真真公主微微一怔。公主出行，自然不会只带一套备用衣裳。她低头看了看身上的衣裳，好一会儿看向乔昭，嘴唇翕动，轻声道："谢了。"

对面的少女依然神色平静，语气淡淡："殿下还是闭目休息吧，等一会儿就会觉得伤口疼了，需要好体力才能坚持回去。"

真真公主听得一怔，这才后知后觉地想到，她昏迷前还疼得说句话都万分艰难，再醒过来，似乎一直没感觉到疼。她低头看向受伤的左腿。新换的干爽衣裳遮住了绷带，连那些斑斑血迹也遮掩了，若是旁人看来，丝毫看不出她受了伤。

"我现在怎么不会觉得疼？"

"哦，很快就会疼了。"

真真公主："……"

她脑子又没问题，完全没有盼着赶紧疼的意思！

"本宫是说，怎么会觉不出疼来？"

"因为替公主止血时银针刺入了某些穴道，可以暂时缓解疼痛，不过只能缓解很短的时间而已。"

所以李爷爷从数年前心心念念的，就是把传说中能让人全程感觉不到疼痛的麻沸散研究出来，只是一直没有寻到合适的主药，也不知现在怎样了。乔昭一时有些出神。麻沸散啊，那是上古医书中提到的神奇药物，若是真被李爷爷研究出来，该会造福多少人，特别是那些为保卫大梁受伤流血的将士。

乔昭在出神，真真公主望着她，同样在出神。这位黎三姑娘怎么会懂得这么多呢？她和那些贵女，似乎一点也不一样。真真公主目光落在乔昭身上的湿衣上。

黎三姑娘把唯一一套干爽衣裳让给她，她并不奇怪。以她公主的身份，难不成对方还敢自己换了干衣裳，而让她穿着湿衣裳？就是把这辆马车让给她坐，她亦不会觉得如何。可是，怎么会有女孩子穿着湿衣裳，在男人面前一点不羞怯的？可偏偏，对方的那种不害羞不但不让人觉得没脸皮，反而有种坦荡的风度，会让想到这些的人觉得自己心思不够纯正，倒显得小家子气了。真真公主越想越懊恼。她就说，这位黎三姑娘很邪门！

疼痛突兀而来，真真公主闷哼一声，按向大腿伤口周围，瞬间白了脸。

"觉得疼了吧？"乔昭回神，问道。

"对……"真真公主咬牙，不再吭声。

不知道为什么，总觉得在这丫头面前惨叫连连很丢脸。

"对了，本宫还不知道——"

真真公主话还没问出口，马车忽然往下一沉。

天翻地覆的那一刻，真真公主与冰绿的惊叫声此起彼伏。

龙影动作快若闪电，在车厢翻倒的一瞬间抱住真真公主跳下了马车，把她牢牢护在怀里。

千钧一发间，乔昭下意识地死死抓住车壁，脑子里闪过一个念头：糟糕，一定是人太多，超载了！

冰绿直接栽了出去，摔在地上，好在泥路是软的，摔得并不重，可随后一个黑影跟着翻下来，砸在了她身上。

"啊——"冰绿惨叫一声。

她回了神，终于看清砸在身上的是什么，第二声惨叫响彻云霄。

乔昭扶着稳定下来的车壁探头往外看，就见那死去宫婢的尸体正压在冰绿身上，可怜的小丫鬟正手忙脚乱地把尸体往外推，大概是太害怕了，尸体反而牢牢压着她纹丝不动。

乔昭眸光一转，看到龙影护着真真公主躲在了路边枝叶茂盛的大树下，而车夫正死死拉着绳索不让那匹老马挣脱，一时半会儿竟无人去帮冰绿一把。

乔昭叹了口气从歪倒的车厢里爬出来，走到冰绿面前，蹲下帮忙。

她哪里有什么力气，使劲拽了拽都没拖动，只得温声安慰冰绿道："冰绿，你别慌。你不是力气很大吗，冷静下来一用力就能把尸体推到一边去了。"

冰绿险些哭了。

姑娘也知道是尸体啊，她现在手软脚软，哪儿还有力气啊。

"冰绿，你想想看，万一这时候被压着的是我呢？"

乔昭一句话让冰绿瞬间爆发了，手上一用劲把尸体翻到了一侧去。总算是得救了！冰绿松了口气，忽然觉得安静得过分，定睛一看，不由大惊。那宫婢的尸体正好扑到姑娘腿上，把姑娘整个人给扑倒了！天呀，她可怜的姑娘啊！

腿上压着尸体躺在泥地里的乔姑娘一脸生无可恋。

她刚刚为什么要做那种假设，一定是脑袋被那匹老马踢了！

雨水模糊了人的视线，乔昭眨眨眼，看到一双高帮白底皂靴出现在眼前。

靴子的主人蹲下，拨开尸体，弯腰把她抱了起来。

看着视线上方的那个人，乔昭一时有些呆了。

邵明渊？

他为何会出现在这里？

年轻的将军穿着一袭蓑衣，头戴斗笠，雨水顺着帽檐汇成直线落下来。

他偏开头，把斗笠摘下，戴在了乔昭头上。

乔昭一直保持着见了鬼的表情愣愣看着他，这人神出鬼没啊！而且，他又抱陌生小姑娘了！

乔姑娘怔怔想着，水杏般的眼中满是茫然，犹如笼罩了一层带着晨曦露珠的薄雾。

邵明渊想：这小姑娘可真轻，好像还不及他常用的大刀重，这样抱着如捧着羽毛一般。

走至开阔的路旁，邵明渊问："黎姑娘，你有没有受伤？自己可以站住吗？"

"当然。"乔昭回了神，心情复杂道。

她只是被尸体扑倒了，不是伤了脚。邵明渊闻言立刻把乔昭放了下来，视线始终没有往她身上落,而是低头把蓑衣解下,披在了她身上。那蓑衣也是冷的,好像感觉不到原来主人的温度,只能隐约闻到极淡的似乎被冰雪洗涤过的皂荚味道。蓑衣把雨尽数隔离在外。

乔昭静静看着邵明渊身上的白袍瞬间被雨淋得湿透,伏贴在身上,显出他颀长矫健的线条,轻轻移开了视线。

邵明渊却没再与乔昭说话,而是转了头,对抱着真真公主躲在大树下的龙影喊道:"兄台,这样的雨天是不能站在树下的。"

"为什么?"龙影没有作声,回过神来的冰绿下意识问。

年轻的将军并不在意问话的是谁,解释道:"因为有可能被雷劈——"

他话音才落,一道闪电划破雨幕,带着雷霆气势汹涌而下,把众人不远处一株碗口大的树击中。

那棵树火星四冒,冒着白烟轰然倒地。

乔昭:"……"刚刚她以为自己就够乌鸦嘴了,没想到这人比她还有过之而无不及!

龙影快若闪电抱着真真公主从躲雨的繁茂大树下窜出来,站定后回头看看安好的大树,心有余悸。刚刚若是劈中了这棵树——龙影诧异看了邵明渊一眼,开口道:"多谢侯爷。"

怀中呻吟声传来,龙影立刻低头:"殿下,您怎么样了?"

"疼——"真真公主一张脸雪白,几乎要透明了一般。

龙影立刻看向真真公主左腿伤口处,那处果然又渗出鲜血来。

再顾不得和邵明渊多说,龙影抱着真真公主一个箭步来到乔昭面前,语气急切:"黎姑娘,殿下又出血了,请您快些给她施针!"

乔昭上前掀起真真公主衣裙,解开绷带看了伤口处一眼,神情凝重摇了摇头:"金针止血术对同一处伤口只能施展一次,再施展效果就不大了。"

"那怎么办?"

乔昭抬手把斗笠摘下,塞进龙影手里,嘱咐道:"替公主遮着伤口!"

斗笠钩了一下绑发的珠链,雨顷刻间把她的发髻冲散,黑而长的发披散下来,如海藻般落下。

乔昭抬手把垂落到额前的发别到耳后,手伸进蓑衣摸出一个瓷瓶,打开瓶塞把淡绿色的粉末撒在真真公主伤口处。

而后她干脆解下蓑衣,示意龙影接过去替真真公主挡雨,然后双手用力撕扯着自己衣摆。

她力气小,撕扯了好几下徒劳无功,不由咬了咬唇。

一双骨节分明的大手忽然伸过来,利落地把裙摆扯下了一条。

乔昭抬眸，迎上邵明渊黑沉的眼，淡淡道："谢了。"

她接过布条迅速替真真公主包扎，鲜血很快把淡青色的布条染透了。

邵明渊见状立刻把身上白衣扯下几条递了过去。

乔昭头也不抬，顺手接过布条替真真公主绑了一层又一层，最后打了一个漂亮的结。

整个过程中，真真公主死死咬着唇，攀着龙影肩头的双手死死掐进对方肉里去。

她看了看乔昭，又看了看邵明渊，终于昏了过去。

"殿下！"龙影脸色倏地变了。

"龙侍卫。"乔昭喊他，神情肃穆，"你必须尽快把公主殿下送回宫去！"

龙影抱紧了真真公主，看向路旁。

那辆超载的马车已经歪倒在地上散了架，而那匹老马连带着车夫早已不知去向，显然是马惊了奔逃，车夫追过去了。

那一瞬间，明明急切万分，龙影却莫名闪过一个念头：黎姑娘家一定很穷吧，这是什么破马车啊？

"骑我的马。"邵明渊不知什么时候牵过一匹白马，把缰绳塞入龙影手中。

龙影眼睛一亮。

他是公主亲卫，见过多少好马，冠军侯这匹马无疑是上品千里马。

"谢了！"龙影顾不得多说，抱着真真公主翻身上马。

那马却很不情愿，站在原地不动，用马脸蹭着邵明渊的手，满是委屈。

年轻的将军神色温柔下来，轻轻摸了摸马脸，低声哄道："飞影乖，回来给你吃糖。"

话音落，他轻轻一拍马腹，白马载着龙影二人疾驰而去。

雨落不停，模糊了人的视线，很快就见不到白马的踪影。

乔昭收回目光，微微松了口气。

真真公主只要能尽快赶回宫中，就不打紧了。

精神松懈下来，冰冷的雨落在身上，乔昭这才感觉到冷，忍不住打了个寒战。

"姑娘——"冰绿挽住了乔昭手臂，满是心疼，"您把斗笠和蓑衣都给了公主，您怎么办呀？"

"无妨。"眩晕感袭来，乔昭咬了一下舌尖恢复清醒，温声安慰着冰绿。

她伸手往荷包里摸了摸，驱寒丸却没有了。

那荷包里分了好多暗袋，放了各种应急的小玩意，不过每一种分量都不多，只是以备万一的。

"马车散架了，树下不能躲，这连个避雨的地方都没有！"冰绿焦急不已。

"你们等等。"邵明渊出声。

乔昭不由看向他。

年轻的将军走到一棵树前，忽然纵身而起，双腿交错踩在树干上，待落地时，手中拿满了宽大的树叶。

他低着头，修长十指翻飞，很快就编出一个大大的草帽，抬手按到了乔昭头上，而后垂眸继续编起来。

邵明渊很快编出第二顶帽子，递给冰绿。

冰绿接过帽子，险些热泪盈眶。冠军侯居然给她一个小丫鬟编了草帽，简直是无法想象！嘤嘤嘤，忽然觉得会编草帽的冠军侯比美美的池公子更适合她家姑娘，至少下雨时忘了带伞也不怕了！

"黎姑娘，你们先站在这里等一等。"雨中，年轻的将军眉梢眼角挂着雨珠，衬得一张脸越发白，是一种冰玉般的白皙，眼下有着淡淡的青。

乔昭想：这样的天气，他应该更不好受吧？

她没有出声，看着他转身走向散架的马车，弯下腰去扶起木板。

"姑娘，冠军侯要干什么啊？"冰绿睁大眼睛看着邵明渊的动作，不由捂着嘴吸气，"天，他该不会要把马车修好吧？"

又会编草帽又会修马车的冠军侯简直完美啊，她都要替她家姑娘爱上他了怎么办？

没有人回答她。

冰绿转了头，大惊："姑娘，您怎么啦！"

乔昭痛苦地按住腹部，勉强吐出一句话："有些冷。"

这个身子太娇弱了，哪怕调理好了肠胃，依然是弱不禁风。

邵明渊闻声抬头，放下手中活计大步流星地走了过来。

"怎么了？"

他个子高，低头问时，雨珠顺着脸颊流下来，悄无声息没入衣领中。

乔昭捂着腹部，冷汗与雨水混着往下淌，苍白着唇已经说不出话来。

冰绿急哭了："侯爷，我们姑娘说冷。"

邵明渊深深看着默不作声的少女。

这样的神态他很熟悉，想必黎姑娘此时不只冷，还很疼。

"忍一忍。"邵明渊转了身，大步走向马车，叮叮当当一阵响，把断掉的车辕绑好了。

他走了回来，道一声"得罪了"，俯身抱起乔昭向着马车走去。

冰绿愣了愣，抬脚跟上。

邵明渊把乔昭放到了车上。

此时的马车因为车壁散了架被邵明渊拆了，已经成了无厢的，倒好似庄稼汉们赶的大车。

邵明渊看向冰绿，问她："能自己走吗？"

冰绿有些蒙，连连点头。

冠军侯把姑娘放到马车上干什么？已经没有马了啊。

而后，冰绿吃惊地捂住了嘴巴，眼睁睁看着邵明渊双手拉动马车往前走出数丈，这才如梦初醒追了上去。

乔昭腹痛如刀绞，默默看着拉车的人，心绪复杂。

这个低头拉车的男子，仿佛和那日城墙下表情冷然、一言不发射杀了她的男子是全然不同的两个人。

可这两个人影又渐渐重叠了。

战场上的邵明渊，此时的邵明渊，每一面都是真实的，只是面对着不同情况时的选择不同。

乔姑娘迷迷糊糊地想：她可能真的可以原谅他了。

马车被拉着偏离了大路，随着路变得狭窄，渐渐难以前行。

邵明渊停下来，缓缓把车放下，走到乔昭面前：

"黎姑娘，前面不远处有屋舍，我带你先去避雨吧，等雨停了再赶路。"

乔昭忍着难受，轻轻颔首。

以她此刻的身体状况，真的强撑着回城，恐怕就凶多吉少了。

邵明渊俯身再次把乔昭抱了起来，冲冰绿点点头，抬脚往前走去。

三人沿着山路上去，果然有一座屋舍掩映在葱郁草木中。

那屋舍并不大，屋檐下挂着一串被雨打得七零八落的红辣椒，还有一只碗口大的铜铃来回晃动，风雨遮掩了铃声。

乔昭仰头看着邵明渊，因为说话费力，只眨了眨眼睛。

邵明渊却好似明白她心中所想，解释道："走过这条路，无意中看到有反光。"

他说得简洁，乔昭却瞬间明白了。

京城这边的人有个习惯，若是居住在人烟稀少处，尤其是一些猎户的居所，通常会在屋檐下挂上刻着福纹的铜铃辟邪。

天好的时候，铜铃被太阳一照有了反光，曾经路过的邵明渊不经意间看到山林间反光，从而猜测到此处有屋舍。

这人可真是心细，也不知今天怎么会遇到他呢？

莫非，他是去大福寺的，一个人？

乔昭垂下眼睑，掩去所思。

也不过是一个闪神间，邵明渊就抱着乔昭来到屋舍门前，扬声问："有人在吗？"

片刻后，门开了，一个身材精壮的中年汉子出现在门口，语气戒备："什么事？"

"在下……"邵明渊迟疑了一下，道，"在下与舍妹前往大福寺拜佛，不料回程途中赶上大雨。舍妹身子弱，淋不得雨，还望兄台能给个方便，让我们在贵地避雨取暖。"

他说完，从荷包里摸出一块碎银子递了过去。

中年汉子眼睛一亮，伸手把碎银子接过来，嘀咕道："这样的天出门拜什么佛啊，进来吧。"

邵明渊三人进了屋，发现屋内还有一名年轻些的男子。

那人站了起来。

中年汉子开口道："这是我兄弟，这里是我们打猎歇脚的地方。"

他说着扭了头对年轻男子道："他们是路过来避雨的。"

年轻人笑了笑，目光从浑身湿透的冰绿身上掠过，又看向乔昭。

邵明渊侧了侧身子挡住投来的视线，淡淡看向他。

年轻人挠了挠头，显出几分憨厚来："这里还放着我们哥俩一些干爽衣裳，你们要不要去换换？不过没有姑娘家穿的。"

中年汉子附和道："对，要是不嫌弃就先换上吧，我去烧火，煮些热汤来。"

"那就多谢了。"

中年汉子领着邵明渊三人进了里面的房间，从做工粗糙的柜子里翻出两身衣裳和一条脏兮兮的手巾："只有两套——"

邵明渊接过来递给冰绿，开口道："多谢，请兄台把外边墙上挂的虎皮卖给在下吧，舍妹淋雨冻着了。"

怀中少女越发冰冷的身子让他有些担忧，更出乎他意料的是，尽管少女一直在瑟瑟发抖，却由始至终安安静静的。

"哦，没问题，就是这虎皮不便宜——"

"无妨，这些够了吧？"邵明渊递过去一块银子。

"够了，够了。那你们先忙，我去煮汤。"中年汉子攥着银子出了门。

冰绿抱着衣裳，用两根手指头捏着那条脏兮兮的手巾，一脸嫌弃地道："这是两个大男人穿过的衣裳啊，怎么给姑娘穿？还有这条手巾，简直脏死了——"

邵明渊转过身来，弯腰把乔昭轻轻放在椅子上。

乔昭靠坐在干燥的椅子上，终于恢复了一些力气，轻声却坚定地对冰绿道："可以穿。"

还有什么比活着更重要？

别说是猎户穿过的衣裳，就是其他更令女孩子们难以接受的事，只要不降其志，不辱其身，她都是可以接受的。

她要活着，替死去的家人更好地活下去，查明那场大火有无蹊跷，看着兄长脸治好的那一天。

邵明渊深深看了乔昭一眼。

他以为,他要费一些力气劝说这位黎姑娘的。

他出身勋贵之家,耳濡目染中自然明白贵女们对饮食起居多么讲究,别说是陌生男人穿过的旧衣裳,恐怕就是崭新的都难以接受。

可他偏偏在北地待了七八载,见惯了那些为了活下去而不惜一切代价的普通百姓,见惯了在鞑子的践踏下失去了所有尊严的女子们,还有为了保卫身后的家园在战场上洒尽热血的将士们。

除去生死,无大事。

当很多生命明明那样顽强地想活下去而不能时,当有些生命明明很无辜他甚至要亲手扼杀时,他更能体会这句话。

黎姑娘和他印象里的京城贵女们很不一样,年轻的将军想。

"把手巾给我。"邵明渊伸手从冰绿手中接过脏兮兮的手巾,对乔昭道,"等我一下。"

他转身出了门,大步走向厨房。

年轻的猎户已经开始生火。

"有热水吗?"

年轻的猎户有些意外邵明渊的出现,怔了怔才道:"有,有!"

他放下烧火棍站起来,往身上擦了擦手,提起水壶问邵明渊:"要喝水吗?才烧开不久的,不过只有吃饭的碗——"

"劳烦给我拿一个水盆。"邵明渊语气温和。

年轻猎户听了,忙寻来一个木盆递给邵明渊。

邵明渊接过水壶,在木盆里倒入一些热水冲洗了一下,接着注入小半盆热水,把那条脏兮兮的手巾放了进去。

年轻的猎户见了,不好意思道:"洗不干净了。"

邵明渊垂眸,一遍一遍搓洗着手巾,等木盆里的水变得污浊,倒出去重新换过,这样用了三盆水,那条手巾总算洗得发白了。

他把手巾拧干,对年轻猎户道了谢返回乔昭那里,把还带着热气的手巾递给冰绿,淡淡道:"赶紧给黎姑娘换上干衣裳吧,换好了出来叫我,我就在门外守着。"

他说完,转身走了出去。

冰绿攥着那条温热的手巾,不由看向乔昭:"姑娘——"

乔昭披着湿漉漉的长发,咬了咬舌尖对冰绿点头:"换!"

冰绿一听,再不迟疑,忙把乔昭身上的湿衣脱下来,捏着手巾又犹豫了一下:"姑娘,冠军侯好像把手巾洗了——"

所以您真的不嫌弃吗?

"啰唆，给我擦干！"乔昭又冷又疼，没了多少力气，只得瞪了冰绿一眼。

冰绿心一横，拿起手巾替乔昭擦干，从两套衣裳里挑了稍微干净的一套给乔昭换上了。

干爽的衣裳穿上身，乔昭顿时有种活过来的感觉，轻声吩咐冰绿道："把我脱下来的衣裳拧干，给我把头发包起来。"

这些活计冰绿做起来没有问题，很快就帮乔昭包好了头。

"你也换一下吧。"乔昭按着腹部道。

"婢子——"冰绿看了另外一套衣裳一眼，摇摇头，"婢子还是不换了。"

嘤嘤嘤，姑娘为什么有勇气穿啊！她宁死不换！

"换上！"乔昭语气坚决。

小丫鬟忙把衣裳换上了。

虽然她很有原则，宁死不穿臭男人的衣裳，但姑娘的话死也要听啊。

乔昭满意笑笑，抬眸望一眼门口，轻声道："请邵将军进来吧。"

"嗳。"冰绿应了，抬脚往外走，心中却有些纳闷：为何姑娘称呼冠军侯不叫侯爷，一直叫邵将军呢？明明侯爷听起来更威风些。

冰绿来到门口，就见邵明渊手中拿着一张虎皮立在那里，目光一直盯着厨房的方向。

听到动静邵明渊转头，把虎皮交给冰绿："让黎姑娘围上吧，我去厨房等着热汤。"

冰绿抱着虎皮进屋，给乔昭披上。

瞬间被温暖包围，连腹痛似乎都因为这突如其来的温暖而缓解了，乔昭完全不在意虎皮传来的淡淡腥臭味，舒了口气。

她手指轻轻动了动，把虎皮拉得更紧。

见乔昭脸色好看了些，冰绿悄悄松了口气，恢复了活泼本性，小声道："姑娘，邵将军去厨房等热汤了。"

乔昭抬了抬眉，没有说话，目光投向门口。

厨房里，两名猎户正忙碌着，见邵明渊过来了，中年猎户扭头道："公子，您先歇着去吧，喝点热水暖暖身子，等汤好了我给你们端过去。"

"不用了，我正好烤烤衣裳，等汤好了我端过去就行了。"邵明渊走过去蹲下，接过年轻猎户手中的烧火棍。

他低垂着眉眼，认真拨弄着火堆。

两名猎户互视一眼，悄悄转了身往外走。

"二位还是和在下待在一起吧。"邵明渊头也没回，淡淡道。

两名猎户脚步一顿，停了下来。

"公子还有什么事吗？"中年猎户问。

这一次，邵明渊回过头，语气温和："并没有，在下很感谢二位的帮助，想与二位兄台随便聊聊。"

他说完，转过头去，低头继续烤着湿透的衣裳，心中却叹了口气。

这两个猎户虽看起来忠厚，对他来说，神情遮掩却太拙劣了，和那些在北地遇到的伪装成大梁百姓的细作相比相差甚远。

是黎姑娘与侍女的狼狈让他们忽然起了色心，还是他给出去的银子让他们陡然生出贪欲？

财色动人心，他能做的，就是不给他们犯错误的机会，彼此好聚好散。

可惜站在邵明渊身后的两名猎户却不这么想，二人以眼神交流了片刻，终于下定了决心，脸上露出狰狞表情。

年轻的猎户抡起一条木棍，照着邵明渊后脑勺打去，中年猎户则拿起了菜刀。

邵明渊头一偏，惯性之下木棍打在了灶台上，发出一声巨响。

房间里的乔昭听到动静，吩咐冰绿："去看一看。"

冰绿跑到厨房门口，不由捂住了嘴，愣了好一会儿才结结巴巴道："他们，他们——"

邵明渊一脚踩着年轻猎户，一手揪着中年猎户，神色平静地吩咐冰绿："把墙角的绳子拿过来。"

猎户住的地方，自然是不缺绳子的。

"呃。"冰绿晕乎乎地应了，拿来绳子递过去，脑袋还是蒙的，见邵明渊一言不发把两个猎户五花大绑，下意识问道，"邵将军，您怎么把他们绑起来了啊？"

将军？

两名猎户面面相觑，目露恐惧，连挣扎顿时都停了下来。

邵明渊抬了抬眉："把汤盛了，给黎姑娘送过去。"

见他神情冷凝，冰绿忽然不敢多言，盛了两碗热汤赶忙走了。

"你，你是将军？"中年猎户面色如土。

绝对的实力差距让他们已经没有了任何反抗的勇气，知道眼前人的身份，更是一脸绝望。

"早知我是将军，二位就不会动手了？"

两名猎户点头如小鸡啄米。

邵明渊失笑："若是手无缚鸡之力的公子哥儿，今天就要死在你们手里了吧？"

两名猎户浑身一僵，冷汗冒了出来。

"杀了我，你们打算怎么处置那两位姑娘呢？"邵明渊平静问，眼神却格外幽深。

"我们，我们就只是一时起了贪心，想弄您的银子，对那两位姑娘绝对没有别的心思啊！"年轻猎户忙辩解道。

邵明渊笑了笑，抬手指指自己的后脑勺："小兄弟，你是照着我这里打的，要是打准了，我此时就是一具脑浆迸裂的尸体了。出手这么狠，你想让我相信你们能放过那两位姑娘？"

这也是邵明渊动怒的原因。

倘若年轻猎户不是对着他后脑勺打，只存了伤人的心思，还有可能是图财，可一上来就下这样的狠手，把唯一的男子解决后，目的是什么就不言而喻了。

"求将军饶命啊，我们就是一时贪心，平时都是安分守己的良民啊！"两名猎户连连讨饶。

邵明渊不再理会二人，低了头安静烤着身上衣裳。

冰绿端着热汤回屋，喂给乔昭喝。

乔昭双手捧着碗，几口热汤下肚，让她有了说话的力气："厨房里发生了什么事？"

"邵将军把那两个猎户给绑起来了。"

"哦。"乔昭垂眸又喝了一口热汤。

冰绿眨眨眼："姑娘，您都不好奇吗？"

乔昭抬起眼帘，汤的热气扑到面上，让她的双颊有了一些红晕，"好奇什么？邵将军那样做，自然是有他的道理。"

听到冰绿说邵明渊去厨房等热汤，她便猜测，邵明渊可能觉得那两个猎户有问题，不然他一个行军打仗的将军，是有多闲，喜欢守着厨房啊。

如今看来，他没有料错，她也没有猜错。

"姑娘——"冰绿咬了咬唇，期期艾艾道，"婢子觉得，邵将军可能生气了。"

"怎么？"

"邵将军一直温和又亲切，可刚刚婢子问他为什么把人绑了起来，他神情一下子就严肃了，您看这不是生气了吗？可婢子也不觉得问问就哪里不对了，换谁忽然看到人被绑起来不问呀？"

小丫鬟说完，呆了呆：似乎她家姑娘就不会问。

乔昭转了转碗暖手，看着冰绿叹气："你是不是叫破了他的身份？"

冰绿愣了愣，低头："婢子喊他邵将军。"

"这就是了，你叫破了他的身份，他如何处置那二人是好呢？放了他们？可那二人定然是对咱们图谋不轨，因为遇到的是邵将军才没有得逞，可若是普通人，恐怕就被他们害了性命了。这样的人，现在放了，焉知以后不会再祸害别人？就算他们真的只是临时起意第一次做坏事，如今已经知道了邵将军的身份，把他们放了，万一到处乱说怎么办呢？"

虽然不明白邵明渊为何对顶着黎昭身份的她如此关照，可她笃定，那人是不会让人败坏她名誉的。

冰绿已经听傻了,喃喃道:"要是不放呢?"

"不放?"乔昭望着门口笑笑,"那可能只能杀掉了,可这样做,也许邵将军心里会过不去吧。毕竟咱们借用了人家的屋子,穿了人家的衣裳,喝了人家熬的热汤。若那两个人以前没做过什么恶事,只是面对诱惑临时起了歹意,可这诱惑,却是因为遇到了我们。"

人性并不是非黑即白,坏人可能存着怜悯之心,好人也可能在某些时候作恶,邵明渊会怎么做,她都有些好奇了。

听完乔昭的分析,冰绿难得有些惭愧:"都是婢子太冒失了。"

哎呀,要是邵将军杀了那两个猎户,姑娘会不会嫌弃邵将军冷血啊?要是那样,她岂不是坑了将军嘛。

将军是好人,还给她编了草帽的。

小丫鬟小心翼翼看自家姑娘一眼,试探问:"姑娘,您说邵将军会怎么办呢?"

乔昭把碗放下来,语气淡淡:"我也不知道。不过,我尊重他的选择。"

杀也好,不杀也好,作为被救的一方,指手画脚未免是得了便宜又卖乖,这样没品的事她不会做。

门外的邵明渊默默听到这里,终于扬声道:"黎姑娘,我可以进来吗?"

乔昭怔了怔,冲冰绿颔首。

冰绿忙走到门口,把邵明渊请进来。

邵明渊一进门,便看到少女拥着虎皮坐在椅子上静静望过来。她脸色苍白,形容狼狈,可目光依然是淡然纯净的,所以那些狼狈便不再显得狼狈。

这种感觉,让他骤然想到一个人,再一次想到那个人。

他一定是疯了。

邵明渊在心底涩然笑笑,抬脚走了进来。

"黎姑娘好些了么?"

"好多了。"乔昭目光落在邵明渊身上,见他身上衣裳已经半干,莫名松了口气。

"那就好,等雨停了,咱们再赶路。"邵明渊说完,沉默了一下,道,"贵府的马车车辕,有人为破坏的痕迹。"

乔昭瞳孔微缩,眸光转深。车辕被人为破坏?这么说,马车翻倒是人为的?车是西府的,尽管她在东府应该是猫嫌狗厌,东府的手应该不会伸这么长。如果是西府的人——黎皎吗?她一个小姑娘家会想到锯车辕?乔昭在心里存了个疑虑,见邵明渊还在静静看着她,便笑了笑:"知道了,多谢邵将军相救。"

"黎姑娘不必客气。"邵明渊温和笑笑,他想说是李神医让他特意关照她,又怕这样会让人不自在,便没有多说,迟疑了一下问道,"黎姑娘,你是不是哪里疼?"

乔昭被问得一怔,没有回答。

邵明渊有些茫然。

他好像没问什么难以回答的问题啊？

看出他的尴尬，乔昭有些好笑，牵了牵苍白的唇角道："现在好多了。"

"好多了就好。"年轻的将军再也不敢乱问了。

乔昭反而问道："邵将军，你怎么会来这边？"

这一次换邵明渊沉默。

乔姑娘腹诽：这是打击报复吧？

室内安静了片刻，邵明渊开口道："在下去大福寺点长明灯。"

乔昭恍然。原来如此。按着京城这边的习俗，家中有人去世，下葬后的转日家中主母会安排人去寺庙请长明灯，不过在大福寺点长明灯花费不菲，哪怕是富贵人家也不是都供得起的。看邵明渊这样子，显然不是靖安侯夫人安排的，他一个常年在外的人还能记着这个，真是让她有些意外。

"黎姑娘怎么这样的天气出门？"

乔昭笑笑："每隔七日我会来疏影庵，陪庵中师太抄写经书。"

"是那位无梅师太吗？"

"邵将军也知道无梅师太？"

年轻的将军目光变得深远："知道的，我曾经去过大福寺。"

许是少女宁静的气质和这方宁静的天地让人有了倾诉的欲望，邵明渊嘴角含笑，语气温柔："我记得那一年是佛诞日，我舅兄也去了，结果被许多小娘子围观，吓得他落荒而逃，险些连鞋子都掉了——"

乔昭心中蓦地一动。

那一年，她十四岁，邵明渊应该也是十四岁，他怎么会和兄长一起去了大福寺？那年明明是她顽皮，写信把哥哥诓去大福寺的。

"邵将军与舅兄那么早就认识了啊？结伴去大福寺玩？"乔姑娘不动声色探问。

她看得认真，分明从面前的人眼中看出一丝赧然，便更好奇了。

被少女黑漆漆的眸子望着，邵明渊不好沉默，嘴角含笑道："不是，是凑巧看见，才知道的。"

罕有的撒谎让他耳根有些发热。

那一年，当然不是凑巧，只是他听说了未婚妻来到京城，出于少年人的好奇，被几个"狐朋狗友"怂恿着在乔府附近晃荡时无意中发现舅兄出门，便悄悄跟了上去，希望能"巧遇"未婚妻。

只可惜，到底是没有碰到，再后来，父亲在北地病重，侯府岌岌可危，所有属于少年人的新奇与期待都留在了这繁花似锦的京城里。

而他，则成了手染无数鲜血的将士，再也回不到从前。

乔昭静静看着眼前人的神色由温柔怀念转为落寞，不知为何，便在心里轻轻叹了口气。

"邵将军怎么一个人去了大福寺？"

以他的身份，出行难道不带一两名亲卫吗？

"一个人方便些。"邵明渊状若随意道。

和妻子有关的事，他不想多余的人参与，不想让别人看到他脆弱狼狈的样子，哪怕是他的亲卫。

不过——

邵明渊回神，深深看了面前的少女一眼。

其实也不是没带任何人。

他嘱咐一名亲卫多加留意黎姑娘的情况，今早在大福寺门口，那名亲卫就来向他禀告，黎姑娘来了此处。

等到他忙完了私事，亲卫禀告说黎姑娘的马车刚刚走了没多久，而那名亲卫却拉了肚子，没有跟上去。他见天色不妙，担心黎姑娘遇到什么事，便留下亲卫先走了。

邵明渊再看面色苍白的少女一眼，心想：幸亏赶了过来，不然黎姑娘若是出了什么事，他就愧对神医了。

而且——

邵明渊忽地想到了刚刚在门外听到的那些话：我也不知道。不过，我尊重他的选择。

这样的女孩子，本该好好的，这世上已经有太多美好的人被毁灭了。

冰绿见两个人一问一答，开心的嘴角翘起老高，轻手轻脚走到门口探头往外看，这一看不由吃了一惊，就见那两个人背对背绑在了一起，口中塞着破布满眼惊恐。

邵将军到底会怎么处置这两个人啊？真的会杀人吗？

小丫鬟回头看了邵明渊一眼，再看自家姑娘一眼，心道：姑娘连被尸体压在身上都比她淡定多了，应该不怕的吧？

"黎姑娘，我出去看看，你好好休息。"

看着邵明渊迈着长腿走出门口，乔昭一直按着腹部的手终于松开，头一偏，呕吐起来，身上围的虎皮被溅上不少。

"姑娘！"冰绿吓了一跳。

她就说这些东西都太脏了吧，姑娘怎么能受得了！

"别乱喊，赶紧把这些收拾了，然后再替我盛一碗汤来——"乔昭后面的话戛然而止。

邵明渊大步走了过来，俯身把她抱起来，向外走去。

"将军，您带我们姑娘去哪里啊？"冰绿见状忙追了上去。

邵明渊带着乔昭来到厨房，把她放在灶台前的小凳子上，温声道："这里暖和。"

言下之意，可以把沾了呕吐物的虎皮脱掉了。

任乔姑娘平时再淡定，呕吐物被人看到甚至还蹭到了对方身上也会觉得尴尬，干脆脱掉虎皮，拿起烧火棍拨弄着火苗，没有吭声。

邵明渊不以为意，在厨房转了一圈，在墙角缸底发现一点糙米，于是抓了一把，对乔昭道："那肉汤就不要喝了，我煮些米汤。"

"让冰绿来吧。"乔昭总算从尴尬中缓过来，心道：刚刚邵明渊出去，该不会是看出她想吐却强忍着吧？真是心细得让人讨厌，就不能晚点进来吗？

冰绿一听，忙拉了拉乔昭的衣角。

姑娘别开玩笑了，她什么时候会煮这种糙米粥啊，她都没吃过！

聪慧过人的乔姑娘显然看懂了小丫鬟的意思，不由抽了抽嘴角。

"还是我来吧。"邵明渊含笑道。

"好。"乔姑娘答得飞快。

洗干净的糙米下了锅，邵明渊直起身：

"黎姑娘，我去外面一下。"

乔昭眸光闪了闪。

他又出去做什么？

"邵将军请自便。"眼看他往外走去，乔昭忽然想起什么，扬声喊道，"邵将军——"

邵明渊回头。

"外面还下着雨，你要是出去，把草帽戴上吧。冰绿，去那间屋子拿草帽。"

邵明渊笑了："不用，我自己去拿。"

他很快消失在门口，冰绿眨眨眼，小声道："姑娘，婢子去瞧瞧邵将军做什么去。"

片刻后冰绿返回来，挨着乔昭蹲下，低声道："姑娘，邵将军真的出去了，戴着他编的草帽。不过外面还下着雨，他这一出去衣裳又会被淋湿了。您说他出去干什么呀？"

乔昭望着门口的方向，摇摇头："我也不知道。"

她又不是他肚子里的蛔虫，哪能什么都猜得到呢？

"姑娘您看见没，那两个坏蛋就在外头绑着呢，您说万一邵将军还没回来，那两个人挣脱了绳索，那咱们岂不是危险了？"冰绿说着目露惊恐，"姑娘，用一下烧火棍。"

小丫鬟拿过烧火棍，没等乔昭吭声就飞快跑了出去。

不一会儿，就听到外面传来两声惨叫。

冰绿抱着烧火棍跑回来，神情轻快："这下好了，婢子给了他们一人一棍子。"

乔昭："……"

"打死了没有？"

很好，要是打死了，邵明渊就不用为难了。

这丫鬟到底是谁的啊？

冰绿连连摇头："没有，没有，婢子胆子小，不敢杀人的！"

乔姑娘无语望天。

不敢杀人，所以敲闷棍，原谅她见识少，没见过这么"胆小"的丫鬟。

"把米粥搅一下，别煳了。"不知道邵明渊什么时候回来，担心米粥煮废了没得吃，乔昭提醒道。

她这副身子太弱了，就更需要吃东西补充体力，哪怕吃了反胃也要咽下去。

"冰绿。"

"嗳！"解决了隐患，小丫鬟明显轻快起来。

"回去记得学熬粥。"

小丫鬟头立刻耷拉下来："是。"

灶膛里，柴火烧得很旺，时而发出噼啪的响声，大锅里的水渐渐沸腾，米粒上上下下沉浮。

乔昭把手背上蹭的灰擦掉，却发现越擦越黑，干脆由它去了，盯着跳跃的火苗想：邵明渊出去做什么呢？

外面雨势稍小，可才走出屋子，衣裳还是很快湿透了。

邵明渊终于在一处树下发现要找的东西，弯腰把那几株野姜挖了出来。

他直起身，看了看屋舍的方向，弯唇笑笑，抬脚往回走去，走到半途停下脚步，扬了扬眉。

那淋成落汤鸡的年轻人已经发现了邵明渊，笑得露出一口白牙，屁颠屁颠跑过来道："将军，属下可找到您了。"

"晨光，你不是拉肚子，怎么不等雨停了再走？"

一身狼狈的亲卫眼神闪了闪，抹了一把雨水道："属下见雨下大了，怕出什么事，所以就追上来了。将军，黎姑娘的马车怎么坏得那么厉害？黎姑娘怎么样了？"

邵明渊深深看了亲卫一眼。

平时不觉得这小子这么话痨啊。

"马车翻了，黎姑娘情况不大好。"

"翻了？不会吧——"亲卫大吃一惊。

邵明渊盯着亲卫片刻，沉声问："晨光，你是否有什么事瞒着我？"

在将军大人的迫人气势下，亲卫腿一软，单膝跪在了泥地里："将军恕罪，是属下——"

他抬眼看了面色沉沉的将军一眼，忙又低下了头，老实交代道："是属下弄坏了黎姑娘马车的车辕。"

邵明渊一听，神情冷了冷，深深吸一口气问："为什么？"难不成他身边就没几个可信的人了，一个个都出问题？他目光落在单膝跪地的晨光身上，神情涩然。不应该啊，晨光和叶落一样都是跟着他许久的，是他当年从死人堆里救回来的。

"说，为什么这么做？"

听出将军大人语气中的愠怒和失望，小亲卫险些吓哭了，再不敢隐瞒，把缘由一股脑倒了出来："属下是想着，黎姑娘的马车坏了，将军追上来，不就正好可以英雄救美了嘛。"

他家将军会修马车呀！

年轻的将军想了千百个理由，却独独没想到这一种，不由呆了呆。

跪在泥水里的亲卫索性破罐子破摔道："黎姑娘的马车不怎么好，那匹马也老得跑不快，就算车辕断了，顶多是没法走了，属下反复琢磨过了，不可能会有危险的——"

迎上将军大人黑沉沉的眼神，亲卫低了头："都是属下的错，将军责罚属下吧。"

邵明渊怒火升起，淡淡问："你反复琢磨过了？雨势这样大，你想过么？黎姑娘途中又载了别人，你想过么？黎姑娘的身体不比北地的女子，甚至比京城寻常姑娘家都要弱，你又想过么？"

他本来要保护她的安全，谁知反而成了害她受罪的人。

亲卫听得脸色发白。

将军的心上人出事了？那他岂不是成了罪人？

"是属下莽撞了，属下对不住将军啊！"亲卫抽出腰间长剑，对准脖子划去。

邵明渊飞起一脚把剑踢飞了。

"将军？"

"暂且留着你的糨糊脑袋，给我将功赎罪去！"

亲卫呆呆看着邵明渊，问："您要把属下交给黎姑娘发落吗？"

邵明渊闭了闭眼。

跟这样的蠢货属下生气，太不值当的！

"用最快的速度赶回城里去，带马车和几身姑娘家穿的衣裳来，注意不要惊动别人。"邵明渊想了想，补充，"黎姑娘的衣裳挑上衣青色、裙子白色的，丫鬟的衣裳挑葱绿色的，再带两名亲卫来，速去速回。"

"领命！"亲卫起身拔腿就跑，跑出数丈猛然返回来，抽出插入泥地里的长剑，收剑入鞘，飞奔而去。

邵明渊返回屋舍，乔昭听到动静抬了头，见他浑身湿透了，雨水顺着衣角落下来，很快在地上汇成水洼，便道："邵将军过来烤火吧。"

邵明渊捏着一把野姜，看着展颜浅笑的恬静少女，一时有些心虚。

不知道等一下对黎姑娘坦白，黎姑娘会把他轰出去吗？

"邵将军？"见邵明渊立在门口不动，雨水滑过面颊，一张脸似乎显得更白，乔昭有些疑惑。

她目光下移，落到邵明渊手上，仔细辨认一番，有些吃惊："野姜？"

野姜可入药，对腰腹冷痛有缓解作用，呃，还能活血调经。活血调经！乔昭呆了呆。所以邵明渊到底是因为哪个功效，出去采了一把野姜回来？

一贯淡然的乔姑娘心情瞬间复杂难言，水杏般的眸子盯着立在门口的人，暗想：他应该不会了解女孩子这些事吧？

"黎姑娘认识这个？"短暂的静默过后，邵明渊迈着长腿走进来，看一眼锅里沸腾的米粥，走到墙角弯腰舀水把野姜洗干净，丢进了锅里。

乔昭下意识皱了眉："这样味道会很怪。"

"嗯，但吃了有好处，黎姑娘忍耐一下吧。"邵明渊立在灶台旁，水珠落在柴火上，发出嗞的一声响。

乔昭往旁边挪了挪："邵将军烤一下衣裳吧。"

"哦，谢谢。"一想到是自己属下干的好事，邵明渊就没了先前的自在，默默坐下来，琢磨着该怎么向人家坦白。

水珠落入火中被烤干的声响依旧不停，灶台前的两个人却沉默了。

冰绿觉得气氛有些奇怪，探头往锅里看了看，迟疑道："米粥应该煮好了吧？"

邵明渊回过神来，点头："好了。"

他转身想去拿碗，冰绿忙道："邵将军您烤火吧，婢子来就行了。"

冰绿很快盛了两碗米粥，一碗递给乔昭，一碗递给邵明渊，而后给自己盛了一碗，捧着粥碗道："姑娘，邵将军，你们烤火吧，婢子去看着那两个坏蛋，免得他们跑了。"

眼看着小丫鬟一溜烟跑了，乔昭眨眨眼。

那两个倒霉猎户不是被冰绿敲晕了么，还去看什么？

邵明渊捧着粥碗开了口："那两个猎户是冰绿打晕的么？"

乔昭微怔，随后点头："对。"想了想，自己的贴身大丫鬟如此凶残似乎不大好，于是替冰绿解释道："她担心被那两个人挣脱了绳子，我会有危险。"

"不会。"

乔昭闻声抬头，撞进对方黑亮如水洗过的眼眸里。

"我是用特殊手法绑的人，不会挣脱的。"

乔昭扬唇笑笑："我知道。"

堂堂的北征将军，战无不胜的冠军侯，要是连两个猎户都能在他手底下跑了，他就活不到现在了。

邵明渊便笑了。

他一直以为和女孩子打交道会很困难，可与黎姑娘交流，似乎没有这个问题。

盯着跳跃的火光好一会儿，邵明渊瞥了乔昭一眼。

少女头上胡乱包着布条，看样子是从自己的衣服上扯下来的，和优雅一点沾不上边，可她的神情却坦然自在，侧颜静美。

邵明渊给自己暗暗鼓了鼓气，试探地问："黎姑娘，那时我说你的马车有人为破坏的痕迹——"

乔昭睫毛颤了颤，静静等着他继续往下说。

邵明渊被她盯得有些窘，原本准备坦白的话到了嘴边变成："你知道是谁干的吗？"

"我？"乔昭用烧火棍轻轻拨弄着火，摇摇头，"我不知道。"

"要是知道了……你打算怎么办呢？"

乔昭闻言，晃了晃手中烧火棍，呵呵一笑："那自然是要他好看了，不然以德报怨，何以报德呢？"

说完不见邵明渊回应，乔昭看向他："邵将军，你说是不是？"

领兵作战多年的人，不会是心慈手软之辈吧，这样的问题还要问。

"呵呵。"年轻的将军干笑着。

所以如果他现在坦白，黎姑娘会用这根烧火棍招呼他吗？

乔昭心思敏锐，很快察觉出去过一趟的邵明渊和先前似乎有些不一样了，沉吟了一下，问："邵将军，莫非你知道什么线索？"

不然他重提这件事是什么意思呢？总不可能是帮她找出那个人来，再替她教训一下幕后凶手吧？那他未免太过热心了。

难道——乔昭蓦地想到一种可能，脸色立刻沉了下来。这个混蛋，莫非她尸骨未寒，就对别的姑娘动心了？看一眼邵明渊身上已经瞧不出本来颜色的白袍，乔昭心塞不已。虽说她如今成了黎昭，从此各不相干，可看着前夫连一年时间都等不得就想打小姑娘的主意，还是有给他一烧火棍的冲动。

少女浑身散发的寒气让邵明渊赶紧往远处挪了挪，一脸严肃道："黎姑娘，我很可能是看错了。"

他宁愿回去好好修理那臭小子，以后尽量照顾黎姑娘，也不想对着这么吓人的黎姑娘坦白！

"呵呵，邵将军就不要安慰我了。"乔昭越发觉得有问题，冷着脸道，"邵将军不要把我当成胆小怕事的小姑娘，比起一无所知，我更希望知道在背后算计我的是谁，那样以后才不会再着了道。"

邵明渊："……"这姑娘好难哄！他又开始在坦白还是死扛之间犹豫了。

乔昭睨他一眼，淡淡道："其实，对弄坏我马车的人，我隐约有些猜测。"

"呃？"邵明渊眸光闪了闪。

"马车去大福寺时就有问题的可能性不大，不然也许早就坏了，且容易被车夫发现。我猜最大的可能是车夫在寺外等着我时，有人趁他不注意弄坏了车辕。那么，做这件事的人十有八九是今天去了大福寺的香客。"乔昭语速轻缓分析着，"公主的车子中途遇到变故，搭了我的车子，证明他们不知道马车有问题，也就排除了他们的可能。而今天不是什么特别日子，天气又不好，前去大福寺的香客应该不会太多，所以我回头去问一问，说不定就能知道一些线索了。"

某人瞬间做了决定：他还是坦白好了！

"黎姑娘——"邵明渊喊了一声。

乔昭把烧火棍放下，轻轻捏了捏手腕："嗯？"

"其实……你的马车是我的属下弄坏的……"

乔昭下意识把烧火棍又拿了起来。

什么情况啊，邵明渊先告诉她马车被人破坏了，现在又告诉她是他的属下弄坏的，那么，她可不可以理解为，是这混蛋没话找话，调戏小姑娘？

"能问一下原因吗？"乔姑娘拎着烧火棍问。

原因？属下为了让他能英雄救美？邵明渊为人坦率，但不是傻，这种原因当然是打死也不会说的。

"我那个属下……脑子有点问题。"

乔姑娘脸更黑了。

她脑子可没问题，这种理由她会信？

乔昭放下烧火棍，端起粥碗，小口小口喝粥，不再作声。

邵明渊心中一紧。以他多年观察敌情的经验，黎姑娘应该是生气了。从没和女孩子打过交道的年轻将军瞬间不知道该说些什么好，端着粥碗闷声喝起来。

乔昭瞥了他一眼，气结。

这人的属下弄坏了她的马车，他说不出个所以然来，居然还喝上粥了？

把粥碗往灶台上一放，乔昭直视着邵明渊，淡淡道："邵将军。"

邵明渊抬头。

"我记得先前你说过，是只身前往大福寺的，怎么又出现了属下？"

邵明渊端着粥碗，心中感叹：黎姑娘心思缜密，要是放到他的军营里那是千里挑一的人才啊！奈何她是女孩子，可惜了。

邵明渊决定坦白一小部分："黎姑娘，其实是这样的，李神医不久便会离京，于是托我关照你，我便吩咐一名亲卫多加留意你的动静。嗯，他觉得要是弄坏了你的马车，造成车夫失职，说不定有机会混进黎府当车夫，从而更好地保护你，所以才脑子发昏干了这样的蠢事。"

年轻的将军俊脸微红："他这么蠢，我也觉得挺惭愧且不可思议的，还望黎姑娘见谅。"

乔昭："……"她竟无言以对。

沉默了好一会儿，乔姑娘开口："原来是这样，多谢邵将军费心了。"

知道他不是随便对一位姑娘家就这么好，心里到底是舒服了点儿。

"应该的，我既然答应过神医，就该受人之托忠人之事。没想到好心办坏事，反而让黎姑娘遭了罪。"邵明渊冲乔昭歉然笑笑，"黎姑娘，在下很抱歉。"

"邵将军不必如此自责，你那位属下——"

"我让那混账回去弄马车来接黎姑娘，等平安送黎姑娘回去，如何处置全由黎姑娘做主。"

乔昭笑了笑："是邵将军全由我做主，还是邵将军那位属下？"

邵明渊呆了呆。

黎姑娘这话问得很有水平，若是与敌军谈判，定然不会吃亏的。

"是在下管教不严，黎姑娘有什么要求，都可以对我提。明渊力所能及，绝不推托。"

乔昭水杏般的眸子弯起，轻轻笑了："邵将军这话，说得太满了。"

邵明渊看着她，不解其意。

"我若要邵将军娶我，邵将军也会答应吗？"

若敢答应，她立刻给他一烧火棍！

"咳咳咳——"邵明渊偏头，剧烈咳嗽起来，咳到后来，喉咙发痒，隐隐尝到血腥味。

他擦拭了一下嘴角，才回过头，尴尬看乔昭一眼，道："黎姑娘说笑了。"

黎姑娘不像是会轻易误会的人，也因此，他全然没想过这些。

"所以，以后邵将军说话还是不要太满了，特别是对姑娘家。"

邵明渊想了想，认真对乔昭点头："黎姑娘说得是。"

乔昭笑了笑："那就让邵将军那位属下以后给我当车夫吧，算是对他的惩罚了。"

马车翻了，西府那位老车夫为了追马不见了踪影，可见有多靠不住了。邵明渊的亲卫就算脑子有点问题，想必身手还是不错的。

明明在某方面不行却逞强的事乔姑娘是不会干的，冰绿才刚开始学武，一时半会儿派不上用场，而她以后会常出门，有这么一位车夫跟着，何乐而不为？

邵明渊没想到乔昭会提出这样的要求，立刻便应了下来。

以后晨光能光明正大保护黎姑娘他就放心了，当然，回头还要叮嘱一下那混账，别再干蠢事。

简陋的厨房里一下子安静下来，邵明渊很快听到清浅的呼吸声。

他看过去，就见少女头伏在膝盖上，已是睡着了。

她的呼吸声很轻，就好像她的脸色，苍白、晶莹，仿佛高山上的白雪，太阳一出就会融化开。

邵明渊迟疑了一下，起身走到外面。

"邵将军，您喝完粥啦？我们姑娘呢？"

"她睡着了，你去照看一下吧。"

"嗳。"冰绿扭身进去了。

邵明渊看了仍在昏迷的两名猎户一眼，抬脚走到外面去。

雨不知何时已经停了，被雨水冲刷过的树木越发显得葱翠，清新潮湿的泥土气息扑面而来。

邵明渊一直站在那里远望，不知过了多久，忽然转身返回厨房。

冰绿一直紧靠着乔昭蹲着，以支撑睡着的主子不会摔到地上去，闻声抬起头来。

"把黎姑娘喊醒吧，我们可以走了。"

冰绿闻言大喜，立刻转了身，轻轻喊道："姑娘，醒醒。"

没有动静，她伸手轻轻推了推乔昭："醒醒呀，姑娘——"

依然没有动静，冰绿脸色一变，有一只大手已经伸过来，覆在乔昭额上。

"邵将军？"冰绿睁大了眼，有些慌了。

邵明渊唇线紧抿，严肃道："黎姑娘发烧了。"

他说着弯腰把乔昭抱了起来，大步往外走去，一边走一边在心中叹息：晨光那混账真是把黎姑娘害惨了，当然，他身为晨光的主子，头一个脱不了责任。

冰绿心慌意乱随着邵明渊出去，就见下边路上停着一辆青帷马车，有三人顺着他们上来的方向深一脚浅一脚走来。

"邵将军，有马车，有人呢！"

"对，他们是来接你们的。"邵明渊抱着乔昭快步往下走，与前来的人迎上。

"将军，属下来迟了。"晨光气喘吁吁见礼。

身后二人异口同声道："见过将军。"

邵明渊轻轻颔首，与之擦肩而过，甩下一句话："晨光过来赶车，你们两个把屋子里绑着的那两个人送到军营，给我狠狠操练他们，调教好了送到北边杀鞑子去。记得跟他们说，今天的事若敢乱说，割了他们舌头下酒！"

"领命！"

邵明渊抱着乔昭走向马车，发现马车旁站着个一身狼狈的老汉，不由看了晨光一眼。

晨光忙解释道："这位老伯是属下进城的路上碰到的，正牵着一匹老马在雨中哭呢。属下过去一问,他说马车翻了,他去追马,结果追到马后他们家马车找不着了。属下一琢磨,这不说的是黎姑娘吗,一问果然不错,就带上了。"

老车夫一脸惭愧,抹着眼泪问冰绿:"三姑娘怎么啦?"

冰绿瞪老车夫一眼,嗔道:"老钱伯,你还好意思问,怎么能丢下姑娘追马去呢?要不是遇到了邵将军,姑娘就惨啦。"

呃,似乎现在也很惨,但若没有邵将军给姑娘编草帽,带姑娘躲雨,还给姑娘煮了米粥,那肯定会更惨就是了。

老钱伯哭得更厉害了:"我,我一时给忘了,等追上马再回来,怎么都找不到咱们马车了。"

"你可真是糊涂啊!"冰绿气得跺脚。

晨光低着头,暗想:这老汉比我犯的事还大,看来回去后这车夫是当不成了。唉,也不知道将军回头会怎么处置他?

"大姐儿,我也不知道最近是怎么了,经常忘东忘西的,有时候才吃过饭都忘了呢,还会再吃一遍,被我那口子骂了才知道吃过了。"老车夫也知道今天犯的错不小,可怜兮兮解释道。

冰绿啐了一口:"吃过饭再吃一顿?你每次忘事儿倒是没委屈到自个儿。"

小丫鬟沉着脸随着邵明渊把乔昭送进了马车里。

车厢里干净舒适,顿时让人有种活过来的感觉。

"准备了你们穿的衣裳,还有热水等物,先替黎姑娘收拾一下吧,若是有事就喊我。"邵明渊交代完,退了出去。

晨光握着鞭子请示:"将军,走吗?"

"把鞭子给我,你下去吧。"

"哎?"晨光一头雾水下了马车。

说好的让他当车夫呢?

"带着这位老伯去春风楼等着。"撂下这句话,邵明渊马鞭一甩,马车缓缓动了。

留下晨光目瞪口呆:将军大人居然亲自给黎姑娘当车夫!

雨停后,官道好走许多,邵明渊把马车赶得飞快,竟丝毫不见颠簸,在天还未晚之前终于赶到了春风楼。